GEHEIMAKTE ATLANTIS

ANDRÉ MILEWSKI

ANDRÉ MILEWSKI

www.andre-milewski.de

Verlag: André Milewski

℅ Papyrus Autoren-Club

Pettenkoferstr. 16-18

10247 Berlin

Tel.: 030 / 49997373

Umschlaggestaltung:

© Giessel Design

www.giessel-design.de

unter Verwendung von Stockbildern von Shutterstock

Karten, soweit nicht anders angegeben © André Milewski

Korrektorat: SKS Heinen

1. Auflage

EPIGRAPH

»Späterhin aber entstanden gewaltige Erdbeben und Überschwemmungen, und da versank während eines schlimmen Tages und einer schlimmen Nacht das ganze streitbare Geschlecht bei euch scharenweise unter die Erde, und ebenso verschwand die Insel Atlantis, indem sie im Meere unterging.«

PLATON – „TIMAIOS“

PROLOG

PARIS, 3. FEBRUAR 1779

SEINE SCHRITTE HALLTEN von den Hauswänden der menschenleeren Gassen. Louis hielt die Dokumente mit beiden Armen unter seinem Mantel fest gegen seine Brust gepresst, um die Papiere vor dem einsetzenden Schneefall zu schützen. Sein Herz hämmerte wie wild, sein Atem ging stoßweise und hinterließ kleine Nebelschwaden in der eiskalten Luft. Der Winter kündigte sich dieses Jahr besonders früh an. Seit Tagen schon hielt Väterchen Frost ganz Frankreich fest in seinem Griff. Aber noch viel mehr als die unbarmherzige Kälte ließ ihn der Gedanke daran frösteln, was er in dem Manuskript unter seinem Mantel entdeckt hatte. Unwillkürlich beschleunigte er sein Schritttempo. Dann geriet er ins Stocken und drehte sich herum. Er lauschte in die Finsternis hinter sich. Hatte er da nicht ein Geräusch gehört? Von schweren Stiefeln?

Sie haben mich gefunden, schoss es ihm durch den Kopf und Angst flammte in ihm auf. Dann hörte er erneut, wie

Schritte auf dem vom Schnee feuchten Kopfsteinpflaster aufklatschten.

Er rannte los.

Laut hallte es von den Wänden des Quartiers wider, als auch seine Verfolger zu laufen begannen. Louis hatte einen Vorteil – Angst. Sie verlieh ihm nie geahnte Kraft, seine Beine bewegten sich wie von allein, flogen förmlich über den nassen Boden. Er kam aus der finsteren Gasse heraus und sah die Seine vor sich, deren Oberfläche im Mondlicht glitzerte. Größere Eisschollen trieben friedlich im Wasser, es konnte nicht mehr lange dauern, bis der Strom komplett zugefroren sein würde – zum ersten Mal seit einem Jahrzehnt. Zu seiner Rechten sah er den Palais und hielt darauf zu. Hoffentlich war er da.

Er ist immer da, redete er sich ein. *Und er wird wach sein. Nachts arbeitet er am besten.*

Mit dem Fluss zu seiner Linken lief er weiter auf den ehemaligen Bergfried zu, der nun als Museum diente. Im hellen Schein des Mondes war es unmöglich, ihn zu übersehen, das war ihm bewusst. Aber er musste das Manuskript um jeden Preis in Sicherheit bringen. Und der Palais war der sicherste Ort, den er kannte. Dort wäre der Text gut aufgehoben, bis ...

Mit einem Schrei ging er zu Boden, als sich urplötzlich ein Mann von der Seite auf ihn stürzte. Louis hatte ihn nicht kommen sehen. Hart schlug er auf dem Straßenpflaster auf, das nur dünn mit Schnee bedeckt war. Seine Arme gaben das Manuskript frei, das unter seinem Mantel herausrutschte.

»Gut gemacht, Pierre«, sagte eine tiefe Männerstimme. »Beinahe wäre uns dieses feine Wiesel entkommen.«

»Du hast gesagt, er wäre nur ein Schreiber, nicht, dass er

so schnell rennen kann«, gab der Kerl namens Pierre keuchend zurück.

»Egal, heb den Text auf.«

Louis lag auf dem Rücken und wagte nicht, sich zu rühren, als der grobschlächtige Mann neben ihm in die Knie ging und das Manuskript aufhob. Er lächelte ihn dabei sardonisch an.

»Was machen wir mit ihm?«

»Wir nehmen ihn mit. Er muss uns schließlich erzählen, was er herausgefunden hat.«

»Ich habe überhaupt nichts herausgefunden«, entfuhr es Louis.

»Wirklich? Warum bist du dann fortgelaufen wie ein Hase?« Pierre grinste ihn gehässig an.

»Wohin wolltest du es bringen?«, fragte der andere, als er das Manuskript in die Hand nahm. »Etwa in den Palais?«

Louis erwiderte nichts.

»Natürlich wolltest du das. Aber jetzt wirst du uns alles erzählen, was hier geschrieben steht!« Der Mann wedelte mit der Blattsammlung in seiner Hand.

»Niemals!« Louis wunderte sich über sich selbst, dass er dieses Wort mit solcher Vehemenz vorbrachte.

»Oh doch, du wirst reden. Wir haben Mittel und Wege, dich dazu zu bringen, dessen kannst du gewiss sein. Stell ihn auf die Beine, Pierre.«

Die prankenähnlichen Hände des Mannes packten ihn an den Mantelaufschlägen und zogen ihn in die Höhe.

»Und jetzt geh, du elender ...« Pierre verstummte und sah ihn mit weit aufgerissenen Augen an. Louis zitterte. Aber trotzdem drückte er die Messerklinge tiefer in den Bauch des Mannes, der ihn ungläubig anstarrte. Nie zuvor hatte Louis jemanden verletzt, schon gar nicht mit einer

Waffe. Es war Denis gewesen, der ihm das kleine Messer vor wenigen Wochen gegeben hatte.

»Es sind unruhige Zeiten«, hatte er zu ihm gesagt. »Da ist es besser, vorbereitet zu sein.«

Louis hätte nicht im Traum daran gedacht, dass er so schnell Gebrauch davon machen musste, als er das elegante Messer entgegengenommen hatte.

»Was ist los?«, fragte der zweite Mann, der hinter seinem Spießgesellen stand und nicht sehen konnte, dass Louis diesem die Klinge in den Bauch gerammt hatte.

Blut kam aus Pierres Mund, als er versuchte, etwas zu sagen. Mit Tränen in den Augen zog Louis die Klinge wieder heraus und stieß sie erneut tief in das Fleisch. Mit einem Aufstöhnen ließen Pierres Hände seinen Mantel los und der großgewachsene Mann ging vor ihm auf die Knie.

»Verfluchter Teufel«, stieß der andere Kerl aus. »Dafür bezahlst du!« Im Mondlicht schimmerte silbern die Klinge des Dolches, der plötzlich in seiner linken Hand auftauchte.

»Das Manuskript«, krächzte Louis mit heiserer Stimme, »gib es mir zurück.« Er erhob die Hand, an der das Blut von Pierre klebte, der tot zu seinen Füßen dalag, und richtete die Messerspitze auf den zweiten Verfolger.

»Komm und hol es dir, wenn du dich traust, Schreiber.«

Einen Moment standen sie sich unbeweglich gegenüber. In Louis' Seele war ein Kampf entbrannt, in dem Engel und Teufel miteinander rangen. In den Augen seines Gegenübers konnte er erkennen, dass dieser solcherart Kampf nicht ausfechten musste. Der Teufel hatte schon vor langer Zeit die Überhand gewonnen.

Schließlich sprang der Mann auf ihn los. Louis versuchte auszuweichen, aber die schmale Spitze des

Dolches zerschnitt seine Haut kurz unterhalb seines Auges. Der Schnitt brannte wie Feuer. Aber er hatte keine Zeit, auch nur einen Gedanken daran zu verschwenden. Sein Gegner vollführte bereits einen zweiten Stoß. Doch diesmal konnte Louis ausweichen, er wich zurück, geriet aber ins Straucheln und stürzte zu Boden. Er drehte sich einige Male um die eigene Achse, als er die Böschung bis zum Ufer der Seine herunterrollte. Schnell rappelte er sich auf, als der Mann mit dem Dolch auch schon bei ihm war.

»Du wirst für Pierres Tod mit deinem Leben bezahlen«, zischte ihn dieser an.

»Der Preis des Lebens ist der Tod«, entgegnete Louis blitzartig, ohne nachzudenken. Es war einer dieser Sinnsprüche, die Denis gerne und oft benutzte. Der Mann sah ihn verdutzt an, aber dann verfinsterte sich sein Gesicht und er ging erneut zum Angriff über. Louis spürte, wie der kalte Stahl sich in seinen Körper bohrte. Ein bösartiges Grinsen umspielte die Mundwinkel des Kerls, als er die Schneide noch fester hineindrückte. Reflexartig riss Louis seine rechte Hand mit dem Messer in die Höhe und stieß die breite Klinge in den Hals des Mannes. Der versuchte, noch etwas zu sagen, aber jegliche Artikulation ging in einem erstickten Gurgeln unter, als Louis die Klinge herauszog und ein zweites Mal zustieß, diesmal direkt in den Kehlkopf hinein. Aus dem Blick des Mannes wich jeglicher Glanz und die Pupillen trübten sich ein. Ganz langsam neigte sich der Körper zur Seite und kippte schließlich in die Seine, wo er durch die dünne Eisdecke am Ufer brach und die Wasser über ihn zusammenschlugen.

Louis warf sein Messer hinterher und stakste mit unsicheren Schritten wieder die Böschung hinauf. Neben dem zweiten Toten lag das Manuskript im Schnee. Einige lose

Blätter waren herausgerutscht. Seine Aufzeichnungen, die Transkriptionen. Beim Versuch, es aufzuheben, knickten seine Beine ein und er sank zu Boden. Sein Atem rasselte und er spürte, wie das Leben langsam aus seinem Körper wich. Er hob den Blick und sah den Palais, der sich keine hundert Meter von ihm erhob. Er sog tief die frostige Luft ein, griff sich entschlossen die Papiere, die sich vor ihm auf dem Boden ausbreiteten, und stemmte sich wieder in die Höhe. Dann wankte er wie ein Betrunkener auf die hohen Mauern zu. Alle Fenster waren dunkel. Er lehnte sich gegen die Steinwand. Unter Aufbietung all seiner verbliebenen Kräfte zwang er sich, weiterzugehen, wobei er sich an der Außenwand des Palais abstützte. Er umrundete die Westwand und erreichte die Nordseite, wo er ein Licht sah.

»Denis«, murmelte er. Er holte tief Luft und schrie den Namen seines Freundes heraus. »DENIS!« Nichts geschah. Da entdeckte er die Holztür, die nur wenige Meter von ihm im Mauerwerk eingelassen war. Er schleppte seinen geschwächten Körper dorthin und hämmerte mit der Faust dagegen. »Denis!« Aber niemand kam.

Louis sackte langsam hinab, seine Beine versagten ihm endgültig den Dienst. Kälte breitete sich in ihm aus, eine nie gekannte Taubheit, die ihn lähmte. Aber das Zittern hörte auf. Der Schmerz ließ nach und verschwand beinahe völlig, obwohl der Dolch immer noch in seinem Magen steckte. Traurig blickte Louis auf die Blätter in seiner blutigen Hand.

Es darf nicht umsonst gewesen sein! Das Geheimnis darf nicht in Vergessenheit geraten. Jemand muss sie aufhalten.

Aber er konnte jetzt nichts mehr tun. Außer, die Augen zu schließen und sich der ewigen Dunkelheit hinzugeben. Dann fiel er plötzlich nach hinten.

»Louis? Was ist passiert?« Er hörte die Stimme von Denis wie durch Watte. »Mein Gott, du blutest ja …«

Er schlug die Augen wieder auf, hob die Hand, um seinen Freund zum Schweigen zu bringen, und streckte ihm das Manuskript entgegen.

»V-Verwahre … es gut. Sie werden es suchen.« Er kämpfte um jedes Wort.

»Wer? Was redest du da?«

»Es ist … der Schlüssel …« Louis schloss die Augen. »Lies es, du wirst … verstehen. Niemals darf jemand … kein Mensch …« Er hustete Blut aus. »Der Stein … er muss zerstört …« Mit einem lauten Seufzer hauchte Louis seinen letzten Atem aus und ewige Dunkelheit umfing ihn.

EINS
ENTDECKT
BOSTON, OKTOBER 1963

NUR MIT MÜHE schaffte Walter Lucas es, das Zittern seiner rechten Hand zu unterdrücken, als er das Glas anhob und langsam zum Mund führte. Wäre es mehr als nur bis zur Hälfte gefüllt gewesen, er hätte alles verschüttet. So schaffte er es jedoch, ohne alles zu durchnässen, setzte es sich an die Lippen und spülte die Tabletten, die auf seiner Zunge lagen, mit einem großen Schluck herunter. Er musste nicht lange warten, bis die Wirkung einsetzte und das Zittern nachließ. Sein Blick ging zum Spiegel, der sich an der Wand gegenüber seinem Sessel befand. Der alte, gebrechliche Mann, den er dort sitzen sah, widerte ihn an. Mit einem Schrei schleuderte er das leere Glas auf sein Abbild, woraufhin der Spiegel mit einem lauten Knall zerbarst.

»Mr. Lucas, was ist passiert? Ist alles in Ordnung, Sir?«, fragte ihn sein geschockter Butler, der sofort in den Salon geeilt kam.

»Fegen Sie die Scherben zusammen, Osmond«, erwiderte er gleichgültig.

Sein Bediensteter sah ihn unsicher an, vermied es jedoch, ein weiteres Mal das Wort an ihn zu richten. Der Mann nickte und verschwand wieder aus dem Raum, um Handfeger und Schaufel zu holen.

Walter kümmerte das nicht. Er stemmte sich schnaufend in die Höhe und ging zu seinem Barschrank. Er brauchte jetzt etwas Stärkeres als Wasser zu trinken. Noch bevor er das Schränkchen erreichte, kehrte sein Butler zurück.

»Sir, sagen Sie doch was. Ich kann Ihnen doch einen Drink holen.«

»Noch ein Wort und ich vergesse mich. Behandeln Sie mich nicht wie einen verdammten Greis!« Wütend riss er die Schranktür auf, griff sich eine der Whiskyflaschen und öffnete den Verschluss. »Ich bin Walter Lucas, mir gehört hier alles.« Er setzte die Flasche an den Mund und trank einen Schluck. Kurz darauf begann er kräftig zu husten. So stark, dass er sich nach vorne krümmte. Das Zittern setzte wieder ein. Die Flasche entglitt seiner Hand und fiel auf den Boden, wo sich ihr Inhalt auf den mehrere Tausend Dollar teuren Teppich ergoss. Sofort war sein Butler an seiner Seite.

»Kommen Sie, Sir, setzen Sie sich wieder hin.«

Immer noch nach Atem ringend, ließ er sich widerstandslos zu seinem Sessel führen. Als er in das weiche Polster sank, stellte er sich vor, dies wäre sein Sarg, aus dem er niemals wieder herauskommen würde.

»Geht es wieder? Oder soll ich lieber Doktor Roberts rufen?«

»Nein«, erwiderte er geschwächt. »Dieser Quacksalber

kann mir nicht helfen. Niemand kann das mehr«, fügte er traurig hinzu.

»Sie übertreiben, Sir. Ich bringe Ihnen gleich einen Kamillentee, nachdem ich hier aufgeräumt habe, danach werden Sie sich besser fühlen.«

»Tun Sie, was Sie nicht lassen können, Osmond«, gab er apathisch zurück.

Dann hallte ein schriller Klingelton durch das Haus. Sein Butler eilte aus dem Salon in den Flur, wo der Fernsprechapparat stand. Kurz darauf kam er mit dem Telefon in der linken und dem Hörer in der rechten Hand zurück, die lange Schnur des Geräts reichte bis in den Salon.

»Es ist der Grieche«, sagte der Butler aufgeregt.

Schlagartig erwachten seine Lebensgeister wieder und er katapultierte sich förmlich von dem Sitzpolster in die Höhe. Er richtete sich kerzengerade auf und schnappte sich den Hörer, den Osmond ihm hinhielt.

»Was gibt es, Chrístos?«, fragte er sofort.

»Walter, ich freue mich, Sie endlich wieder zu sprechen. Es ist schon viel zu lange her, seit wir zuletzt dieses Vergnügen miteinander hatten«, antwortete der griechische Millionär Chrístos Petrakos. »Wie geht es Ihnen?«

»Sparen Sie sich das Getue«, knurrte er in den Hörer. »Ich bin achtzig und mein Arzt rechnet nur noch in Wochen, wenn es darum geht, mir neue Medikamente zu verschreiben. Die Bestatter in Boston reiben sich schon die Hände, weil sie ein pompöses Begräbnis erwarten.«

»Dann kommt mein Anruf wohl zur rechten Zeit«, lachte der Grieche am anderen Ende der Leitung.

Walter brauchte einen Augenblick, um die Bedeutung seiner Worte zu realisieren. Er sank zurück auf seinen Sessel.

»Sie haben ihn gefunden? Den Schlüssel, nach dem wir so lange schon suchen?«

»So ist es. Ich weiß, wo er sich befindet.«

»Nach all den Jahren«, murmelte Walter und blickte starr auf den zerbrochenen Spiegel. »Wo?«

»In Paris.«

»Ich breche sofort auf. Morgen bin ich da«, sagte er entschlossen.

»Nicht so schnell, Walter. Ich habe noch andere Dinge herausgefunden«, sagte der Grieche.

»Was kann wichtiger sein als der Schlüssel?«

Petrakos sagte nur ein Wort.

Walters Augen weiteten sich, sein Herzschlag beschleunigte sich und seine Hand zitterte so stark, dass er den Hörer fallen ließ. Osmond war sofort zur Stelle und hob ihn vom Boden auf.

»Sind Sie noch da, Walter?«, schnarrte die Stimme des Griechen aus der Hörmuschel.

»Das ist ... unmöglich«, japste Walter.

»Und doch sage ich Ihnen die Wahrheit, alter Freund. Es existiert. Es ist alles wahr. Wenn alles klappt, dann werden wir nicht nur die Quinta Essentia bald für uns haben. Dann steht uns die Zukunft offen. Auch Ihnen. Sie werden ewig leben, Walter.«

»Ewiges Leben.« Er hauchte die Wörter nur und seine Augen wurden glasig.

»Aber bevor es so weit ist, müssen wir uns alles holen, was wir benötigen. Ich werde mich um Paris kümmern, wo der Schlüssel zu Dechiffrierung des Textes im Manuskript zu finden ist.«

»Und ich?«

»Sie haben den wichtigeren Teil zu erfüllen, um uns

den Weg zur Unsterblichkeit zu sichern. Der Mann, der über das Wissen verfügt, das uns noch fehlt, hält sich demnächst in den Vereinigten Staaten auf. Er wird das Museum in New York besuchen, wo sich der Text befindet. Aber wie ich aus sicherer Quelle weiß, wird er auch einen Abstecher nach Boston machen, um einen ehemaligen Schüler zu besuchen. Sie müssen ihn gefangen nehmen. Und außerdem müssen Sie das Manuskript aus New York holen. Sobald Sie ihn und den Text in Ihrer Gewalt haben, treffen wir uns in Athen und werden uns alles holen, wonach unsere Brüder schon seit Jahrtausenden suchen.«

»Auf immer göttlich schimmerndes Versprechen«, sagte Walter andächtig. »Der dreimal Größte hat nicht gelogen.«

Chrístos Petrakos gab ihm den Namen des Mannes und seines Schülers, den er in Boston zu besuchen dachte. Dann beendeten sie ihr Gespräch. Walter Lucas fühlte sich von einem neuen Lebensmut durchflutet, geradezu berauscht.

»Gute Neuigkeiten, Sir?«, fragte ihn sein Butler, als er ihm den Hörer zurückreichte.

Walter sah ihn mit zusammengekniffenen Augen an.

»Es gibt viel zu tun!«

ZWEI
PLÄNE
EINIGE TAGE SPÄTER

FRÖHLICH PFEIFEND STIEG Max Falkenburg aus dem Packard Caribbean aus. Das Verdeck des Cabrios ließ er offen, als er über den Dewey Square auf die Eingangshalle der Boston-South-Station zuging. Der eindrucksvolle Baustil der Revolutionsarchitektur des Bahnhofgebäudes beherrschte den Platz und vermittelte etwas Altehrwürdiges. Max betrat den Bahnhof durch die mittlere der drei hohen Bogentüren. Ein kurzer Blick auf das Tableau der ankommenden Züge zeigte ihm, zu welchem Bahnsteig er sich begeben musste. Er musste nicht lange warten, bis der Amtrak-Zug aus Washington auch schon auf dem Gleis einfuhr. Der Schaffner stieg aus und verkündete lauthals »Endstation, alles aussteigen!«, woraufhin sich alle Türen der Waggons mit einem Zischen öffneten und sich die Passagiere wie eine Flutwelle auf den Bahnsteig ergossen. Normalerweise wäre es Max schwergefallen, in diesem Gewusel eine bestimmte Person auszumachen, aber bei seinem Freund Joseph Carter bestand in dieser Hinsicht keine Gefahr. Der zwei Meter große Schwarze überragte problemlos alle anderen Reisenden auf der Plattform. Dazu trug er auch noch seinen auffälligen weißen Fedora auf dem Kopf, sodass er wie ein menschgewordener Berg mit einer schneeweißen Kuppe wirkte. Max drängte sich zwischen den eilig vom Zug wegeilenden Menschen hindurch auf seinen Freund zu.

»Willkommen zurück, Dr. Carter.«

»Ah, Max, sehr gut. Du kannst mir gleich beim Tragen helfen«, entgegnete Joe grinsend und deutete auf den Kofferturm, den er hinter sich auf dem Bahnsteig aufgebaut hatte.

»Hast du das Smithsonian leer geräumt?«, fragte Max mit erstauntem Blick auf das Gepäck.

»So ähnlich. Das meiste davon gehört Lizzie. Ich sollte es schon mal mitnehmen. Sie bleibt noch ein paar Tage länger in Washington bei ihrem Vater.«

»Die Arme hat jetzt bestimmt nichts mehr zum Anziehen.« Max schnappte sich zwei Koffer.

»Keine Sorge, die Gefahr besteht garantiert nicht«, brummte Joe und griff sich die restlichen Gepäckstücke.

»Erzähl, wie ist es gelaufen?«, wollte Max wissen, während sie sich langsam auf den Ausgang zubewegten.

»Hervorragend. Ich glaube, meine Chancen auf die Stelle stehen recht gut.«

»Glückwunsch. Aber ich habe keine Sekunde daran gezweifelt, dass die dich nicht nehmen würden. Jemand Besseren können die gar nicht bekommen. Auch wenn ich dich natürlich viel lieber hier in Boston behalten würde«, erwiderte Max mit einem Augenzwinkern. Aber er meinte es natürlich genauso, wie er es gesagt hatte.

»Washington ist nicht die Welt entfernt. Außerdem

werde ich auch immer mal wieder vorbeischauen, um zu sehen, wie es Ma und meinem Bruder geht.«

»Noch hast du die Stelle nicht angetreten, mein Freund. Also, was hältst du davon, wenn wir das kommende Wochenende nutzen, um ein wenig feiern zu gehen? Wie in alten Zeiten.«

Sie erreichten den Packard und Max hievte den ersten Koffer auf die Rückbank.

»Meinst du nur wir zwei oder nimmst du Jody mit?«, fragte Joe, während er die restlichen Gepäckstücke ebenfalls im Wagen verstaute.

»Natürlich nur wir beide. Jody verbringt das Wochenende schon mit jemand anderem.« Max lachte, als er Joes hochgezogene Augenbraue sah. »Keine Sorge. Ist alles in bester Ordnung bei uns. Sie trifft sich nur mit einem ihrer alten Lehrer aus England. Der Knabe ist gerade an der Ostküste unterwegs und wollte sie bei der Gelegenheit besuchen.«

»Dann ist ja gut. Ich hatte schon Angst, du und Jody hättet euch mal wieder verkracht.« Joe ging um den Wagen herum zur Beifahrerseite und stieg ein.

»Ach was, so gut wie zurzeit lief es schon lange nicht mehr zwischen uns.«

»Warum heiratest du sie dann nicht endlich mal?«

»Immer wieder fängst du mit Heiraten an. Warum bist du bloß so versessen darauf?« Max nahm auf dem Fahrersitz Platz.

»Warum du nicht? Oder glaubst du, du findest noch eine bessere Frau als Jody? Sie ist perfekt für dich. Allein die Tatsache, dass sie es schon so lange mit dir aushält, beweist es.«

»Danke für die Blumen. Aber heirate du erst mal selbst, bevor ...«

»Das habe ich vor.«

»Wie bitte?« Max drehte den Kopf zur Seite und sah seinen Freund mit großen Augen an.

»Ich habe vor, demnächst zu heiraten. Um genau zu sein, schon nächsten Monat.« In Joes Gesicht zeigte sich ein breites Grinsen. »Ich brauche auch noch einen Trauzeugen. Fällt dir vielleicht jemand ein?«

Max stutzte einen Moment.

»Dieser jemand verpasst dir heute noch einen Tritt in den Hintern. Warum hast du mir das nicht gleich erzählt?«

»Ist das ein Ja?«

»Ja, ich will.« Er zwinkerte seinem Freund zu und drehte dann den Zündschlüssel herum. Der Motor des Packards sprang röhrend an. »Das wird ein tolles Wochenende werden!«

Jody schlich auf Zehenspitzen über den Flur und ging dann vorsichtig die Treppe hinab. Unten angekommen, drehte sie den Kopf in Richtung des Arbeitszimmers von Professor Crichton. Die Tür war nur angelehnt. Sie wandte sich nach links in Richtung der Haustür, darauf bedacht, möglichst kein Geräusch zu verursachen. Als urplötzlich ein kleines, laut bellendes Fellknäuel aus der Küche auf sie zugeschossen kam, zuckte sie zusammen und stieß vor Schreck einen Schrei aus.

»Ike! Was fällt dir ein, mich so zu erschrecken«, schimpfte sie den Dachshund aus.

»Alles in Ordnung?« Professor Frederick Crichton kam

mit einer Tasse Tee in der Hand aus der Küche und sah sie schmunzelnd an.

»Professor, Sie sind ja wach! Ich dachte, Sie halten Ihren Mittagsschlaf.«

»Den habe ich heute früher abgebrochen, diesem kleinen Quälgeist sei Dank.« Er deutete auf Ike. »Wolltest du dich gerade aus dem Haus schleichen?« Er sah sie belustigt über die Ränder seiner Brille hinweg an.

»Ertappt«, gab Jody lächelnd zurück. »Und ich habe mir extra Mühe gegeben, möglichst leise zu sein, um Sie nicht zu wecken.«

»Sehr rücksichtsvoll – aber unnötig.« Crichton warf einen Blick auf seine Taschenuhr. »Max müsste jetzt am Bahnhof sein, um Dr. Carter abzuholen. Ich nehme an, du möchtest dich zu den beiden gesellen?«

»Nein, diesmal nicht. Die müssen auch mal ohne mich klarkommen. Aber tatsächlich will ich auch zum Bahnhof, um jemanden abzuholen.«

»Darf ich fragen wen oder bin ich zu indiskret?«

Jody sah den Professor liebevoll an.

»Keineswegs. Mein ehemaliger Mentor vom Trinity College befindet sich derzeit auf einer Reise durch die Vereinigten Staaten. Ich habe ihn seit über einem Jahrzehnt nicht mehr gesehen. Er hat mich vorgestern angerufen und um ein Treffen gebeten.«

»Trinity College.« Crichton zog eine Augenbraue nach oben. »Darf ich auch erfahren, wie der gute Mann heißt?«

»Natürlich. Sir William Lloyd Rutherford.«

»Rutherford? Du meinst wirklich den William Rutherford?« Im Gesicht des Professors zeigte sich seine Bewunderung.

»Genau den. Er war einer meiner Förderer während meines Archäologiestudiums.« Sie zwinkerte Crichton zu. »Soll ich ihn fragen, ob er mit uns zusammen zu Abend essen möchte?«

»Aber unbedingt«, entfuhr es dem Professor. »Ich habe seine Forschungen der Archäometallurgie immer bewundert.«

»Gut, ich werde es ihm vorschlagen. Bestimmt sagt er zu. Bis später dann«, sagte Jody und verließ das Haus.

»Wie kommt es eigentlich, dass Dekan Harris dir seinen Wagen geliehen hat?«, fragte Joe, während Max das Packard Caribbean Cabrio durch die Straßen lenkte.

»Seit er im Rollstuhl sitzt, steht der Wagen doch nur noch in der Garage. Er ist ganz froh, wenn ich ihn ab und zu mal bewege.«

»Das ist ja was ganz Neues. Hat er vergessen, dass du seinen alten Wagen geschrottet hast?«

»Erstens ist das sechs Jahre her und zweitens war es überhaupt nicht meine Schuld. Und außerdem hat er nur dadurch dieses Baby geschenkt bekommen.« Max klopfte auf das Lenkrad. »Es ist also nur mehr recht als billig, wenn ich damit auch mal fahren darf.«

»Gute Logik«, lachte Joe.

Schließlich stoppte Max den Wagen vor dem Haus von Joes Mutter. Gemeinsam luden sie das Gepäck wieder aus, danach schloss Max das Verdeck, das sich per Elektrohydraulik betätigen ließ. Kaum war der Packard geschlossen, da öffnete sich auch schon die Haustür und Ethel Carter kam heraus. Die kleine zierliche Frau ging mit ausgebreiteten Armen auf Joe zu.

»Mein kleiner Junge.«

Max konnte sich das Schmunzeln nicht verkneifen, als er zusah, wie sich sein hünenhafter Freund herabbeugte und sich von seiner Mutter umarmen ließ.

»Hallo Ma.«

»Wo hast du Elizabeth gelassen?«

»Sie ist noch bei ihrem Vater in Washington. Aber ich soll dir schöne Grüße von beiden ausrichten.«

»Das ist lieb. Komm rein, ich habe dein Leibgericht im Ofen.« Ethel Carter sah an Joe vorbei. »Du bleibst doch auch zum Essen, oder Maximilian?«

»Nichts lieber als das, Ma'am.«

Nachdem er gemeinsam mit Joe das Gepäck ins Haus getragen hatte, setzten sie sich auch schon an den Esstisch.

»Ich bin schon so aufgeregt, dass mein kleiner Junge bald heiraten wird«, frohlockte Ethel Carter, während sie mit einem großen Topf aus der Küche kam. »Ich hätte schon beinahe nicht mehr daran geglaubt, dass ich das noch miterleben darf. Bei Theodore habe ich die Hoffnung schon lange aufgegeben, aber ich wusste immer, dass Joseph mich nicht enttäuschen würde.« Sie stellte den Topf in der Mitte des Tisches ab und streichelte Joe dann über den Nacken. »Hast du Maximilian schon gefragt, ob er dein Trauzeuge wird?«

»Ja, habe ich, Ma.«

»Und?« Joes Mutter blickte ihn erwartungsvoll an.

»Ich mache es selbstverständlich gerne, Ma'am«, sagte Max schnell.

»Hach, wie schön. Das wird ein wunderschöner Tag werden, da bin ich mir ganz sicher. Und jetzt – lasst es euch schmecken.« Sie hob den Deckel vom Topf und füllte dann ihre Teller auf.

DREI
DAS ELEMENT

SCHON NACH WENIGEN Minuten am Tisch kam Jody sich überflüssig vor. Die beiden Männer, die ihr akademisches Leben am meisten beeinflusst hatten, schwatzten aufgeregt wie zwei Schuljungen miteinander. Sir William Rutherford und Frederick Crichton verstanden sich auf Anhieb prächtig und versicherten einander der gegenseitigen Wertschätzung für die Arbeit des jeweils anderen. Sie war dankbar, als der Kellner nach einigen Minuten an ihren Tisch kam und ihnen die bestellten Getränke brachte.

»So, jetzt möchte ich aber zunächst mit meiner Lieblingsstudentin anstoßen«, sagte Sir William und erhob sein Weinglas. »Jocelyn, es ist mir eine wahre Freude gewesen, deinen Werdegang in den letzten Jahren zu verfolgen.«

Jody nahm ihr Glas ebenfalls und stieß damit leicht gegen das von William Rutherford. Sie verzieh ihm sogar, dass er sie mit Jocelyn ansprach, ihrem verhassten Vornamen.

»Vielen Dank, Sir William. Sie haben einen großen

Anteil daran. Ohne Sie wäre ich niemals zu einer Archäologin geworden.«

»Ach was, du hattest schon damals alles, was es braucht. Ich habe dich vielleicht nur etwas motiviert und in die richtige Richtung gestupst.«

»Das ist Ihnen auf jeden Fall hervorragend gelungen. Jody, äh ... Jocelyn ist eine der besten auf ihrem Gebiet. Außerdem ist sie eine ganz ausgezeichnete Dozentin«, stimmte auch Professor Crichton eine Lobeshymne an.

»Bitte nicht übertreiben, die Herren«, lachte Jody. »Sonst steigt mir das noch zu Kopf.«

»Die Gefahr sehe ich nicht. Aber wenn du erlaubst, würde ich jetzt gerne zum eigentlichen Grund meines Besuches kommen«, sagte Rutherford nun mit ernster Miene. »Deswegen bin ich auch sehr froh, dass Sie ebenfalls anwesend sind, Professor Crichton.«

Jody tauschte einen kurzen Blick mit Crichton und sah ihren ehemaligen Mentor erwartungsvoll an, als dieser sich zur Seite neigte und etwas aus seiner ledernen Aktentasche hervorholte.

»Das ist es.« Er legte ein Stück Metall auf den Tisch, das einen rostigen braunen Ton mit einigen rötlichen Einschlüssen aufwies. Es war nicht größer als Jodys Handfläche und schien sich um ein Bruchstück zu handeln.

Professor Crichton nahm seine Brille ab, putzte die Gläser und setzte sie sich wieder auf.

»Sehr interessant, darf ich?«

»Ich bitte darum.«

Crichton nahm das Metallstück in seine Hand.

»Oh! Erstaunlich schwer«, sagte er überrascht. »Das hatte ich nicht erwartet.«

»Ja, es hat eine beachtliche Dichte und ist dazu außergewöhnlich hart. Es braucht einen Diamanten, um etwas davon abzuschleifen.«

»Aber es scheint mir nicht gegen Oxidation gefeit zu sein«, meinte Crichton, der das Metall in seinen Händen drehte. »Obwohl ... diese Art Rost kommt mir seltsam vor.«

»Weil es kein Rost ist«, erklärte Rutherford. »Es ist eine chemische Reaktion auf eine bestimmte Substanz. Leider vermag ich nicht zu sagen, welche.«

»Darf ich, Professor?« Jody streckte ihre Hand aus.

»Gerne.« Crichton ließ das Metallstück in ihre Handfläche fallen. Sofort verstand sie die Verwunderung des Professors über das Gewicht.

»Das ist wirklich verdammt schwer. Schwerer als Blei. Beinahe so schwer wie Platin, würde ich vermuten.«

»Viel schwerer. Ich habe Tests vornehmen lassen. Die Dichte beträgt mehr als vierzig Gramm je Kubikzentimeter.«

»Dies ist nicht ganz mein Metier«, sagte Crichton. »Können Sie mir erklären, was genau das bedeutet, Sir William?«

»Gerne. Das bisher schwerste bekannte Metall der Welt ist Osmium mit einer Dichte von circa dreiundzwanzig Gramm je Kubikzentimeter.«

»Dann ist dieses hier beinahe doppelt so schwer. Was ist es genau?«, fragte Jody stirnrunzelnd.

»Das, meine Liebe«, erwiderte Rutherford mit einem Lächeln, »ist der Grund, warum ich dich aufsuche.«

»Mich? Aber Metalle sind auch nicht mein Spezialgebiet, wenn selbst Sie nicht wissen, um was es sich handelt, dann ...«

»Jocelyn«, unterbrach Rutherford sie milde lächelnd,

»ich habe doch gesagt, dass ich deine Karriere mit großem Interesse verfolgt habe. Im Zuge dessen sind mir auch einige ... Ondits zu Ohren gekommen, über legendäre Artefakte und abenteuerliche Begebenheiten, in die du verstrickt gewesen sein sollst.«

Jody warf einen Seitenblick zu Professor Crichton, der sich nachdenklich mit der linken Hand über den Bart strich.

»Nun, Sir William, dies sind nur Gerüchte, wie Sie schon sagten. Aber es gab nichts Außergewöhnliches in den letzten Jahren.«

»Ach nein? Dann glaubst du also nicht an die Existenz von ... nennen wir es mal *mystischen* Objekten?«

»Natürlich nicht! Ich bin Wissenschaftlerin. Ganz so, wie Sie es mir beigebracht haben.«

»Tja, so hätte ich vor ein paar Jahren auch noch geantwortet. Aber seit ich dieses Objekt in meinem Besitz habe, sind einige merkwürdige Dinge geschehen.« Rutherford nahm ihr das Metallstück aus der Hand und begutachtete es genau. »Es fing mit Kleinigkeiten an. Ich hatte merkwürdige Träume, die sehr real wirkten. Dann bekam ich Visionen, sie zeigten mir Bilder aus der Vergangenheit. Zuerst dachte ich, ich verliere den Verstand. Aber dann begriff ich, dass es mit diesem Stück zusammenhängen muss.« Er sah Jody fest in die Augen. »Meine alten Kollegen am Trinity College haben mich ausgelacht, als ich ihnen von meiner Theorie erzählt habe. Aber ich weiß, dass du – und auch Sie, Professor – mich verstehen kannst.«

»Wie lautet Ihre Theorie, Sir William?«

»Bei diesem Stück Metall handelt es sich um Orichalcum.«

Jody und Crichton tauschten einen langen Blick aus.

»Orichalcum? Sie meinen das Metall, das Platon in seiner Atlantis-Erzählung erwähnte?«

»Genau das.«

»Wie kommen Sie darauf?«, fragte Crichton. »Es könnte doch auch ein anderes, noch unbekanntes Metall sein. Man müsste es genauer erforschen und dann ...«

»Meine Visionen, Professor. Ich habe Visionen von Atlantis!«

Jody betrachtete Sir William Rutherford eingehend. Ihr alter Mentor saß kerzengerade da, sein Blick war klar. Er hatte recht. Jeder andere hätte ihn – trotz seiner Verdienste und seines Renommees – für diese Aussage ausgelacht. Aber Max und sie hatten in den vergangenen Jahren einiges erlebt und entdeckt, was ins Reich der Sagen und Legenden gehörte. Sie wusste, dass es Dinge gab, die mit normalen Maßstäben nicht zu erklären waren. Auch Professor Crichton war mit derlei Dingen vertraut. Und doch hatten sie bisher immer vermieden, auch nur ein Wort darüber in der Fachwelt zu verlieren. Vor allem, weil es ihnen letztendlich immer an handfesten Beweisen fehlte.

»Wie kann ich Ihnen helfen, Sir William?«, fragte sie also.

»Ich möchte, dass du mich auf einer Exkursion begleitest, Jocelyn. Ich will beweisen, dass es Atlantis wirklich gab und es nicht einfach nur eine Sage ist.«

»Sir William, ich ...« Jody zögerte und sah hilfesuchend zu Professor Crichton. »Es ist nicht so einfach für mich ...«

Rutherford hob die Hand.

»Natürlich, das verstehe ich. Das ist eine schwerwiegende Entscheidung. Diese Exkursion würde Jahre dauern. Du musst dich nicht jetzt sofort entscheiden. Schlaf darüber, bespreche dich mit deinem Lebensgefährten. Er ist doch auch Archäologe, nicht wahr? Vielleicht kann er sich ebenfalls vorstellen, uns zu begleiten? Nach allem, was ich über ihn gehört habe, würde er so einem Abenteuer bestimmt nicht abgeneigt sein.« Rutherford zwinkerte ihr zu.

»Gut. Ich werde darüber nachdenken«, versprach sie ihrem ehemaligen Lehrer.

»Danke. Mehr erwarte ich auch nicht«, antwortete Rutherford mit einem Nicken. »Morgen können wir dann weiter über dieses Thema sprechen. Und jetzt lass uns noch ein wenig über die alten Zeiten reden. Ich bin sicher, auch Professor Crichton würde gerne erfahren, wie aus der adligen Jocelyn Wellesley eine Archäologin geworden ist.« Er zwinkerte ihr zu.

»Das ist in der Tat eine Geschichte, auf die ich sehr gespannt bin«, bekräftigte Crichton und lehnte sich gespannt nach vorne. »Also?«

Nach zwei weiteren Stunden, die wie im Flug vergingen, verabschiedeten sie sich von Sir William Rutherford, der mit dem Taxi zu seinem Hotel aufbrach, während Jody in einem anderen Taxi gemeinsam mit Professor Crichton zurück nach Hause fuhr, das in der entgegengesetzten Richtung am Stadtrand von Boston lag.

»Was halten Sie von der Sache? Hat er den Verstand verloren?«, fragte sie nach einer Weile.

»Absolut nicht. Ganz im Gegenteil. Er wirkte auf mich wie ein Mann, der alle seine Sinne beisammen hat und definitiv an das glaubt, wovon er sprach.« Crichton sah sie ernst an. »Und wir beide wissen doch ganz genau, dass er durchaus recht haben könnte. Wir haben selbst schon die unglaublichsten Dinge gesehen, die es nach Meinung der Wissenschaft überhaupt nicht geben dürfte«, fügte er leise hinzu.

»Das ist es ja gerade, was mir Sorge macht. Sir William ist genau dieser Typus eines Wissenschaftlers. Hätte ich ihm von den Dingen erzählt, die wir entdeckt haben – Excalibur, Babylon mit seiner ungeheuren Waffe oder Cíbola mit der Quelle des ewigen Lebens –, er hätte es mir nicht geglaubt. Aber nun kommt er extra aus England hierher, um mir zu erklären, dass der Mythos von Atlantis der Wahrheit entspricht.« Jody schüttelte den Kopf und blickte aus dem Fenster in die Nacht.

»Er wird Hilfe brauchen«, sagte Crichton ruhig.

»Ich weiß. Und ich würde ihm gerne helfen. Aber …« Sie stockte.

Crichton umfasste ihre rechte Hand mit seiner.

»Schlaf darüber, wie er gesagt hat. Morgen früh sprechen wir noch mal über diese Angelegenheit. Max wird dann hoffentlich auch dabei sein.«

VIER
STERNE

DAS ERSTE ZIEL, das Max und Joe nach dem Essen ansteuerten, war die Bar von Joes älterem Bruder Teddy, der PURPLE STAR, der im südlichen Teil der Innenstadt Bostons lag. Während seines Studiums hatte Max hier mehrere Jahre hinter dem Tresen gearbeitet, während Joe im Boxcenter, das sich im selben Gebäude nebenan befand, Jugendliche trainierte. Das Trainingscenter hatte Teddy schon Anfang der Sechzigerjahre geschlossen und konzentrierte sich seitdem nur noch auf den STAR.

Als Max durch die Tür in den Innenraum trat, fühlte er sich sogleich um zehn Jahre in der Zeit zurückversetzt. Dass sich das Interieur nicht geändert hatte, trug zu diesem Gefühl bei. Auch die Stammkunden waren teilweise immer noch dieselben wie damals, als er noch selbst hinter dem Tresen stand. Aber eine wichtige Sache hatte sich dennoch verändert. Die kleine Bühne, auf der damals vornehmlich schwarze Bluesbands ihre Songs zum Besten gaben, war abgebaut und durch weitere Tische ersetzt worden. Zum

Ausgleich dröhnten die Songs jetzt aus einer wuchtigen Musicbox, die sich gegenüber dem Tresen befand. Das Publikum war jetzt auch deutlich weißer als damals zu Max' Zeiten. Nun schätzte er die Verteilung auf annähernd halb und halb.

»Welch seltener Besuch in meiner armseligen Hütte«, rief ein breitschultriger Schwarzer. Er stand mit vor der Brust verschränkten Armen an den Tresen gelehnt und grinste sie breit an. Theodore Carter, von allen nur Teddy gerufen, kam seinem zwölf Jahre jüngeren Bruder von der muskulösen Statur unverkennbar gleich. Ebenso wie Joe hatte Teddy damals im Amateurbereich geboxt, ehe ihm der Zweite Weltkrieg dazwischenkam und ihm die Profikarriere verbaute. Dafür kehrte er mit Orden dekoriert von den Schlachtfeldern in Europa zurück, was ihn in die Lage versetzte, sich mit dem PURPLE STAR ein neues Standbein zu schaffen.

»Hallo Teddy«, rief Max zurück. »Lange nicht gesehen.« Er ging gemeinsam mit Joe auf den Besitzer des STAR zu.

»Na Kleiner, ist in Washington alles so gelaufen, wie du es dir vorgestellt hast?«, fragte Teddy seinen Bruder.

»Ja.«

»Schön für dich.« Der ältere Carter stellte sich gerade hin und sah Max in die Augen. »Möchtest du was trinken?«

»Ja, gerne. Und Joe nimmt sicher …«

Doch Teddy hatte sich schon umgedreht und ging einmal um den Tresen herum, ohne weiter zuzuhören.

»Vielleicht sollten wir woanders was trinken gehen«, meinte Joe gelassen. »Meinem Bruder scheint wieder irgendein Furz quer zu sitzen.«

»Oh nein, du bleibst schön hier.« Teddy schmetterte seinen Handballen auf den Tresen und sah Joe grimmig an.

»Du haust schließlich noch früh genug nach Washington ab.«

»Wo ist dein Problem?«

»Das interessiert dich doch gar nicht. Du machst doch sowieso, was du willst!«

»Sagt der Mann, der sich einfach für sieben Jahre von zu Hause verpisst hat.«

»Treib es nicht zu weit, Kleiner!« Teddy hob drohend den Zeigefinger. »Oder du lernst mich gleich richtig kennen.«

Max streckte seinen Arm aus und hielt ihn zwischen die beiden Brüder.

»Äh, Leute, wie wär's, wenn ihr euch jetzt mal beruhigt und ich einen Whiskey bekomme?«

»Halt dich da raus, Max, das geht dich nichts an«, fauchte Teddy.

»Oh doch. Es geht mich sehr wohl etwas an. Ich will jetzt mein versprochenes Getränk haben, Mr. Carter!« Er kniff die Augen zusammen und versuchte, ein möglichst finsteres Gesicht aufzusetzen.

»Hör auf den Jungen, er hat recht«, meldete sich einer der anderen Gäste, der ein paar Stühle weiter am Tresen hockte. Ein alter Schwarzer mit beinahe schlohweißen Haaren. Er lächelte verschmitzt zu ihnen rüber.

Teddy sah ihn verdutzt an, dann entspannten sich seine Gesichtszüge und ein breites Grinsen zeichnete sich ab.

»Ist schon gut, Jeffrey. Ich lass die beiden am Leben.« Er atmete tief durch. »Also, zwei Whiskey für euch?«

Max nickte zufrieden. »Und einen Whiskey Sour für Jeffrey«, fügte er hinzu.

»Ich sag doch, der Junge ist in Ordnung«, freute sich der Alte, rieb sich voller Vorfreude die Hände und zwinkerte Max zu.

Teddy stellte mit den Worten »Wohl bekomms!« zwei Gläser vor Joe und Max auf den Tresen und brachte dann Jeffrey sein Getränk.

»Danke, Teddy«, sagte Max.

»Komm, lass uns an einen der Tische da hinten gehen«, brummte Joe, griff sich sein Glas und steuerte auf die neuen Sitzgelegenheiten bei der ehemaligen Bühne zu.

Max blickte zurück zu Teddy, der ihm einmal zunickte. Dann folgte er Joe an den Tisch.

»Es geht doch nichts über gute Stimmung zwischen Brüdern.«

»Sei froh, dass du keinen hast!« Joe hob sein Glas. »Slainte.« Er leerte es in einem Zug.

»Ob das so klug war? Jetzt musst du noch mal zum Tresen und es nachfüllen lassen«, griente Max.

»Nein danke. Ich bin dafür, wir gehen gleich woanders hin.«

»Wir sind gerade erst angekommen. Und ich möchte gerne noch etwas bleiben.«

»Vielleicht sollte ich alleine gehen. Du kommst doch auch so klar.«

»Vergiss es, Joe. Du bleibst schön hier. Es kann doch nicht sein, dass du nicht in der Lage bist, mit deinem Bruder ein klärendes Gespräch zu führen? Ihr seid doch keine zankenden Kinder mehr.«

»Sag das ihm und nicht mir!« Joe lehnte sich auf seinem Stuhl zurück und verschränkte die Arme vor der Brust.

Max sah ihn stumm an und fing dann lauthals zu lachen an.

»Du merkst es selbst, oder?«, fragte er, nachdem er wieder Luft bekam.

Auch Joe konnte nicht mehr an sich halten und brach schließlich in Gelächter aus, in das auch Max wieder mit einstimmte. Die Leute an den anderen Tischen drehten sich zu ihnen um.

»Ich hoffe, ihr lacht nicht über mich«, erklang Teddys Stimme hinter Max.

»Nein, keine Angst«, erwiderte Joe und wischte sich eine Lachträne aus dem Auge. »Wir lachen über mich.«

»Das passt.« Teddy zog sich einen Stuhl heran und setzte sich zu ihnen. Er stellte eine Flasche Whiskey auf den Tisch und sah seinem Bruder ernst in die Augen. »Tut mir leid.«

Joe machte große Augen.

»Hat man Worte«, murmelte er. »Das habe ich ja noch nie erlebt.«

»Die richtige Reaktion wäre: mir auch, Teddy.«

»Okay. Mir auch, Teddy.« Joe streckte seine Hand aus, die sein Bruder mit Schwung ergriff und fest drückte.

»Na also, warum nicht gleich so«, sagte Max zufrieden und wollte nach der Whiskeyflasche greifen. Doch Teddy wehrte seinen Versuch mit der freien Hand ab.

»Finger weg! Die ist für Joe.«

»Schon okay, ich teile gern.«

Teddy gab die Flasche frei und Max schenkte sich und Joe die Gläser voll.

»Für dich nichts?«

»Ich muss noch arbeiten, falls es dir nicht aufgefallen ist.«

»Du bist der Chef, du könntest dir freigeben.«

»Vielleicht ein anderes Mal.« Teddy stand wieder auf und nickte Joe zu, ehe er zum Tresen zurückging.

»Eins muss man euch beiden ja lassen«, sagte Max. »Ihr vertragt euch so schnell und mit so wenigen Worten wie sonst niemand, den ich kenne.«

»Wir werden das sicherlich noch einmal ausführlicher diskutieren – unter vier Augen.«

»Was, nicht vor mir? Ich bin immerhin dein künftiger Trauzeuge, quasi Familie.«

»Das fehlt mir gerade noch«, stöhnte Joe und hob sein Glas zum Anstoßen in die Höhe.

Sie blieben noch gute zwei Stunden im PURPLE STAR und leerten die Whiskeyflasche in dieser Zeit bis auf den letzten Tropfen. Max war überrascht, wie fit er danach immer noch war, ebenso wie Joe, und sie beschlossen, noch eine weitere Bar im Bostoner Nachtleben aufzusuchen. Daraus ergab sich eine lange Kneipentour bis in die frühen Morgenstunden, wie sie sie schon seit Jahren nicht mehr gemacht hatten. Schließlich machten sie sich Arm in Arm – schwankend und sich gegenseitig stützend – auf den Rückweg, während sich der Mond schon längst wieder auf dem Rückzug befand.

»Weißt du ... Max«, sagte Joe mit schwerer Zunge, »es war längst an der Zeit, dass wir mal wieder zusammen was trinken gehen.«

»Ich stimme dir absolut zu.« Max ließ einen Rülpser folgen. »Ups, entschuldige. Das letzte Mal waren wir zu dritt, Patrick war noch dabei.«

»Ja, der kann uns leider nie wieder begleiten. Aber im Herzen ...« Joe wurde schlagartig unterbrochen, als ein Mann aus dem Gebäude, an dem sie gerade vorbeigingen, auf die Straße lief und gegen ihn prallte. Joe stürzte zu Boden und riss Max mit sich herunter.

»Hey, was soll denn das?«, lallte Max und versuchte etwas unbeholfen, wieder auf die Beine zu kommen. Er lag bäuchlings auf dem Gehweg, halb unter Joe begraben.

Zwei weitere Männer kamen aus dem Haus, das Max aus dem Augenwinkel blinzelnd als Hotel identifizierte. Sie griffen sich den Kerl, der Joe angerempelt hatte, und zogen ihn beiseite.

»Entschuldigen Sie bitte unseren Freund. Das war keine böse Absicht.«

Augenscheinlich war auch dieser Mann schwer angetrunken, was Max aufgrund dessen Alters verwunderte. Der Rempler war sicherlich im selben Semester einzuordnen wie Professor Crichton. Er hob die Hand und winkte Max zu, als ihn die anderen Männer mit sich schleiften.

»Kannst du bitte von mir runterkommen, damit ich aufstehen kann?«, raunzte Max seinen Freund an, der nur ein leises Grunzen ausstieß. »Joe!«

»Wie ... was? Ich bin wach, ich bin wach«, brabbelte sein Kumpel und rollte sich seitwärts von ihm herunter. »Was ist denn passiert?«

»Irgendein Besoffener ist in dich gelaufen«, erwiderte Max und klopfte sich nach dem mühsamen Aufstehen die Hose ab.

»Furchtbar, diese Trinker.«

»Ja, aber wirklich.«

Lachend gingen sie weiter die Straße entlang.

FÜNF

DER DIEB IN DER NACHT

PARIS, EINIGE STUNDEN ZUVOR

ER MUSTERTE die stumm dasitzende und mysteriös lächelnde Frau schon seit fünf Minuten. Zu gerne würde er sie jetzt entführen. Das würde ihn schlagartig zum berühmtesten Vertreter seiner Gilde weltweit machen. Aber das war nicht sein Auftrag. Und außerdem benötigte er das alte Bild nicht, um seinen Ruhm zu mehren. Sein Ruf war jetzt schon legendär. Also wandte er sich um und ließ die Mona Lisa dort hängen, wo sie war, in der *Grande Galerie*. Er schlenderte langsam weiter durch die menschenleeren Korridore des Louvre. Sein eigentliches Ziel befand sich im ältesten Teil des Museums, dem *Cour Carrée*, das heute nur noch Sully-Flügel genannt wurde. Wie ein normaler Besucher nahm er sich die Zeit, um hin und wieder stehen zu bleiben und ein besonders schönes Kunstwerk mit dem Lichtkegel seiner Taschenlampe zu beleuchten. Vor den Wachleuten hatte er nichts zu befürchten. Die befanden sich zu dieser nachtschlafenden Zeit im Richelieu-Flügel. Erst in frühestens zehn Minuten wäre wieder einer der nur drei Nachtwächter wieder im Denon-Flügel. Dann wäre er bereits bei seinem Ziel angelangt, wenn er denn wollte. Vielleicht würde er sich noch ein wenig mehr Zeit gönnen, um die Ausstellungsstücke in Augenschein zu nehmen.

Wer weiß, es findet sich womöglich doch noch ein kleines Stück, das ich mitnehmen kann?, dachte er lächelnd.

Doch er verwarf diesen Gedanken schnell wieder. Er war nur aus einem Grund beauftragt worden, in den Louvre einzudringen, und genau daran würde er sich auch halten. Schließlich machte er seine Arbeit gewissenhaft. Sein Auftraggeber hatte darauf bestanden, dass allerhöchste Diskretion gewahrt werden musste und nicht der geringste Hinweis auf einen Einbruch deuten sollte. Trotzdem prägte er sich gewisse Dinge ein, die sich vielleicht bei einem weiteren Besuch als nützlich erweisen würden. Er erreichte den Übergang zum Sully-Flügel. Eine gewaltige Statue eines griechischen Gottes nahm ihn in Empfang. Lässig legte er die Hand an die Stirn.

»Bon nuit, mon ami!«

Er schritt an der Figur vorbei und wandte sich nach links, wo eine Treppe ins Erdgeschoss leitete. Von der griechischen Ausstellung gelangte er weiter zu den Stücken des Nahen Ostens. Am Codex des Hammurabi entlang ging er weiter, bis er zu einer unscheinbaren Tür gelangte, die hinab in die Kellergewölbe führte. Die alten Stufen der Holztreppe knarzten unter seinen Füßen. Kühle Luft strömte durch die niedrigen und schmalen Gänge unterhalb des *Cour Carrée*. Es gab mehrere Abzweigungen und ohne einen genauen Plan konnte man hier unten durchaus für einige Stunden umherirren. Zum Glück hatte sein Auftraggeber ihn mit einer genauen Karte versorgt, sodass er sein Ziel ohne Probleme fand.

Die Tür, vor der er jetzt stand, war verschlossen. Jedoch nur mit einem einfachen Vorhängeschloss, das in einer Metallöse hing und damit den jahrhundertealten Eisenriegel fixierte, der einfach nur in einer Furche in der Wand verschwand. Es wäre ein Leichtes gewesen, die Tür einfach aufzureißen. Wahrscheinlich würde die alte Ziegelwand als Erstes nachgeben. Aber das war nicht sein Stil. Also holte er sein Täschchen aus der Beintasche hervor und zog einen passenden Dietrich daraus, mit dem er das Schloss im Handumdrehen geöffnet hatte. Dann trat er ein. Überfüllte Regale, wohin er nur blickte. Alte Folianten stapelten sich auf durchhängenden Regalböden. Sein Blick fiel auf ein Schild, das am Bücherbord links von der Tür befestigt war.

SAMMLUNG D. DIDEROT stand dort geschrieben. Er ging zu dem Regal und ließ seine Hände über die alten Buchrücken gleiten. Sie waren fein säuberlich beschriftet. Er musste nicht lange suchen, bis er den Band fand, den sein Auftraggeber ihm genannt hatte. Er zog den mächtigen Folianten aus dem Regal und legte ihn auf den Tisch, der in der Mitte des fensterlosen Raumes stand. Das Papier roch etwas muffig, als er das Buch aufschlug, aber das war kein Wunder, nach all den Jahrhunderten. Dafür war es in erstaunlich gutem Zustand, was sicherlich auch den Bedingungen in den Gewölben zuzuschreiben war. Die Luftfeuchtigkeit und die Temperatur waren geradezu ideal für die Lagerung von Schriftwerken. Vorsichtig blätterte er weiter, bis er die losen Seiten entdeckte. Zerknittertes und später wieder geglättetes Papier, das ganz offensichtlich nicht zum Buch gehörte. Einige rostbraune, rötliche Flecken waren auf manchen der Blätter zu sehen. Sie wiesen auch eine andere Handschrift auf als die im Buch. Und es waren seltsame Symbole daneben.

Sieht aus wie ein alter Code, dachte er. *Ich habe ja schon viele Dinge gestohlen, aber einfach nur ein paar Blätter Papier ...*

Schnell nahm er die Seiten an sich und verstaute sie in einem festen Pappumschlag, den er eigens dafür mitgebracht hatte. Er steckte ihn zurück in seine Umhängetasche, schloss das Buch und stellte es an seine Position im Regal zurück. Dann machte er sich auf den Rückweg. Über die alte Treppe gelangte er wieder zurück in den Saal mit den Ausstellungsstücken des alten Babylon. Er warf einen Blick auf seine Armbanduhr.

Noch drei Minuten, ehe die Wächter auf ihrer Runde hier ankommen.

Mit schnellen Schritten eilte er durch den Saal und wieder die Treppe in den ersten Stock hinauf und schließlich erneut in den Denon-Flügel. Zufrieden mit sich schlenderte er den Gang entlang, bog in die *Grande Galerie* ab und grüßte die Mona Lisa.

»Wir sehen uns bestimmt bald wieder, meine geheimnisvolle Schöne«, sagte er zu ihr, ehe er zu seinem Ein- und Ausstieg gelangte, einem Fenster auf der Seine-Seite des Gebäudes. Sein Seil hing noch da. Hinter sich hörte er die Stimmen zweier Männer, die sich laut scherzend unterhielten.

Es wird Zeit zu gehen.

Elegant schwang er sich über den Fenstersims, griff sich den Strick und schloss die Scheibe vorsichtig, als er draußen an der Fassade hing. Mit einem leichten Druck rastete der Rahmen wieder in seiner Halterung ein. Niemand würde bemerken, dass er hier gewesen war. Mit drei großen Sprüngen rutschte er zum Boden hinab, löste einen Knoten, mit dem er das Seil in einem Bodenanker festgemacht hatte, und zog kräftig daran. Es rauschte von oben aus einer Metallöse herab und landete direkt neben seinen Füßen. Er wickelte es auf und wedelte damit die Fußabdrücke im schmalen Sandstreifen neben dem Gebäude weg, während er langsam rückwärts zur Straße ging. Diese überquerte er und ging nun direkt am Ufer der Seine entlang zum Treffpunkt. Das war das einzig Ungewöhnliche gewesen. Normalerweise hatte er mehr Zeit für die Übergabe. Nie bestanden seine Auftraggeber darauf, das Objekt ihrer Begierde noch in derselben Nacht überreicht zu bekommen.

Er schlenderte den Weg entlang des Denon-Flügels des Louvre in Richtung der Brücke, die sich genau gegenüber dem Cour Carrée über den Fluss spann. Die *Pont des Arts* – die Brücke der Künste – war genau der richtige Ort für einen Künstler wie ihn. Vor allem, weil sie um diese Zeit völlig im Dunkeln lag, keinerlei funktionierende Beleuchtung, seit vor zwei Jahren ein Schiff mit gleich fünf der sieben Brückenpfeiler kollidiert war. Da es sich nur um eine Fußgängerbrücke handelte, schien die Stadt es nicht eilig zu haben, alles wieder instandzusetzen. Es kursierten auch seit Längerem schon Gerüchte über einen Abriss und Neubau der alten Brücke, die schon beinahe hundert Jahre auf den Bögen hatte. Ein Blick auf die Uhr zeigte ihm, dass er gut in der Zeit war und den vereinbarten Treffpunkt gut dreißig Minuten zu früh erreichen würde.

Zeit, die es zu nutzen gilt.

Er zog seine Taschenlampe und den Umschlag heraus. Es brauchte nur etwas mehr als eine Minute, um die Arbeit abzuschließen.

Sein Auftraggeber kam ebenfalls zehn Minuten früher auf der Brücke an. Wie er es erwartet hatte, kam der Mann nicht alleine. Zwei breitschultrige Handlanger begleiteten ihn. Er traf sich mit ihnen genau in der Mitte der *Pont des Arts*.

»Und? Haben Sie es geschafft?«, fragte der Grieche.

»Sonst stünde ich nicht hier«, gab er zurück und zog den Pappumschlag aus seiner Tasche.

Der Auftraggeber zuckte bloß leicht mit dem Kopf und sofort setzte sich der Kerl rechts von ihm in Bewegung. Ein hünenhafter Kerl, gut einen Kopf größer als er selbst. Der Mann streckte die Hand aus.

»Ich hätte zuerst gerne meine Bezahlung«, sagte er an den Griechen gerichtet, ohne auf den ausgestreckten Arm zu achten.

»Erst wenn ich kontrolliert habe, dass sich die Seiten auch wirklich in Ihrem Besitz befinden.«

»Das sind sie. Wie ich schon sagte, sonst wäre ich nicht hier. Aber wenn Sie nicht möchten ...« Er schickte sich an, den Umschlag wieder in seiner Tasche zu verstauen.

»Schon gut. Sie bekommen Ihr Geld. Kostas, bring es unserem Freund.«

Der zweite Handlanger kam auf ihn zu. Dieser trug einen schwarzen Lederkoffer in der linken Hand. Als er bei ihm ankam, hob er diesen in die Höhe und der andere Kerl hielt ihm seine Arme als Unterlage hin. Als der Deckel des Koffers aufsprang, nickte er zufrieden.

»Perfekt.« Er reichte den Pappumschlag an den rechten der beiden Männer und nahm sich den Geldkoffer.

Der Mann, dem er den Umschlag gegeben hatte, öffnete diesen und zog die Papiere hervor. Dann nickte er dem Auftraggeber zu.

»Möchten Sie es nicht zählen?«

»Ich bin sicher, es wird exakt die Summe sein, die wir abgemacht haben. In unserem Geschäft ist Ehrlichkeit ein hohes Gut. Nur einmal betrügen würde sie für immer aus dem Spiel nehmen.«

»So ist es. Ich denke, wir sind dann fertig.« Die beiden Handlanger machten kehrt und gingen zu ihrem Boss zurück. »Hat mich sehr gefreut, mit Ihnen Geschäfte zu machen.«

»Ebenfalls.« Er sah den Griechen lächelnd an und wartete. Niemand von ihnen wandte sich zum Gehen um. »Müssen Sie nicht los?«

»Ach, wir haben es nicht eilig.«

Er spannte seine Muskeln an. Sein Bauchgefühl hatte ihn nicht getrogen. Urplötzlich zogen die beiden Lakaien Pistolen mit Schalldämpfern unter ihren Mänteln hervor und feuerten auf ihn. Da sprang er bereits zur Seite weg. Bis zum Brückengeländer waren es nur fünf Meter. Mit zwei großen Sätzen war er sekundenschnell dort angelangt, doch dann traf ihn eine Kugel im rechten Arm. Mit einem Aufschrei ließ er den Koffer fallen. Eine weitere Kugel erwischte ihn seitlich unterhalb des Armes, von der Wucht wurde er gegen das Geländer geworfen. Schwer atmend stand er mit dem Rücken an die Brüstung gelehnt da und starrte den Griechen hasserfüllt an.

»Es ist nichts Persönliches. Aber unter gar keinen Umständen kann ich einen Mitwisser dulden«, sagte Chrístos Petrakos maliziös grinsend. »Erledigt ihn!«

Die beiden Schergen feuerten ihre Waffen jeweils einmal auf ihn ab. Beide Projektile trafen ihn in die Brust. Er wurde rücklings über das Geländer geschleudert und stürzte mit dem Kopf voran in die Tiefe, wo das eiskalte Wasser der Seine über ihm zusammenschlug.

SECHS
KOPFSCHMERZEN
BOSTON, NÄCHSTEN MITTAG

MAX WAR GEFANGEN. Ein Stamm von blutrünstigen Indianern hatte ihn zwischen zwei Totempfähle angebunden. Seine Arme waren weit ausgebreitet. Dann trat der Häuptling an ihn heran und begann, mit einem stumpfen Messer die Haut von seinem Gesicht zu schälen. Es wurde feucht – er wachte auf.

»Ike, verdammt lass das.« Er scheuchte den Hund von sich fort, der ihm ausgiebig mit seiner rauen Zunge das Gesicht abgeleckt hatte. »Raus aus dem Bett!«

»Das Gleiche gilt auch für dich!« Jody stand mit vor der Brust verschränkten Armen am Fußende des Bettes und sah ihn leicht säuerlich an.

»Oh, guten Morgen, Liebling.« Max lächelte sie zerknirscht an. »Ist etwas später geworden gestern.«

»Das habe ich gemerkt. Und es war wohl auch feuchtfröhlich.«

»Nur ein ganz klitzekleines bisschen.« Max hob seine

rechte Hand und deutete mit Daumen und Zeigefinger einen geringen Spalt an.

»Der Taxifahrer hat uns aus dem Bett geklingelt, damit wir dich aus dem Wagen tragen«, sagte Jody sauer.

»Taxi? Welches Taxi?« Max rieb sich den Kopf. Er konnte sich nicht mehr an alles erinnern.

»Du hast Joe zu Hause abgeliefert und bist von dort mit dem Taxi hierhergekommen. Leider bist du schon auf der Fahrt eingeschlafen und du warst zu volltrunken, um wieder aufzuwachen.«

»Oh.«

»Jetzt geh duschen, du stinkst fürchterlich.« Jody stampfte aus dem Zimmer.

Max hob den Arm und roch an seiner Achselhöhle.

»Also ich rieche nichts. Sie übertreibt, nicht wahr, Ike?« Der Dachshund hatte sich neben ihm im Bett hingelegt und sah ihn interessiert mit seinen dunklen Augen an. »Ach, was weißt du schon!«

Er schwang sich aus dem Bett und ging immer noch leicht unsicher auf den Beinen ins Bad. Nach einer ausgiebigen Dusche fühlte er sich fit genug, um sich Jodys Moralpredigt zu stellen. Gemeinsam mit Ike ging er die Treppe hinab und steuerte zunächst die Küche an, wo aber niemand war.

»Max, hierher bitte«, rief die Stimme von Professor Crichton über den Flur. Sie kam aus seinem Arbeitszimmer.

Als Max dort eintrat, fand er Jody und Crichton über ein dickes Buch gebeugt am Schreibtisch stehend vor.

»Guten Tag, Max. Ausgeschlafen?«, fragte der Professor, ohne den Kopf zu heben.

»Ja. Hören Sie, wegen gestern Nacht, es tut mir sehr ...«

»Schon vergessen.«

»Wirklich? Das ...«

»Was halten Sie hiervon?« Crichton drehte das aufgeschlagene Buch, in dem er und Jody gerade gelesen hatten, zu ihm hin.

Max trat an den Schreibtisch heran und las, was ihm angesichts der kleinen Schrift und des leichten Schleiers vor seinen Augen nicht leicht fiel.

»Das ist Platons *Kritias*. Der Teil mit den Atlantis-Dialogen.«

»Was halten Sie davon?«

»Ich fand die Geschichte immer recht interessant. Mein Vater hat mir schon als Kind daraus vorgelesen und ...«

»Das meine ich nicht. Ich möchte wissen, was Sie von Atlantis halten.«

»Äh, also das ... eine Legende, mehr nicht. Es gab abgesehen von Platon niemals eine zweite Quelle. Er hat Atlantis nur erfunden, um es als Allegorie zu nutzen in seinen Dialogen *Timaios* und *Kritias*.«

»Warum soll es nicht existiert haben?«, fragte Jody ihn.

»Na ja, eine so große Insel, wie Platon sie beschreibt – beinahe schon ein Kontinent – hätte Spuren hinterlassen müssen. Aber es gibt einfach nichts.«

»Das dachte ich auch – bis gestern.«

»Wieso, was ist gestern passiert?«, fragte Max verwirrt.

»Ich habe ein Stück Orichalcum gesehen.«

»Moment mal, stopp.« Max rieb sich die Schläfen. In seinem Kopf pochte es noch leicht. »Ich bin derjenige, der gestern getrunken hat, oder?«

»Offensichtlich«, merkte Professor Crichton amüsiert an.

Jody sah ihn eindringlich an.

»Mein alter Mentor, Sir William Rutherford, hat ein Stück Metall gefunden, von dem er sicher glaubt, dass es sich um Orichalcum handelt, das legendäre Metall, das den Atlantern ebenso wertvoll wie Gold gewesen sein soll und aus dem sie eine riesige Schutzmauer um ihre Hauptstadt errichtet hatten. Er hat es uns gestern gezeigt.«

»In Ordnung. Angenommen, dieser Rutherford hat ein Stück dieses legendären Elements gefunden – was ändert das? Oder willst du dich etwa mit ihm auf die Suche nach Atlantis begeben?« Max lachte belustigt auf, als er den Satz beendet hatte. Er verstummte aber schnell wieder, als er den ernsten Blick bemerkte, mit dem Jody ihn bedachte. »Du willst es wirklich suchen?«

»Ja. Ich meine, vielleicht, ja. Ich weiß, es hört sich verrückt an, aber ich habe das Gefühl, dass Sir William tatsächlich einen entscheidenden Hinweis auf Atlantis entdeckt hat. Und wir haben schon ganz andere Dinge gefunden, die es nur im Reich der Legenden gab.«

Unschlüssig kratzte sich Max am Kopf und sah zum Professor.

»Was halten Sie davon?«

»Ich schließe mich vollumfänglich Jodys Meinung an. Dieses Stück Orichalcum, das wir gestern Abend in Händen halten durften, und dazu die Gewissheit in den Augen Sir Williams ... Ja, ich glaube ihm.«

»Gestern Abend hatte ich auch noch Zweifel«, sagte Jody. »Aber je mehr ich darüber nachgedacht habe, desto mehr bin ich davon überzeugt, dass er recht hat. Ich habe schon seit Stunden alles Mögliche an Texten über Atlantis zusammengesucht, was die Bibliothek des Professors hergibt.« Sie deutete auf den Schreibtisch, wo sich noch einige andere Bücher stapelten.

»Nicht gerade sehr ergiebig«, bemerkte Max.

»Außer Platons Dialogen *Timaios* und *Kritias* finden sich kaum brauchbare Angaben.«

»Und *Kritias* ist unvollendet geblieben, soweit ich weiß. Es bricht genau an der Stelle ab, wo es beginnt, interessant zu werden.«

»Das stimmt. Aber es soll sogar noch einen dritten Dialog gegeben haben, den *Hermokrates*.«

»Wenn Platon den überhaupt jemals geschrieben hat. Außerdem ist nicht sicher, ober es darin auch wieder um Atlantis gehen würde.«

»Aber auch bei Herodot finden sich einige Anmerkungen über ein mächtiges Volk. Er nennt zwar nirgends den Namen Atlantis, dennoch könnte er sich durchaus auf dieselbe Quelle wie Platon stützen. Und auch andere griechische Geschichtsschreiber wie Strabon und Plutarch hielten es für möglich, dass Platon sich bei Atlantis auf einen tatsächlich existierenden Ort bezog.«

»Hm, ich gebe zu, dass es einen gewissen Reiz hätte, einen Beweis für die Existenz von Atlantis zu erbringen. Aber könnte ich erst mal etwas frühstücken?« Er zwinkerte Jody zu.

»Nein«, gab die streng zurück, nur um ihm kurz darauf ein liebevolles Lächeln zu schenken. »Es ist bereits nach zwölf Uhr. Ich schlage vor, du überspringst das Frühstück und wir gehen zusammen mittagessen.«

»Klingt nach einer guten Idee.«

»Gut, dann lass uns los.«

»Wohin willst du?«

»Zum Hotel von Sir William. Wir werden mit ihm gemeinsam essen und du kannst dir bei der Gelegenheit gleich das Orichalcum genauer ansehen.«

»Meinetwegen«, sagte Max. »Begleiten Sie uns, Professor?«

»Nein, diesmal nicht. Ich habe ausreichend gefrühstückt. Ich werde ein wenig mit Ike spazieren gehen. Dabei kann ich am besten nachdenken.«

Eine halbe Stunde später fand sich Max gemeinsam mit Jody in der Lobby des Marriott Hotels wieder.

»Wow, dein Sir William leidet bestimmt nicht an Geldnot«, kommentierte Max die opulente Innenausstattung des Empfangsbereiches.

»Warte hier, ich bitte den Concierge, Sir William zu informieren, dass wir da sind.«

»Ach, er weiß noch gar nichts von seinem Glück?«

»Nein. Aber ich bin sicher, es wird eine angenehme Überraschung für ihn sein.«

Jody marschierte zum Tresen, während Max sich in einen der verflucht bequemen Sessel im Wartebereich plumpsen ließ. Auf dem Tisch vor ihm lag eine Ausgabe des *Boston Globe,* die er sich griff. Eine große deutsche Flagge zierte das Titelblatt und darunter war ein Bericht abgedruckt, dass es einen neuen Regierungschef in seinem Heimatland gab. Ludwig Erhard folgte auf den zurückgetretenen Konrad Adenauer. Max interessierte sich wenig für Politik und in Deutschland war er seit seinem kurzen Abstecher nach Berlin vor drei Jahren nicht mehr gewesen. Er schüttelte sich bei der Erinnerung daran und blätterte weiter, bis er zum Sportteil kam. Die Celtics hatten ihr Auswärtsspiel bei den Cincinnati Royals mit einem Punkt Vorsprung gewonnen. Aber ehe er weiterlesen konnte, kam Jody auch schon zu ihm zurück.

»Er ist abgereist«, sagte sie mit konsterniertem Gesichtsausdruck.

»Was denn, so plötzlich?«

»Ja, ich kann es auch nicht glauben, aber der Concierge sagte, dass Sir William bereits in aller Frühe ausgecheckt hat.«

»Vielleicht ist er nur in ein günstigeres Hotel gezogen«, scherzte Max.

»Nein, da stimmt etwas nicht«, murmelte Jody geistesabwesend. »Er wollte sich auf jeden Fall noch einmal mit mir treffen. Er würde niemals einfach so verschwinden.« Sie sah ihn besorgt an.

»Es gibt sicher eine ganz einfache Erklärung für seine Abreise. Vielleicht hat er einen Anruf aus England bekommen oder etwas in der Art, weswegen er sofort aufbrechen musste. Hat er denn auch keine Nachricht für dich hinterlegt?«

»Nein, gar nichts.« Jody schüttelte den Kopf.

»Komm, lass uns erst mal hier raus. Ich muss jetzt trotzdem dringend was essen.« Jody folgte ihm vor die Tür. Als Max sich seinen Hut wieder aufsetzen wollte, stutzte er.

»Was ist?«

»Ich war heute Nacht erst hier«, gab er zurück, während er den Eingang des Hotels genau betrachtete.

»Wie bitte? Was hast du im Marriott gemacht?«

»Nein, ich war nicht im Hotel. Joe und ich sind hier bloß entlanggegangen, als plötzlich ...« Er drehte sich schnell zu Jody. »Kannst du mir Sir William beschreiben?«

»Natürlich. Er ist ungefähr einen Meter fünfundsiebzig, sehr schlank und hat graue Haare, mittellang und braune Augen. Ein englischer Gentleman durch und durch. Wieso willst du das wissen?«

Er sah Jody fest in die Augen.

»Weil ich glaube, dass ich ihn heute Morgen gesehen habe. Er wurde entführt.«

SIEBEN

DIE BRUDERSCHAFT

ZUR GLEICHEN ZEIT ÜBER DEM ATLANTIK

SIR WILLIAM RUTHERFORD blickte aus dem Fenster des Flugzeugs. Unter sich konnte er den Ozean sehen, dessen Name so verheißungsvoll an die legendäre Stadt erinnerte. Die Küste des amerikanischen Kontinents hingegen war nur noch als schwacher Schatten zu erahnen.

»Möchten Sie einen Kaffee?«, fragte ihn ein Mann, der die Kluft eines Butlers trug und ein Tablett in Händen hielt, auf dem mehrere Tassen sowie eine Kanne aus weißem Porzellan standen.

Er antwortete nicht, sondern warf dem Mann nur einen grimmigen Blick zu.

»Schenken Sie ihm eine Tasse ein, Osmond«, sagte eine andere Stimme hinter ihm. »Er kann sie gebrauchen.«

Etwas schwerfällig bewegte sich ein ausgemergelter Mann an dem Butler vorbei und ließ sich langsam auf dem freien Sitz ihm gegenüber nieder. Auf dem Tisch, der sich zwischen ihnen befand, stellte der Diener jetzt nacheinander die Tassen und die Kaffeekanne ab. Er schenkte ein und verschwand. Der alte Mann musterte ihn eine Weile stumm mit seinen dunklen Augen.

»Mit wem habe ich das Vergnügen?«, fragte Rutherford.

»Walter Lucas. Sehr erfreut, Sie kennenzulernen, Sir William«, antwortete sein Gegenüber.

»Dies kann ich von mir nicht behaupten.«

»Gewiss nicht«, lachte Lucas. »Aber das spielt keine Rolle. Lassen Sie uns ein wenig über Ihre Entdeckung plauschen.«

»Danke nein. Ich habe keinen Bedarf an Konversation.«

»Ein Jammer. Dabei vergeht die Zeit viel schneller. Wir werden noch einige Stunden in der Luft sein, ehe wir unser Ziel erreichen. Und spätestens da werden Sie reden müssen. Aber wahrscheinlich unter wenig angenehmen Bedingungen.« Die Augen des Alten blitzten auf.

»Was wollen Sie von mir, Mr. Lucas?«

»Ich sagte doch bereits, ich möchte mit Ihnen über Ihre Entdeckungen sprechen. Aber zuerst, wo ist das Orichalcum?« Er grinste ihn breit an.

»Woher wissen Sie davon?«

»Das spielt keine Rolle. Meine Leute haben Ihr Gepäck durchsucht, Ihr Hotelzimmer und natürlich auch den Anzug, den Sie tragen. Sie haben es nicht gefunden – wo ist es?« Die Stimme von Lucas bekam jetzt einen fordernden Klang.

Sir William Rutherford griff entspannt lächelnd nach der Kaffeetasse und trank einen Schluck. Er verzog das Gesicht.

»Normalerweise bevorzuge ich Tee. Aber von solchen ungebildeten Yankees kann ich das wohl kaum erwarten. Oder ob Ihr Butler mir wohl einen Tee bringen könnte? Er scheint mir aus dem Empire zu kommen.«

»Sie sollten mich nicht reizen, Sir William. Wo ist das Orichalcum?«

»Nicht hier, so viel ist sicher. Um noch mal auf den Tee zurückzukommen ...«

»Osmond! Kommen Sie her«, brüllte Walter Lucas durch den Innenraum der kleinen Privatmaschine.

Sofort eilte der Butler herbei.

»Sie wünschen, Sir?«

»Einen Tee für Sir William.«

»Kommt sofort, Sir.« Der Butler machte kehrt.

»Ach ja und Osmond, bitte geben Sie per Funk nach Boston durch, dass sich unsere Leute einmal mit der reizenden Dr. Wellesley befassen sollen. Sie hat das, wonach wir suchen in ihrem Besitz.« Walter Lucas bleckte die Zähne und sah ihm tief in die Augen. »Möchten Sie noch etwas Milch für Ihren Tee, Sir William?«

ACHT
AUF DER SUCHE
BOSTON

KOPFSCHÜTTELND SASS Jody ihm am Tisch gegenüber, während der Kellner ihnen das Essen servierte.

»Das kann doch nicht sein«, sagte sie. »Warum sollte jemand Sir William entführen?«

»Ich habe dir nur erzählt, was ich gesehen habe.«

»Während du nicht mehr ganz standfest warst und dich mit Joe vor dem Hotel auf die Nase gelegt hast.«

»Hey, ich habe dir doch gesagt, dein Sir William ist gegen Joe geprallt und hat uns zu Fall gebracht. Ich dachte, er wäre ähnlich betrun... äh, angeheitert wie wir und die anderen zwei Kerle, die bei ihm gewesen sind, wären seine Freunde.«

»Warum habt ihr nichts unternommen?«

»Weil es nicht wie eine Entführung wirkte. Er sagte kein Wort, er hat mir sogar zugewunken ...«

»Er hat versucht, dir ein Zeichen zu geben, und du hast es nicht erkannt, weil du zu betrunken warst!«

»Schuldig im Sinne der Anklage«, gab er zerknirscht zu.

»Aber es ist nicht mehr zu ändern. Die Frage ist doch, wer kann ein Interesse daran haben, deinen alten Lehrer zu entführen?«

Jody zuckte mit den Schultern.

»Ich weiß es nicht. Er wirkte ganz normal gestern. Er hat mit keinem Wort irgendwas erwähnt, was ihm Sorgen macht.«

»Aber es muss mit seiner Entdeckung des Orichalcums zusammenhängen.«

»Vielleicht, aber warum? Es ist kein Gold und sein wissenschaftlicher Wert muss erst noch bewiesen werden.«

»Aber wenn es aus Atlantis kommt und eventuell sogar den Weg dorthin weist, ist es unbezahlbar.«

»Ja, wenn. Doch das wollte er doch erst noch beweisen, mit meiner Hilfe. Und deiner.«

Max nickte und stocherte dann mit einer Gabel im Essen vor sich herum.

»Ist dir gestern Abend etwas merkwürdig vorgekommen?«, fragte er.

»Du meinst in der Art, dass ich ein legendäres Metall aus dem Reich der Sage zu Gesicht bekomme?«

»Nein, ich meine, hat euch jemand beobachtet?«

Jody zuckte mit den Schultern.

»Vielleicht. Ich habe jedenfalls nichts bemerkt. Ich war viel zu sehr mit anderen Dingen beschäftigt. Aber was machen wir jetzt, Max?«

Er kaute auf dem zähen Stück Fleisch herum, das er sich gerade abgeschnitten hatte.

»Ich habe keine Idee, was wir tun könnten. Vielleicht zur Polizei gehen?«

»Und was erzählen wir denen? Wir können doch nichts

von unseren Vermutungen beweisen. Die werden nichts unternehmen.«

»Was schlägst du stattdessen vor?«

»Ich …« Jody stockte. »Ich weiß es nicht, Max. Aber irgendwas müssen wir tun!«

Max kaute nachdenklich auf dem nächsten Bissen herum.

»Kannst du irgendwen anrufen? Hat Sir William Familie?«

»Nein.« Jody schüttelte den Kopf. »Er hat immer nur für seine Arbeit gelebt. Zumindest, soweit mir bekannt ist. Ich könnte nur das Trinity College anrufen.«

»Okay, dann machen wir das, sobald die in England wieder aufwachen. Und bis dahin versuchen wir, herauszufinden, wo er noch gewesen ist, bevor er dich besucht hat.«

»Wie sollen wir das bewerkstelligen?«

»Er wird doch sicherlich nicht einfach auf Urlaub hiergewesen sein und dich zu besuchen war bestimmt auch nicht sein einziges Anliegen. Du hast mir gestern erzählt, dass er schon einige Tage länger in den Staaten ist und aus New York nach Boston kommt.«

»Ich bin beeindruckt, du hörst mir ja wirklich zu, wenn ich dir etwas sage«, grinste Jody.

»Jedes Wort, das aus deinem entzückenden Mund kommt, Schatz«, gab Max zwinkernd zurück.

»Übertreib es bitte nicht. Sonst gewöhne ich mich noch daran. Können wir los?«

Max schaufelte sich noch schnell den letzten Rest von seinem Teller in den Mund, dann zahlten sie und verließen das Restaurant. Sie beeilten sich, um möglichst schnell nach Hause zu gelangen, damit sie umgehend mit einigen archäologischen Fakultäten und Museen in New York

Kontakt aufnehmen konnten, von denen sie annahmen, dass Rutherford ihnen einen Besuch abgestattet hatte.

Als Max den Schlüssel in das Türschloss steckte, wunderte er sich.

»Die ist ja schon offen.«

»Professor Crichton ist sicherlich zu Hause«, sagte Jody und ging an ihm vorbei ins Haus. Sofort schritt sie zum Telefon, das im Flur stand, und holte einen dicken Wälzer aus dem Schränkchen darunter heraus. Das Telefonbuch hatten sie erst vor einem Monat neu bekommen und es bestand aus weit mehr als tausend Seiten.

»Das brauchen wir doch nicht. Die meisten Nummern müsste der Professor in seinem Notizbuch auf dem Schreibtisch stehen haben«, meinte Max und hängte seinen Hut und die Jacke an die Garderobe.

»Es kann nicht schaden«, erwiderte Jody.

»Na gut. Ich gehe das Notizbuch holen.« Er ging den Flur entlang und öffnete die Tür des Arbeitszimmers. Er wurde bereits erwartet. Aber nicht von Professor Crichton. Zwei wildfremde Männer hatten sich in der Mitte des Raumes aufgebaut. Einer hielt eine Pistole in der Hand, mit der er auf ihn zielte. Beide trugen Anzüge und wirkten nicht wie gewöhnliche Kriminelle, die es nur auf Schmuck oder Bargeld abgesehen hatten. Dazu passte auch die Tageszeit nicht. Auf dem Fußboden lagen vereinzelt einige Bücher, die aus den Regalen gerissen worden waren.

»Guten Tag.«

»Das sehe ich nicht so«, gab Max zurück und blieb erstarrt im Türrahmen stehen.

»Treten Sie ruhig näher. Dr. Falkenburg, richtig?«, fragte der Kerl mit der Waffe.

»Und mit wem habe ich das Vergnügen?«

»Spielt keine Rolle«, antwortete der zweite Typ schnell. »Wo ist es?«

»Wo ist was? Geld gibt es hier nicht. Nur ein paar Dollar.«

»Stell dich nicht dumm.«

»Max, ist alles in Ordnung?«, rief Jody vom Flur aus.

»Jody, lauf ...«

»Kommen Sie ruhig und leisten uns Gesellschaft, Dr. Wellesley«, brüllte der Bewaffnete. »Oder ich jage Ihrem Freund eine Kugel in den Kopf!«

Mit bestürzter Miene erschien Jody in der Tür des Arbeitszimmers und sah erst ihn, dann die zwei Eindringlinge an.

»So ist es brav«, lobte sie der Kerl mit der Pistole. »Jetzt sagen Sie mir, wo das Stück Metall ist, das Ihnen der Engländer gestern gegeben hat!« Er streckte den Waffenarm aus und zielte mit dem Lauf auf Max' Gesicht.

»Ich ... Sir William hat mir nichts gegeben, er hat es mir nur gezeigt«, stammelte Jody verdattert.

»Lüge! Er hatte es nicht bei sich und es war weder in seinem Hotelzimmer noch in seinem Gepäck. Also bleiben nur noch Sie übrig. Wo ist es?«

»Ich habe es nicht!«

»Letzte Chance«, sagte der Mann und krümmte seinen Zeigefinger leicht um den Abzug. »Oder möchten Sie sehen, wie ich das Gehirn Ihres Freundes über die Wand verteile?«

Max zuckte zusammen. Aber nicht weil er mit der Pistole bedroht wurde. Das war leider nicht das erste Mal für ihn. Durch das große Panoramafenster hinter dem Schreibtisch, im Rücken der beiden Kerle, konnte er Professor

Crichton im Garten stehen sehen. Und der sah wiederum ganz genau, was sich im Inneren des Hauses abspielte. Max war sich sicher, dass Jody ihn ebenfalls erblickt hatte.

»Es hilft nichts, Liebling«, sagte er ruhig. »Gib es ihnen lieber.«

»Ihr Freund ist ganz vernünftig. Hören Sie auf ihn.«

»Erst will ich wissen, wie es Sir William geht.«

»Das braucht Sie nicht zu interessieren.«

»Ich werde es Ihnen nicht geben, ehe ich es nicht weiß. Wenn Sie uns beide erschießen, werden Sie es niemals bekommen!«

Die beiden Kerle tauschten verstohlene Blicke miteinander aus. Währenddessen beobachtete Max den Professor, der im Garten herumlief und auf dem Boden etwas zu suchen schien.

»Er lebt noch«, antwortete der Mann mit der Waffe. »Und jetzt geben Sie es uns.«

»Woher weiß ich, dass Sie uns danach am Leben lassen?«

»Strapazieren Sie nicht meine Geduld, Lady«, knurrte der Typ.

»Schon gut. Hier ist es.« Jody zog einen Dime – eine Zehncentmünze – aus ihrer Tasche und hielt ihn in die Höhe.

»Wollen Sie mich verarschen? Denken Sie, ich meine es nicht ernst?« Mit vor Wut verzerrtem Gesicht wollte er auf Max feuern, als plötzlich mit einem lauten Knall das Glas der Fensterscheibe hinter den Männern zersplitterte. Der faustgroße Stein, den Professor Crichton hereingeschleudert hatte, traf den Mann mit der Waffe im Rücken. Er verriss den Schuss. Das Projektil pfiff ein gutes Stück über

Max' Kopf hinweg und schlug in die Decke ein. Putz rieselte aus dem kleinen Loch heraus.

Ohne zu zögern, stürmte Max nach vorne und packte sich den Kerl. Er drückte die Hand mit der Pistole nach unten, gerade als dieser ein zweites Mal abdrückte. Mit Schwung schlug er mit seiner rechten Faust zu, geradewegs ins Gesicht und traf direkt auf die Nase. Knorpel und Knochen wurden flachgequetscht, dann knackte es laut und Blut schoss aus dem zerschmetterten Riechorgan. Der Mann kippte nach hinten. Dafür bekam Max einen harten Schlag des zweiten Eindringlings ab, der ihn an der Schläfe erwischte und einige Schritte zu Seite torkeln ließ. Benommen stützte er sich an einem Bücherregal ab. Doch ehe der Mann sich nach der von seinem Kumpan fallen gelassenen Pistole bücken konnte, sprang Jody auf ihn los. Sie zögerte keine Sekunde und verpasste dem Kerl einen harten Ellenbogenschlag ins Genick. Er stürzte und fiel direkt auf seinen Komplizen.

Als Jody die Waffe vom Boden aufheben wollte, krachte ein zweiter Steinbrocken vom Garten durch die halb zerstörte Scheibe, die dadurch vollends zu Bruch ging. Das Wurfgeschoss verfehlte Jodys Kopf nur um Haaresbreite. Erschrocken warf sie sich zu Boden.

»Die Polizei wird gleich hier sein«, schrie der Professor aus Leibeskräften.

Die beiden Kerle rappelten sich wieder auf, sprangen über die am Boden liegende Jody hinweg und rannten aus dem Zimmer. Max half Jody auf die Beine.

»Das war verdammt knapp. Dein Glückszehner hat uns gerettet.«

»Ja. Wie kommen die darauf, dass ich das Orichalcum habe?«

»Keine Ahnung.«

Ein dritter Stein landete neben ihnen auf dem Teppichboden.

»Es reicht«, rief Max dem Professor zu. »Sie sind geflohen.« Er konnte sehen, wie Crichton einen weiteren Stein aus seiner Hand zu Boden fallen ließ.

NEUN
SPURENSUCHE

MAX FEGTE die letzten Scherben der Fensterscheibe zusammen, während der Professor entrüstet in seinem Arbeitszimmer auf und ab schritt. Er hatte seine Arme in die Hüfte gestemmt und schüttelte immer wieder seinen hochroten Kopf.

»Jetzt sehen Sie sich nur dieses Durcheinander an, Max! Die haben einige meiner wertvollsten Bücher aus den Regalen gerissen und beschädigt. Das sind unersetzbare Schriften!« Seufzend bückte er sich und hob vorsichtig einen großen Lederband auf. »Das ist eine Ausgabe von 1736, ein Nachdruck von Francis Bacons *Neu-Atlantis*.«

»Die Kerle wussten genau, wonach sie suchten«, kommentierte Max, stellte den Besen beiseite und hob ebenfalls einige der Bücher vom Boden auf. »Hier, Platons Werke, dazu noch der Kommentar von Proklos ...«

»Ja, aber warum hier? Was erhofften sie, hier zu finden?«, fragte Crichton und legte den Bacon auf den Schreibtisch.

»Dies hier«, erklang Jodys Stimme. Sie war aus dem Flur zurück ins Arbeitszimmer gekommen und hielt in der linken ihre Handtasche und in der rechten Hand ein kleines Stück verrostetes Metall. »Orichalcum.«

»Aber ... das ist das Stück, das Sir William uns gestern Abend gezeigt hat«, staunte Crichton mit großen Augen. »Woher ...?«

»Ich nehme an, er hat es in meine Handtasche gesteckt, als ich nicht aufgepasst habe. Er muss geahnt haben, dass ihn jemand verfolgt.«

Sie berichteten dem Professor von Rutherfords Verschwinden und dem Zusammenprall, den Max und Joe in der Nacht mit ihm vor seinem Hotel hatten.

»Unfassbar«, murmelte Crichton. »Warum hat er uns gegenüber nichts davon erwähnt, wenn er doch wusste, dass ihm jemand das Orichalcum abnehmen wollte?«

»Wahrscheinlich wollte er uns nicht beunruhigen oder er hatte Angst, dass ich in diesem Fall sofort meine Mitarbeit absage.«

»Er muss bei eurem Essen etwas bemerkt haben, das ihn veranlasste, dir das Metall in die Tasche zu stecken«, mutmaßte Max.

»Hätte er doch bloß etwas gesagt! Was sollen wir jetzt machen?«

»Diese Kerle werden es bestimmt ein weiteres Mal probieren und dann werden wir nicht so viel Glück haben.«

»Was schlagen Sie vor, Max?«

»Zunächst einmal sollten wir die Polizei informieren und dann das Haus schnellstens verlassen. Und danach müssen wir unbedingt herausfinden, wo Rutherford noch überall gewesen ist, ehe er hierherkam.«

»Wo sollen wir hin? In ein Hotel?«

Max lächelte Jody an. »Ich weiß etwas Besseres.«

»Jody, komm rein. Ich habe dich ja schon viel zu lange nicht mehr gesehen.« Ethel Carter umarmte Jody und drückte sie fest an sich. Kaum hatte sie die Umarmung aufgelöst, da begrüßte sie auch schon freudestrahlend ihren nächsten Gast. »Professor Crichton, ich freue mich, Sie auch endlich einmal wieder zu sehen, und natürlich auch den kleinen süßen Ike.« Sie ging in die Knie und streichelte dem Hund über den Kopf. »Hallo, mein Süßer.«

»Mrs. Carter, ich danke Ihnen recht herzlich, dass wir heute bei Ihnen übernachten dürfen.«

»Das ist doch selbstverständlich. Wir haben hier genügend Platz. Max und Jody können bei Joseph im Zimmer schlafen und Sie können in Theodores altem Zimmer nächtigen.«

»Warum müssen wir zu dritt in einem Zimmer schlafen, Ma?«, beschwerte sich Joe.

»Erweise dem Alter etwas mehr Respekt«, ermahnte seine Mutter ihn. »Außerdem, wer sagt, dass ihr zu dritt in einem Zimmer schlaft? Du schläfst natürlich auf der Couch.«

»Wir möchten Ihnen keine Umstände machen«, sagte Crichton. »Wir können auch in ein Hotel gehen.«

»Kommt überhaupt nicht infrage«, beharrte die resolute Siebzigjährige. »Alle bleiben hier! Setzt euch hin, und ich werde uns jetzt erst mal was zu essen kochen. Joseph, kümmere dich gut um unsere Gäste.« Sie verschwand in die Küche.

»Mr. Carter, das ist mir sehr unangenehm«, sagte Crichton. »Auf keinen Fall wollten wir ...«

»Ist schon gut, kein Problem«, stoppte Joe ihn. »Aber erklärt mir jetzt bitte jemand, was genau vorgefallen ist?«

Max begann damit, Joe zu schildern, was sich zugetragen hatte und warum sie sich entschieden hatten, bei ihm Unterschlupf zu suchen.

»Moment, der Kerl, der mich gestern angerempelt hat, war mal Jodys Lehrer und er wurde direkt vor unseren Augen entführt?«

»So scheint es, ja.«

»Und warum? Weil er Atlantis sucht?« Joe sah ihn verständnislos an und schüttelte den Kopf.

»Lass mich doch erst mal ausreden.« Max fuhr fort und erzählte von dem Einbruch und den beiden Eindringlingen. Als er schließlich von dem Orichalcum erzählte, zog Jody das Metallstück aus der Tasche und legte es auf den Tisch.

»Darf ich?« Joe sah sie fragend an.

»Natürlich.«

»Wow, das ist schwer«, stellte Joe erstaunt fest, als er es in die Hand nahm. »Es sieht überhaupt nicht so schwer aus.« Er betrachtete das rötlich-braune Metallstück genau. »Dieser Rost sieht merkwürdig aus.«

»Laut Sir William handelt es sich nicht um Rost, sondern um eine Reaktion auf eine andere Substanz. Er vermochte nicht zu sagen, auf welche.«

»Na gut, es ist also ein schwerer Metallklumpen mit undefinierbaren Ausblühungen. Aber ob es sich wirklich um Orichalcum handelt?« Joe sah Max zweifelnd an.

»Das kann niemand von uns mit Gewissheit sagen. Aber die Kerle, die sich Rutherford geschnappt und uns einen Besuch abgestattet haben, scheinen davon überzeugt zu sein.«

»Was genau habt ihr jetzt vor?«

»Zunächst einmal herausfinden, wo Rutherford gewesen ist, bevor er hierher kam. Dazu müssen wir ein paar Telefonate führen.«

»Das Telefon steht da vorne auf dem Sideboard.«

Professor Crichton ging zu dem Apparat, zog sein Notizbuch heraus und begann damit, einige Nummern von wahrscheinlichen Einrichtungen, die Rutherford besucht haben könnte, abzutelefonieren. Währenddessen konzentrierte sich Joe wieder auf das Orichalcum in seiner Hand.

»Als ich noch ein Kind war, war die Geschichte von Atlantis eines meiner Lieblingsmärchen. Mein Großvater musste mir beim Zubettbringen, immer davon erzählen. Jeden Abend. Und immer hat er die Geschichte mit einigen neuen Abwandlungen erzählt.« Joe blickte versonnen auf das Metall in seiner großen Hand. »Als ich ihn darauf ansprach, lachte er nur und meinte: Joseph, es ist ein Märchen. Und Märchen müssen von Zeit zu Zeit angepasst werden, sonst verlieren sie ihren Reiz.«

»Ich bin auf jeden Fall gespannt, welche Abwandlung dieses Märchen für uns birgt«, meinte Max.

»Egal welche, Hauptsache, es hat ein Happy End«, sagte Jody ernst.

»Ob wir ...«

»Vielen Dank. Dann bis morgen«, erklang die Stimme des Professors hinter ihnen. Er legte den Hörer auf die Gabel und kam zurück an den Tisch. »Gleich bei der zweiten Nummer hatte ich Erfolg. Rutherford war im Metropolitan Museum in New York!«

»Was hat er dort gemacht?«

»Er hat darum gebeten, sich ein altes Manuskript

ansehen zu dürfen, das sich derzeit als Leihgabe im Museum befindet.«

»Hat es etwas mit Atlantis zu tun gehabt?«

Crichton schüttelte den Kopf. »Ich denke nicht. Der Text, den er sich angesehen hat, ist das Voynich-Manuskript!«

ZEHN
ALCHEMISTEN
ATHEN

BLINZELND STARRTE William Rutherford zur Sonne, die hoch am Himmel über der Akropolis stand, als er aus dem Auto mit den abgedunkelten Scheiben stieg. Er befand sich auf einem benachbarten Hügel, westlich von dem legendären Burgberg der Antike gelegen, von dem aus er einen superben Blick über die Akropolis hatte. Vor ihm erhob sich eine imposante Stadtvilla, aus deren Eingangstür gerade ein Mann in einem weißen Leinenanzug trat und ihn fröhlich angrinste.

»Willkommen in Athen, Sir William«, begrüßte ihn der Hausherr.

»Ich hätte mir denken können, dass Sie dahinterstecken, Chrístos«, knurrte er. »Schon bei unserem letzten Treffen in Paris hatte ich ein ungutes Gefühl. Aber ich ahnte nicht, dass Sie so skrupellos sind.«

»Sie schmeicheln mir zu sehr, Sir William«, winkte der Grieche mit einer lässigen Handbewegung ab. »Lassen Sie uns ins Haus gehen, drinnen ist es deutlich angenehmer, als hier in der Sonne zu stehen.«

Einer der Männer hinter ihm versetzte ihm einen Stoß und er taumelte einige Schritte nach vorne.

»Kommen Sie einfach mit«, sagte der alte Mann aus dem Flugzeug, Walter Lucas, der auf einen Stock gestützt, die wenigen Stufen hinaufschritt.

Die Luft in der Villa war angenehm frisch und machte ihn ein wenig munterer nach den Reisestrapazen. Er wurde in einen Salon geleitet, wo sich neben Chrístos Petrakos und Walter Lucas noch ein dritter Mann aufhielt, der große Ähnlichkeit mit dem Griechen hatte. Kaum hatte er den Raum betreten, als hinter ihm auch schon die Türen geschlossen wurden.

»Möchten Sie etwas zu trinken haben, Sir William?«, fragte Petrakos. »Einen Whiskey vielleicht? Der tut Ihnen gut und weckt die Lebensgeister.«

»Was wollen Sie von mir?«

»Oh, Sie kommen gleich zur Sache. Das weiß ich zu schätzen. Aber ausnahmsweise drängt mich keine Eile. Wir haben schon lange – sehr lange – auf diesen Moment hingearbeitet.«

»Sie vielleicht nicht, aber mich drängt die Zeit umso mehr«, knurrte Walter Lucas und ließ seinen Worten einen Hustenanfall folgen. Der alte Mann zog ein Taschentuch aus seiner Hosentasche und hielt es sich vor den Mund. Als er es wegzog, konnte Rutherford die dunkelroten Flecken darauf erkennen.

Die beiden Griechen warfen einander verschwörerische Blicke zu, die der Amerikaner nicht bemerkte.

»Nun gut, lassen Sie uns zum Geschäft kommen«, sagte Petrakos und kam mit einem Glas in der Hand auf ihn zu.

»Aber erst Ihr Scotch. Ich hoffe, Sie mögen ihn *on the Rocks*?«

Nach kurzem Zögern ergriff er das Glas. Zufrieden drehte der Grieche sich um.

»Sie werden mit dieser Sache nicht durchkommen, Petrakos!«

»Ich fürchte, da irren Sie sich, Sir William. Das werde ich. Eigentlich bin ich es bereits. Die Frage ist jetzt nur, wie wir unser Geschäft vollziehen wollen. Entweder Sie kooperieren oder ...«

»Sie töten mich doch in jedem Fall. Wozu also noch warten? Bringen wir es hinter uns oder haben Sie Angst, sich die Hände schmutzig zu machen?«

»Nur ein Szenario endet mit Ihrem Tod. Das weitaus unschönere. Ich würde es bevorzugen, wenn wir zivilisiert miteinander kommunizieren würden und ich Ihnen eine großzügige Summe für Ihre Hilfe geben dürfte.«

Rutherford trank einen Schluck von dem Whiskey, der ihm viel zu rauchig schmeckte, und ging zu einem freien Sessel, der unweit des Platzes von Walter Lucas stand. Der alte Mann sah erschöpft aus.

»Na gut, ich höre.«

»Sie sagen uns alles, was Sie über das Orichalcum und das Voynich-Manuskript herausgefunden haben. Und natürlich übergeben Sie mir das Stück Orichalcum, das sich in Ihrem Besitz befindet. Das wäre mir eine Million Dollar wert.«

»Sie sind also doch ein Dieb.«

»Wie bitte?«

»Die angebotene Summe grenzt an Diebstahl«, erwiderte Rutherford vergnügt. »Wir wissen doch beide, dass ein Stück Orichalcum nahezu unbezahlbar ist.«

»Vergessen Sie nicht, ich biete Ihnen eine Million Dollar – und Ihr Leben, Sir William«, entgegnete Petrakos ungerührt.

»Meine Verhandlungsposition ist also nicht gerade die beste.«

»So ist es.« Chrístos Petrakos lehnte sich entspannt in seinem Sessel zurück.

»Was, wenn ich Ihnen sage, Sie können zur Hölle fahren und sich Ihr Angebot dorthin stecken, wo die Sonne niemals scheint?«

Der Grieche blickte ihn verdutzt an, dann lachte er lauthals auf.

»Die Engländer überraschen mich doch immer wieder. Sie können störrischer und stolzer sein als so mancher Grieche.« Sein Blick verhärtete sich wieder. »Aber das wird Ihr Verhängnis werden. Und letztendlich wird es keine Auswirkungen haben auf unseren Erfolg.«

»Wenn Sie das wirklich glauben würden, hätten Sie sich nicht die Mühe machen müssen, mich nach Athen zu bringen.« Rutherford sah die drei Männer prüfend an. Während Chrístos Petrakos keine Regung zeigte, schien sein mutmaßlicher Bruder schon etwas nervöser zu sein. Walter Lucas hingegen konnte er die Unsicherheit in seinen flackernden Augen ansehen. Der Blick eines Todgeweihten. »Tatsache ist, dass Sie von mir wohl einen entscheidenden Beitrag erwarten, und damit meine ich nicht das Orichalcum.«

»Jetzt, da Sie es ansprechen ... Wo ist es?« Petrakos sah zu Walter Lucas.

»Er hatte es nicht bei sich. Wir vermuten, dass er es einer Archäologin in Boston gegeben hat. Meine Männer kümmern sich darum. Sie werden es gemeinsam mit dem Manuskript herbringen.«

»Was, aber das ist doch ...« Der zweite Grieche, der bisher stumm dagesessen hatte, sprang mit entsetztem Blick von seinem Platz auf.

»Giorgius! Beruhige dich«, befahl Chrístos Petrakos mit scharfer Stimme. »Das ist sehr bedauerlich, Sir William. Stimmt es, was mein Freund Walter sagt? Haben Sie das Orichalcum einer Archäologin gegeben?«

»Ich weiß nicht, wovon dieser Mann redet«, erwiderte Rutherford und trank noch einen Schluck Whiskey, diesmal schmeckte er schon deutlich besser.

ELF
DAS MANUSKRIPT
NEW YORK, METROPOLITAN MUSEUM; EINEN TAG SPÄTER

JODY HATTE sich bei Max eingehakt und ging mit ihm gemeinsam die Stufen zum Eingang des Metropolitan Museums hinauf, der direkt an der Fifth Avenue gelegen war. Obwohl es das größte Kunstmuseum der USA war, hatte Max es bisher nur einmal kurz besucht, Mitte der Fünfzigerjahre. Die monumentale Bauweise der Fassade aus hellem Sandstein im Stil des Neoklassizismus beherrschte den Straßenabschnitt völlig und bot ein beeindruckendes Bild.

Hinter ihnen gingen Professor Crichton mit Ike und auch Joe, der darauf bestanden hatte, sie nach New York zu begleiten. Als sie die stattliche Eingangshalle des Met, wie die New Yorker ihr Museum liebevoll abgekürzt nannten, betreten hatten, gingen sie direkt auf den großen Besuchertresen zu, der zentral im Raum gelegen war. Dort fragte der Professor nach dem Mann, mit dem er am Tag zuvor telefoniert hatte. Nach kurzer Wartezeit wurden sie von einem ziemlich jugendlich wirkenden Museumswärter durch einige der Ausstellungsräume hindurch geführt und zum Direktor gebracht, der sich in der ägyptischen Exposition des Museums aufhielt.

»Professor Crichton, wie schön, Sie hier im Met begrüßen zu dürfen«, empfing sie der gut aussehende, drahtige Mann, der genau das Gegenteil von dem war, was man sich gemeinhin unter einem Museumsdirektor vorstellte. James Rorimer war mit Anfang sechzig zwar nicht mehr der Jüngste, aber er hatte zwei wache Augen, aus denen sein ungebrochener Tatendrang hervorstach. Max kannte den Direktor von einer Buchvorstellung, die dieser Anfang der Fünfzigerjahre in Boston abgehalten hatte. In seinem Bericht beschrieb Rorimer, wie er während des Zweiten Weltkriegs als Mitglied einer Sondereinheit Raubkunst der Nationalsozialisten aufspürte und sicherstellte, ehe der Großteil der Kunstschätze aufgrund des Nerobefehls von Hitler in Flammen aufgehen konnte. Die sogenannten *Monuments Men* konnten einige der wichtigsten historischen Schätze sicherstellen.

»Danke. Ich danke Ihnen, dass Sie so kurzfristig Zeit für uns hatten.«

»Wenn ich gewusst hätte, dass Sie hier mit einer kleinen Legion einfallen, hätte ich mich besser vorbereitet«, scherzte der Museumsleiter.

»Oh, entschuldigen Sie, ich stelle Ihnen meine Begleiter sofort vor, dies ist …«

»Nicht nötig, Herr Professor. Ich kenne die beiden Herren und die Dame natürlich.« Rorimer nickte Max zu. »Dr. Falkenburg, ich habe das Buch, das Sie und Dr. Carter über die Tunnel auf dem Gizeh-Plateau geschrieben haben, mit großem Interesse gelesen. Großartige Arbeit. Ich hoffe nur, dass ich eines Tages noch die Zeit finde, Ägypten zu besuchen, um die Gänge persönlich in Augenschein zu nehmen.«

»Vielen Dank, Mr. Rorimer. Das sollten Sie auf jeden Fall tun, es lohnt sich.«

»Ich habe einige Ihrer Veröffentlichungen gelesen, Dr. Wellesley. Sie verstehen es wirklich brillant, Ihre Forschungsarbeit darzustellen«, lobte der Direktor Jody.

»Danke Ihnen für das Kompliment, Mr. Rorimer.«

»Nennen Sie mich doch bitte James«, erwiderte dieser mit einem Augenzwinkern.

Professor Crichton räusperte sich. »Können wir nun zu dem Grund unseres Besuches kommen?«

»Oh, aber selbstverständlich. Folgen Sie mir bitte in mein Büro. Ich habe das Manuskript dort bereitgelegt.«

»Ist es denn nicht Teil der Ausstellung?«, fragte Joe, während sie dem Direktor folgten.

»Nein. Um der Wahrheit die Ehre zu geben, wir wissen nicht so recht, wo und wie wir es einordnen sollen. Es ist eine Leihgabe des Besitzers, einem Buchhändler namens Kraus. Eigentlich hatte er vor, es uns für einen exorbitanten Preis zu verkaufen. Ich habe abgelehnt. Mangels anderer Interessenten hat er es uns schließlich unentgeltlich zur Verfügung gestellt, aber ich habe noch keinen Zugang dazu gefunden.«

»Was ist so besonders an diesem Manuskript?«, fragte Max. »Ich habe den Namen zwar schon einmal gehört, aber was es genau damit auf sich hat, weiß ich leider nicht.«

»Das ist schwer zu beschreiben, Dr. Falkenburg. Am besten ist, Sie sehen es selbst. Dann verstehen Sie es.«

Sie erreichten das Büro des Direktors, das im ersten Stock gelegen war. Es war ein düsterer Raum, ziemlich vollgestellt, aber mit einer Besonderheit: Es gab eine große

Fensterscheibe, die jedoch keinen Blick ins Freie gestattete, sondern in die Ausstellungsräume der ägyptischen Sammlung im Erdgeschoss des Museums. Rorimer ging zu seinem Schreibtisch, zog sich ein paar weiße Handschuhe an und öffnete dann eine Schublade, aus der er ein Bündel von Pergamentseiten hervorholte und es auf der Tischplatte hinlegte.

»Bitte sehr, das Voynich-Manuskript. Das einzige bekannte Exemplar seiner Art.« Der Direktor fasste vorsichtig den vergilbten Deckel an und öffnete das Buch.

Max und die anderen traten näher an den Tisch heran und nahmen den Text in Augenschein. Ike tippelte währenddessen durch den Raum und schnüffelte jede Ecke genau ab.

»Was ist das für eine Sprache, die da geschrieben ist?«, fragte Jody und deutete auf die verschnörkelte Handschrift auf den Blättern.

»Kein Latein, so viel ist sicher«, meinte Joe.

»Das, meine Dame und die Herren, ist das große Mysterium, das dieses Manuskript so besonders macht«, erklärte James Rorimer ruhig. »Diese dort verwendete Sprache ist völlig unbekannt. Einige der weltbesten Kryptologen sind an der Entschlüsselung dieser Handschrift bereits gescheitert. Sogar die Experten vom SIGNAL INTELLIGENCE SERVICE unter Leitung von William Friedman, hatten keinen Erfolg. Und die haben immerhin den Purple-Code der japanischen Armee im Zweiten Weltkrieg geknackt.«

»Wie viele Seiten umfasst dieses Werk?«, fragte Crichton und musterte die unbekannten Schriftzeichen fasziniert.

»Einhundertzwei Blätter, jeweils beidseitig beschrieben und bemalt. Davon sind einige Doppel- und sogar Dreifach-Seiten. Einen Moment, ich zeige es Ihnen.« Der Direktor deckte eine andere Seite auf und entfaltete sie.

»Das ist ja unfassbar«, murmelte der Professor und ging mit dem Kopf tiefer, um es noch genauer in Augenschein zu nehmen.

»Jetzt verstehe ich, warum Sie es nicht in der Ausstellung haben«, sagte Max. »Gibt es denn gar keine Anhaltspunkte, was wir hier vor uns haben?«

»Doch, natürlich. Wir haben schon ein Expertenteam hiergehabt, 1962 war das. Die haben es genau untersucht. Sie haben es auf circa 1450 nach Christus datiert.«

»Aus dem Mittelalter also.« Professor Crichton nahm sich ein Lineal, das auf dem Tisch des Direktors lag, und blätterte damit vorsichtig eine andere Seite auf. »Wer immer diesen Text geschrieben hat, er hat sich unglaublich viel Mühe damit gegeben. Und diese Zeichnungen sind unfassbar schön.« Crichton zeigte auf einige Pflanzendarstellungen im Manuskript.

»Ja, die Experten vermuten, dass es ein Mönch war, der es verfasst hat. Es gibt sogar einen Namen, den man entziffern konnte. Darf ich mal?« Rorimer trat neben den Professor, schlug die erste Seite auf und deutete auf einen beinahe verblassten Schriftzug. »Hier. *Jacobj 'a Tepenece.* Dieser Name wird als Jakub Horčický z Tepence gedeutet, ein böhmischer Pharmazeut und Mediziner aus dem 16. Jahrhundert. Er hat auch für einige Jahre als Botaniker in Prag am kaiserlichen Hof von Rudolf II. gewirkt.«

»Aber Sie sagten, das Manuskript wurde auf 1450 datiert. Also kann er es nicht verfasst haben«, merkte Joe an.

»Richtig, Dr. Carter. Aber er war sicher eine Zeit lang im Besitz des Textes. Einer der wenigen Vorbesitzer, die wir kennen. Ein Großteil der Provenienz liegt im Dunkeln, vor allem im 18. und 19. Jahrhundert. Erst 1912 fand Wilfried Voynich dieses Manuskript in den Gewölben einer alten Abtei eines Jesuitenordens in Italien. Er gab dem Fund seinen Namen. Aber es brachte ihm kein Glück. Nach seinem Tod 1930 behielt seine Frau es einige Jahre, ehe sie es an bereits erwähnten Buchhändler verkaufte. Für 25.000 Dollar.«

»Ein stolzer Preis für diese unleserlichen Seiten.«

»So ist es. Und Sie möchten lieber nicht wissen, welchen Preis der Herr von uns verlangt hat«, grinste der Direktor.

»Darauf verzichten wir«, sagte Jody etwas ungeduldig. »Aber was wollte Sir William Rutherford damit anfangen?«

»Das hat mich auch gewundert. Er ist mit Sicherheit einer der weltweit anerkanntesten Archäometallurgen, aber Sprachen, insbesondere solcherart, gehören normalerweise nicht zu seinem Hauptaugenmerk.«

»Waren Sie dabei, als er sich das Manuskript angesehen hat?«

»Ja, natürlich.«

»Hat er sich bestimmte Seiten angesehen?«

»Eigentlich nicht. Ich habe einige Seiten aufgeschlagen, ähnlich wie jetzt. Er hat auch nicht viel gesagt oder nachgefragt.«

»Das hilft uns alles nicht weiter«, meinte Max an den Professor gerichtet.

»Darf ich fragen, was Sie sich von diesem Besuch bei mir erhofft haben?« James Rorimer ließ seinen Blick über ihre Gesichter streifen.

»Nur einen Hinweis auf die Forschungen, die Sir William gerade beschäftigen«, antwortete Crichton schnell.

»Er tat so geheimnisvoll und wir waren der Annahme, dass er hier etwas Entscheidendes gesehen hat. Unsere Neugier wurde quasi geweckt.«

»Nun, Genaues kann ich da nicht sagen, aber eine Sache ist mir schon aufgefallen«, setzte der Direktor an.

»Welche?« Jody sah den Museumsleiter erwartungsvoll an.

»Er schien mir sehr zufrieden zu sein, nachdem er Einblick in das Manuskript genommen hatte. Mir gegenüber hat er nichts gesagt, aber zweifellos hatte er etwas gesehen, das er zu sehen gehofft hatte.«

»Hm, können wir einmal alle einhundertzwei Seiten in Augenschein nehmen?« Crichton sah den Direktor über die Ränder seiner Brille hinweg an.

Rorimer sah auf das Manuskript herab und nickte ihm dann zu.

»Meinetwegen. Aber wenn es Ihnen nichts ausmacht, lasse ich Sie das alleine erledigen.« Er zog die weißen Handschuhe aus und reichte sie dem Professor. »Ich denke, Sie finden das, was Sie suchen, auch ohne mich.« Er blickte auf seine Uhr. »Ich muss noch einmal in die ägyptische Abteilung zurück. In dreißig Minuten bin ich wieder hier.«

»Vielen Dank, Mr. Rorimer. Ihr Vertrauen ehrt uns.«

Als der Direktor gegangen war, streifte sich Crichton die Handschuhe über und blätterte die erste Manuskriptseite auf.

»So, jeder schaut sich die Seiten jetzt aufmerksam an.«

Nacheinander deckte der Professor ein Blatt nach dem anderen auf, die sie mit Argusaugen begutachteten. Den merkwürdigen Text vermochten sie nicht zu lesen, aber auf beinahe jeder Seite befanden sich zudem Zeichnungen, sehr viele Pflanzen, Kräuter und Sterndarstellungen. Auf einigen Seiten im Mittelteil waren auch nackte Frauen zu sehen und Abbildungen menschlicher Geschlechtsorgane. Bei einigen der gezeichneten Frauen waren deutlich gewölbte Bäuche zu erkennen. Sie saßen in Wannen, die über ein Röhrensystem miteinander verbunden waren.

»Wirkt beinahe so wie eine Gebärstation«, brummte Joe, als sie diese Seiten betrachteten.

»Ja, Sie haben recht.« Crichton blätterte weiter.

»Das hier sieht interessant aus«, sagte Jody und deutete auf die Seite, die gerade aufgedeckt worden war. Darauf war eine Rosette zu sehen, die auf besondere Art ausgefüllt war und neben der ein umfangreicher Text stand. Auch auf den folgenden Seiten waren die kreisrunden Symbole zu sehen, wobei der Inhalt des Kreises stets anders ausgefüllt war. Schließlich öffnete der Professor eine Seite, die sich ausklappen ließ und auf der so entstandenen großformatigen Fläche waren neun solcher Rosetten in einer quadratischen Anordnung zu sehen, die alle mit einander verbunden waren.

»Wow, das sieht echt beeindruckend aus«, meinte Max. »Auch wenn ich keine Ahnung habe, was das darstellen soll.«

»Könnte eine Art Karte sein«, mutmaßte Joe und kratzte sich am Kinn. »Vielleicht aber einfach nur ein Kuchenbüfett.« Er grinste Max an.

»Nein, du hast recht«, wisperte Jody. »Es könnte wirklich eine Karte sein.«

»Und was soll da zu sehen sein? Neun Planeten?«

»Nein. Ich tippe auf neun Städte«, antwortete Jody, ohne ihren Blick von der Zeichnung abzuwenden. »Und eine davon ist Atlantis.« Sie tippte auf den Kreis, der sich genau in der Mitte der quadratischen Anordnung befand, er war größer als alle anderen.

»Wie kommst du auf so was?« Max kniff die Augen zusammen, als würde es ihm helfen, so zu erkennen, was Jody sah.

»Platons Beschreibung von Atlantis. Eine Hauptinsel in der Mitte, mit dem gewaltigen Poseidontempel darauf. Drei konzentrische Ringe umgaben diese Insel, die mit einem Kanal mit dem Meer verbunden war.« Jody deutete auf die Zeichnung.

»Es gehört eine Menge Fantasie dazu, in diesen Kritzeleien Atlantis zu erkennen.«

»Aber es ist nicht so abwegig«, warf Professor Crichton ein. »Der äußere Ring wirkt in der Tat wie eine Festungsmauer.«

»Angenommen, dieser Kreis in der Mitte ist Atlantis, was stellen die anderen acht Kreise dar? Feindliche Städte, Schwesterstädte?«

»Alles möglich. Ein Jammer, dass wir den Text nicht lesen können«, seufzte Crichton. Währenddessen hatte Jody ein Notizbuch hervorgeholt und zeichnete die dargestellten Kreise grob ab.

»Aber Rutherford konnte es auch nicht. Und nur wegen dieser Kreise wird er wohl nicht zufrieden gewesen sein.«

»Lass uns weiterblättern, mal sehen, was noch kommt.«

»Wartet noch, lasst mich das erst mal kopieren«, sagte Jody.

»Hast du gesehen? Der Direktor ist alleine aus seinem Büro herausgekommen. Das heißt, die anderen sind da noch drinnen!«

»Wirklich? Und das hast du ganz alleine festgestellt, ganz ohne fremde Hilfe? Du bist echt eine Blitzbirne«, lästerte Stuart.

»Hey, so kannst du nicht mit mir reden!«

»Ich kann. Aber jetzt halt die Klappe. Wir müssen uns dieses Manuskript beschaffen. Ich bin mir sicher, dass die es sich gerade ansehen.«

»Gehen wir rein und erledigen die Bande.« Keith wollte seine Pistole aus dem Hosenbund ziehen, aber Stuart stoppte ihn.

»Lass den Quatsch. Wir müssen intelligenter vorgehen, mit Köpfchen, ohne gleich die gesamte Polizei New Yorks an den Hacken zu haben.«

»Und was schlägst du vor, du Schlaukopf?«

Stuart blickte zur Decke und grinste.

»Wirst du gleich sehen.«

ZWÖLF
DIEBSTAHL

UNGEDULDIG WARTETEN SIE, bis Jody mit ihrer Skizze fertig war.

»So, jetzt können wir weiterblättern«, verkündete sie und steckte den Stift wieder in die Stiftschlaufe am Notizbuch zurück.

Sofort faltete der Professor die ausgeklappten Seiten vorsichtig zusammen und schlug die nächsten Manuskriptseiten auf. Es folgten erneut einige Pflanzendarstellungen, mit reichlich beigefügtem Text, in der unbekannten und unlesbaren Schriftsprache. Keines der dargestellten Gewächse kam Max auch nur im Ansatz bekannt vor, obwohl die Zeichnungen sehr detailreich waren.

»Sieht nicht aus, als ob dieser Teil zum vorangegangenen gehören würde«, meinte Joe.

»In der Tat, das tut es nicht.« Crichton wollte weiterblättern, stutzte dann aber.

»Was ist los?«, fragte Max.

»Hier vorne, das sieht doch aus, als ob hier Seiten

fehlen würden.« Er tippte auf die welligen Pergamentinnenkanten nahe der Bindung.

»Möglicherweise, ist aber schwer zu sagen bei so einem alten Manuskript. Das könnte auch einfach nur eine Alterungsspur sein.«

»Da steht etwas, das ich lesen kann«, sagte Jody plötzlich aufgeregt.

»Was? Wo?«

Jody berührte das Pergament unweit der Stelle, an der Professor Crichton einen Abriss vermutete. »Da sind zwei arabische Buchstaben, ganz schwach, seht ihr?«

»Ich sehe nichts«, antwortete Joe.

»Es sind ein L und ein … J, glaube ich.«

»Ich sehe es«, sagte Max verwundert. »Das ist definitiv eine andere Handschrift als der Haupttext.«

»Vielleicht hat einer der Vorbesitzer da etwas hineingekritzelt.«

»Gar nicht so schlecht der Gedanke, Joe. Es könnten Initialen sein.«

»Toll, das hilft uns überhaupt nicht weiter, es sei denn, du kennst jemanden, dessen Name …«

Ein schriller Sirenenton schnitt Joe das Wort ab.

»Was zur Hölle …?«

»Feueralarm«, schrie Jody und zeigte auf die große Fensterscheibe, durch die man in den unteren Ausstellungsraum des Museums sehen konnte. Die Besucher liefen panisch in Richtung des Ausgangs.

»Verdammt. Wir sollten hier auch schnellstens raus.«

»Wir müssen das Manuskript mitnehmen.« Crichton legte alle Seiten schnell zusammen und drückte sich das Buch gegen den Bauch.

»Gut, nichts wie raus hier«, sagte Max und öffnete die Bürotür.

Der brutale Schlag, der ihn empfing, als er rauslaufen wollte, ließ ihn zurücktaumeln und vor dem Schreibtisch zusammenbrechen. Blut lief aus seiner aufgeplatzten Augenbraue und vor seinen Augen tanzten die Sterne wilde Volkstänze.

»Max«, schrie Jody entsetzt auf. Ike begann aufgeregt zu kläffen und wollte sich auf den Eindringling stürzen, aber Jody bekam den Dackel gerade noch rechtzeitig zu fassen.

»Her mit dem Manuskript, Alterchen«, sagte der Schläger an den Professor gerichtet. Joe stellte sich vor Crichton und verdeckte ihn mit seiner gewaltigen Statur völlig.

»Aus dem Weg, wenn du am Leben hängst, Nigger«, sagte der Mann, hinter dem ein zweiter Kerl auftauchte. Der hielt einen Revolver in der Hand. »Das Manuskript bitte«, sagte der vordere Kerl noch einmal mit mehr Nachdruck.

»Hier nehmen Sie es.« Der Professor trat hinter Joe hervor und überreichte dem Kerl das Voynich-Manuskript.

»Na also, warum nicht gleich so. Und jetzt ... alle hinter den Schreibtisch!«

»Was haben Sie vor?«, fragte Crichton.

»Hinter den Schreibtisch habe ich gesagt«, fauchte der Mann. »Sofort!«

Jody und Joe halfen Max wieder auf die Beine. Ike knurrte unablässig, ließ sich aber vom Professor festhalten. Als sie alle hinter dem wuchtigen Arbeitsplatz des Direktors standen, lächelte der Mann sie an.

»Und jetzt wollen wir dafür sorgen, dass die Feuerwehr nicht umsonst herkommen muss.«

Sein Komplize ließ ein Sturmfeuerzeug aufschnappen und zündete damit einige Bücher in den Regalen neben der Tür an. Das wiederholte er auf der anderen Seite. Die teilweise uralten Bücher brannten wie Zunder und die Flammen breiteten sich in Windeseile aus. Dann zog er den Schlüssel von der Innenseite der Bürotür ab.

»Viel Spaß noch«, gab ihnen der erste Kerl mit auf den Weg, ehe er mit seinem Kumpan das Büro verließ und die Tür von außen abschloss.

»Verfluchte Mistkerle«, schimpfte Joe, sprang über den Schreibtisch und warf sich gegen die Tür. Aber die stabile Eichentür zitterte nicht einmal im Rahmen. Verzweifelt donnerte Joe seine Schulter weitere Male gegen das massive Türblatt – ohne Ergebnis. »Das wird nix«, stöhnte er und rieb sich den Arm. Er hustete und wich einige Schritte zurück und probierte es ein letztes Mal. Mit Anlauf knallte er wuchtig gegen die Tür. Doch die hielt stand. Derweil hatten sich die Flammen über die gesamte Fläche der Regale ausgebreitet und auch die Decke, die mit Holz vertäfelt war, brannte und qualmte bereits stark.

»Das halten wir nicht lange durch«, rief der Professor und zog ein Taschentuch aus seiner Hosentasche, das er sich vor Nase und Mund band.

»Wir könnten den Schreibtisch als Rammbock benutzen«, schlug Jody vor. »Vielleicht bekommen wir die Tür damit auf.«

Sie hatte kaum zu Ende gesprochen, da krachten die ersten Regalböden zusammen und landeten auf dem Teppichboden, der ebenfalls sofort Feuer fing.

»Das wird nicht klappen«, hustete Joe. »Der Tisch ist viel zu breit und schwer.«

»Aber irgendwas müssen wir machen!«

»Ich weiß auch was«, meldete sich Max zu Wort. Er war immer noch etwas benommen von dem Schlag, den er abbekommen hatte. Deswegen stand er mit den Armen auf den Schreibtischstuhl des Direktors gestützt da. Diesen hob er jetzt an der Lehne in die Höhe, drehte sich herum und schmetterte ihn mit voller Wucht gegen die Fensterscheibe des Büros. Die gewaltige Scheibe zersprang klirrend und ließ einen Glasregen in den menschenleeren Ausstellungsraum niedergehen. Der Stuhl stürzte mehrere Meter in die Tiefe und zerbrach in seine Einzelteile.

»Das ist dein Fluchtweg?« Jody sah ihn ungläubig an. »Wir brechen uns alle Knochen, wenn wir da hinunterspringen!«

»Was ist dir lieber? Ein gebrochener Knochen oder ein verkohlter?« Max griff sich vom Schreibtisch einen Briefbeschwerer und entfernte damit die hervorstehenden Scherben am unteren Rand des zertrümmerten Fensters. Danach drehte er sich zu den anderen herum und sah sie mit Entschiedenheit an.

»Also gut, dann nehmen wir diesen Weg«, stimmte Jody zu.

Professor Crichton lehnte sich ein Stück durch den Rahmen und sah nach unten.

»Vielleicht müssen wir gar nicht bis zum Boden springen.« Er deutete auf eine riesenhafte Pharaonenfigur, die sich in sitzender Pose mit den Händen im Schoß ein Stück links unter dem Fenster erhob.

»Ganz schön weit zum Springen.«

»Ich habe eine Idee!« Joe trat nach vorne und streckte Jody den rechten Arm entgegen. »Halt dich fest, ich schwinge dich zur Figur hinüber.«

Ein weiteres Bücherregal stürzte in sich zusammen. Die

Hitze in ihrem Rücken trieb ihnen den Schweiß auf die Stirn.

»Schnell, wir sollten hier schleunigst raus.«

Jody ergriff Joes Hand, kletterte auf den Rahmen und wurde langsam von ihm heruntergelassen. Dann begann er, sie hin und her zu schwingen.

»Beim nächsten Schwung nach vorne lasse ich dich los«, presste Joe angestrengt hervor.

»Okay!«

Joe schleuderte Jody so weit in Richtung der Statue, wie es seine Kraft hergab. Sie segelte ein kurzes Stück durch die Luft, dann bekam sie den Kopf des Pharao zu fassen und klammerte sich an ihm fest. Die Statue wankte schwach, blieb aber standfest. Jody hob die linke Hand und spreizte den Daumen in die Höhe.

»Jetzt Sie, Professor« sagte Max. »Schaffst du das noch, Joe?«

»Aber sicher«, schnaufte sein Freund.

»Einen Moment noch!« Crichton hob Ike in die Höhe und hielt ihn aus dem Fenster. »Jody, kannst du ihn auffangen?«

»Ich Versuchs!«

Der Professor warf den kleinen Hund in Richtung der Statue. Ike quiekte erschrocken auf, aber er landete sicher in Jodys Armen.

»Okay, jetzt Sie«, sagte Joe. Er nahm beide Hände des Professors und schwang ihn mit den Armen kräftig hin und her, während Max seine Hüfte von hinten umklammerte, um ihm mehr Stabilität im Stand zu verleihen. Dann ließ Joe los und der Professor flog auf die Statue zu. Ähnlich wie Jody bekam er den Kopf zu fassen und konnte sich ohne

Probleme neben ihr in den Schoß des Pharao hinabgleiten lassen.

Joe stützte sich schwer atmend auf dem Fensterrahmen ab.

»Jetzt du, Max«, keuchte er.

»Und wie kommst du dann hier raus?«

»Ich setze deinen Vorschlag mit dem Springen in die Tat um.«

»Kommt nicht infrage, außerdem schaffst du es niemals, mich bis zur Statue zu schleudern. Du bist doch jetzt schon schlapp.« Max kniff die Augen zusammen, die vor Rauch tränten wie verrückt. »Komm, mir nach.« Er kletterte aus dem Fenster, hielt sich mit beiden Händen am Rahmen fest und ließ sich lang gestreckt herabhängen.

»Max, was habt ihr vor?«, rief Jody zu ihm herüber, aber er ignorierte sie.

»Was soll das werden?«, hustete Joe.

»Kletter an mir so weit herunter, wie du kannst«, forderte Max ihn auf. »Dann kannst du dich nach unten fallen lassen und der Sturz ist nicht ganz so tief. Danach fängst du mich auf.«

»Findest du die Idee gut?«

»Quatsch keine Opern, mach es einfach«, schrie Max.

Joe schwang sich hinaus und hielt sich an seinen Schultern fest. Max stöhnte auf, als das Körpergewicht seines Freundes zur Gänze an ihm hing. Joe krallte sich an der Jacke fest und ließ sich so schnell herab, wie er konnte. Schließlich umklammerte er die Beine.

»Hab es glei…«

Max konnte das Gewicht nicht mehr halten. Seine Hände rutschten ab. Mit einem Schrei stürzten er und Joe in die Tiefe.

DREIZEHN
DER WEG

DER SANITÄTER LEGTE den Kopf in den Nacken und blickte zu der zerstörten Fensterscheibe des Direktorenbüros im ersten Stock hinauf, wo Feuerwehrleute damit beschäftigt waren, die letzten Glutnester zu löschen. Er stemmte die Hände in die Seite, schüttelte mit dem Kopf und sagte dann: »Sie haben verdammtes Glück gehabt, dass Sie so glimpflich davongekommen sind.«

»Na ja, es ging mir schon mal besser«, antwortete Max, der ein großes Pflaster über dem Auge kleben sowie beide Hände verbunden hatte.

»Hör auf, dich zu beschweren! Du bist doch voll auf mir gelandet«, schimpfte Joe, der gerade auf einer Trage neben ihm festgemacht wurde. »Zum Glück habe ich mir nicht das Rückgrat gebrochen.«

»Wir bringen Sie jetzt erst mal ins Krankenhaus und untersuchen Sie dort genauer, Mr. Carter.« Der Sanitäter war an die Liege herangetreten. »Fass mal mit an, Charlie«, sagte er zu seinem Kollegen.

»In welches Krankenhaus bringen Sie ihn?«, wollte Jody wissen.

»Lenox Hill Hospital«, kam die Antwort. Dann schoben die Rettungsassistenten der Feuerwehr Joe aus dem Ausstellungsraum hinaus.

»Wir kommen dich später besuchen«, rief Max ihm hinterher.

Professor Crichton stellte sich neben ihn und sah hinauf zum völlig ausgebrannten Büro von Direktor Rorimer.

»Das war wirklich großes Glück, dass wir dieser Flammenhölle entkommen sind.«

»Bedanken wir uns beim Pharao, der uns aufgefangen hat«, meinte Jody scherzhaft, aber ihr Lächeln verschwand, als der Museumsdirektor mit zornesrotem Kopf auf sie zukam.

»Das ist eine Katastrophe! Können Sie sich vorstellen, was dort alles in Flammen aufgegangen ist?« Er zeigte nach oben. »Jahrzehntelange Forschungsarbeit! Unersetzbare Handschriften und Bücher, die nun zu Asche geworden sind. Ich ... ich ...« Er rang nach Luft.

»Ganz ruhig, Mr. Rorimer«, sagte Crichton in beruhigendem Tonfall. »Ich verstehe Ihren Ärger, aber es ist nicht mehr zu ändern.«

Der Direktor ließ seine Schultern hängen und wirkte plötzlich sehr erschöpft. Ike tapste zwischen seinen Beinen umher, als wenn er ihn aufmuntern wollte.

»Das ist der schwärzeste Tag meines Lebens.«

»Wir haben der Polizei eine genaue Beschreibung der beiden Männer gegeben, die dies getan haben. Sie werden die gerechte Strafe für ihre frevelhafte Tat bekommen.«

»Dies wird den Schaden nicht wieder gutmachen können«, murmelte Rorimer. »Entschuldigen Sie mich nun bitte. Ich muss …« Er sprach nicht weiter, sondern schlurfte langsam wieder hinaus.

»Der arme Mann, er tut mir so leid«, sagte Jody mitfühlend.

»Er wird darüber hinwegkommen«, meinte Max. »Aber was machen wir jetzt? Das Manuskript ist verloren und wir haben nicht den Hauch einer Ahnung, wo wir Rutherford finden können.«

»Nicht ganz, Max, nicht ganz«, schmunzelte Professor Crichton und öffnete zwei Knöpfe an seinem Hemd. Vergilbte Manuskriptseiten kamen zum Vorschein.

»Sie haben Seiten aus dem Voynich-Manuskript gerissen?«, entfuhr es Jody erschrocken.

Crichton nickte ihr zu. »Leider gab es keine andere Möglichkeit. Als sich Mr. Carter vor mir aufbaute, habe ich die Gelegenheit genutzt, wenigstens einen Teil des Inhalts zu retten. Einige der Seiten, von denen ich denke, dass sie uns helfen können. Aber ich denke, es ist besser, wenn Direktor Rorimer nichts davon erfährt.«

»Sehe ich auch so. Wir sollten das Museum jetzt schnell verlassen«, sagte Max. »Wir fahren zu dem Krankenhaus, in das Joe gebracht wird, und überlegen dort, was wir als Nächstes machen können.«

Mit sich selbst zufrieden, schritt Stuart Hanley mit seinem Koffer, in dem sich das geraubte Manuskript aus dem Museum befand, durch das Gate im LaGuardia Flughafen. Die Maschine nach Europa würde in weniger als einer Stunde abheben. Auf dem Weg zum Flughafen hatten er und Keith im Radio von dem Feuerwehreinsatz im Met gehört und dass es zudem einige Verletzte gegeben hatte. Die Todesmeldungen würden sicherlich noch folgen.

Der Boss wird einen kleinen Bonus zahlen müssen, dafür, dass ich so klug und umsichtig gehandelt habe, dachte er und schlenderte pfeifend durch die Abflughalle.

Während Joe immer noch untersucht wurde, hielten sich Max, Jody und der Professor in der Cafeteria des Krankenhauses auf. Sie hatten sich an einen der großen runden Tische gesetzt und studierten die Seiten, die Crichton aus dem Voynich-Manuskript gerissen hatte.

»Das werde ich mir nie verzeihen können«, seufzte der Professor, als er mit der Hand über eine der Risskanten strich.

»Sie haben nur ein paar alte Seiten aus einem mysteriösen Buch gerissen und nicht etwa die Mona Lisa zerschnitten«, versuchte Max, seinen Mentor zu trösten. »Und immerhin ist noch alles lesbar – das heißt, wenn wir in der Lage wären, diese Schriftzeichen zu lesen.«

»Mir würde es schon reichen, wenn wir diese Zeichnungen deuten könnten«, erwiderte Jody und blickte angestrengt auf die Pergamentblätter. Daneben hatte sie ihr Notizbuch gelegt, in das sie die neun quadratisch angeordneten Rosetten abgezeichnet hatte. Auf den insgesamt acht Seiten, die der Professor aus dem Manuskript gerissen hatte, waren drei weitere dieser mysteriösen Kreise zu sehen. »Vorhin war ich mir so sicher, dass diese Ringe Städte symbolisieren sollen, aber jetzt ...« Sie machte einen lang gezogenen Atemlaut.

»Hm, es könnten auch astronomische Darstellungen

sein. Sternkarten oder Vergleichbares«, spekulierte Crichton.

»Möglicherweise, aber hier«, Jody tippte auf einen der Kreise, die sie abgezeichnet hatte, »hier bin ich mir sicher, dass ich eine Burg gesehen habe.«

»Du hast vermutet, der große Kreis in der Mitte wäre Atlantis.« Max taxierte die Skizze, die Jody angefertigt hatte.

»Es war nur ein spontaner Gedanke, weil die Darstellung einigermaßen zu Platons Beschreibung passte. Aber vermutlich habe ich mich geirrt.«

»Sag das nicht. Je länger ich mir deine Zeichnung anschaue, desto mehr gefällt mir diese Theorie. Ich hätte nur eine kleine Ergänzung.«

»Die da wäre?«

Max ließ seine bandagierte Hand über den neun Rosetten kreisen.

»Dieses ganze Konstrukt ist Atlantis.«

»Erklärst du mir das genauer?«

»Warum soll Atlantis nur eine Insel gewesen sein oder ein Kontinent? Vielleicht war es die Bezeichnung für einen Staaten- oder vielmehr einen Städtebund? Laut Platon bestand das Reich der Atlanter um zehntausend vor Christus. Neun Städte unter gemeinsamer Herrschaft wären ein verdammt mächtiges Reich zu dieser Zeit gewesen.«

»Und es würde so manches Lokalisierungsproblem erklären«, fügte Crichton zustimmend nickend hinzu.

»Genau. Diese zwei Vorsprünge, die du hier abgezeichnet hast, hier zwischen den Kreisen«, Max tippte auf die linke Seite der Skizze. »Das könnten die Säulen des Herakles sein, dahinter liegt die Hauptstadt des atlantischen Reiches. Im Atlantik. Aber es gibt noch Schwesterstädte, von denen einige im Mittelmeer oder der Ägäis gelegen haben könnten.«

»Wie zum Beispiel Knossos oder Akrotiri«, sagte Jody, die sich jetzt von Max' Begeisterung anstecken ließ.

»Kreta und Santorin wurden schon häufig genannt, wenn es darum ging, Atlantis zu finden«, sagte der Professor. »Ich habe Arthur Evans, den Entdecker des Palastes von Knossos, in den Zwanzigerjahren kennengelernt. Er war überzeugt davon, dass er einen Teil von Atlantis gefunden hatte.«

»Und vielleicht hat er das auch: einen Teil vom Königreich Atlantis. Eine Art Außenposten, der vielleicht die Zerstörung der Hauptstadt Tausende Jahre zuvor überdauert hat.«

»Aber was soll diese komische Darstellung der Kreise?«, sagte Jody nachdenklich. »Sämtliche Entfernungen und geografische Gegebenheiten werden ignoriert.«

»Wir dürfen das nicht als eine Karte im herkömmlichen Sinn betrachten. Eher als eine Art ... Wappen.«

»Das Geografische sollten wir dennoch nicht ganz außer Acht lassen«, warf Professor Crichton ein. »Denn die Himmelsrichtungen scheinen durchaus eine Rolle zu spielen. Vielleicht lag die Hauptstadt tatsächlich im Mittelpunkt dieses Bundes. Dann würde es noch mindestens eine Stadt weiter östlich davon geben.«

»Das wäre dann schon fast in Amerika.«

»Nur ein Gedanke. Aber dieser Kreis hier, links oben. In seinem Zentrum befindet sich eine Art Hügel.«

»Was ist damit?«

»Er erinnert mich an etwas. Ich habe in Irland Megalithgräber gesehen, die dem ähneln. Die größte Grabanlage dieser Art befindet sich in Newgrange.«

»Dann könnte der Kreis direkt unter der Hauptstadt für eine Stadt in Afrika stehen, vielleicht in Ägypten. Das Symbol in der Mitte könnte man auch als Sonne interpretieren«, sagte Max.

»Und aus Ägypten stammt die Überlieferung von Atlantis. In Sais hat Solon von der Legende gehört – wenn man Platon in diesem Punkt Glauben schenken darf.«

»Das sind eine Menge möglicher Orte. Glaubt ihr, dass Sir William denselben Gedanken hatte, als er diese Zeichnung gesehen hat?«, fragte Jody.

»Wäre denkbar, aber vielleicht hat er auch etwas anderes gesehen, etwas, das in Zusammenhang mit dem Orichalcum steht«, gab Crichton zu bedenken.

»Auf diesen paar Seiten hier ist jedenfalls nichts zu sehen, das irgendwie nach Metall aussieht.«

»Okay. Wenn dieser Rutherford wirklich ein Stück Orichalcum hatte, wo hat er es dann gefunden? Das könnte doch ein guter Ausgangspunkt für unsere Suche sein«, meinte Max. Er sah Jody und den Professor an, die aber beide nur stumm dasaßen. »Heißt das, niemand hat Rutherford gefragt, wo er das Metall gefunden hat?«

Jody antwortete: »Ich hatte es völlig vergessen. Es fiel mir erst später auf dem Heimweg ein, dass wir überhaupt nicht darüber gesprochen haben, woher er das Orichalcum hatte. Aber ich dachte, das könnte ich ihn auch noch am nächsten Tag fragen.«

»Hat leider nicht geklappt.«

»Entschuldigen Sie bitte?«, rief eine Frauenstimme von einem der anderen Tische. »Ist das hier Ihr Hund?«

Alle drehten sich um und sahen zum Nebentisch, wo eine Frau und ein kleiner Junge saßen – und Ike, der auf einen der freien Stühle gesprungen war, sich mit den kurzen Vorderbeinen auf die Tischplatte stützte und gerade versuchte, vom Teller des Jungen Essen zu klauen. Sehr zur Freude des Kindes, weniger zu der seiner Mutter.

Crichton sprang sofort auf.

»Entschuldigen Sie bitte, Ma'am.« Mit wenigen Schritten war er beim Tisch angekommen und packte sich Ike, der sich gerade ein Würstchen vom Teller geschnappt hatte und es wegatmete. Der Junge quiekte vor Vergnügen. »Ich zahle Ihnen natürlich das Essen.« Er zog einen Fünf-Dollar-Schein aus der Hosentasche und reichte ihn der Frau, die das Geld mit strengem Blick entgegennahm.

»Passen Sie das nächste Mal besser auf den kleinen Dieb auf«, gab sie dem Professor noch mit auf den Weg.

»Du bist unmöglich, Ike«, schimpfte Crichton, als er sich wieder zurück auf seinen Platz setzte, mit dem Hund auf dem Schoß.

»Er hatte halt Hunger«, sagte Jody verständnisvoll. »Das geht mir übrigens genauso.«

»Dann lasst uns was zu essen bestellen, ehe wir noch mal nach Joe sehen. Außerdem denkt es sich mit vollem Magen besser.«

»Kannst du überhaupt essen mit deinen Mumienhänden?«

»Ich versuche es. Zur Not musst du mich füttern.« Er zwinkerte Jody zu.

»Oder ich besorge dir einen Napf, den du dir mit Ike teilst.«

»Zu freundlich von dir, Schatz.«

»Ich mach doch nur Spaß.« Jody gab ihm einen Kuss und stand auf. »Dann lass uns bestellen gehen.«

Seiner inneren Stimme folgend war Keith Mcnally noch einmal zurück zum Metropolitan Museum gefahren, nachdem er Stuart am LaGuardia abgesetzt hatte. Er fuhr gerade am Haupteingang vorbei, als dort zwei Sanitäter eine Trage die Stufen herabwuchteten. Den riesigen schwarzen Kerl, der auf der Krankentrage lag, erkannte er sofort wieder.

»Verdammt«, fluchte er vor sich hin und stoppte den Buick einige Meter weiter am Straßenrand. Er drehte sich auf dem Sitz herum und beobachtete, wie die Türen des Krankenwagens geschlossen wurden. Als der sich kurz darauf auf den Weg machte, folgte Keith ihm.

VIERZEHN
AUSFALL

MIT GEFÜLLTEN MÄGEN verließen sie die Cafeteria und gingen zum Empfangstresen des Hospitals zurück. Dort erfuhren sie, dass Joe mit der Untersuchung fertig war und sie ihn jetzt besuchen konnten. Als die Schwester ihm lang und umständlich den Weg zu Joes Zimmer erklärte, fragte Max feixend: »Er liegt aber schon noch in diesem Krankenhaus und nicht in Brooklyn oder?«

Die Schwester reagierte brüsk und sagte nur: »Da geht's lang!«

»Wo schickt die uns denn bloß hin?«, flüsterte Jody, als sie sich auf den Weg machten.

»Wir werden es sehen.«

Sie mussten tatsächlich den Haupttrakt des Gebäudes verlassen und durch einen langen, kahlen Flur, der eher in eine Fabrik gepasst hätte, in einen anderen Flügel des Lenox Hill Hospitals wechseln. Dort sah es wieder nach einem Krankenhaus aus, wenngleich etwas in die Jahre gekommener als im Hauptgebäude. Aber als Max die ersten

Krankenschwestern über die Gänge eilen sah, wusste er plötzlich sofort, wieso. Er verdrängte den Gedanken oft und nur zu gern, aber Tatsache war, dass sein bester Freund Joseph Carter in den Vereinigten Staaten nur als Bürger zweiter Klasse galt. Allein aufgrund seiner Hautfarbe. Die Schwestern und Pfleger, die in diesem Teil des Hospitals umherliefen, waren ausschließlich Afroamerikaner. Die Rassentrennung im Gesundheitswesen wurde in Boston weniger strikt gehandhabt als hier in New York, wo es offensichtlich immer noch Usus war, dass schwarze Patienten auch nur von schwarzen Ärzten behandelt wurden. Der Rettungssanitäter aus dem Museum hatte sich zum Glück nicht daran gehalten. Auch wenn Max sich wenig um Politik scherte, wusste er doch, dass ein entsprechender Gesetzesentwurf von Präsident Kennedy, der die Rassentrennung zu großen Teil aufheben sollte, erst im Juni des Jahres krachend im Kongress gescheitert war.

»Guten Tag, Sir. Zum Haupteingang geht es dort lang«, sagte eine der Schwestern zu Professor Crichton, als sie durch die kleine Vorhalle gingen, und zeigte in die Richtung, aus der sie gerade gekommen waren.

»Schon gut, wir möchten einen Freund besuchen«, erwiderte der Professor. »Mr. Joseph Carter.«

Die Frau hob erstaunt eine Augenbraue und nickte ihm zu. »Verstehe. Mr. Carter liegt gleich im ersten Zimmer auf der rechten Seite im Gang Nummer zwei.«

Sie gingen weiter, fanden die entsprechende Tür schnell und klopften an. Mit lauter und kräftiger Stimme rief Joe: »Herein!«

Er war nicht allein im Raum, eine weitere Krankenschwester stand neben seinem Bett, ein Klemmbrett in den Händen haltend.

»Oh, Sie sind hier falsch«, sagte die Frau schnell.

»Nein, ist schon gut, Tracy. Das sind Freunde von mir«, sagte Joe.

»Drei Weiße, die einen Schwarzen im Krankenhaus besuchen? Ich habe ja schon einiges erlebt, aber so was noch nie.«

»Guten Tag, Ma'am. Einmal ist immer das erste Mal«, meinte Max. »Wie geht es dir, Joe?«

»Schwere Prellung der Rippen, einige Quetschungen im Bereich des unteren Rückens, sowie Blutergüsse an Armen und Beinen«, las die Schwester von ihrem Klemmbrett ab.

»Da hörst du es. Ich werde wohl für einige Tage das Bett hüten müssen und kann mich so gut wie gar nicht bewegen.«

»Oh Joe, das tut mir so leid«, sagte Jody und trat an das Bett heran.

»Ich lasse Sie jetzt lieber alleine«, sagte die Schwester und zwinkerte Joe zu, ehe sie das Zimmer verließ.

»Habe ich das gerade richtig gesehen?«, fragte Max grinsend und deutete auf die Tür, die sich just hinter der Frau geschlossen hatte. »Sie hat mit dir geflirtet!«

»Ach was.«

»Doch, ich hab's genau gesehen. Und den Unterton in ihrer Stimme habe ich auch gehört.« Er lachte. »Du hast sie auch schon mit ihrem Vornamen angesprochen. Wenn das Lizzie erfährt.«

»Untersteh dich, ihr davon zu erzählen, sonst … au!« Joe wollte sich aufrichten, sank aber sofort auf die Matratze zurück.

»Das sieht aber nicht gut aus, Joe. Du kannst dich ja kaum bewegen«, stellte Jody fest.

»Hab ich doch gesagt.«

»Hauptsache, bis zur Hochzeit bist du wieder auf den Beinen und kannst tanzen.«

»Hochzeit?« Jody drehte den Kopf und blickte Max verwirrt an. »Was für eine Hochzeit?«

»Hat Max dir denn nichts erzählt?«, fragte Joe. »Ich und Lizzie heiraten in vier Wochen.«

»Was? Aber das ist ja großartig!« Sie strahlte Joe an und schenkte Max kurz darauf einen finsteren Blick. »Warum hast du mir nichts davon erzählt?« Sie verpasste ihm einen Faustschlag gegen den Oberarm.

»Autsch. Es gab einfach keine Gelegenheit dazu. Du hast mich doch mit deinem Sir William und Atlantis so in Beschlag genommen, da kam ich überhaupt nicht dazu«, verteidigte er sich.

»Aber so was Wichtiges musst du mir doch sagen. Ich muss mir doch noch ein Kleid besorgen. Und vor allem muss ich noch eine Party für Lizzie planen.«

»Max ist sogar mein Trauzeuge«, fügte Joe maliziös lächelnd hinzu.

»Das wird ja immer besser.« Sie kniff ihm schmerzhaft in die Seite.

»Aua, lass das.« Er wich einen Schritt von ihr zurück.

»Verpass ihm von mir auch noch eine«, sagte Joe. »Immerhin ist er der Grund, dass ich hier jetzt liege.«

»Wie darf ich das denn verstehen?«

»Den Sturz konnte ich mit meiner ausgeprägt guten Beinmuskulatur, wie Tracy sagte, gut abfedern. Aber weil du mir bei der Landung voll ins Kreuz gesprungen bist ...«

»Als ob ich das mit Absicht gemacht hätte! Das ist doch ... AUA!« Max rieb sich den Arm, wo Jody ihn erneut gezwickt hatte.

»Das war für Joe. Gibt es noch irgendwas, das du mir verheimlicht hast?«

»Nein, ich habe dir überhaupt nichts verheimlicht. Ich habe es doch nur vergessen in der Aufregung und …«

»Könnten wir das bitte später klären«, donnerte Professor Crichton deutlich und klar durch den Raum mit seiner tiefen Stimme. Sie zuckten alle drei zusammen. »Wir haben jetzt tatsächlich Dringenderes zu besprechen.« Er sah Joe schmunzelnd an. »Aber ich hoffe doch sehr, dass ich auch eine Einladung zur Hochzeit erhalte?«

»Selbstverständlich.«

Sie erzählten Joe von der Theorie mit dem Städtebund und den verschiedenen Orten in Europa und Afrika, die als Teil davon infrage kommen würden.

»Heißt das jetzt, dass ihr jeden dieser Orte abklappern wollt, auf der Suche nach Rutherford?«, fragte Joe.

»Das gilt es jetzt zu klären.« Crichton sah Jody ernst an. »Was sagen denn Sir Williams Kollegen vom Trinity College? Sie haben doch gestern dort angerufen, oder?«

»Ja, aber dort war nur bekannt, was wir schon wussten, nämlich dass Sir William einige Museen an der Ostküste besuchen wollte … und mich.«

»Hat er denn niemandem am Trinity von dem Orichalcum erzählt?«, fragte Max.

»Doch, das hat er natürlich. Aber seine Kollegen haben ihn für seine Atlantis-Theorie ausgelacht.«

»Und er hat überhaupt nichts davon gesagt, wo er es gefunden hat?«, fragte Max. »Das würde uns schon sehr helfen.«

»Leider nein. Aber mir fällt gerade ein, dass die Frau, mit der ich telefoniert hatte, mich gefragt hat, ob ich für den Griechen arbeite.«

»Grieche, was für ein Grieche?«

Jody hob die Hände und drehte die Handflächen nach oben.

»Keine Ahnung. Sie schien sehr erleichtert zu sein, als ich das verneinte. Wahrscheinlich irgendein Sponsor oder Ähnliches.«

»Das hilft uns alles nicht weiter. Wo sollen wir anfangen zu suchen?«

»Wieso seid ihr überhaupt sicher, dass Rutherford nicht mehr in den Staaten ist? Er könnte sogar noch in Boston sein, irgendwo in einem feuchten Keller eingesperrt. Die Kerle, die beim Professor eingebrochen sind, haben ihn wahrscheinlich immer noch in ihrer Gewalt.«

»Hm, erst haben sie versucht, uns das Orichalcum zu stehlen, und dann haben sie das Voynich-Manuskript aus dem Museum gestohlen.« Max ging einige Schritte im Krankenzimmer auf und ab. »Beides nutzt ihnen hier in den Staaten nichts. Nach allen Theorien und Mutmaßungen, die über Atlantis im Umlauf sind, weist doch alles auf einen Ort in Europa oder meinetwegen auch Afrika hin.«

»Vergessen Sie nicht den Ort, der westlich von Atlantis gelegen haben könnte«, fügte Crichton hinzu.

»Vor zehntausend Jahren. Da ist eine Menge Wasser durch den Atlantik geflossen«, grinste Max. »Wie wäre es, wenn Jody noch einmal im Trinity College anruft und nach diesem Griechen fragt? Wenn wir seinen Namen haben, können wir mit ihm über Rutherford sprechen. Vielleicht weiß er etwas, das uns weiterhelfen kann.«

FÜNFZEHN

VERRECHNET

ATHEN, EINEN TAG SPÄTER

SCHWITZEND STIEG Stuart aus dem unklimatisierten Auto und wedelte sich mit seinem Hut Luft zu. Dann wischte er sich den Schweiß mit dem Handrücken von der Stirn, schnappte sich seinen Koffer und ging dann zum Eingang der Villa hinauf, zu der ihn der Fahrer gebracht hatte. Die große schwarze Tür schwang auf, ehe er die letzte Stufe genommen hatte.

»Willkommen in Athen«, begrüßte ihn ein altbekanntes Gesicht.

»Osmond?« Er sah den Butler von Walter Lucas überrascht an. »Ist der Boss auch hier?«

»Selbstverständlich. Treten Sie bitte ein, Mr. Hanley. Ich bringe Sie zu ihm.«

Er folgte Osmond durch das prachtvolle Haus bis auf eine riesige Terrasse, wo unter einem großen Sonnensegel mehrere Personen saßen. Unter ihnen auch Walter Lucas, sein Boss.

»Kommen Sie her, Stuart«, winkte ihn der Alte heran. »Zeigen Sie mir, was Sie mitgebracht haben.«

Neben Walter Lucas saßen zwei Männer mit dunklen Haaren, die offensichtlich miteinander verwandt waren. Sie lehnten sich erwartungsvoll nach vorne, als Stuart den Koffer auf einem kleinen runden Tisch vor seinem Boss ablegte und ihn öffnete.

»Das Voynich-Manuskript«, verkündete Stuart feierlich und wollte es Lucas übergeben, doch einer der beiden anderen Männer sprang von seinem Stuhl auf und entriss es ihm sofort. Perplex sah Stuart ihn an und wollte etwas sagen, aber dann ertönte die Stimme von Walter Lucas.

»Schon gut, Stuart. Setz dich hin.« Der Alte zeigte auf einen freien Stuhl neben sich. Der andere Mann blätterte derweil aufgeregt in dem alten Buch, so schnell, dass Stuart befürchtete, einige Seiten würden herausfallen.

»Hier ist sie! Die Stelle, von der de Jaucourt die Seiten entfernt hat. Giorgius, gib mir die Blätter.«

Der andere Grieche griff einen Umschlag, der neben seinem Stuhl lag, und holte einige vergilbte Pergamentseiten dort heraus. Diese reichte er dem anderen Mann, der sie sofort in das Buch legte.

»Ja, sie passen. Jetzt können wir den Text endlich zur Gänze übersetzen. Schon bald ist die Quinta Essentia unser!«

»Wir sollten keine Zeit verlieren, Chrístos«, sagte Walter Lucas mit mahnender Stimme. »Lassen Sie uns sofort beginnen.«

»Gewiss. Aber vorher brauchen wir noch den Rest.« Der Grieche sah Stuart an. »Wo ist das Metallstück?«

»Das ... wir haben es nicht gefunden.«

»Wie war das? Bitte wiederholen Sie das.« Die Stimme des Mannes wurde schärfer.

»Wir haben in Boston danach gesucht, aber es war nicht da.« Stuart blickte Walter Lucas an. »Ich … ich dachte, das Manuskript wäre wichtiger.«

»Idiot!« Der Alte holte aus und verpasste ihm eine Ohrfeige. »Das Metall ist der Schlüssel zu allem!«

Der Grieche namens Chrístos setzte sich wieder hin und legte das Voynich-Manuskript auf seinen Beinen ab. Er blickte nachdenklich auf den Einband.

»Das ist bedauerlich, aber es wird uns nicht aufhalten können. Wir werden mehr Orichalcum finden, wenn wir erst den Weg nach Atlantis gefunden haben. Und der steht auf diesen Seiten.«

»Aber wie lange wird das dauern? Es könnte eine Ausgrabung erforderlich sein, das kann Monate, wenn nicht sogar Jahre dauern. So viel Zeit bleibt mir nicht mehr!« Walter Lucas bekam einen Hustenanfall.

»Es tut mir leid, Walter. Aber ohne das Orichalcum ist die Quinta Essentia nicht herzustellen.«

Die schmale Hand von Walter Lucas packte Stuarts Handgelenk. Mit vor Wut flackerndem Blick sah er ihm in die Augen.

»Du musst es mir bringen, Stuart!«, zischte er. »Breche sofort wieder auf und besorge mir dieses verdammte Metall, koste es, was es wolle!«

»Aber wie …«

»Diese Wellesley hat es doch bestimmt noch bei sich!«

Stuart erstarrte.

»Was ist?«

»Äh, es könnte sein, dass sie«, er schluckte, »tot ist.« Dann berichtete er schnell davon, wie sie das Manuskript an sich gebracht und danach das Feuer im Büro gelegt hatten. »Ich wusste doch nicht, dass sie noch etwas bei sich trug, das Sie haben wollten, Boss. Mein Auftrag lautete nur, das Manuskript zu beschaffen. Die Kollegen aus Boston haben uns auch keine Informationen gegeben.«

»Mir scheint, die Kommunikation in Ihrer Organisation ist verbesserungswürdig«, spottete der Grieche.

»Wir werden uns das Orichalcum beschaffen – schnellstmöglich«, entgegnete Walter Lucas. »Stuart, du kümmerst dich darum. Ruf sofort in New York an. Informiere die anderen, dass Sie nach diesem verdammten Metall suchen sollen.«

»Aber – es ist doch mit den Leuten verbrannt und ...«

»Stell dich nicht dümmer, als du bist! Selbst wenn alle in diesem Büro verbrannt sind, wird es das Orichalcum überstanden haben! Ich will, dass es gefunden wird, hast du mich verstanden? Ansonsten werde ich dich vor meinem Tod noch eigenhändig umbringen! Und jetzt geh mir aus den Augen!«

Stuart stand auf und ging wortlos ins Innere des Hauses zurück, wo ihn Osmond in Empfang nahm.

»Benötigen Sie ein Telefon, Mr. Hanley?«

»Wenn Ihr Mann es schafft, das Orichalcum tatsächlich zu beschaffen, ist es gut«, sagte Chrístos Petrakos. »Aber wir müssen die Möglichkeit in Betracht ziehen, dass es nicht gelingt, Walter. Deswegen werden Giorgius und ich uns auf die Suche nach Atlantis begeben, sobald wir alle Informationen aus dem Manuskript entschlüsselt haben.«

Walter Lucas saß mit blassem Gesicht tief zurückgelehnt in seinem Korbstuhl. Sein Wutanfall hatte ihn offensichtlich viel Kraft gekostet.

»So dicht vor dem Ziel«, murmelte der todkranke Amerikaner. »Das ist nicht fair.«

»Geben Sie die Hoffnung nicht auf, Walter«, versuchte Giorgius sich als Trostspender. »Wer weiß, welche Informationen wir aus diesem Manuskript zutage fördern? Womöglich führt es uns auch zu einer anderen Orichalcum-Quelle.«

»Ja, sicher«, lachte Lucas sarkastisch auf.

»Wie dem auch sei«, sagte Chrístos. »Mein Bruder und ich fangen sofort mit der Arbeit an.« Er stand auf und nickte Giorgius zu, der sich ebenfalls von seinem Platz erhob. Zusammen gingen sie ins Haus. »Es könnte leichter sein, sich des alten Mannes zu entledigen, als gedacht«, flüsterte er. »Er hat seine Schuldigkeit getan. Wir haben das Manuskript. Er ist uns nicht länger nützlich.«

»Du willst ihn sterben lassen?«

»Natürlich! Sieh ihn dir doch an. Die Krankheit rafft ihn dahin. Selbst wenn wir die Quinta Essentia erlangen, könnte sie ihn womöglich nicht mehr retten. Und wenn er nicht mehr ist, haben wir ganz alleine die gesamte Macht in unseren Händen!«

SECHZEHN
LOUVRE
PARIS, AM SELBEN TAG

MAX FÜHLTE sich schlimmer als am Tag zuvor, wo er unter den Folgen seiner Zechtour gelitten hatte. Er bewegte sich nur mit kleinen Schritten voran, während Jody und der Professor ihr Gepäck auf einem Wagen vor sich durch die Empfangshalle des Flughafens herschoben. Immerhin ging es seinen Händen schon besser, die Schwellung war etwas zurückgegangen und er hatte die Verbände entfernt.

»Geht es wirklich, Max?« Jody drehte sich besorgt zu ihm herum.

»Es wird gleich wieder besser.« Er hasste es, zu fliegen. Jedes Mal wurde er flugkrank. Normalerweise tat er alles, um es zu vermeiden, in ein Flugzeug zu steigen. Aber in diesem Fall blieb ihm keine andere Wahl. Als Jody am Tag zuvor noch ein zweites Mal beim Trinity College angerufen hatte, um nachzufragen, um wen es sich bei dem Griechen handelte, der so versessen darauf war, mit William Rutherford zu sprechen, klappte ihm und dem Professor die Kinnlade unisono runter.

»Der Mann heißt Chrístos Petrakos«, hatte Jody ihnen gesagt, nachdem sie das Telefonat beendet hatte, und sich ob ihrer Reaktion verwundert gezeigt.

Max hatte Jody erzählt, welche Erfahrungen sie vor acht Jahren mit dem griechischen Millionär gemacht hatten, als dieser versuchte, in den Besitz des Goldenen Vlieses zu kommen und dafür sprichwörtlich über Leichen gegangen war. Seine Freundin hatte ihn vorwurfsvoll angesehen, nachdem er seinen Bericht beendet hatte. »Warum hast du mir davon nicht schon mal früher erzählt?«

»Ich hielt es nicht für so interessant für dich.«

»Das Goldene Vlies? König Midas? Und ob mich das interessiert! Was verbirgst du noch vor mir?«

»Habe ich dir schon mal von Peru erzählt?«

Aber Max kam nicht mehr dazu, Jody von seinen Erlebnissen im Reich der Inka zu berichten. Der Professor bestand darauf, so schnell wie möglich aufzubrechen.

Kurz darauf kümmerten sie sich auch schon darum, einen Flug nach Europa zu kriegen. Gemäß der Auskunft der Sekretärin aus dem Trinity College hatte sich Petrakos vor einer Woche in Paris mit Sir William getroffen, ehe dieser weiter nach New York reiste. Es war nur eine vage Hoffnung, die sie in die französische Hauptstadt fliegen ließ, aber vielleicht konnten sie einen Hinweis finden, der ihnen half, dem Geheimnis des Orichalcum auf die Spur zu kommen.

»Glauben Sie wirklich, dass dieser Petrakos derjenige ist, der Sir Williams Entführung in Auftrag gegeben hat?«, fragte Jody den Professor, als sie aus dem Terminal ins Freie traten.

»Es wäre möglich, diesem Kerl ist alles zuzutrauen.« Crichton strich sich über den Bart. »Vor allem, da er so versessen auf das Vlies war, um daraus den Stein der Weisen herzustellen. Wer weiß, was er sich von dem Orichalcum verspricht?«

»Mit Sicherheit gibt es eine Verbindung zum Voynich-Manuskript«, meinte Jody.

»Höchstwahrscheinlich. Vielleicht kann man uns im Louvre sagen, welche.«

Jody drehte sich zu Max um, der ein paar Mal tief durchatmete.

»Alles gut?«

»Ja. Langsam fühle ich mich wieder wie ein Mensch.«

»Ach, so schlimm war es gar nicht. Nur drei Spucktüten hast du gebraucht. Das waren schon mal mehr.« Sie lächelte aufmunternd und gab ihm einen Kuss auf die Wange.

»Jetzt geht's mir wieder richtig gut, du bist halt die beste Medizin für mich.« Er zwinkerte seiner Freundin zu. »Also, fahren wir sofort ins Museum oder suchen wir uns erst ein Hotel?«

Der Professor zog an seiner Uhrenkette und angelte damit eine goldene Taschenuhr aus seiner Weste hervor. Die Uhr war ein Geschenk vom ehemaligen US-Präsidenten Dwight D. Eisenhower gewesen, die er Crichton damals zusammen mit der Ehrenmedaille des Kongresses überreicht hatte. Seitdem trug der Professor die sündhaft teure Uhr immer bei sich. Mit einem Druck auf die Krone ließ er den Deckel aufspringen.

»Es ist jetzt kurz vor zehn. Ich würde sagen, wir fahren direkt in den Louvre, vormittags ist eine gute Zeit. Wir haben ja nur leichtes Gepäck dabei.«

Sie nahmen ihre Taschen auf und stiegen in das erstbeste Taxi. Sie fuhren etwas mehr als eine halbe Stunde durch die Stadt, ehe sie den *Place du Carrousel* erreichten.

Der Taxifahrer folgte dem Kreisverkehr, der sie beinahe einmal um den gesamten Platz führte. Zu seiner Rechten sah Max einen großen steinernen Torbogen aufragen, den *Arc du Triomphe du Carrousel*. Er erinnerte sich an eine alte Fotografie von seinen Eltern unter diesem Triumphbogen. Dieser Torbogen war deutlich kleiner als sein weltberühmtes Schwesterbauwerk, das auf dem *Place de l'Étoile* die *Avenue Champs-élysées* prägte. Doch dafür betrug die Bauzeit auch nur drei Jahre und nicht dreißig. Max' Mutter schwärmte von diesem Bauwerk, das sich direkt auf der Sichtachse zwischen Tuilerienpalast und dem Louvre befand.

»Alles in Ordnung? Du schaust so abwesend?«, fragte Jody, die neben ihm auf der Rückbank saß.

»Alles bestens. Ich habe mich gerade nur an etwas erinnert.«

»Scheint was Schönes gewesen zu sein, so wie du strahlst.«

»Wir sollten auf jeden Fall noch mal nach Paris kommen, wenn wir diese Sache hinter uns haben«, meinte Max.

»Du meinst nur wir zwei auf einer romantischen Reise in die Stadt der Liebe, *mon amour*?« Jody klimperte übertrieben mit ihren Wimpern.

»Vielleicht nehme ich lieber Joe mit, der steht mehr auf Romantik als du«, lachte Max.

»Untersteh dich!«

Das Taxi stoppte auf der riesigen Freifläche des Museum-Vorplatzes, dem *Cour Napoleon*. Nachdem sie ausgestiegen waren, standen sie einen Moment da und betrachteten das kolossale Bauwerk ehrfürchtig. Unglaublich viele Menschen strömten auf das hufeisenförmig angelegte Gebäude zu. Ein Fanal der Renaissancebaukunst.

»Dann wollen wir mal«, sagte Professor Crichton, nahm seinen kleinen Reisekoffer mit der rechten Hand auf und schritt über den großen Platz in Richtung des Haupteingangs. Ike lief dicht neben ihm her.

»Man muss den Franzosen lassen, dass sie in großem Maßstab gedacht haben beim Bau dieses Museums«, sagte Jody.

»Mein Vater meinte einmal zu mir, dass es mehr als fünf Tage benötigen würde, sich jedes Ausstellungsstück anzusehen«, erwiderte Max.

»Damit lag er richtig. Hoffen wir, dass wir nicht so lange brauchen, um herauszufinden, was Rutherford und Petrakos hier zusammengeführt hat.«

Sie mussten sich hinter den etlichen anderen Menschen einreihen, die ebenfalls alle in das Museum wollten.

»Von solchen Besucherströmen können die Museen in den Staaten nur träumen, nicht einmal das Met hat so einen Andrang.«

Sie benötigten zwanzig Minuten, bis sie ins Innere des Gebäudes gelangten. Beim Einlass gab es jedoch ein Problem, weil Ike das Museum nicht betreten durfte. Also band der Professor ihn vor dem Eingang an. Drinnen suchten sie sofort jemanden vom Personal und baten um ein Gespräch mit Jean Chatelain, dem Direktor des Louvre, der sich vor einer Woche mit Rutherford getroffen hatte.

»Normalerweise trifft er sich nur nach voriger Terminabsprache mit Besuchern«, sagte die Mitarbeiterin zu ihnen.

»Sagen Sie ihm bitte, Professor Frederick Crichton aus Boston möchte ihn sprechen. Es geht um dieselbe Sache, weswegen Sir William Rutherford ihn kürzlich besucht hat.«

Die Frau griff zum Telefon, wechselte einige Worte mit dem Direktor, legte wieder auf und nickte ihnen zu.

»Er wird sofort hier sein.«

»Ich danke Ihnen vielmals, Madame.«

Sie musste nicht lange warten. Jean Chatelain kam mit wehendem Jackett die Treppe vom ersten Stock herabgelaufen. Der Direktor war ein kleiner, untersetzter Mann, dessen Glatze noch ein lichter weißer Haarkranz einfasste. Crichton ging ihm entgegen und streckte ihm die Hand hin.

»Direktor Chatelain, es ist mir …«

»Professor Crichton«, stieß der Franzose mit starkem Akzent auf Englisch aus und holte tief Luft. »Ich bin sofort gekommen, als es hieß, Sie sind wegen Rutherford hier. Haben Sie ihn gesehen?«

»Ja, erst vor zwei Tagen in Boston. Aber er …«

»Er ist ein Dieb!«

»Wie bitte? Das ist doch Blödsinn«, meldete sich Jody zu Wort. »Sir William hat noch nie etwas gestohlen!«

»Ach ja? Woher wollen Sie das so genau wissen, Madame?« Chatelain holte ein Taschentuch hervor und tupfte sich die schweißnasse Stirn ab.

»Darf ich Ihnen Dr. Jody Wellesley und Dr. Max Falkenburg vorstellen«, sagte Crichton gewohnt ruhig, um den erregten Direktor abzulenken.

»Falkenburg?« Jean Chatelain kniff die Augen zusammen. Sein Hals schien jeden Augenblick den obersten Knopf seines Hemdes wegzusprengen. »Sind Sie verwandt mit Carl Falkenburg?«

»Ich bin sein Sohn.«

»Ihr Vater war ein noch größerer Verbrecher, als es Rutherford ist!«

»Wie bitte?«

»Tun Sie nicht so scheinheilig, Sie wissen doch genauso gut wie ich, was er alles für die Nazis getan hat!«

»Ich weiß, was er alles auf sich genommen hat, um so viel wie möglich vor dem Zugriff Hitlers zu retten. Bis zu seinem Tod.« Max fixierte den Direktor mit einem finsteren Blick.

»Den er mehr als verdient hatte!«

»Ich werde Ihnen gleich auch geben, was Sie verdienen«, stieß Max mit zusammengepressten Zähnen hervor.

»Meine Herren, bitte! Das führt doch zu nichts«, ging Crichton dazwischen und auch Jody legte Max einen Arm um die Hüfte, um ihn zu besänftigen.

»Bleib ruhig«, flüsterte sie ihm ins Ohr.

»Weswegen sind Sie hier, Professor?« Chatelain bedachte Crichton mit einem genervten Blick. »Ich habe weiß Gott andere Sorgen, als mich hier mit Ihnen und Ihren Begleitern zu streiten. Sie glauben ja nicht, was hier los war!«

»Vielleicht erzählen Sie es mir, dann kann ich die Situation auch besser verstehen.« Crichton sah den Franzosen mit unerschütterlicher Gelassenheit an.

Für einen Moment stutzte der Direktor, dann nickte er leicht.

»Na gut, ich erzähle es Ihnen. Letzte Woche war William Rutherford hier, um in unseren Archiven etwas zu sichten. Ich habe ihn natürlich mit offenen Armen empfangen und ihm sogar persönlich geholfen, in unseren Gewölben nach dem zu suchen, was er sehen wollte. Zum Dank dafür hat er mich hintergangen und es gestohlen!«

»Was hat er Ihnen gestohlen?«, wollte Jody wissen. »Ein Stück Metall vielleicht?«

»Metall?« Der Direktor schüttelte den Kopf. »Natürlich nicht. Er hat Aufzeichnungen von Denis Diderot gestohlen.«

»Diderot? Der Herausgeber der Enzyklopädie der Wissenschaften aus dem 18. Jahrhundert?«

»Eben der. Aber Diderot war viel mehr als nur das. Er war ein Universalgelehrter, die größte und wichtigste Persönlichkeit der kulturellen Welt der damaligen Zeit.«

»Und Sir William hat etwas von seinen Aufzeichnungen gestohlen, sagen Sie?«

»Ja. Das hat er!«

»Können Sie uns sagen, was genau er angeblich gestohlen hat?«, fragte Crichton.

»Nicht angeblich, er hat es getan, daran hege ich keinen Zweifel.« Die Gesichtsfarbe des Direktors bekam wieder einen rötlichen Schimmer vor Aufregung.

»Was hat er … gestohlen?« Jody sprach das letzte Wort nur ungern aus.

»Ein paar Seiten handschriftlicher Aufzeichnungen von Diderot.«

»Was stand auf diesen Seiten?«, bohrte Jody nach.

»Wie bitte? Das ist doch egal, sie sind weg und …«

»Es ist nicht egal, Herr Direktor. Sir William hat mich in Boston besucht. Kurz danach ist er verschwunden, vermutlich entführt. Und wir vermuten, dass es mit seinem Besuch hier in Verbindung steht.«

Chatelain sah Jody verwirrt an. Dann zuckte er mit den Schultern. »Kommen Sie mit.« Er führte sie zum Sully-Flügel, wo sich die griechische Ausstellung befand. Von dort gelangten sie zu den Stücken des Nahen Ostens. Der

Direktor führte sie vorbei an einer riesigen Stele, die über zwei Meter hoch war und aus blank poliertem Diorit bestand. Der Codex des Hammurabi. Nur wenige Schritte von dem einzigartigen Stück entfernt befand sich eine unscheinbare Tür. Chatelain öffnete sie und sie stiegen eine alte Holztreppe in die Kellergewölbe des Louvre hinab. Die Gänge waren nur schwach beleuchtet und es war kühl. Der Direktor bewegte sich zielstrebig durch die vielen Gänge und Abzweigungen zu einer bestimmten Tür. Er zog seinen Schlüssel hervor und öffnete damit ein altes Vorhängeschloss, das einen Riegel festhielt. Hinter der Tür waren etliche Regale gefüllt mit alten Folianten und Dokumenten. In der Mitte des Raumes stand ein kleiner Tisch.

»Meine Hochachtung, Herr Direktor«, sagte Max.

»Wofür?«

»Na, wenn Sie erkennen, dass hier etwas fehlt, müssen Sie über ein grandioses Gedächtnis verfügen.«

»Sparen Sie sich Ihren Spott«, gab Chatelain giftig zurück und ging zu einem der Regale links. Er zog einen der schwer aussehenden Wälzer heraus und kam damit zurück an den Tisch. »In diesem Buch befanden sich einige lose Seiten, besondere Aufzeichnungen von Denis Diderot, die Rutherford unbedingt sehen wollte. Ich habe Sie ihm gezeigt und einen Tag später waren sie weg.«

»Worum geht es in dem Buch?«, wollte Max wissen.

»Ein Nachschlagewerk zu Diderots Enzyklopädie.«

»Darf ich?« Crichton streckte die Hand aus. Chatelain schob ihm das Buch rüber. Vorsichtig schlug der Professor den Buchdeckel auf. Er überflog die ersten Seiten. »Ist wirklich nichts anderes als ein Nachschlagewerk.«

»Was kann Sir William daraus unbedingt gewollt haben?«

»Gute Frage.« Crichton blätterte weiter.

»Stopp«, rief Jody plötzlich aufgeregt und deutete auf zwei Buchstaben, die am Seitenrand zu sehen waren. »Was bedeuten die?«

Der Direktor reckte den Hals, um zu sehen, was Jody meinte. Sie zeigte auf zwei Buchstaben – L und J, genau wie sie sie auf der Seite im Voynich-Manuskript gesehen hatten.

»Ach das. Dies sind die Initialen eines Mitarbeiters. Ein so gewaltiges Werk wie die Enzyklopädie konnte Diderot natürlich nicht alleine bewältigen. Das Gesamtwerk umfasst siebenundzwanzig Bände mit über zweiundsiebzigtausend Artikeln, alles zusammen über siebzehn Millionen Wörter! Diderot hatte etliche Männer, die ihm zu arbeiteten.«

»Männer, natürlich«, ätzte Jody, aber Chatelain ging nicht weiter darauf ein.

»Diese Initialen hier stehen für Louis de Jaucourt. Er war einer der fleißigsten Mitarbeiter und hat knapp fünfzehntausend Artikel verfasst.«

»Das ist in der Tat fleißig«, sagte Max beeindruckt. Er sah sich die komplett gefüllten Regale an, die unter der Last des Papiers schon kurz vor dem Zusammenbruch schienen. »Woher wussten Sie, wo sich diese Seiten befunden haben? Hier unter diesen Aberhunderten Büchern genau das eine zu finden, in dem sich einige lose Blätter befinden ... so viel Glück gibt es nicht.«

»Da haben Sie ganz recht«, stimmte Chatelain ihm zu. »Diese Seiten waren mir vorher unbekannt. Rutherford hatte einen Brief bei sich, in dem stand, in welchem von Diderots Büchern wir nachsehen mussten.«

»Können wir noch einmal auf diesen Louis de Jaucourt zu sprechen kommen?«, fragte Jody.

»Was möchten Sie wissen?«

»Wenn er so großen Anteil an der Enzyklopädie hatte, dann wird er doch gewiss eine Art Gelehrter gewesen sein.«

»Das kann man so stehen lassen. Obwohl, Universalgenie beschreibt ihn noch viel treffender. De Jaucourt war Arzt, Schriftsteller und Naturwissenschaftler. Kaum ein Gebiet, auf dem er sich nicht auskannte. Er war Mitglied in vielen Vereinigungen, sogar in der Royal Society of London und in der preußischen Akademie der Wissenschaften.«

»Hatte er auch was mit ... Alchemie zu tun?«

»Bestimmt. Im 18. Jahrhundert gab es in Paris eine Art Loge eines Alchemistenbundes. Es ist überliefert, dass sowohl de Jaucourt, aber auch Diderot an manchen Sitzungen dieser Loge teilgenommen hatten.«

Der Blick, mit dem Jody ihn ansah, zeigte Max, dass sie dasselbe dachte wie er.

»Diese losen Seiten, die gestohlen wurden ... könnten die auch von Louis de Jaucourt stammen?«

»Ich kann es nicht ausschließen, aber dies kann ich ja nun leider nicht mehr prüfen.«

»Wie hat Sir William denn Ihrer Meinung nach diese Seiten gestohlen?«, fragte Crichton. »Haben Sie ihn hier unten alleine gelassen?«

»Wo denken Sie hin, natürlich nicht! Wir waren die ganze Zeit zusammen. Aber er könnte die Gelegenheit genutzt haben, als ich mit Monsieur Petrakos gesprochen habe und ...«

»Wie bitte? Sprechen Sie von Chrístos Petrakos?«

»Ja. Er war gemeinsam mit Rutherford hier.«

»Warum sagen Sie das erst jetzt?«

»Sie fragten mich nach Rutherford, nicht nach Petrakos.«

»Und was macht Sie so sicher, dass es nicht Petrakos war, der die Seiten gestohlen hat?«

»Chrístos Petrakos ist ein integrer Mann, ich kenne ihn seit Jahren. Er ist über jeden Zweifel erhaben und zudem ein großer Förderer des Louvre. Einige Stücke in unserer griechischen Ausstellung stammen von ihm. Außerdem ist sein Bruder der Direktor des Archäologischen Nationalmuseums in Athen.«

»Ich weiß«, gab Max zurück. »Und ich weiß noch einiges mehr über dieses feine Brüderpaar.«

»Behalten Sie es für sich, Falkenburg«, antwortete Chatelain mit abschätzigem Blick. Er wandte sich an den Professor. »Ich denke, ich habe Ihnen genug gezeigt und erzählt.«

»Ja, das haben Sie, in der Tat. Vielen Dank für Ihr freundliches Entgegenkommen, Herr Direktor.«

Der Franzose führte sie wieder aus den verschlungenen Gewölbegängen hinauf. Als er die Tür zum Abgang hinter sich geschlossen hatte, wünschte er ihnen noch einen schönen Aufenthalt in Paris und wollte gehen. Aber Jody stellte sich ihm in den Weg.

»Eine letzte Frage noch, wenn Sie gestatten, Herr Direktor. Wann genau sind die Seiten gestohlen worden?«

»Ich vermute, direkt an dem Tag, als Rutherford hier war.«

»Aber Sie haben es nicht gesehen, also, wann haben Sie den Verlust festgestellt?«

»Erst vorgestern. Und jetzt entschuldigen Sie mich, ich habe anderes zu tun.« Chatelain eilte mit schnellen Schritten aus den Ausstellungsräumen und überließ sie sich selbst.

»Petrakos hat die Seiten gestohlen, kein Zweifel«, meinte Max.

»Ja, das steht fest. Aber er hat es sicher nicht selbst getan, das passt nicht zu ihm. Und wenn der Direktor den Zeitpunkt des Diebstahls überhaupt nicht genau eingrenzen kann, könnte es auch nach dem Besuch von Sir William passiert sein.«

»Aber von einem Einbruch hat der Direktor nichts erzählt und hier kommt man auch nicht so ohne Weiteres hinein.« Max deutete mit dem Kopf zu der schmalen Tür, die zu den Gewölben führte. »Das gehört sicher nicht zur normalen Besuchertour. Was vermuten Sie?« Er sah den Professor an, der nachdenklich den Codex des Hammurabi musterte.

»Wir sollten jetzt gehen. Ich glaube, ich kenne jemanden, der uns weiterhelfen kann.«

SIEBZEHN
U-BAHN
NEW YORK

DAS TELEFON SCHELLTE LAUT und deutlich durch die Bar. Der Mann hinter dem Tresen ging seelenruhig zu dem Apparat, nahm den Hörer ab und hörte zu. Nach einigen Sekunden ließ er das Handstück sinken und brüllte laut seinen Namen durch die Kneipe.

»Keith, schwing deinen Arsch hierher. Stuart will mit dir reden!«

Er beeilte sich, zum Telefon zu gelangen, schwang sich auf den Hocker, der davor stand, und nahm den Hörer vom Barkeeper entgegen.

»Stuart, endlich! Ich muss dir unbedingt ...«

»Halt's Maul und hör zu«, schnauzte sein Kumpel ihn an. »Wir haben ein Problem, ein großes Problem. Die Leute, die wir im Büro verbrannt haben, hatten etwas bei sich, das der Boss unbedingt haben will. Irgendein Stück Metall, wir müssen es unbedingt beschaffen, hörst du. Du musst mit ein paar der Cops vom 33. Revier sprechen, die wir geschmiert haben. Die sollen zusehen, ob sie bei den Überresten der Toten ...«

»Sie sind nicht tot!«

Einen kurzen Augenblick war es still in der Leitung. Dann fragte Stuart: »Wie bitte? Woher weißt du das?«

Keith berichtete ihm, wie er nach der Tour zum Flughafen noch einmal beim Met vorbeigefahren war und dort gesehen hatte, wie man den großen Schwarzen auf einer Liege aus dem Museum getragen hatte.

»Also lebt nur einer noch?«

»Nein. Ich bin dem Krankenwagen gefolgt zum Lenox Hill Hospital. Kurze Zeit später kreuzten die anderen drei dort auch auf. Unversehrt. Keine Ahnung, wie die das geschafft haben, aber sie sind aus dem Büro entkommen.«

»Normalerweise wäre das eine schlechte Nachricht, aber so haben wir es vielleicht leichter, an dieses Metall zu kommen.«

»Ich fürchte, so einfach wird es nicht werden, Stuart. Die drei anderen sind vom Krankenhaus aus zum Flughafen aufgebrochen. Sie sind noch am selben Abend geflogen.«

»Weißt du wohin?«

»Nein, keine Ahnung. Tut mir leid, Stuart.«

»Verflucht. Das Metallstück haben die dann bestimmt bei sich. Was ist mit dem Schwarzen? Ist der noch im Krankenhaus?«

»Ich denke schon, ja.«

»Dann frag ihn, wo seine Freunde hin sind.«

»Wie stellst du dir das vor?«

»Du wirst doch wohl in der Lage sein, einem ans Bett gefesselten Nigger ein paar Informationen zu entlocken!«

»Ich … ja, ist gut. Ich werde ihn mir vorknöpfen.«

»Mach das. Gib mir sofort Bescheid, sobald du die Information hast.«

Stuart nannte ihm eine Telefonnummer, wo er zu erreichen war, und beendete das Gespräch. Keith hängte den Hörer ein.

»Barkeeper, noch einen Gin Tonic«, rief er und murmelte vor sich hin: »Ich werde ihn brauchen.«

Vorsichtig richtete Joe sich im Bett auf und schwang dann seine Beine über die Kante hinaus. Es zwickte immer noch in seinem Rücken, aber das Korsett, das man ihm angelegt hatte, zeigte Wirkung.

»Und Sie sind sich sicher, dass Sie uns schon verlassen wollen?«, fragte Tracy, die Krankenschwester, ihn mit besorgter Miene.

»Ja, bin ich. Da sind ein paar Dinge, die ich erledigen muss.«

»Holen Ihre Freunde Sie ab?«

»Ich fürchte nein, die sind nach Europa aufgebrochen.«

»Wenn Sie ein paar Stunden warten würden, dann könnte ich Sie fahren«, bot sie ihm mit einem sanften Lächeln an.

»Das ist sehr nett, aber ich muss ablehnen. Sie haben schon genug für mich getan.« Joe stand vorsichtig auf und stakste zu dem Kleiderschrank, in dem seine Sachen hingen.

»Na gut, ich lasse Sie dann mal alleine. Sagen Sie mir noch auf Wiedersehen, bevor Sie losgehen?«

»Natürlich.« Nachdem Tracy das Zimmer verlasen hatte, zog Joe sich extrem ungelenk seine Kleidung an. Vor allem bei den Socken benötigte er mehrere Minuten. Aber schließlich schaffte er es. »So, und jetzt nichts wie raus hier«, brummte er und verließ das Krankenzimmer.

Entgegen seinem Versprechen verließ er das Krankenhaus, ohne sich noch bei Tracy zu verabschieden. Auf dem Bürgersteig blickte er nach links und dann nach rechts, bis er den Eingang einer U-Bahn-Station erblickte und sich langsam darauf zubewegte. Er stöhnte innerlich, als er die vielen Stufen sah, die in die Tiefe führten. Mit einer Hand das Geländer fest umfassend, nahm er Stufe für Stufe in Angriff. Einige New Yorker warfen ihm merkwürdige Blicke zu, aber er beachtete sie nicht. Als er es schließlich bis ganz noch unten geschafft hatte, standen ihm Schweißperlen auf der Stirn. Langsam ging er weiter zu den Gleisen.

Keith sah den großen Kerl aus dem Krankenhaus kommen und schaffte es gerade noch, sich hinter einem an der Straße parkenden Lieferwagen zu verstecken.

Verdammt! Warum verlässt er das Hospital schon wieder?

Er lehnte sich ein Stück nach vorne und beobachtete den Schwarzen, wie er mit stocksteifem Gang in Richtung der U-Bahn-Station ging.

Aber vielleicht ist es von Vorteil so, dachte er grinsend und nahm schlendernd die Verfolgung auf.

Joe stand mit den Händen in den Taschen auf dem Bahnsteig und wartete auf den nächsten Zug in Richtung Central Station. Von dort würde er wieder nach Boston fahren und dann Dekan Harris informieren, dass sich Max und Jody zusammen mit Crichton in Paris aufhielten. Er konnte sich jetzt schon gut vorstellen, dass Harris einen Tobsuchtsanfall bekommen würde, dass Max und Jody so plötzlich für den Unterricht am College ausfielen.

Ebenso wie ich selbst, dachte Joe und rieb sich vorsichtig mit der linken Hand über die Stelle am Rücken, die in dem Korsett steckte.

Aus dem Tunnel war ein leises Geräusch zu vernehmen, das schnell immer lauter anschwoll. Die Bahn würde gleich einfahren. Joe ging einen Schritt nach vorne. Er konnte bereits die Lichter im Tunnel erkennen, die wie zwei große Augen wirkten. Neben ihm begaben sich auch die anderen Wartenden in Position, um möglichst schnell in die Waggons steigen zu können. Der Triebwagen kam näher und würde wahrscheinlich noch dreißig Meter an ihm vorbeiziehen, bis er zum Stehen kommen würde. Die Bremsen begannen zu quietschen und der Zug wurde langsamer. Joe spürte plötzlich, wie ihm jemand etwas in den Rücken drückte.

»Schön stehen bleiben«, sagte eine Männerstimme zu ihm. Er kannte diese Stimme. Sie gehörte einem der Kerle aus dem Museum, die sie im Büro des Direktors hatten verbrennen wollen.

Der Zug stoppte und die Schiebetüren öffneten sich. Alle anderen Personen auf dem Bahnsteig stiegen ein, außer Joe und seinem Schatten. Einige stiegen auch aus, verließen den Bahnsteig aber in Eile. Als die Bahn weiterfuhr, waren sie nur noch zu zweit auf weiter Flur.

»Was nun?«, fragte Joe.

»Du wirst mir jetzt eine Frage beantworten.« Der Mann hinter ihm drückte ihm den Lauf der Waffe fester in den Rücken, genau an der Stelle, die ihn am meisten schmerzte. Er stieß einen gepressten Schmerzlaut zwischen den Zähnen aus. »Was denn, so empfindlich?«, verhöhnte ihn der Kerl. »Aber keine Sorge, wenn du schnell antwortest, lass ich dich gleich in Ruhe. Also: Wohin sind deine Freunde geflogen?«

»Freunde? Welche Freunde?«

»Verscheißer mich nicht! Der Alte, die Frau und der andere Typ, die mit dir zusammen im Museum waren. Ich habe gesehen, wie sie dich im Krankenhaus besucht haben und danach zum Flughafen sind. Wohin sind sie geflogen?«

»Keine Ahnung. Womöglich nach Hawaii? Soll sehr schön sein dort.«

»Entweder sagst du mir jetzt die Wahrheit oder ich jage dir eine Kugel ins Bein!«

Von der Treppe her erklangen Stimmen von neuen Fahrgästen. Joe handelte blitzschnell und schlug mit seinem linken Arm nach hinten. Seine Faust traf den Kerl hinter ihm in den Magen. Beim Versuch, sich schnell zur Seite zu bewegen, machte ihm sein Rücken einen Strich durch die Rechnung. Die angedachte Drehung brachte er nur zur Hälfte fertig, dann blieb er ungelenk stehen und blickte direkt in den Lauf der Pistole. Der Kerl drückte ab. Die Kugel durchschlug seinen Oberschenkel auf die kurze Distanz mühelos. Joe schrie auf und umklammerte die Schusswunde mit beiden Händen. Unter den Leuten, die gerade die Treppe herunterkamen, brach Panik aus und sie liefen wieder hinauf.

»Jetzt rede, du verfluchter Hurensohn!« Der Mann packte Joe mit der Linken am Hals und richtete die Mündung des Revolvers auf sein Gesicht. »Oder die nächste Kugel bläst dir das Licht aus!«

Aus dem Tunnel erklang aus weiter Ferne wieder das Rauschen einer sich nähernden Bahn.

Der Kerl begann, seinen Zeigefinger zu krümmen.

Ohne nachzudenken, packte Joe den Mann mit beiden Händen und schleuderte ihn ins Gleisbett hinab. Dabei löste sich der nächste Schuss, der diesmal nur seinen Oberarm streifte. Der Kerl knallte mit dem Rücken direkt auf eine der Schienen. Es knackte grässlich und der Mann blieb mit schmerzverzerrtem Gesicht liegen. Im Tunnel wurden wieder die Scheinwerfer sichtbar.

»Ich kann mich nicht bewegen«, jammerte der Kerl und ruderte hilflos mit den Armen. »Bitte hilf mir! Lass mich hier nicht so liegen.«

»Für wen arbeitest du?«

»Lucas, Walter Lucas«, schrie der Mann panisch. »Hol mich hier raus! Ich flehe dich an.«

Joe zuckte zusammen, als er den Namen hörte, dann blickte er nach rechts, der Zug würde gleich da sein und den Mann höchstwahrscheinlich in zwei Hälften teilen, wenn er nichts unternahm. Er hinkte zur Bahnsteigkante, atmete tief durch und sprang hinunter. Der Schmerz, der ihm durch das angeschossene Bein und den Rücken fuhr, ließ helle Lichtblitze vor seinen Augen aufleuchten. Er spürte, wie das Gleisbett vibrierte, und das leise Rauschen verwandelte sich in ein schrilles Getöse.

»Schnell, er ist gleich da!«, kreischte der Mann in Todesangst.

Benommen bückte sich Joe zu dem Kerl hinunter und versuchte, ihn auf die Beine zu heben. Aber sein Rücken versagte ihm endgültig den Dienst. Er fiel auf die Knie. Der Mann schrie vor Panik, als die Scheinwerfer sie erfassten und das metallische Kreischen der Bremsen ertönte. Funken stoben auf. Dann wurde alles schwarz.

ACHTZEHN
DÜSTERE GEHEIMNISSE
PARIS

VOR DEM LOUVRE wurden sie vom wartenden Ike überschwänglich begrüßt. Crichton band den Hund los und sie gingen langsam über den Court Napoleon.

»Ich habe gehört, dass es Pläne gibt, hier in der Mitte des Platzes eine Pyramide zu errichten«, sagte Crichton beiläufig.

»Alles, bloß das nicht, das würde den Platz doch total verschandeln«, meinte Jody.

»Alles nur Gerüchte. Erzählen Sie uns lieber, wo wir jetzt hingehen wollen«, äußerte sich Max ungeduldig.

»Wir werden jemanden besuchen, der weiß, welche Person dazu in der Lage ist, im Louvre einzubrechen und etwas zu stehlen, ohne dass es jemand merkt.«

Jody blickte überrascht zu Crichton.

»So jemanden kennen Sie? Das klingt für mich etwas … illegal.«

»Ich bin seit den Zwanzigerjahren immer wieder zu Ausgrabungen in Europa gewesen, meine Liebe. Glaube mir, ich kenne so ziemlich jeden Hehler im Kunst- und Archäologiebereich auf diesem Kontinent. Mit einigen habe ich unschöne Erfahrungen gemacht«, fügte der Professor hinzu. »Aber jetzt ist einer von ihnen wohl unsere beste Informationsquelle.«

»Solcher Abschaum gibt normalerweise selten Informationen preis«, meinte Max. »Zumindest nicht umsonst.«

»Ganz recht. Wir werden ihm was anbieten müssen.«

»Aber wir haben doch nichts.«

»Doch. Das Orichalcum.«

»Aber das werden wir auf keinen Fall hergeben«, verkündete Jody.

»Keine Sorge, das werden wir nicht. Aber ich brauche es als Anreiz. Diese Leute sind für Geld und liebe Worte nicht bereit, mit uns zu reden. Aber bei einem ausgesprochen seltenen Element wie dem Orichalcum steigt die Bereitschaft exorbitant an.« Er lächelte Jody an. »Vertrau mir.«

Sie konnte sich ein Schmunzeln nicht verkneifen. »Das habe ich schon öfter gehört – von Max. Und immer endete es in einem Schlamassel.«

»Hey, das ist üble Nachrede«, lachte Max. »Es ist immer gut ausgegangen, wenn ich dich darauf hinweisen darf.«

»Ja, weil wir manches Mal mehr Glück als Verstand hatten.«

Max zuckte mit den Schultern. »Warum sollte das diesmal anders sein?«

»Es wird anders sein. Ich bin sicher, dass wir ohne größere Probleme klarkommen werden, so lange ihr beide auf mich hört«, sagte der Professor in einem Brustton der Überzeugung.

»Mache ich doch immer«, erwiderte Max und zwinkerte Jody zu.

Sie erreichten den Place du Carrousel und stiegen in das erstbeste Taxi ein. Crichton nannte dem Fahrer eine Adresse, woraufhin dieser eine Augenbraue hochzog und nachfragte, ob er das richtig verstanden habe. Crichton bejahte dies. Schulterzuckend fuhr der Mann los. Er vollführte eine Runde im Kreisverkehr und fuhr dann in Richtung der Seine, die sie über die *Ponts du Carrousel* querten, um dann auf der anderen Uferseite der Straße ein Stück nach Westen zu folgen. Schließlich bog das Taxi von der Hauptstraße in eine der schmaleren Gassen ein, wo sich das Häuserbild schnell wandelte. Etliche der Fassaden waren schmutzig und wiesen Risse auf. Nach einigen Straßenzügen änderte sich dieses Bild abermals. Nun dominierten asiatische Schriftzeichen die Schilder über den vielen kleinen Geschäften, die sich in den Häusern befanden.

»*Quartier asiatique*«, verkündete der Fahrer und stoppte kurz darauf am Straßenrand vor einem dieser kleinen Läden.

Crichton bezahlte den Mann, der sich beeilte, zügig weiterzufahren, nachdem sie ausgestiegen waren und auf dem Bürgersteig des asiatischen Viertels von Paris standen, der größten Chinatown Europas.

»Schönes Ziel haben Sie uns ausgesucht, Professor.« Max sah sich um. Auf den Gehsteigen waren nicht viele Menschen unterwegs, aber wenn, erblickte er nur asiatische Gesichter.

»Es ist wirklich ganz anders als in meiner Erinnerung«, murmelte Crichton. »Hier hat sich in den letzten dreißig Jahren einiges getan.«

»Wahrscheinlich nicht gerade zum Besten«, meinte Jody mit Blick auf die heruntergekommenen Häuser des Straßenzuges.

»Egal. Lasst uns in das Geschäft hineingehen.« Der Professor ging mit Ike voraus, während Max skeptisch die Auslage im Schaufenster inspizierte.

Es schien sich um eine Art Antiquariat zu handeln, jedoch um kein besonders hochwertiges. Im Ladenfenster waren zumindest nur Tinnef und billige Fälschungen zu entdecken, die selbst für ungeschulte Augen klar als solche ersichtlich waren.

»Komm, gehen wir lieber mit ihm, nicht, dass er noch unter die Räuber fällt«, scherzte Jody und nahm ihre Tasche.

Fröhliches Geläut erklang, als sie die Tür des Geschäfts öffneten. Im Inneren stieg Max sofort der penetrante Geruch in die Nase, der ihn an einen Kräutermarkt erinnerte. Unterschwellig nahm er auch noch einen anderen Geruch wahr, den er nur aus jahrhundertelang verschlossenen Grabkammern kannte. Er rümpfte die Nase und ging weiter hinein, an vollgestopften Regalen vorbei, in denen ein ähnlicher Kram zu sehen war wie in der Schaufensterauslage.

»Scheint niemand da zu sein.«

»Oh, keine Sorge, da kommt gleich jemand«, erwiderte Crichton und kaum hatte er den Satz beendet, da öffnete sich der Vorhang, der sich direkt hinter dem Ladentresen befand, und ein junger Asiate trat heraus.

»Guten Tag«, begrüßte er sie sofort auf Englisch, was vermuten ließ, dass er schon einen Augenblick länger hinter dem Vorhang gestanden hatte. »Was kann ich für Sie tun?«

»Erstaunlich«, entfuhr es Crichton. »Entweder gibt es eine verdammt große Familienähnlichkeit oder Sie sind keinen Tag gealtert, seit ich das letzte Mal hier gewesen bin.

Mein Name ist Frederick Crichton, ich möchte mit Lo Pan sprechen.«

»Sie haben recht, Mister Crichton. Ich sehe meinem geehrten Großvater sehr ähnlich. Sind Sie ein guter Freund von ihm?«

»So würde ich es nicht nennen. Er hat mal versucht, mich zu töten.«

»Oh, dann sind Sie wohl einer der wenigen Fälle, bei denen er Misserfolg hatte«, gab der junge Mann ungerührt zurück.

»So könnte man es sagen, ja.«

»Warten Sie bitte hier, ich werde schauen, ob er wach ist.« Der Chinese verschwand durch den Vorhang.

»Haben Sie vielleicht vergessen, uns was Wichtiges mitzuteilen?«, fragte Max und sah den Professor bass erstaunt an.

»Ich hatte in der Vergangenheit einige Differenzen mit Lo Pan, aber das sollte jetzt alles längst vergessen sein«, erwiderte Crichton gelassen.

»Du! Du elendiger Sohn einer Ratte!« Ein kleiner Chinese war durch den Vorhang getreten und starrte Frederick Crichton hasserfüllt an. »Wie kannst du es wagen, hierherzukommen? Oder willst du mich beleidigen?«

»Hallo Lo Pan.« Crichton neigte den Kopf. »Es ist eine Weile her, aber ich freue mich sehr, dich bei so guter Gesundheit vorzufinden.«

»Schnell, gib mir ein Schwert«, zischte der Alte seinen Enkel an, der neben ihn getreten war. »Ich will ihm den Kopf von den Schultern schlagen!«

»Großvater, beruhige dich! So was tun wir nicht mehr, das weißt du doch«, antwortete der junge Mann milde lächelnd. Er legte eine Hand auf die Schulter seines

Ahnherrn. »Soll ich für dich und deinen Freund einen Tee kochen, damit ihr über alte Zeiten plaudern könnt?«

Max musste sich beherrschen, um nicht laut loszulachen, als er das verdutzte Gesicht des Alten sah.

»Was habe ich nur verbrochen, dass ich mit so einem Weichei als Enkel gestraft bin? Schande über dich und deine Mutter! Und über deinen Vater!« Lo Pan spuckte auf den Fußboden.

»Folgen Sie uns bitte ins Separee«, bat der junge Chinese, ohne auf seinen zeternden Opa zu achten. Er fasste den Alten am Arm und führte ihn langsam zurück durch den Vorhang. Max, Jody und der Professor tauschten einige Blicke, ehe sie den beiden ins Hinterzimmer folgten.

Als sie das Separee betraten, stockte Max beinahe der Atem, als er die prunkvollen Kostbarkeiten in den Regalen stehen sah. Es gab Geschmeide, das er sofort als Aztekenschmuck identifizierte, aus glänzendem Gold und reich besetzt mit Edelsteinen. Dazu gab es auch etliche kleine Statuetten und Büsten, die ihre griechische und römische Herkunft nicht verleugnen konnten. Auch einige altägyptische Artefakte sah er in den Regalen stehen.

Lo Pei hatte seinen Großvater zu einem purpurroten Sessel geführt, neben dem ein kleiner Tisch aus dem Spätbarock stand. Er half dem Alten beim Hinsetzen und entschwand in einen weiteren Raum. Gegenüber dem Sitzplatz von Lo Pan gab es einige Hocker und Stühle.

»Spricht was dagegen, wenn wir uns setzen?«, fragte Jody.

Der Alte gab keine Antwort, sondern fixierte nur mit finsterer Miene den Professor.

»Ich denke, es ist in Ordnung«, meinte Max und setzte sich auf einen der Stühle. Jody nahm neben ihm Platz.

»Schön haben Sie es hier, Mister Lo Pan. Vor allem eine sehr geschmackvolle und wertvolle Regaldekoration.«

Der alte Chinese drehte seinen Kopf so langsam zu ihm, dass es unheimlich anmutete.

Er sprach: »Ich erkenne Ihren Vater in Ihnen!«

»Oh, kannten Sie ihn gut?«

»Lo Pan hat auch versucht, Carl Falkenburg zu töten. Erfolglos«, fügte Crichton besonders betont hinzu.

»Ja, das ist wahr. Jetzt bin ich zu alt und darf niemanden mehr töten.« Die Augen des Alten blitzten auf.

Lo Pei kehrte zurück und trug ein großes Tablett in den Händen, auf dem eine Teekanne und mehrere Becher standen.

»Ich hoffe, grüner Tee sagt Ihnen zu.«

»Aber ja doch, vielen Dank«, sagte Crichton und setzte sich ebenfalls hin. Ike, der während der ganzen Zeit unangeleint durch den Raum lief und in allen Ecken ausgiebig geschnüffelt hatte, näherte sich dem Sessel von Lo Pan und schnupperte vorsichtig am linken Bein des Greises. »Ike, lass das!«

Aber die vor Hass verhärteten Gesichtszüge von Lo Pan wurden plötzlich weich und er neigte den Kopf nach unten.

»Na, mein Kleiner, möchtest du auf meinen Schoß?«

Sofort sprang Ike auf die Oberschenkel des Alten, der freudig aufjuchzte. Crichton wollte aufstehen und den Dachshund wieder runterheben, aber Lo Pei stoppte ihn.

»Lassen Sie nur. Mein Großvater liebt Hunde.«

Wie zur Bestätigung stieß Lo Pan einige unverständliche, brabbelnde Geräusche aus, als er Ike am Kopf und auf dem Rücken kraulte.

»Es scheint, als hätte das Alter einige Auswirkungen auf

Ihren Großvater gehabt«, sagte Crichton und setzte sich wieder.

»Ja. An einigen Tagen ist er nicht mehr er selbst«, seufzte der Chinese. »Aber er hat durchaus noch lichte Momente, vor allem, wenn er jemanden aus seiner Vergangenheit trifft.«

»Das war nicht zu übersehen.«

»Also, was möchten Sie von meinem Großvater, Mister Crichton?«

»Gestatten Sie mir zuerst eine Frage an Sie, Lo Pei?«

»Gerne.«

»Ich sehe, Sie haben das Antiquitätengeschäft Ihres Großvaters übernommen. Führen Sie auch seine anderen ... Geschäfte fort?«

»Sie meinen Schmuggel und Hehlerei von gestohlenen Kunstgegenständen und Funde von archäologischen Ausgrabungen?«, fragte Lo Pei augenzwinkernd. »Nein. Ich verdiene mein Geld auf ehrliche Art und Weise.«

»Das freut mich zu hören. Aber wir sind exakt wegen Ihres aufgegebenen Geschäftszweiges bei Ihnen.«

»Nun, dann wird dies wohl ein kurzes Gespräch werden.«

Max blickte zu Lo Pan, der auf seinem Sessel saß und mit Ike spielte und alles um sich herum zu vergessen schien.

Crichton sah Lo Pei ernst an und fragte: »Falls Ihr Großvater noch aktiv im Geschäft wäre, wen würde er beauftragen, um in den Louvre einzubrechen?«

»Nun, das kann ich Ihnen nicht beantworten. Es ist über zehn Jahre her, seit Großvater sich zur Ruhe gesetzt hat. Und ich verfüge nicht über seine Kontakte.«

»Ein Künstler.«

Sie alle blickten verwundert zu dem alten Chinesen, der immer noch mit Ike beschäftigt war. Der Hund hatte es sich bequem gemacht und lag lang gestreckt über den Beinen des Alten und hatte seine Schnauze auf der Sessellehne abgelegt.

»Was sagst du da, Großvater?«

»Ein Künstler! Man braucht einen Künstler, um in den Louvre zu gelangen. Er geht ein wie ein Gespenst, niemand bemerkt sein Kommen oder Gehen.« Lo Pan beschrieb mit seiner linken Hand einen Bogen, als wäre er ein Magier.

»Hat dieser Künstler auch einen Namen?«, wollte Crichton wissen.

»Natürlich. Er signiert seine Kunstwerke.« Der Alte grinste selig vor sich hin.

»Der spielt uns doch was vor«, sagte Jody.

»Nein«, beschied Lo Pei sie kategorisch. »Mein Großvater ist nicht mehr der Mann, der er einst gewesen ist.«

»Zum Glück«, fügte der Professor hinzu. »Also, wie lautet der Name des Künstlers?«

»Picasso, van Gogh, Rembrandt ...« Lo Pan kicherte wie ein kleines Kind.

»Das führt doch zu nichts, wir ...«

»Alle tot«, fuhr der Alte weiter fort. »Aber Goya, der lebt noch. Jawohl.«

»Von wem spricht er? Francisco de Goya wohl kaum, der ist seit hundertvierzig Jahren tot«, sagte Jody.

»Ich kann es Ihnen leider auch nicht sagen.« Lo Pei sah seinen Großvater verwirrt an. Er sprach ihn auf Chinesisch an. Doch der Alte redete auf Englisch weiter.

»Ein guter Mann, manchmal sehr eigen. Doch immer zuverlässig, immer erfolgreich. Wendet euch an Goya.«

»Wo finden wir ihn?«, fragte Crichton.

»Diese Auskunft kostet euch etwas.« Lo Pan hob den Kopf. Sein Blick war wieder völlig klar.

»Wir haben nicht viel, aber dafür was sehr Seltenes.« Crichton drehte sich zu Jody herum und wollte sie gerade nach dem Orichalcum fragen, als Lo Pan schon antwortete.

»Ich will ihn!« Er zeigte auf Ike, der immer noch entspannt bei ihm lag.

»Auf keinen Fall«, entfuhr es dem Professor. »Der Hund steht nicht zum Tausch zur Verfügung!«

»Ich will ihn haben!«

»Nein!«

Max seufzte und sah Jody an. »Das kann jetzt sehr lange dauern.«

»So viel Zeit haben wir nicht«, antwortete sie und stand auf. Sie zog das Stück Orichalcum aus ihrer Tasche und ging damit zu Lo Pan. Sie hielt es ihm hin. »Dies ist ein Stück Metall aus Atlantis. Es ist …«

Lo Pans Gesicht wurde blass. Zitternd streckte er seine Hand aus und berührte das Metall vorsichtig. Ike sprang von seinem Schoß herunter und lief zu Crichton.

»Nach all den Jahren … Ich habe nicht mehr daran geglaubt.« Er sah Jody in die Augen. »Ich brauche nur ein kleines Stück davon. Dafür bekommt ihr eure Auskunft.«

»Großvater, was …?«

»Still! Hol den Diamantschaber, schnell!«

Verwirrt sah Lo Pei den alten Mann an, aber dann gehorchte er und eilte zu einem der Schränke, die auf der linken Seite standen. Er zog eine Schublade auf und holte einen kurzen Metallstab heraus, an dessen Spitze ein dreieckiger Diamant befestigt war. Damit ging er zu Lo Pan zurück. Der nahm den Schaber in die linke und streckte die andere Hand nach dem Orichalcum aus.

»Erst die Information«, sagte Jody und zog ihren Arm zurück.

»Geht zu Claudette. Sie stellt den Kontakt her.«

»Und wo finden wir diese Claudette?«

Lo Pan gab keine Antwort, sondern sah nur zu Crichton.

»Ich glaube, ich weiß es«, sagte der Professor.

»Das Metall«, forderte der Alte mit zittriger Stimme. Jody hielt es ihm hin und Lo Pan begann sofort damit, den Schaber über die Oberfläche zu ziehen. Die feinen Metallspäne fing er mit seiner anderen Hand auf. Er lächelte zufrieden. »Vielen Dank.«

»Was haben Sie damit vor?«, fragte Jody.

»Machen Sie sich darüber keine Gedanken.« Lo Pan stand aus seinem Sessel auf und verließ den Raum ohne ein weiteres Wort. Sein Enkel sah ihm stirnrunzelnd hinterher.

»Nun, ich nehme an, wir sind hier fertig«, meldete sich Crichton und stand auf. »Vielen Dank für Ihre Hilfe, Lo Pei.«

»Es war mir ein Vergnügen.«

Er geleitete sie wieder nach vorne in den Verkaufsraum und verabschiedete sich dort von ihnen. Als sie wieder vor der Tür standen, sah Max den Professor eindringlich an.

»Sie müssen mir demnächst einiges erzählen.«

»Später, Max, später. Jetzt müssen wir erst mal zum Hafen!«

NEUNZEHN

ZURÜCK

NEW YORK

DAS ERSTE, was Joe sah, als er die Augen wieder öffnete, war das besorgte, aber trotzdem lächelnde Gesicht von Tracy, der Krankenschwester aus dem Lenox Hill Hospital.

»Willkommen zurück, Mister Carter. So schnell hatte ich eigentlich nicht erwartet, Sie wiederzusehen. Aber wahrscheinlich war es Ihr schlechtes Gewissen, weil Sie sich ohne Verabschiedung aus dem Staub gemacht haben.«

Er antwortete nicht, sondern brauchte einen Moment, um zu realisieren, wo er war. Er lag auf einem Behandlungstisch, grelles Licht schien in sein Gesicht. Ähnlich hell wie die Scheinwerfer des Zuges, der über ihn hinweggerollt war, als er sich in letzter Sekunde flach in das Bett zwischen den Gleisen geworfen hatte und sich den schreienden Kerl neben sich gegriffen und zu sich gezogen hatte.

»Sie hätten auch andere Möglichkeiten gehabt, wenn Sie mich unbedingt wiedersehen wollten, da müssen Sie sich nicht gleich vor die U-Bahn werfen – oder darunter.« Tracy lachte vergnügt auf.

»Wo ist der andere?«, murmelte Joe benommen.

»Der liegt im anderen Teil des Hospitals, für die Weißen.«

»Rufen Sie die Polizei. Er wollte ... mich töten«, brachte er schwach hervor.

»Ganz ruhig. Das wissen wir bereits. Es gibt Zeugen. Außerdem sind Ihre Schusswunden wohl nicht von alleine passiert. Soweit ich weiß, sind bereits Polizisten drüben und werden den Kerl mitnehmen, sobald er transportfähig ist.«

»Gut.« Joe atmete erleichtert aus.

»Sie sollten sich jetzt erholen, ich schiebe Sie gleich in Ihr altes Zimmer zurück, es ist immer noch so geschmackvoll eingerichtet, wie Sie es in Erinnerung haben«, scherzte Tracy.

»Ich muss unbedingt telefonieren.«

»Später. Jetzt brauchen Sie vor allem Schlaf.«

»Nein. Ich muss telefonieren. Bitte, Tracy. Nur ein Anruf.«

»Na gut, ausnahmsweise. Gleich wenn ich Sie auf die Station geschoben habe, halten wir beim Schwesternzimmer an, das Telefon dort können Sie auch benutzen, wenn Sie im Bett liegen bleiben. Das Kabel ist lang genug, dass der Apparat bis auf den Gang reicht.«

»Danke.«

»Das wird Sie ein Abendessen kosten.«

»Was immer Sie möchten«, erwiderte Joe und bemerkte erst danach, was er da gerade ausgesprochen hatte.

»Keine Sorge. Ich habe doch gehört, was Ihr Freund gesagt hat. Sie sind schon vergeben – leider.« Sie zwinkerte ihm zu und ging dann zum Fußende des Tisches. »Dann wollen wir mal.«

Dekan Alexander Harris riss wütend die Tür zu seinem Vorzimmer auf. Seine Sekretärin zuckte erschrocken zusammen.

»Haben Sie schon herausgefunden, wo Dr. Falkenburg und Dr. Wellesley sich rumtreiben?«, fragte er aufgebracht und rollte langsam aus seinem Büro heraus.

»Nein, tut mir leid. Ich habe schon mehrfach versucht, sie telefonisch zu erreichen. Es meldet sich aber niemand.«

»Haben Sie es auch bei Dr. Carter probiert? Der fehlt ebenfalls.«

»Nein, das wusste ich noch nicht.«

»Das kann doch nicht wahr sein. Da warten mehrere Kurse auf ihre Dozenten und keiner ist anwesend! Versuchen Sie es bei Carter, ich werde es bei Frederick probieren.« Er wendete seinen Rollstuhl und fuhr damit zurück an seinen Schreibtisch und wollte gerade nach dem Hörer des Telefons greifen, als der Apparat zu läuten begann.

»Harris«, bellte er genervt in den Hörer, nachdem er abgehoben hatte.

»Dekan Harris, hier ist Joseph Carter, ich ...«

»Carter! Wo zur Hölle treiben Sie sich rum? Sie sollten schon vor zwei Stunden im Hörsaal sein!«

»Mir ist etwas dazwischengekommen, ich ...«

»Hoffentlich tischen Sie mir eine gute Ausrede auf. Aber ich vermute, es hängt auch mit dem Verschwinden von Falkenburg und Dr. Wellesley zusammen« redete Harris sich seine Verärgerung von der Leber.

Was ihm Joseph Carter dann berichtete, ließ ihn verstummen und langsam immer tiefer in seinem Stuhl zurücksinken. Er brauchte einen Moment, um alles zu erfassen, was er da zu hören bekam.

»Paris sagen Sie? Und auf Sie wurde geschossen?«

»So ist es – leider. Daher werde ich auch in den kommenden Tagen in keinem Hörsaal stehen können.«

»Ach, vergessen Sie das. Das biege ich schon irgendwie hin. Soll ich Sie aus New York abholen lassen?«

»Wenn Sie das zuwege bringen, würde mich das sehr freuen, Dekan Harris.«

»Sagen Sie mir, in welchem Krankenhaus Sie sind. Ich will sehen, was sich arrangieren lässt.«

»Lenox Hill. Aber ich habe Ihnen noch nicht alles erzählt, Dekan Harris.«

»Was denn, wird es noch schlimmer?«

»Ich fürchte ja. Der Kerl, der auf mich geschossen hat – ich habe ihn gefragt, für wen er arbeitet.«

»Spannen Sie mich nicht auf die Folter«, knurrte Harris ungeduldig.

»Walter Lucas.«

»Das ist nicht Ihr Ernst?« Harris glaubte, seinen Ohren nicht zu trauen. Lucas war Vorsitzender des Komitees des Elliot Colleges, dem Gremium, dem die größten Spender und Mäzene angehörten. Diesen Posten hatte er nun schon seit über einem Vierteljahrhundert inne. Harris hatte in seiner Funktion als Dekan in der Vergangenheit schon des Öfteren Probleme mit ihm gehabt, auch unter anderem wegen Joseph Carter, als es darum ging, den Afroamerikaner den Abschluss seines Studienganges zu ermöglichen. Doch in den letzten Jahren zeigte sich der hochbetagte und – wenn man den Gerüchten Glauben schenken wollte – schwerkranke Mann nur sehr selten bei den Sitzungen.

»Leider doch. Und glauben Sie mir, der Kerl hat mich nicht belogen, es ging um sein Leben.«

»Ist die Polizei in New York schon informiert?«

»Ich hatte noch keine Gelegenheit, mit den Beamten zu sprechen, aber der Attentäter liegt im selben Krankenhaus wie ich auch, also werden die mich wohl gleich auch noch besuchen kommen.«

»Gut. Ich kann es nicht fassen, Walter Lucas ... Er war schon immer ein schwieriger Charakter, aber so was hätte ich ihm dann doch nicht zugetraut.«

Er notierte sich Lenox Hill Hospital auf einen Zettel und beendete das Gespräch mit Carter danach. Einen Augenblick dachte er nach, dann rollte er wieder nach vorne zu seiner Sekretärin und gab ihr die Notiz.

»Veranlassen Sie bitte, dass Dr. Carter morgen aus diesem Krankenhaus in New York abgeholt und zurück nach Boston gebracht wird.«

»Krankenhaus? Ihm ist doch hoffentlich nichts Schlimmes passiert?«, fragte seine Sekretärin erschrocken.

»Er kommt schon wieder auf die Beine. Wenn Sie damit fertig sind, versuchen Sie bitte, einen Termin mit Walter Lucas zu vereinbaren.«

Joe reichte Tracy den Telefonhörer wieder zurück. Die legte diesen wieder auf den Apparat und trug ihn zurück ins Schwesternzimmer, vor dem Joe auf seiner Liege im Gang stand. Als die Schwester zu ihm zurückkam, sah sie ihn verwundert an.

»Eine interessante Geschichte, die Sie da erzählt haben.«

»So was passiert mir andauernd«, murmelte Joe. Er fühlte sich müde und schwach. Tracy fasst das Kopfende der Liege an und schob ihn über den Flur zu seinem Zimmer.

»Was mich noch mehr überrascht ist allerdings, dass Sie nicht Ihre Verlobte angerufen haben und sie informieren, dass Sie hier im Krankenhaus liegen.«

»Sie hält sich gerade bei ihrem Vater in Washington auf. Ich möchte sie nicht unnötig in Aufregung versetzen. Und außerdem bin ich hier doch hoffentlich schnell wieder raus.«

»Immer mit der Ruhe. Erst mal bleiben Sie noch eine Nacht bei uns.«

»Mir bleibt wohl nichts anderes übrig.«

»Sie sind bei mir in den besten Händen. Versprochen.« Tracy zwinkerte ihm zu.

Nachdem er wieder in seinem Krankenzimmer war, fielen Joe auch schon die Augen zu.

Im Hauptgebäude des Lenox Hill Hospitals betrat eine Krankenschwester das Zimmer, in das der Mann aus der U-Bahn gebracht worden war. Vor einer halben Stunde waren zwei Polizeibeamte bei ihm gewesen, um ihn zu vernehmen. Doch jetzt war es Zeit fürs Abendessen, egal, was der Mann getan haben sollte. Aber das Bett war leer und auch sonst war nirgends etwas von dem Patienten zu sehen.

Keith hinkte und verspürte einen stechenden Schmerz bei jedem verdammten Schritt, den er machte, als er durch den Verbindungsgang in den Teil des Krankenhauses ging, der nur für die Farbigen bestimmt war. Es war Glück im Unglück gewesen, dass die Cops, die ihn verhören sollten, ausgerechnet vom 33. Revier stammten, und auf der Gehaltsliste des Bosses standen. Aber auch, wenn sie ihn laufen ließen, weigerten sie sich dennoch, ihm bei der Beseitigung des Mistkerls zu helfen. Nicht einmal einen Revolver gaben sie ihm. Aber er musste den Schwarzen unbedingt erledigen, nachdem er ihm den Namen des Bosses genannt hatte. Also hatte er sich aus dem Schwesternzimmer ein Skalpell besorgt.

Ein sauberer Schnitt, die Kehle entlang, mehr braucht es nicht.

Er erreichte den Nebentrakt, atmete einmal tief durch und rückte die gestohlene Brille zurecht. Diese hatte er zusammen mit der Arztkleidung, die er nun trug, gestohlen. Mit langsamen Schritten, um sein Hinken nicht zu stark auffallen zu lassen, betrat er den Nebenflügel und ging zur Schwester, die an der Aufnahme saß.

»Oh, Hallo Doktor. Was kann ich für Sie tun?«, fragte die Frau, als sie ihn erblickte.

»Ich bin auf der Suche nach einem Ihrer Patienten. Er müsste erst vor Kurzem hier eingeliefert worden sein. Ist wohl auf die Gleise in der U-Bahn gestürzt.« Er lachte aufgesetzt.

»Äh, ja ... einen Moment.« Die Frau blätterte im Stationsbuch. »Das ist Mr. Carter. Er liegt gleich hier im Erdgeschoss. Zimmer eins im Gang Nummer zwei.«

»Haben Sie vielen Dank.« Er zwinkerte der Afroamerikanerin zu und bewegte sich vorsichtig auf den Gang zu seiner Rechten zu.

Sophia sah dem Arzt hinterher. Irgendwas an ihm gefiel ihr nicht und es war nicht nur seine merkwürdige Lache. Sie griff zum Telefon.

»Tracy, ich bin's, Sophia. Hier war gerade ein Arzt von den Weißen bei mir. Er möchte nach deinem Freund sehen.«

Unbehelligt gelangte Keith zu dem Zimmer und öffnete die Tür vorsichtig. Auch ohne hineinzusehen, wusste er sofort, dass der Schwarze schlief. Er schnarchte so laut wie ein Rhinozeros, obwohl Keith nie eins hatte schnarchen hören. Aber in seiner Vorstellung musste es ein besonders grässliches und lautes Geräusch sein. Unmenschlich eben. So wie das Geschnarche seines Opfers. Keith schlüpfte in den Raum, schloss die Tür leise hinter sich und zog das Skalpell aus der Innentasche des Arztkittels. Dann schritt er langsam auf den schlafenden Kerl zu, der gleichmäßig laut weiterschnarchte. Der Schwarze lag auf der Seite und hatte ihm den Rücken zugewandt. Das würde es erfordern, dass er sich ein wenig über ihn beugte, um mit einem schnellen Schnitt die Kehle zu durchschneiden. Gerade als Keith das Bett erreicht hatte, wurde die Tür hinter ihm aufgerissen.

»Was tun Sie da?«

Keith drehte sich herum und sah eine schwarze Krankenschwester im Türrahmen stehen. Der Kerl in seinem Bett schnarchte derweil weiter.

»Ich wollte nur sehen, wie es dem Patienten geht.«

»Was haben Sie mit dem Skalpell vor?«

Keith blickte auf seine rechte Hand, dann wieder zur Krankenschwester.

»Ach verdammt.« Er sprang auf die Frau zu, den Schmerz ignorierend, der ihm durch den Rücken schoss, und bekam sie am Arm zu fassen.

»Nein, nicht«, schrie sie entsetzt auf, als er mit dem Skalpell ausholte. Sie zappelte so heftig, dass er ihren Hals verfehlte und ihr stattdessen in die Schulter schnitt. Der weiße Krankenhauskittel verfärbte sich rot. Sie stieß ihm ihr Knie in den Magen, aber er schleuderte sie brutal gegen die Wand und holte erneut aus, um ihr den Rest zu geben. Doch in diesem Moment packte eine riesige schwarze Hand sein Gelenk.

»Langsam reicht es mir mit Ihnen!«

Keith zögerte keine Sekunde und trat Carter gegen den Oberschenkel, in dem er ihm vor wenigen Stunden eine Kugel gejagt hatte. Der große Schwarze knickte sofort schreiend ein und gab seine Hand wieder frei.

»Jetzt mach ich dich kalt!«

Keith stieß das Skalpell direkt auf die Kehle des Schwarzen, aber gleichzeitig verpasste ihm die Krankenschwester von der Seite einen Stoß. Er fiel zu Boden, versuchte, sich abzustützen, und spürte, wie kalter Stahl sich in seinen Bauch bohrte. Das Skalpell hatte sich fast zur Gänze in seinen Magen gebohrt, nur ein daumengroßes Stück des Griffs schaute noch heraus. Schwer atmend blieb er auf der Seite liegen. Ein großes schwarzes Gesicht tauchte über ihm auf. Er sah, wie sich die Lippen des Mannes bewegten, aber er hörte nichts mehr. Dann war es vorbei.

»Verdammt, der Kerl ist tot«, fluchte Joe. Er drehte sich um und sah zu Tracy. »Alles in Ordnung bei Ihnen?«

Sie nickte bloß und blickte mit glasigen Augen auf den Toten.

»Sie brauchen jetzt auch dringend einen Arzt«, sagte er mit ruhiger Stimme und stemmte sich in die Höhe. »Kommen Sie, ich bringe Sie hier raus.«

Widerstandslos ließ die Krankenschwester sich von ihm führen. Auf dem Gang kamen schon andere Pfleger und ein Arzt herangelaufen. Sie kümmerten sich um Tracy, einige versuchten noch, seinen Angreifer zu retten, was sinnlos war. Joe hatte die toten Augen des Mannes gesehen. Während um ihn herum alles in Aufruhr war, ging er zum Telefon im Schwesternzimmer und wählte erneut die Nummer von Dekan Harris.

ZWANZIG
CLAUDETTE
PARIS, PORT DE L'ARSENAL

AUS DEM ASIATISCHEN Viertel gingen sie zu Fuß zum Bootshafen, der im 4. Bezirk der Stadt gelegen war und seinen Namen von einem dort ehemals befindlichen Waffenlager des 17. Jahrhunderts erhalten hatte. Jetzt war das fünfhundert Meter lange und siebzig Meter breite Wasserbecken die größte innerstädtische Marina, in der vornehmlich kleine Sportboote ihren Liegeplatz hatten. Durch eine Schleuse konnten sie vom Port de l'Arsenal in die Seine gelangen.

Max und die anderen überquerten die Seine auf der Austerlitzbrücke und konnten den Hafen schon von dort erkennen. Das kleine Hafenbecken war rundherum von Platanen einfasst und größeren Wohnblocks, die auch schon bessere Zeiten gesehen hatten. Auf einen dieser Blocks hielt der Professor zu. An der Fassade war ein verschmutztes Schild angebracht, auf dem ein Anker und ein Seemann zu sehen waren sowie der Schriftzug »*Bar du Port*«.

»Das ist das Ziel?«, fragte Jody. »Eine heruntergekommene Hafenkneipe?«

»In meiner Erinnerung war es deutlich schöner. Aber die Jahre gehen an niemandem von uns spurlos vorbei«, erwiderte Crichton und ging zur Tür. Aber er versuchte vergeblich, sie zu öffnen.

»Scheint noch zu früh am Tag für einen Besuch dadrin zu sein«, meinte Max, der langsam spürte, wie Müdigkeit durch seinen Körper kroch. Er gähnte ausgiebig. »Wollen wir uns nicht erst mal ein Hotel suchen und dann heute Abend noch einmal wiederkommen?«

»Nein, wir sollten keine Zeit verlieren. Ich bin auch erschöpft, aber mit Glück dauert das hier nicht lange. Danach suchen wir uns ein Hotel und können ausruhen.« Der Professor hämmerte mit der geballten Faust gegen die massive Holztür der Kneipe.

»Vielleicht hat Max recht«, sagte Jody, als sich auch nach einer Minute nichts getan hatte. »Wir sollten heute Abend noch mal unser Glück versuchen.«

Crichton hämmerte noch zweimal gegen die Tür und ging dann nach links und versuchte, durch die dunklen Fenster einen Blick ins Innere zu erhaschen. Er klopfte gegen die Scheibe.

»Hm, es scheint wirklich niemand da zu sein. Also gut, gleich einen Block weiter gab es hier früher ein Hotel. Vielleicht ...« Er stockte, als laut hörbar ein Schlüssel im Schloss gedreht wurde. Die Tür schwang auf und eine Frau mit silbergrauen Haaren stand im Rahmen und musterte sie grimmig aus eisblauen Augen.

»Wir haben geschlossen!«, sagte sie gereizt. »Also verzieht euch!«

»Hallo Claudette.« Der Professor nahm seinen Hut ab

und hielt in sich vor die Brust. Er zeigte den Ansatz eines Lächelns.

Die Frau erstarrte und wirkte wie jemand, der einen Geist gesehen hatte.

»Frederick? Du … aber, dass …« Sie stoppte, lief aus der Tür und fiel dem verdutzten Crichton um den Hals.

Max hatte für einen Moment Angst, die zierliche Frau würde den Professor erwürgen, so fest schlang sie ihre Arme um ihn. Als er etwas sagen wollte, legte Jody schnell ihre Hand auf seinen Mund.

»Nicht«, wisperte sie. »Gib den beiden noch einen Augenblick.«

Schließlich löste Claudette ihre Umarmung. Ihre Augen waren feucht und sie hielt Crichton immer noch an den Schultern fest, während sie ihn fassungslos ansah. Dann holte sie blitzschnell mit ihrer rechten Hand aus und verpasste dem Professor eine schallende Ohrfeige.

»Dass du es wagst, hierher zu kommen, nach allem, was du mir angetan hast«, schluchzte sie. Sie holte zu einer weiteren Ohrfeige aus, ließ den Arm aber sinken. »Verschwinde, Frederick!« Sie machte kehrt und ging wieder zum Eingang zurück.

»Meinst du, sie brauchen noch einen Moment?«, fragte Max und grinste Jody an.

»Blödmann.«

»Claudette, warte bitte«, Crichton eilte der Französin hinterher. »Es tut mir leid, was ich damals getan habe. Aber du weißt, dass ich nicht anders konnte.«

»Natürlich hättest du anders gekonnt! Weißt du überhaupt, wie ich gelitten habe?« Eine Träne lief die Wange der Frau hinab. Sie wischte sie mit dem Handrücken fort. »Geh jetzt bitte.«

»Wenn ich auch mal etwas sagen darf«, meldete sich Jody und machte einen Schritt nach vorne. »Wir möchten Ihnen nur eine Frage stellen, dann sind wir sofort verschwunden.«

»Wer ist das, deine Tochter?« Claudette funkelte Crichton böse an.

»Nein, bin ich nicht. Mein Name ist Jody Wellesley. Ein Chinese namens Lo Pan hat uns zu Ihnen geschickt, damit …«

»Du warst bei Lo Pan?« Die Französin riss die Augen weit auf und sah Crichton ungläubig an. »Bist du denn total von Sinnen?«

»Er war die einzige Quelle, die mir einfiel.«

»Quelle wofür?«

»Wer für einen Einbruch in den Louvre infrage kommt.«

Das Erstaunen im Gesicht der Barbesitzerin wurde immer größer.

»Kommt rein, wir reden drinnen weiter.« Sie fasste den Professor am Arm und zog ihn hinter sich her.

»Na, das läuft doch super«, sagte Max und folgte den beiden gemeinsam mit Jody und Ike ins Innere. Die *Bar du Port* machte ihren Namen alle Ehre. Es roch nach kaltem Rauch gemischt mit dem Odeur von zahllosen verschütteten Gläsern hochprozentigem Alkohol. Das verschlissene Interieur stammte sicherlich noch aus der Zeit, als der Professor das erste Mal hier gewesen war.

»Setzt euch hier hin«, sagte Claudette und zeigte auf den großen runden Tisch, der direkt neben dem Tresen stand und auf dem ein wuchtiger Aschenbecher aus Kupfer seinen Platz hatte. Die Französin ging um die Theke herum, stellte einige Gläser auf ein Tablett und griff sich dazu noch eine Flasche ohne Etikett, die mit einer glasklaren Flüssigkeit gefüllt war. Damit kam sie zu ihnen an den Tisch und füllte jedem von ihnen ein Glas voll.

»Ich glaube, es ist noch zu früh für uns, um …«

»Ihr wollt eine Auskunft von mir? Dann trinkt!« Claudettes Stimme duldete keinen Widerspruch. Sie hob eines der Gläser in die Höhe und sah auffordernd in die Runde.

Max zuckte mit den Schultern und nahm sich eines der anderen Gläser, auch Jody und Crichton griffen schließlich zu.

»Auf die alten Zeiten«, sagte Claudette und leerte ihr Glas mit einem Zug, knallte es auf den Tisch und schenkte es erneut voll.

Der Alkohol hatte einen angenehmen Geschmack auf seiner Zunge, aber im Abgang brannte Max förmlich die Kehle. Er hustete und klopfte sich auf die Brust.

»Alles in Ordnung?«, fragte Jody, die von ihrem Glas nur genippt hatte.

»J-ja. Sehr lecker, wirklich.« Seine Augen tränten.

Claudette beachtete ihn nicht, sie blickte starr zu Crichton. »Also, Lo Pan hat dich zu mir geschickt, sagtest du?«

»Ja. Er sagte, du könntest mir sagen, wo ich jemanden namens Goya finde.«

»Woher dieser alte Halunke immer noch seine Informationen bekommt, ist mir ein Rätsel. Fast ein ebenso großes, warum dieser betagte Verbrecher immer noch am Leben ist.« Die Französin schüttelte den Kopf und eine silbrige Haarsträhne fiel ihr ins Gesicht. Max konnte sich gut vorstellen, dass Claudette vor dreißig Jahren eine sehr attraktive Frau gewesen sein musste – sie war es immer noch. »Und er hat dir einfach so gesagt, dass du mich nach Goya fragen sollst?«

»Nun, er hätte mich wohl lieber geköpft, aber sein Enkel hat dagegen einen Einwand erhoben.«

»Erfolgreich. Der Junge hat seinen Großvater gut im Griff«, nickte Claudette wissend. »Aber Lo Pan ist nicht mehr so gut informiert wie zu damaliger Zeit. Euer Weg hierher war umsonst.«

»Wie meinst du das?«

»Ihr habt doch sicherlich die Seine überquert auf dem Weg zu mir, oder?«

»Natürlich.«

»Dann habt ihr Goya schon gesehen.«

»Ich verstehe nicht, was du damit sagen möchtest.«

»Er liegt auf dem Grund des Flusses. Sein letzter Auftrag ist nicht ganz so verlaufen, wie gedacht.«

»Der Louvre?«

Claudette nickte.

»Wann war das?«

»Vor zwei oder drei Tagen.«

»Und du bist sicher, dass er tot ist?«

»Mausetot.«

»Na toll, dann sind wir hier in einer Sackgasse gelandet«, entfuhr es Jody.

»Scheint so, meine Liebe«, gab Claudette ruhig zurück und leerte ihr zweites Glas.

»Weißt du, wer ihn beauftragt hat, in den Louvre einzubrechen?«, fragte Crichton.

»Ist das wichtig?«

»War es ein Grieche namens Petrakos?«

»Den Namen habe ich noch nie gehört. Ist das ein Freund von dir?«

»Eher das Gegenteil.«

»Dann wäre er mir bestimmt sympathisch«, erwiderte

Claudette scharfzüngig, was Crichton mit einem mürrischen Blick quittierte.

»Waren Sie dabei, als dieser Goya in die Seine gestürzt ist?«, wollte Max wissen.

»Nein.«

»Woher wissen Sie dann so genau, dass er dort auf dem Grund liegt? Was ich für ziemlich unwahrscheinlich halte, weil er mit Sicherheit irgendwo angespült worden wäre – es sei denn, man hätte ihn mit Gewichten beschwert.«

»Ist der immer so nassforsch?« Claudette sah den Professor an.

»Meistens ja. Aber seine Frage ist berechtigt. Wieso bist du dir so sicher, dass Goya in der Seine ertrunken ist?«

»Ich habe nie gesagt, dass er ertrunken ist.«

»Jetzt reden Sie doch bitte Klartext«, bat Jody in leicht genervtem Tonfall.

»Ich denke, wir sind jetzt fertig.« Die Französin stand auf und sah auf Crichton herab. »Auf Nimmerwiedersehen!«

»In Ordnung. Wir gehen.« Ohne Claudette noch einmal anzusehen, marschierte der Professor aus dem Schankraum hinaus vor die Tür.

»Vielen Dank für den Schnaps – was immer das auch war«, sagte Max, ehe er zusammen mit Jody die Spelunke verließ.

»Das war nicht sehr erfolgreich, was machen wir jetzt? So werden wir niemals eine Spur von Sir William finden.« Jody blickte den Professor verzweifelt an.

»Lasst uns ein paar Schritte gehen. Ich bin mir sicher, wir finden hier noch die Antworten, die wir brauchen.«

Als die zwei Männer und die Frau an ihm vorbeigegangen waren, glaubte er zuerst, seinen Augen nicht trauen zu können. Aber es gab keinen Zweifel. Es war wirklich Max Falkenburg gewesen. Er hatte ihn nicht erkannt, was ihn nicht wunderte. Seine eigene Mutter hätte ihn nicht wiedererkannt, mit den langen Haaren, die wirr und zerzaust an seinem Kopf herunterhingen, und dem struppigen Bart. Langsam richtete er sich auf der Bank auf und sah der kleinen Gruppe um Falkenburg hinterher. Sie waren aus Claudettes Bar gekommen. Er überlegte eine Sekunde, dann beschloss er, ihnen zu folgen.

Claudette öffnete die Flasche und nahm einen großen Schluck, kaum als die Tür ins Schloss gefallen war. Sie atmete tief durch und stellte die Pulle mit zitternder Hand ab.

Frederick Crichton – nach all den Jahren trittst du einfach wieder in mein Leben.

Sie setzte die Schnapsflasche erneut an die Lippen, hielt aber inne.

Ich muss jetzt einen klaren Kopf behalten. Warum sucht Frederick nach Goya?

Sie ärgerte sich über sich selbst, weil sie ihn das nicht gefragt hatte. Schnell stellte sie die Flasche auf dem Tisch ab und ging zum Fenster. Sie sah zufrieden, wie Crichton mit den beiden anderen von dannen zog, Richtung Seine. Sie verriegelte die Eingangstür und rannte dann zum Hinterausgang. Auf dem Weg dorthin schnappte sie sich eine Jacke, ehe sie nach draußen eilte und über den Hinterhof die Hauptstraße überquerte und zum Ufer des

Flusses lief, wo sie genau die entgegengesetzte Richtung einschlug. Ihr Ziel war nicht weit entfernt, nur einige Hundert Meter, dann erblickte sie die kleine Binneninsel Île Saint-Louis, die kleinere der beiden Inseln, die zusammen das *Quartier Notre-Dame* bildeten. Auf der deutlich größeren Schwesterinsel erhob sich auf der östlichen Spitze die Kathedrale Notre-Dame de Paris. Aber Claudettes Ziel befand sich auf der Île Saint-Louis, eine Jacht, die am Anlegeplatz de Béthune festgemacht hatte. Sie rannte über die Pont de Sully auf die Binneninsel und war nur eine Minute später auf dem Kai. An Bord der gewaltigen Jacht war niemand zu sehen, nur an der Gangway stand ein gelangweilt wirkender Matrose. Claudette lief zu ihm.

»Ist er da?«, fragte sie gehetzt.

»Wer soll da sein und wer möchte das wissen?« Der Seemann beäugte sie skeptisch.

»Der Kapitän oder Eigentümer des Schiffes natürlich! Sagen Sie ihm, dass Claudette Moran ihn unbedingt sprechen muss.«

◎

»Woher wussten Sie, dass diese Claudette gelogen hat?«, fragte Max, als sie sich eng an eine Hauswand drückten und die Französin beobachteten, wie sie gerade über eine Brücke auf die kleine Insel inmitten des Flusses lief.

»Ich kenne – kannte – Claudette ziemlich gut. Sie war vorhin ein wenig zu schnell mit ihren Antworten – und zu trinkfreudig. Sie verbirgt was, das war mir sofort klar.«

»Schnell, wir müssen ihr weiter folgen, sonst ist sie außer Sicht«, sagte Jody.

Mit größtmöglichem Abstand folgten sie Claudette auf die Binneninsel.

»Sie scheint dorthin zu wollen.« Crichton deutete auf das gewaltige, strahlend weiße Schiff, das Max auf den ersten Blick irgendwie bekannt vorkam. Es handelte sich um eine pompöse Jacht von gut fünfzig Meter Länge. Am Heck wehte eine hellenische Flagge.

Aber er hielt sich nicht lange mit dem Gedanken an das Schiff auf, sondern konzentrierte sich darauf, was Claudette gerade tat. Die redete gestikulierend auf einen Matrosen ein, der an der Gangway Wache schob. Schließlich ließ der Mann sie passieren und die Französin sprang mit großen Schritten den Laufgang hinauf und verschwand an Deck.

»Wir müssen auch auf dieses Schiff«, sagte Max. »Können Sie den Kerl da vorne ablenken, Professor?«

»Was haben Sie vor, Max?«

»Ich und Jody finden heraus, was Ihre Freundin hier will.«

Der Professor sah ihn ernst an. »In Ordnung. Ich lenke ihn ab.« Er ging mit Ike los und schlenderte den Kai entlang wie ein Tourist und betrachtete das Schiff genau, ehe er zu dem Matrosen hinüberging.

»Jetzt können wir los«, sagte Max an Jody gewandt und lief zum Heck des Schiffes, wo eine der Trossen von einem Poller direkt auf das Achterdeck – wahrscheinlich ein Hubschrauberlandeplatz – hinaufführte. Ohne zu zögern, umfasste er das armdicke Tau, mit dem das Schiff an seinem Liegeplatz gehalten wurde, und hangelte sich daran empor. Er legte seine Beine über Kreuz um das Seil und zog sich mit kräftigen Zügen hinauf. Nach wenigen Sekunden konnte er an die Reling langen. Er warf einen prüfenden Blick auf das Deck, aber es war niemand zu sehen. Er hievte sich nach oben und kletterte an Bord. Dann half er Jody, die dicht hinter ihm war, und half ihr hinauf.

»So, an Bord wären wir schon mal. Was nun?«

»Wir suchen Claudette.«

»Nicht nötig, sie ist bei mir«, ertönte eine Stimme mit griechischem Akzent in ihren Rücken. Max zuckte zusammen und drehte sich langsam herum.

»Sie?«

Der Grieche lachte lauthals auf und spannte den Hahn der Pistole in seiner Hand.

EINUNDZWANZIG
UNVERHOFFT

ALS DER GRIECHE den Zeigefinger krümmte und abdrückte, gab es keinen Schussknall. Nur eine kleine Flamme, die aus dem Lauf züngelte. Mit fröhlicher Miene kam der Hellene auf Max zu. Kurz vor ihm blieb er stehen und sah ihn prüfend an. Dann lachte er und umarmte Max.

»Welch eine Freude, alte Freunde wiederzusehen. Da verzeihe ich auch gerne das ungewöhnliche Betreten meines Schiffes. Bestimmt wolltest du mich überraschen und das ist dir auch gelungen. Bitte entschuldige den dummen Scherz mit dem Feuerzeug.«

Völlig perplex ließ Max die kräftige Umarmung über sich ergehen, während Jody ihn mit offenem Mund anstarrte.

»Aléxandros Onassis?«, brachte er schließlich hervor.

»Der einzig wahre«, lachte der Grieche und entließ ihn aus seiner Umklammerung.

»Was machen Sie hier?«

»Ein kleiner Liebesurlaub in Paris mit meiner Liebsten

Tulya. Sie wird sich bestimmt ebenfalls sehr freuen, dich wiederzusehen. Komm mit, wir gehen gleich zu ihr.«

»Einen Moment, ich …«

»Oh, wie unhöflich von mir«, unterbrach ihn Onassis. »Ich habe mich dieser reizenden Dame überhaupt noch nicht vorgestellt. Aléxandros Onassis, Kapitän, Reeder und Unternehmer.« Er zog seine Schirmmütze vom Kopf, verneigte sich vor Jody und hauchte ihr einen Kuss auf die Hand.

»Freut mich sehr«, stammelte Jody. »Mein Name ist Wellesley. Jody Wellesley.«

»Ein bezaubernder Name für eine bezaubernde Frau.« Der Grieche setzte die Kapitänsmütze wieder auf. »Jetzt kommt aber schnell unter Deck, hier draußen ist es mir zu kalt.« Er machte auf dem Absatz kehrt just in dem Moment, als Professor Crichton plötzlich mit Ike auf dem Achterdeck auftauchte.

»Da brat mir doch einen Albatros und nenn mich Zeus! Noch ein alter Freund!«

»Guten Tag, Kapitän Onassis«, begrüßte Crichton den Griechen. »Max, was sagen Sie dazu? Ist das nicht eine schöne Überraschung?«

»Kommen Sie, Professor. Wir wollten gerade unter Deck gehen. Aber halten Sie sich die Ohren zu, meine Frau wird vor Freude sicher so laut aufschreien, dass Ihnen die Trommelfelle platzen.«

Onassis ging voraus und Crichton folgte ihm anstandslos. Als Max ebenfalls gehen wollte, hielt Jody ihn am Arm fest.

»Max, wer ist dieser Kerl?«

»Er hat sich dir doch vorgestellt.«

»Du weißt, was ich meine! Woher kennst du ihn?«

»Das ist eine lange Geschichte. Er ist ein Schmuggler gewesen und behauptet steif und fest, ein Vetter von Aristoteles Onassis zu sein.«

»Dem Reeder und Milliardär?«

»Ja. Aber er hat uns damals geholfen, als wir auf der Suche nach dem Goldenen Vlies waren. Da hat er auch dieses Schiff bekommen, es gehörte mal Petrakos.«

»Kommt ihr?«, rief Onassis.

»Sofort«, gab Max zurück und folgte ihm mit Jody die Treppe hinunter ins Schiffsinnere. Sie mussten eine Weile gehen, doch dann erreichten sie einen großzügigen und hellen Salon, der sich direkt unterhalb der Brücke befand. Dort saßen zwei Frauen auf einem knallroten Polstermöbel. Claudette Moran und Tulya, die Ehefrau von Aléxandros Onassis. Die beiden stoppten ihr Gespräch, als sie sie eintreten sahen, und wie der Grieche es vorausgesagt hatte, stieß seine Frau einen spitzen Schrei aus, als sie sie erkannte. Sie sprang vom Sofa auf, was ihr etwas schwerfiel, was ohne Zweifel an dem kugelrunden Bauch lag, und umarmte erst Crichton und dann ihn.

»Max, wie schön, dich endlich wiederzusehen!« Sie sah an ihm vorbei zu Jody. »Ist das deine Frau? Freut mich sehr, ich bin Tulya.« Sie streckte Jody die Hand entgegen.

»Jody, freut mich ebenfalls.«

»Aber wir sind nicht verheiratet«, fügte Max hinzu und handelte sich dafür einen bösen Blick von seiner Freundin ein.

»Das solltest du schnellstens ändern«, tadelte Tulya ihn und zwinkerte Jody zu. »Kommt, setzen wir uns hin. Ich kann momentan nicht so lange stehen.« Sie streichelte ihren voluminösen Babybauch.

Als sie zur Couch kamen, sah Claudette den Professor mit zusammengepressten Lippen finster an.

»Seid ihr mir etwa gefolgt?«

»Mir war klar, dass du gelogen hast.«

»Oh, ihr kennt euch bereits?«

»Schmeißt ihn am besten gleich über Bord, er bringt nichts als Ärger«, sagte Claudette.

»Aber nicht doch, hier wird niemand über Bord geworfen«, lachte Onassis. »Wir haben damals einiges zusammen durchgemacht. Und ohne sie hätten Tulya und ich uns niemals kennengelernt. Betrachtet euch also als meine Ehrengäste, meine Freunde.« Er klopfte Crichton auf die Schulter und drückte ihn dann sanft aufs Sofa, direkt neben Claudette, die sofort ein Stück zur Seite rutschte. »Ich hole den Champagner, dieses Wiedersehen muss gefeiert werden!« Er eilte zu einem großen Schrank aus Kirschholz.

»Also, erzählt. Was führt euch nach Paris?«, fragte Tulya. »Etwa auch ein Liebesurlaub?« Sie bedachte Max und Jody mit einem vielsagenden Blick. Ein leises Winseln ließ sie nach unten schauen. »Oh, wer bist du denn, mein Kleiner?«

»Das ist Ike, er ist der Aufpasser des Professors«, sagte Max.

»Du hast bestimmt Hunger, nicht wahr?« Tulya streichelte dem Dachshund über den Kopf. »Kannst du in der Küche Bescheid geben, dass sie uns etwas zu essen bringen sollen, Aléxandros?«, rief sie ihrem Mann zu.

»Nichts leichter als das, die Köche schieben deinetwegen sowieso schon Sonderschichten«, witzelte der Grieche und kam mit einer Riesenflasche Champagner und mehreren Gläsern zurück zu ihnen.

»Ist er nicht charmant?«, lachte Tulya und verpasste

Onassis einen Klaps auf den Hintern, während dieser die Flasche entkorkte. Mit einem Knall flog der Korken aus dem Flaschenhals hinaus. Schnell schenkte der Grieche einige Gläser zur Hälfte voll.

»Lasst uns anstoßen! Auf ein unverhofftes Wiedersehen, die schönste Überraschung des Tages!« Nachdem alle, bis auf die schwangere Tulya und Claudette, angestoßen hatten, stellte der Grieche sein Glas ab. »Ich eile dann mal in die Kombüse und hoffe, dort noch etwas Essbares aufzutreiben. Tulya, kümmer dich gut um unsere Gäste.«

»Nichts lieber als das.« Sie sah Max an. »Wie geht es Professor Morita?«

»Gut, sehr gut sogar. Er versohlt mir regelmäßig den Hintern beim Bōjutsu und lässt uns immer noch an seinen Weisheiten teilhaben.«

»Wie schön. Richte ihm bitte ganz liebe Grüße von mir aus, wenn du ihn wiedersiehst. Und natürlich auch an Joe und Patrick.«

»Oh das ...« Max räusperte sich. »Bei Joe wird es kein Problem, aber bei Patrick schon.«

»Was ist mit ihm?« Tulya machte ein bestürztes Gesicht.

»Er ist vor zwei Jahren gestorben.«

»Oh nein. Das tut mir sehr leid. Er war so ein lieber Kerl.«

»So tragisch der Verlust von Patrick O'Malley auch war, wir sind heute wegen jemand anderem hier«, wechselte Professor Crichton schnell das Thema und drehte dabei den Kopf zu Claudette. »Wo ist Goya?«

»Ach, ist das auch ein Freund von euch?«, fragte Tulya, noch ehe die Französin antworten konnte.

»Noch nicht, aber bald hoffentlich«, meinte Max. »Ist er hier an Bord?«

»Ihr lasst ihn in Ruhe!«

»Also liegt er doch nicht auf dem Grund der Seine?« Jody lächelte Claudette zufrieden an.

»Nein, das nicht. Aber beinahe. Er hatte sehr viel Glück.«

»Aléxandros hat ihn aus dem Wasser gefischt«, sagte Tulya. »Er war schwer verletzt, auf ihn wurde geschossen, aber jetzt geht es ihm schon wieder besser.«

»Wir müssen ihn unbedingt sprechen.«

»Wen müsst ihr sprechen?«, fragte Onassis, der gerade wieder zurückkam. »Erst mal wird gleich gegessen.«

»Sie sind wegen Goya hier«, erklärte Tulya ihrem Mann.

»Oh. Aber ich hoffe, er ist nicht euretwegen in die Seine gestürzt?«

»Nein, keine Sorge. Wir sind aber deswegen hier. Ein Freund von mir wurde entführt und wir vermuten, es war derselbe, der auch auf Goya geschossen hat.«

»Chrístos Petrakos«, sagte Onassis mit nüchterner Stimme. »Dieser Dreckskerl wollte seinen Deal mit Goya nicht einhalten. Eine Todsünde in diesem Business.«

»Sie scheinen mit diesen Dingen auch gut vertraut zu sein«, stellte Crichton fest, was beim Griechen nur ein Schulterzucken auslöste.

»Sagen wir so, auch ich habe bei der ein oder anderen Gelegenheit bereits auf die Dienste von Goya zurückgegriffen. Aber es ging dabei nur um kleinere Dinge, die nicht so wichtig sind.«

»Können wir mit ihm sprechen?« Jody sah Onassis an. »Bitte, es ist sehr wichtig für uns.«

»Nein!« Claudette stand auf. »Lass sie nicht zu ihm. Man darf ihnen nicht trauen!«

»Das sehe ich etwas anders«, brummte der Grieche.

»Und vor allem weiß ich, dass sie mit Petrakos garantiert nichts zu schaffen haben. Deswegen lautet meine Antwort: Ja.«

»Vielen Dank.«

»Aber erst nach dem Essen. Ich möchte die Köche nicht umsonst aufgescheucht haben.«

»Keine Einwände«, sagte Max. »Ich bin am Verhungern.«

ZWEIUNDZWANZIG
JOE

DER BLICK, mit dem Dekan Harris ihn ansah, machte schnell klar, was er dachte. Und wie es seine Art war, zögerte er auch nicht, diese Meinung lautstark kundzutun.

»Sind Sie denn total verrückt?«

Joe grinste. Er wusste, wenn Harris gekonnt hätte, wäre er jetzt aufgesprungen und würde aufgeregt hin und her laufen. So beließ er es bei einem Faustschlag auf die Tischplatte.

»Was hätte ich machen sollen? Noch eine Nacht in dem Krankenhaus liegen und den nächsten Mordversuch abwarten? Da erschien es mir ratsamer, sofort nach Boston zurückzukehren.«

»Ich hätte Sie heute abholen lassen. Diese strapaziöse Zugfahrt hätten Sie sich also sparen können.«

»Es war nicht so schlimm wie gedacht. Und so bin ich immerhin schon einen Tag früher hier.«

»Das haben Sie sicher nicht gemacht, weil Sie so darauf

brennen, schnellstmöglich wieder in den Hörsaal zurückzukehren.« Harris sah ihn mit zusammengekniffenen Augen an. »Was immer hinter Ihrer Stirn vorgeht, Carter, schlagen Sie es sich schnellstens aus dem Kopf! Sie sind verletzt und sollten sich erst mal nur auf Ihre Erholung konzentrieren.«

»Haben Sie etwas von Walter Lucas gehört?«

»Nein. Er ist nicht in der Stadt. Er befindet sich wohl auf Reisen.«

»Meinen Sie, das ist ein Zufall? Dass er gerade dann unterwegs ist, wenn Max und die anderen in Europa sind, um nach Atlantis zu suchen?«

»Was in meinen Augen sowieso eine Schnapsidee ist.« Harris schüttelte den Kopf. »Dass Frederick sich auf so was einlässt ... Aber es war ja zu erwarten, wenn es nach Paris geht.«

»Wieso? Was gibt es in Paris, was den Professor interessieren könnte?«

»Vergessen Sie's. Und alles andere am besten auch. Gehen Sie nach Hause und ruhen Sie sich aus. Ich kümmere mich darum, dass die Bostoner Polizei informiert wird. Die sind nicht so korrupt wie die New Yorker.«

Joe hob eine Augenbraue und machte ein spöttisches Gesicht. »Ernsthaft?«

»Nein. Ich versuche nur, Sie von weiteren Dummheiten abzuhalten.«

»Dafür ist es ein wenig zu spät. Ich reagiere dünnhäutig auf Mordversuche. Und schon gar nicht kann ich ruhig zu Hause sitzen, wenn ich weiß, dass meine Freunde in Gefahr schweben.«

»Sie können ihnen jetzt nicht helfen, Carter. Frederick

ist mit Falkenburg und Wellesley in Paris unterwegs und wer weiß, wohin es sie von dort aus verschlägt.«

»Deswegen muss ich schnellstmöglich auch nach Paris.« Joe sah den Dekan eindringlich an.

»Auf gar keinen Fall.« Harris verschränkte die Arme vor dem Brustkorb.

»Ich werde gehen, mit oder ohne Ihre Hilfe.«

»Ach ja? Sie können ja kaum richtig gehen. Sie wären im Augenblick wohl froh, wenn Sie einen Rollstuhl wie ich hätten. Und ist das ein Korsett, das Sie unter dem Hemd tragen?« Der Dekan grinste ihn an.

»Das ist nur vorübergehend. Die Schusswunde im Bein ist halb so schlimm. Es ist ein glatter Durchschuss gewesen und im Krankenhaus wurde die Wunde gut versorgt und genäht. Und selbst als Einbeiniger kann ich meinen Freunden noch eine Hilfe sein. Ich muss ihnen nachreisen.« Er sah Harris beschwörend an.

Der Dekan stieß einen Seufzer aus und sah auf eine Fotografie auf seinem Schreibtisch. Er nahm es in die Hand und zeigte es Joe. Darauf war Harris zusammen mit Frederick Crichton zu sehen, wie sie vor einem Museum standen.

»Dieses Bild wurde Mitte der Zwanzigerjahre in Kairo aufgenommen. Damals haben Frederick und ich unser Leben riskiert, um einem Freund zu helfen.« Harris blickte einen Moment lang stumm auf das Bild in seinen Händen, dann stellte er es wieder beiseite. »Sie haben Glück, Dr. Carter. Ich habe vor einiger Zeit einige Sachen aus dem Louvre entliehen. Wenn Sie die für mich nach Paris bringen, kann das College Ihre Reisekosten übernehmen.«

»Selbstverständlich tue ich Ihnen diesen Gefallen«, sagte Joe und lächelte erleichtert.

»In Ordnung. Dann gute Reise.«

Joe nickte dem Dekan zu und hinkte langsam zur Tür.
»Eins noch, Dr. Carter.«
»Ja?«
»Sorgen Sie dafür, dass alle heil zurückkommen!«
»Ich werde mein Bestes tun.«

DREIUNDZWANZIG
KOMPLIKATIONEN
ATHEN

ZUFRIEDEN BLICKTE Chrístos Petrakos auf den Text, der auf dem Blatt Papier geschrieben stand. Sein Bruder kam mit der Transcodierung des Voynich-Manuskripts gut voran. Er konzentrierte sich dabei vor allem auf die Passagen, die von der Erschaffung des Steins der Weisen handelten. Schon seit Jahrhunderten gab es Gerüchte, dass es einem Alchemisten bereits im 13. Jahrhundert gelungen war, den Stein zu erschaffen. Doch nirgends gab es einen schriftlichen Bericht davon. Weder tauchten der Stein noch sein Schöpfer jemals wieder auf.

Bis heute, dachte Chrístos.

Das Manuskript, das der Buchhändler Voynich entdeckt hatte, enthielt die geheime Formel. Es war in einer uralten Geheimsprache der Alchemisten geschrieben. Diese wurde von einem französischen Gelehrten 1779 entschlüsselt, doch die damaligen Ordensbrüder schafften es nicht, den Schlüssel in ihren Besitz zu bringen.

»Bald ist es endlich so weit. Wir werden in der Lage sein,

den Stein – die Quinta Essentia – herzustellen, und damit den Schlüssel zur Unsterblichkeit in den Händen halten, Giorgius.« Er sah seinen Bruder an, der immer noch über dem Manuskript gebeugt da hockte und weitere Textpassagen entschlüsselte.

»Noch fehlt uns das Orichalcum«, erwiderte Giorgius nachdenklich. »Ohne es lässt sich der Stein der Weisen nicht erschaffen, so viel ist gewiss.« Er strich das leicht wellige Manuskript glatt.

»Es wird nicht lange dauern und wir haben das Stück in unserem Besitz. Oder, falls die Handlanger unseres Freundes Walter scheitern, werden wir Rutherford zwingen, uns zu sagen, woher er es hat!«

»Ich glaube nicht, dass er reden wird.«

»Oh, überlasse das ruhig mir. Ich habe da so meine Methoden, die sich gut bewährt haben.«

»Du willst ihn foltern?« Sein Bruder sah ihn missbilligend an.

»Wenn es nicht anders geht – ja.«

»Gut, wenn du meinst.«

»Du hast wohl eine bessere Idee?«

»Rutherford ist ein Mann der Wissenschaft, genau wie ich. Und er ist geradezu besessen von der Idee, Atlantis zu entdecken. Es wäre fahrlässig, wenn wir ihm diese Möglichkeit nehmen würden.«

»Was schlägst du vor?«

»Wir müssen ihn dazu bringen, mit seiner Arbeit fortzufahren. Ich bin sicher, dass es mir gelingen kann, ihn zu überzeugen – ohne die Androhung von Gewalt.«

Chrístos legte die Stirn in Falten und sah seinen Bruder an.

»Gut, ein Versuch kann sicher nicht schaden. Und falls

du mit deiner Methode keinen Erfolg hast, greife ich auf mein altbewährtes Erfolgsrezept zurück.«

Giorgius nickte und wandte sich wieder dem Text vor sich zu.

»Während du hier beschäftigt bist, werde ich mich schon darum kümmern, die Expedition vorzubereiten.«

»Du weißt doch noch überhaupt nicht, wo unser Ziel liegt.«

»Überlass das mir.« Er verließ das Arbeitszimmer und ging den langen Flur im ersten Stock bis zur Treppe. Ehe er sie erreichte, sah er im Erdgeschoss den Butler von Walter Lucas, der sich mit dem Handlanger unterhielt, der das Voynich-Manuskript aus New York zu ihnen gebracht hatte. Der Mann namens Stuart schien sehr in Aufruhr zu sein.

»Alles in Ordnung, meine Herren?«, sprach er mit lauter Stimme.

»Ja, alles gut.«

Chrístos erkannte einen Lügner auf eine Meile Entfernung und dieser Kerl log ihm gerade dilettantisch ins Gesicht. Doch ehe er ihn damit konfrontieren konnte, klingelte sein Telefon, das auf einem Schrank neben dem Treppenabsatz im Erdgeschoss stand. Sein eigener Butler kam herbei geeilt und nahm das Gespräch entgegen. Erst auf Griechisch, doch dann wechselte er ins Französische.

»Einen Moment, ich werde ihn holen«, sagte sein Butler und sah zu ihm die Treppe hinauf. »Ein Geschäftsmann aus Paris für Sie.«

»Wer ist es?«, fragte Chrístos, während er die Stufen hinabschritt.

»Er wollte mir seinen Namen nicht nennen.«

»Geben Sie her.« Barsch entriss er seinem Angestellten den Hörer und bedeutete ihm, mit einer Handbewegung, zu gehen. Die beiden Amerikaner verschwanden ebenfalls in Richtung Terrasse. »Chrístos Petrakos hier. Mit wem habe ich das Vergnügen?«

Gelächter erklang am anderen Ende der Leitung. Als die Stimme zu sprechen begann, klang es, als ob sich jemand aus einem Grab melden würde.

»Es ist eine lange Zeit her, seit wir das letzte Mal miteinander gesprochen haben, Herr Petrakos.«

»Ich kann mich leider nicht an jeden erinnern, mit dem ich in meinem Leben gesprochen habe, also vergeuden Sie nicht meine Zeit! Was wollen Sie?«

»Zeit, das ist ein ausgezeichnetes Stichwort, Herr Petrakos. Sie ist so kostbar wie kein anderes Gut auf der Welt und selbst für die Reichsten der Reichen unerschwinglich. Und ich weiß nur zu gut, dass die Alchemisten schon sehr lange auf der Suche nach dem Mittel sind, von dem Sie glauben, es würde Ihnen alle Zeit der Welt geben.«

»Wer zur Hölle sind Sie?«

»Hier spricht Lo Pan.«

Chrístos versteifte sich. Er hatte nicht geglaubt, dass der alte Chinese noch am Leben sein konnte. Es war Jahrzehnte her, seit er ihm zuletzt begegnet war.

»Ich erinnere mich gut an Sie, Lo Pan. Was wollen Sie?«

»Ich weiß einiges über die Alchemisten. Auch im alten China gab es eine Zunft, die ganz vergleichbar der Ihren war. Wahrscheinlich lag ihr sogar dieselbe Legende zugrunde. Mein Ur-Großvater hat mir viele Geschichten erzählt, von all den Wunderdingen, die diese Alchemisten geschaffen haben. Und wie sie verzweifelt ihr Leben lang auf der Suche waren, nach dem einen Element, das alles verändern würde. Ihr Leben. Den Lauf der Geschichte. Die Welt als Ganzes!«

»Sprechen Sie nicht in Rätseln zu mir, Lo Pan! Kommen Sie zum Punkt«, knurrte er ins Telefon.

»Womöglich ist mir dieses Element, das Sie so sehr begehren, hier in Paris begegnet. Begleitet wurde es von einer wunderschönen jungen Frau.« Lo Pan kicherte.

»Sie meinen ...«

»Oreichalkos oder wie die Alchemisten zu sagen pflegen, Orichalcum, ganz genau, Herr Petrakos. Es ist hier in Paris. Und ich werde es Ihnen besorgen, wenn Sie auf meinen Vorschlag eingehen.«

»Reden Sie.«

»Ich bringe Ihnen das Element. Dafür werden Sie mir einen eigenen Stein der Weisen erschaffen.«

»Sind Sie völlig verrückt?«

»Oh nein, nur alt.« Lo Pan kicherte. »Ich melde mich in einer Stunde erneut bei Ihnen. Dann teilen Sie mir Ihre Entscheidung mit!« Der Chinese legte auf. Chrístos blieb noch eine Weile regungslos mit dem Hörer in der Hand stehen. Seine Gedanken rasten wild umher.

»Chrístos!« Sein Bruder lief oben den Flur entlang, unter dem Arm das Voynich-Manuskript geklemmt und eilte die Treppenstufen hinab. »Wir haben ein Problem!«

»Was denn noch?«

Giorgius schlug das Buch auf.

»Es fehlen Seiten! Jemand muss sie erst vor Kurzem herausgerissen haben. Und leider steht auf einer dieser Seiten wohl die komplette Formel, um die Quinta Essentia zu erschaffen.«

»Sag, dass das nicht wahr ist!« Seine Stimme zitterte vor Wut.

»Leider doch. Wir brauchen diese Seiten, Chrístos!

Ohne sie hilft uns auch das Orichalcum nicht weiter. Alleine werden wir die Formel niemals herausfinden.«

»Diese verdammten dämlichen Amerikaner! Bestimmt haben diejenigen, denen sie es abgejagt haben, die Seiten herausgerissen.«

»Dann sind sie jetzt verbrannt. Wir werden niemals den Stein herstellen können«, jammerte sein Bruder.

»Keine Sorge. Ich glaube, auch da haben unsere amerikanischen Freunde versagt.« Er erzählte Giorgius von dem Telefonat mit Lo Pan. Daraufhin setzte sich sein Bruder konsterniert auf eine Treppenstufe.

»So werden wir nie an unser Ziel gelangen.«

»Oh doch, das werden wir. Wir lassen Lo Pan die Drecksarbeit in Paris erledigen. Er wird uns das Orichalcum und die Seiten beschaffen. Wenn er dafür seinen eigenen Stein haben will, lassen wir ihn doch.« Chrístos grinste. »Er wird es noch bereuen.«

»Ist alles in Ordnung bei Ihnen?« Walter Lucas kam auf seinem Stock gestützt auf sie zu. »Gibt es Probleme?«

»Allerdings. Problem Nummer eins lautet: Ihre Männer sind unfähige Stümper!«

»Wie bitte? Wer hat Ihnen denn das Manuskript besorgt?«

»Es fehlen Seiten darin, Walter! Die entscheidenden Seiten. Offensichtlich wurden sie erst vor kurzem herausgetrennt.«

»Aber, das ...«

»Und das Orichalcum ist heute in Paris aufgetaucht! Zusammen mit den Leuten, die Ihr Mann eigentlich im Museum verbrannt haben wollte.«

Walter Lucas schien an seinem Stock zu schrumpfen.

»Doch keine Sorge, Walter. Ich werde die Dinge wieder

ins Lot bringen.« Freundschaftlich legte Chrístos dem Alten seine rechte Hand auf die Schulter. Einen Moment sah er dem alten Mann fest in die Augen und war versucht, ihm mitzuteilen, dass er nicht länger von Nutzen für sie wäre. Doch er besann sich.

VIERUNDZWANZIG
TRISMEGISTOS
PARIS

DIE HOFFNUNG von Max auf ein weiches Bett und eine Mütze voll Schlaf nach dem Essen erfüllte sich nicht. Wie versprochen führte sie Aléxandros Onassis im Anschluss zu einer Kajüte ein Deck tiefer. Dort lag ein Mann ausgestreckt auf dem Bett und schlief. Er war nur mit einer dünnen Hose bekleidet, um seinen Oberkörper waren Bandagen gewickelt. Er war dunkelhaarig mit leicht ergrauten Schläfen, wirkte sehr durchtrainiert und war geschätzte ein Meter achtzig groß, sofern Max das bei einem Liegenden beurteilen konnte.

Claudette Moran, die im Gegensatz zur hochschwangeren Tulya mit ihnen gekommen war, drängte sich sofort an allen vorbei und setzte sich neben dem Schlafenden auf die Bettkante und nahm seine Hand. Der Mann schlug die Augen auf. Erst lächelte er, aber als er Max und die anderen unbekannten Gesichter bemerkte, zuckte er zusammen.

»Ist schon gut, das sind gute Freunde von mir«, sagte

Onassis und stellte sie einander vor. »Sie haben ein paar Fragen an dich, wegen deines Freundes Petrakos.«

»Sie sind Frederick Crichton?«, fragte Goya den Professor misstrauisch und richtete sich etwas unbeholfen auf. »Ich hatte Sie mir irgendwie größer vorgestellt nach den Erzählungen.«

»Erzählungen?«

Goya sah Claudette an.

»Nicht so wichtig. Was möchten Sie mich fragen?«

»Was haben Sie für Petrakos aus dem Louvre gestohlen?«

»Oh, Sie kommen direkt zur Sache. Aber warum sollte ich mit Ihnen darüber reden wollen?«

»Weil auch wir im Besitz von etwas sind, das Petrakos haben will. Er hat bereits ebenfalls versucht, uns zu töten, in New York. Ich nehme an, das, was sie gestohlen haben, hängt eng damit zusammen.«

»Es waren ein paar Seiten Papiere aus dem Archiv von Denis Diderot«, mischte sich Jody ein.

»Sie sind gut informiert, Mademoiselle«, gab Goya anerkennend zurück und musterte sie von Kopf bis Fuß. »Die Seiten wurden von einem gewissen Louis de Jaucourt geschrieben. Sie enthielten einiges an unverständlichem Kauderwelsch, völlig unleserlich. Keine Ahnung, was Petrakos sich davon erhoffte. Nur eine Seite davon war in Französisch beschrieben. Viel wert waren diese alten Handschriften jedenfalls sicher nicht.«

»Aber trotzdem wollte Petrakos Sie deswegen töten«, sagte Max.

»Ja, das hat er allerdings versucht. Dafür werde ich mich aber auch noch revanchieren, sobald ich wieder völlig genesen bin.«

»Helfen Sie uns, dann können Sie Ihre Rache vielleicht früher genießen«, meinte Crichton und zog die vergilbten Seiten aus dem Voynich-Manuskript hervor. Er ging damit näher an das Bett und zeigte sie Goya. »Die Schriften von de Jaucourt ... Waren da ähnliche Zeichen zu sehen wie auf diesen Seiten?«

Der Dieb rieb sich mit einer Hand das stoppelige Kinn, während er die Blätter flüchtig betrachtete. Ein listiges Grinsen umspielte dabei seine Mundwinkel.

»Ich weiß nicht, sagen Sie es mir.«

»Aber ...« Crichton sah Goya verwirrt an, doch der lehnte sich im Bett zurück, drehte sich auf die Seite und öffnete die Schublade des kleinen Nachtschranks neben dem Bett. Daraus holte er eine Mappe, die er dann dem Professor reichte. Der schlug den Deckel auf und blickte mit großen Augen auf die großformatigen Fotografien, die darin lagen. »Das ist doch ... Sie haben die Seiten fotografiert?«

»Ja, habe ich. Eigentlich nur zur Sicherheit, weil ich von Anfang an ein ungutes Gefühl bei dem Kerl hatte. Aléxandros war so freundlich, die Bilder zu entwickeln.«

»Unglaublich«, entfuhr es Crichton. »Louis de Jaucourt hat es geschafft! Er hat das Voynich-Manuskript entschlüsselt.« Crichton reichte eine der Fotografien an Max und Jody weiter.

»Was für ein Manuskript?«, fragte Onassis und warf einen Blick über Max' Schulter und beäugte das Bild in seiner Hand genau.

»Eine alte Handschrift aus dem Mittelalter. Bisher ist es nicht möglich gewesen, diesen Text zu entschlüsseln. Die darin verwendete Sprache ist unbekannt.«

»Aber de Jaucourt ist es gelungen, bereits im Jahr 1779«, murmelte Crichton und las angestrengt den Text auf dem Foto, das er dicht vor sein Gesicht hielt. »Das ist doch ... jetzt weiß ich, warum Petrakos das Manuskript haben wollte.«

»Was ist der Grund?«

»Wenn ich diese Zeilen der Übersetzung de Jaucourt richtig deute, war der Verfasser des Textes ein Alchemist. Er beschreibt, wie man Panazee erschaffen kann.«

»Panazee? Darin erinnere ich mich gut«, sagte Aléxandros Onassis. »Das war der frühere Name dieses Schiffes, als es noch Petrakos gehörte. Ehe ich es auf TULYA taufte.« Er zwinkerte und sah Crichton an. »Sie haben mir damals erzählt, dass es eine andere Bezeichnung für den Stein der Weisen ist.«

»Sehr richtig.«

»Und da steht geschrieben, wie man diesen Stein herstellen kann?«

»Das nehme ich an, ja. Es ist jedoch nicht alles übersetzt. Aber dies hier schon.« Crichton blickte auf das Foto und las laut vor: »Wenn alles beisammen ist und man die Lehre befolgt, wird man es in Händen halten: die wahre Quelle der Macht des Hermes.«

»Was hat unser Götterbote mit der Sache zu tun?«, wunderte sich Onassis.

Crichton lächelte den Griechen an.

»Ich meine nicht Ihren Hermes beziehungsweise die Gottheit, die er im Pantheon der griechischen Götter darstellt.« Der Professor rückte die Brille auf seiner Nase zurecht, für Max ein untrügliches Zeichen, dass Crichton jetzt zu einem längeren Vortrag ansetzte. »Als Hermes Trismegistos – der dreimal größte Hermes – ist er der

Begründer der alchemistischen Lehre. Er ist die synkretistische Verschmelzung des griechischen Hermes mit dem ägyptischen Gott Thot.«

»Wieso trug er den Beinamen der dreimal größte?«, fragte Jody.

»Schon bei Manetho und Herodot wurde er so bezeichnet. Er galt als größter Philosoph, größter Priester und größter König, der je gelebt hatte.«

»Gelebt? Aber er ist doch nur eine Sagengestalt«, meinte Max.

»Damals glaubten die Menschen, Hermes Trismegistos sei eine reale Person gewesen. Selbst die Römer hingen diesem Irrglauben an. Im Laufe der Jahrhunderte wurde die Legende des Hermes immer weiter ausgeschmückt. Es kursierten die *hermetischen Schriften*, die Grundlage der Alchemie, mit magischen und astrologischen Texten, und natürlich gab es die *Hermetik*, die religiös-philosophische Offenbarungslehre.« Crichton stoppte und sah Max auffordernd an.

»Ich erinnere mich. Sie haben uns damals im Studium mal über einen Monat mit dem Thema gequäl… äh, vertraut gemacht. Es gab doch eine Art Tafel, auf der er fünfzehn Gebote, oder wie man es nennen möchte, eingraviert hat.«

»Sehr richtig. Die *Tabula Smaragdina Hermetis* – die Smaragdtafel des Hermes. An was erinnern Sie sich noch, Max?«

»Diese Tafel soll sich eine Zeit lang in der Bibliothek von Alexandria befunden haben, wo die Grundsätze des Alchemismus ins Griechische übertragen worden sind. Später wurde die Tafel mit Hermes begraben.«

»Moment mal, davon habe ich auch schon mal was

gehört«, mischte sich Jody ein. »Alexander der Große soll angeblich das Grab des Hermes entdeckt haben, in Phönizien.«

»Ja, so erzählt man es in manchen Legenden. Aber sicher ist nichts.«

»Können Sie das später weiter besprechen?«, sagte Onassis. »Mein Kopf beginnt zu dröhnen. Ich verstehe nichts von diesen Dingen, aber ich weiß nur, dass es nicht gut für uns alle sein kann, wenn jemand wie Petrakos in den Besitz des Steins der Weisen gelangt.«

Crichton nickte. »Da stimme ich Ihnen zu. Aber noch kann Petrakos den Stein nicht erschaffen. Mindestens eine wichtige Ingredienz fehlt ihm.« Er sah zu Jody.

»Das Orichalcum«, sagte sie wissend. »Versenken wir das Ding am besten gleich in der Seine, dann wird er es nie finden.«

»Das wohl nicht, aber vergessen wir nicht, dass er Sir William noch in seiner Gewalt hat. Womöglich weiß er, wo noch mehr Orichalcum zu finden ist.«

»In Atlantis«, stellte Max nüchtern fest.

Der Grieche lachte laut auf. »Mit euch wird einem doch immer was Neues geboten. Beim letzten Mal habe ich ein goldenes Widderfell gesehen, das wieder zum Leben erweckt wurde, und die alte Knochenhand von König Midas, die Menschen in Gold verwandelte. Jetzt also Atlantis.«

»Sie glauben uns nicht?«

»Doch. Jedes Wort. Das ist es ja, was mir Sorgen macht.« Onassis sah ihn ernst an.

»Ich habe aber durchaus Zweifel an dieser Geschichte«, tat Goya kund. »Doch wenn es darum geht, diesem Mistkerl

Petrakos einen Strich durch die Rechnung zu machen, bin ich zu jeder Schandtat bereit!«

»Du wirst dich für gar nichts bereit erklären«, fuhr ihn Claudette an. »Du kannst von Glück sagen, dass du überhaupt noch am Leben bist. Ich lasse nicht zu, dass du es für diesen Kerl da riskierst.« Sie zeigte verächtlich schnaubend auf Crichton.

Goya fasste die Französin bei der Hand und zog sie zu sich heran.

»Mach dir keine Sorgen, Schatz. Ich weiß, was ich tue.« Er gab ihr einen langen Kuss.

Max beobachtete, wie sich während des Kusses die Mimik im Gesicht des Professors von Überraschung zu einer leichten Traurigkeit und dann zu einem Lächeln wandelte.

»Was auch immer wir entscheiden zu tun, wir sollten es schnell tun«, sagte Jody. »Petrakos mag vielleicht kein Orichalcum haben, aber er hat das Voynich-Manuskript, den Übersetzungsschlüssel von Louis de Jaucourt und er hat Sir William, der ihn nach Atlantis bringen kann, wo wahrscheinlich noch mehr Orichalcum zu finden ist.«

»Gut, ich kann euch ...« Onassis verstummte mitten im Satz. »Warum bewegt sich das Schiff?«

Max spürte es auch. Erst nur ganz sachte, aber schließlich schaukelte es ordentlich, als auch die Motoren der Jacht ansprangen.

»Wieso legen wir ab?«, fragte Crichton.

»Ich weiß es nicht, aber ich werde den Jungs auf der Brücke gleich gehörig den Marsch blasen, das kann ich Ihnen sagen!« Der Grieche schnaubte wütend und verließ die Kabine.

»Ich hab da ein ganz mieses Gefühl.« Max sah Jody in die Augen. Kurz darauf knackte es, als die Lautsprecher, die in den Gängen angebracht waren, ansprangen und eine Stimme mit chinesischem Akzent sprach: »Der Kapitän möge bitte in den Salon kommen. Ebenso wie seine Gäste. Wir erwarten Sie hier mit der liebreizenden Gattin des Käpt'n.«

Wie zur Salzsäule erstarrt sahen sich Max, Jody und der Professor an. Es war Claudette Moran, die als Erste ihre Sprache wiederfand.

»Das ist alles deine Schuld, Frederick! Du hast uns alle ins Verderben gestürzt!«

Er hielt sich den ganzen Nachmittag in Sichtweite des Schiffes auf, auf dem Falkenburg und seine Begleiter verschwunden waren. Ruhig saß er auf einer Bank und ließ die riesige Jacht nicht aus den Augen. Doch jetzt, mit dem Einsetzen der Dämmerung, tauchten plötzlich zwei kleine Motorboote auf der Seine auf, die auf die Jacht zusteuerten. Aus den Booten wurde Seile in die Höhe geworfen und dann kletterten daran blitzschnelle schattenhafte Gestalten hinauf. Nur wenig später wurden die Taue gelöst, mit denen das Schiff am Kai befestigt war, und ganz langsam bewegte sich die Jacht vom Anleger fort auf die Seine. Die Gangway, die immer noch ausgebracht war, krachte in sich zusammen und stürzte ins Wasser. Er sprang auf und wollte losrennen, aber es war zu spät. Was auch immer jetzt an Bord vor sich gehen mochte, er konnte nichts mehr tun, außer hinterherzusehen.

FÜNFUNDZWANZIG
LO PANS STURM

MAX LIEF ALÉXANDROS ONASSIS HINTERHER, der nach der Durchsage über das Bordlautsprechersystem sofort losgesprintet war. Auch Jody und Professor Crichton folgten ihm. Ike blieb in der Kabine bei Goya und Claudette zurück. Als Max hinter dem Kapitän in den Salon kam, sah er, wie Tulya auf dem Sofa saß, links und rechts eingerahmt von zwei finster dreinblickenden Chinesen in komplett schwarzer Kleidung. Beide Männer hielt Schwerter in der Hand, eines lag mit der Schneide auf Tulyas Nacken. Drei weitere Chinesen standen im Raum verteilt, alle in Schwarz und nur mit Schwertern bewaffnet, soweit Max sehen konnte.

»Ah, da sind Sie ja«, sagte einer der Männer zu Onassis. In seinen Augen zeichnete sich Vergnügen ab. »Und da kommen schon Ihre Gäste. Dann sind wir ja vollzählig.«

»Wenn Sie meiner Frau auch nur ein Haar krümmen, dann ...«

Der Chinese machte ein Handzeichen und sofort holte

einer der beiden Kerle neben Tulya mit dem Schwert aus. Sie schrie auf. Aber die Klinge hatte ihr nur eine Haarsträhne abgetrennt. Tulya schnappte nach Luft und hielt ihren Bauch mit beiden Händen fest.

»Der nächste Schlag wird schmerzhafter werden, also bitte verschonen Sie mich mit Ihren leeren Drohungen. Wir sind nicht geschickt worden, um Sie oder Ihre Frau zu töten, Kapitän, anderenfalls wären jetzt bereits alle tot. Wenn Sie kooperieren, wird Ihnen nichts geschehen.« Der Chinese ging langsam am versteinert dastehenden Griechen vorbei auf Max und die anderen zu. »Bei Ihnen wird es ein wenig anders ablaufen«, sagte er lächelnd. »Mein Herr Lo Pan hat zwei bestimmte Wünsche geäußert. Erstens möchte er ein bestimmtes Stück Metall haben, das die Dame bei sich trägt. Und zweitens soll ich ihm den Kopf des alten Mannes mitbringen.« Seine Augen blitzten auf, als sie Crichton fixierten.

»Wehe, wenn Sie es …« Max stockte, als der Chinese unglaublich schnell sein Schwert zog und ihm die Spitze an den Kehlkopf hielt.

»Auch für Sie gilt dasselbe, was ich gerade dem Kapitän erklärte. Keine leeren Drohungen, das langweilt mich. Und wenn ich mich langweile, bekomme ich mörderische Laune!« Er streckte die freie Hand aus und sah Jody auffordernd an. »Kommen wir jetzt zum ersten Wunsch meines Herrn. Geben Sie mir das Metall.«

Zögerlich machte Jody zwei Schritte auf den Anführer des Killerkommandos zu.

»Ich gebe es Ihnen, aber lassen Sie den Professor leben.«

»Dies ist keine Verhandlung. Ich bin nur der Vollstrecker meines Herrn. Geben Sie mir nun, was er verlangt!« Seine Finger zuckten leicht.

Jody sah zu Max, der sich nicht rühren konnte und immer noch die Schwertspitze an seinem Hals spürte. Dann zog sie langsam das Orichalcum aus der Tasche und legte es in die ausgestreckte Hand des Chinesen. Der schien etwas überrascht, ob des Gewichts des kleinen Stücks, steckte es sich aber in einen Beutel, den er am Gürtel trug.

»Und jetzt, auf die Knie, alter Mann! Neigen Sie den Kopf und es wird schnell vorbei sein.«

Max spannte seine Muskeln an und wartete auf den Moment, wenn der Kerl das Schwert von seiner Kehle wegziehen würde. Er machte sich bereit – und erschrak, als er plötzlich eine zweite Klinge in seinem Nacken spürte. Einer der anderen Eindringlinge hatte sich hinter ihn gestellt, wie auch neben Jody plötzlich der letzte der Kerle auftauchte.

»Wir möchten doch nicht, dass jemand von Ihnen beiden etwas Dummes versucht«, lächelte ihn der Anführer an und nahm sein Schwert herunter.

»Warten Sie«, rief Onassis.

Der Chinese drehte sich zum Griechen um. »Wählen Sie Ihre nächsten Worte weise oder Ihre Frau wird dafür bezahlen.«

»Töten Sie ihn bitte an Deck. Die Blutflecken bekomme ich sonst nie wieder aus dem Teppich heraus.«

Verdutzt sah der Schwertträger Onassis an, dann begann er zu lachen. Auch seine Komplizen stimmten ins Gelächter mit ein. Max konnte spüren, wie die Klinge in seinem Nacken vibrierte. Er warf einen Blick zum Griechen, der ihm beinahe unmerklich zunickte. Es war ihre einzige Chance. Dies erfassten auch Jody und Tulya. Fast zeitgleich legten sie los.

Max schmetterte seinen Ellenbogen zurück und erwischte den Kerl hinter sich damit knapp unterhalb der Achselhöhle des Arms, mit dem er sein Schwert hielt.

Tulya warf sich wie eine Furie auf den Mann, der rechts von ihr saß und ihr die Haarsträhne abgeschlagen hatte. Ihre Fingernägel bohrten sich in seine Augen. Ihr Mann Aléxandros machte zwei Schritte und setzte dann zu einem gewaltigen Sprung auf den zweiten Kerl neben seiner Frau an. Doch der konnte sein Schwert noch hochreißen. Max sah, wie die Klinge in den Oberkörper von Onassis eindrang.

Jody machte es indes ähnlich wie er selbst, sie vollführte eine blitzschnelle Drehung und verpasste dem Chinesen neben sich einen Faustschlag. Der traf allerdings nicht genau genug und zeigte kaum Wirkung. Der Mann versetzte ihr im Gegenzug eine harte Ohrfeige mit dem Handrücken seiner Linken und setzte dann zu einem Schwertstoß an.

Max stieß sein Knie mit aller Kraft in den Unterleib seines Bewachers, der daraufhin zusammensackte und sein Schwert fallen ließ, das Max sich noch im Flug schnappte und sich parallel zu drehen begann.

»Jody, runter!«

Die Schwertschneide zischte nur wenige Millimeter über den Kopf seiner Freundin hinweg und zerschnitt ein abstehendes Haar, ehe sie den Hals des Chinesen durchtrennte. Es gab nur eine kleine Blutfontäne, als der Schädel des Mannes sich vom Körper löste. Der kopflose Torso blieb noch einige Sekunden aufrecht stehen, ehe er in sich zusammenfiel.

Tulya schrie auf, als die Couch, auf der sie und ihr Mann mit den beiden Eindringlingen am Ringen waren, plötzlich nach hinten über kippte. Für einen Augenblick war nur vier hochstehende Beinpaare zu sehen. Dann ertönte ein Schrei, der schnell erstickt wurde. Ein Paar der schwarzgekleideten Beine erschlaffte und Onassis, dessen Hemd sich auf der rechten Seite tiefrot gefärbt hatte, stand auf, nur um sich sofort auf den zweiten Kerl zu stürzen, den Tulya immer noch gepackt hielt. Jody rannte zur Couch, um ihnen zu helfen.

Max sah sich um, der Anführer der Chinesen war fort. Ebenso wie der Professor. Er knockte den Kerl, dem er das Schwert abgenommen hatte, mit einem Tritt gegen den Kopf endgültig aus, warf noch kurz einen Blick zum Getümmel bei der Couch und rannte dann aus dem Salon hinaus. Es gab zwei Möglichkeiten. Der Weg nach links führte zum Mitteldeck hinaus, während der rechte zu den Kabinen und zur Brücke führte. Das Zuschlagen einer Metalltür nahm ihm die Entscheidung ab und er sprintete nach links. Er kam gerade rechtzeitig auf das Deck heraus. Der Professor lag bäuchlings auf den Planken, während der Chinese sich über ihm aufgebaut hatte und sein Schwert über den Kopf erhob.

»Stopp!« Max richtete das Schwert mit der blutverschmierten Klinge auf den Attentäter. Der sah ihn verblüfft an.

»Sie überraschen mich. Noch nie ist einem meiner *Xiá* seine Waffe abgenommen worden.«

»Einen hat es sogar seinen Kopf gekostet«, erwiderte Max und ging langsam auf den Anführer zu. »Weg von ihm! Und wenn Sie überlegen zuzuschlagen, werde ich Ihnen im selben Moment Ihren verdammten Schädel spalten.«

Der Chinese ließ das Schwert sinken und machte zwei Schritte zur Seite. Seine dunklen Augen durchbohrten Max.

»Beweisen Sie mir, dass es nicht nur Glück war, das Sie einen *Xiá* niederstrecken ließ.« Er nahm Kampfpositur ein.

Max umfasste den Schwertgriff fest mit beiden Händen. Er hatte zwar jahrelange Ausbildung im Bōjutsu, aber zwischen Stock- und Schwertkampf lagen Welten, zumal ein Bō fast dreimal so lang wie ein Schwert war. Seine Chancen, gegen den Chinesen im Kampf zu bestehen, tendierten gen null. Aber trotzdem ging er zum Angriff über. Mit kraftvollen Hieben versuchte er, seinen Gegner zu beeindrucken, doch der wehrte jeden Schlag mit Leichtigkeit ab.

»Es war wohl doch nur Glück«, höhnte der Mann, während er einen weiteren Schlag abwehrte. Dann katapultierte er sich plötzlich in die Luft, vollführte einen Salto vorwärts und landete wieder auf den Beinen hinter Max' Rücken. Er drehte sich sofort um, aber er war zu langsam. Die Schwertspitze fügte ihm einen schmerzhaften Schnitt quer über die Brust zu. »Ich wünschte, ich hätte die Zeit, Sie ganz langsam in Stücke zu schneiden, aber ich bin in Eile. Also töte ich Sie schnell, ehe ich mir den Kopf des alten Mannes hole!«

Max reagierte mit einer Verzweiflungsaktion, von der er hoffte, sie würde seinen Gegner verwirren. Ehe dieser erneut angreifen konnte, warf Max ihm sein Schwert mit dem Griff voraus ins Gesicht. Aus dem Konzept gebracht, wehrte dieser das Wurfgeschoss ab, hatte aber keine Möglichkeit mehr, schnell genug auf Max' zweiten Angriff zu reagieren, als er mit dem Kopf voraus auf den Chinesen lossprang. Es gelang ihm, den Mann zu Boden zu reißen.

Als sie beide auf das Deck aufschlugen, rutschten die Schwerter scheppernd über die Planken außer Reichweite. Sofort versuchte Max einen Faustschlag im Gesicht seines Gegners anzubringen, doch der reagierte gedankenschnell und rollte sich zur Seite weg. Max' Faust schlug auf das blank polierte Holz. Schmerz flutete durch seine Hand und den Unterarm. Der Chinese sprang geschickt wieder auf die Beine, ging zu seinem Schwert und chippte es mit der Fußspitze in die Höhe, wo er es mit der rechten Hand auffing.

»Ein Trauerspiel. Aber jetzt ist es vorbei.« Er holte zum Schlag aus.

»Hey!«

Ein ohrenbetäubender Knall ertönte, als ein Gewehr abgefeuert wurde. Der Chinese wurde mitten in die Brust getroffen, taumelte einige Schritte zurück und ließ sein Schwert fallen, das sich mit der Spitze in die Planken bohrte und aufrecht stecken blieb.

»Bring nie ein Messer zu einer Schießerei mit«, sagte Onassis und feuerte seine Schrotflinte ein zweites Mal ab. Die Wucht des Schusses warf den Attentäter gegen die Reling zurück, wo er hintenüber fiel und in die Tiefe stürzte.

Max atmete tief durch und rappelte sich langsam auf, seine taube rechte Hand gegen die Brust gepresst. Er ging zum Professor, der sich stöhnend auf dem Deck regte und auf den Rücken drehte.

»Was ... ist passiert?«, stammelte er und hielt sich den Kopf, wo eine stattliche Beule an der Stirn gewachsen war. »Autsch.«

»Seien Sie froh, dass Sie den Kopf noch auf den Schultern haben und er ihnen wehtut«, sagte Max und half

Crichton beim Aufstehen. Dann sah er Onassis an. Der Grieche hatte die doppelläufige Schrotflinte mit dem Lauf auf den Boden gesetzt und stützte sich schwer atmend auf dem Handstück ab.

»Das war keine Sekunde zu früh.«

»So kann man es sagen.«

»Bei den Frauen alles in Ordnung?«

»Ja, deine Freundin hat einen ganz schönen Schlag auf Lager.«

»Das weiß ich nur zu gut«, grinste Max.

»Wo ist das Orichalcum?«, fragte Crichton, der sich wieder alleine auf den Beinen halten konnte.

»Ich fürchte, das ist gerade in die Seine gefallen und ...« Max brach den Satz ab, als sie plötzlich hörten, wie ein Motor gestartet wurde. Er lief zur Reling und sah, wie ein kleines Motorboot von der Jacht weg raste. In der einsetzenden Dämmerung konnte er zwei Männer in schwarzer Kleidung darauf erkennen. »Verflucht, da waren ja noch mehr von diesen Kerlen.«

»Es werden nicht die einzigen sein«, brummte Onassis, schon sichtlich von dem Blutverlust geschwächt. »Die Brücke«, sagte er nur und drückte Max die Schrotflinte und eine Handvoll Patronen in die Hand.

»Kümmern Sie sich um ihn, Professor«, sagte Max, ergriff das Gewehr und die Munition und rannte los. Auf dem Weg zum Kommandostand kam Jody mit einem Schwert in der Hand aus dem Salon gerannt.

»Was ist los?«

»Auf der Brücke müssen auch noch welche von diesen Kerlen sein. Bleib bei Tulya, ich regele das!«

»Vergiss es. Tulya geht es gut, wir haben die überlebenden Angreifer gefesselt.« Sie lief neben ihm her. Sie rannten die Treppe, die zur Brücke führte, hinauf, als die Jacht plötzlich spürbar beschleunigte und hart Steuerbord einschlug. Max und Jody prallten gegen das Geländer.

»Was veranstalten die da bloß?«

Mit der Schrotflinte im Anschlag trat er durch die Tür auf die Brücke. Er sah keine Chinesen in schwarzer Kleidung. Nur drei gefesselte und geknebelte Männer, die unter dem Kommandopult lagen. Das Steuerrad war mit einem Seil festgebunden. Beim Blick aus dem Fenster sah er, wie das Ufer schnell näher kam. Er ließ das Gewehr fallen, sprintete zum Steuerrad und versuchte, das Seil zu lösen, das es auf seinem eingeschlagenen Kollisionskurs hielt.

»Zur Seite«, schrie Jody. Sie zertrennte den Strick mit einem Schwerthieb. Das Steuerrad war frei und Max drehte wie wild daran, um die Jacht wieder in die Fahrrinne zu drehen. Jody befreite derweil die gefesselten Besatzungsmitglieder und der Steuermann übernahm sofort das Ruder.

»Wo sind die Männer hin, die Sie gefesselt haben?«, wollte Max von ihm wissen.

»Die sind kurz vor Ihnen von der Brücke geflohen. Jemand hat ihnen über Funk den Befehl gegeben, das Schiff auf das Ufer zu lenken.«

»Max, da vorne!« Jody zeigte zum Fenster, wo sich an der Backbordseite ein weiteres Motorboot von der Jacht entfernte.

»Können Sie denen folgen?«, fragte er den Steuermann.

»Wofür halten Sie das hier, für ein Rennboot? Keine Chance.« Der Mann schüttelte den Kopf.

Max blieb nichts weiter übrig, als dem sich schnell entfernenden Boot hinterherzuschauen.

SECHSUNDZWANZIG
ZUSAMMENARBEIT

RUTHERFORD SASS STUMM auf der Terrasse und blickte auf das Manuskript, das vor ihm auf dem Tisch ausgebreitet dalag. Giorgius Petrakos deutete mit einem Finger auf einige der Textabschnitte.

»Wenn ich das hier richtig entschlüsselt habe, ist dieser Teil die Bestätigung, dass Platon mit seinem Bericht über Atlantis die Wahrheit geschrieben hat. Hier wird ebenfalls von diesem Reich berichtet.« Er blätterte eine Seite weiter. »Und hier ist eine Art Wegbeschreibung. Verstehen Sie? Eine Route, die uns nach Atlantis führen wird!«

»Uns?« Rutherford sah den Griechen abschätzig an. »Ich werde Sie ganz bestimmt nicht begleiten.«

»Seien Sie kein Narr! Ich weiß, dass es doch genau das ist, was Sie sich erträumt haben. Jetzt haben Sie die einmalige Gelegenheit, es wirklich zu tun. Sie werden als der Entdecker von Atlantis in die Geschichte eingehen.«

»Ist dem so? Sie wollen sich doch nur jahrelange Forschungsarbeit ersparen. Wenn ich meine Schuldigkeit getan habe, werden Sie und Ihr Bruder mich beseitigen. Denken Sie, das weiß ich nicht?«

»Sie haben einen falschen Eindruck von uns, Sir William. Uns geht es um die Aufdeckung einer Jahrtausende alten Legende. Ich gebe zu, unsere Methoden sind etwas ... ungewöhnlich, aber all dies geschieht zu einem höheren Zweck. Sie haben mein Wort, dass Sie Ihren Anteil an der Entdeckung erhalten werden.«

»Ihr Wort? Was ist es wert? Nichts!«

Petrakos sah ihn gekränkt an.

»Na gut, wenn Sie mir nicht glauben und nicht an der Entdeckung von Atlantis teilhaben wollen, dann gehen Sie.« Der Grieche zeigte zur Tür. »Es ist mein voller Ernst. Gehen Sie einfach, niemand wird Sie daran hindern. Aber wenn Sie es jetzt tun, vergeben Sie jede Chance, Atlantis jemals zu entdecken, das wissen Sie. Wir haben das Voynich-Manuskript, die Entschlüsselung von Louis de Jaucourt – mehr brauchen wir nicht, um Atlantis zu finden.«

Er blickte den Mann, der ihm gegenübersaß, voller Misstrauen an. Dann schob er seinen Stuhl zurück und erhob sich. Ohne ein weiteres Wort zu sagen, drehte er sich um und ging auf die Tür zu. Er erwartete nicht, dass er weit kommen würde. Sicherlich war es nur eine Finte von Petrakos. Er betrat das Haus, durchquerte die Räume, bis er an die Haustür gelangte. Nirgends war jemand zu sehen. Vorsichtig griff er an die Türklinke und drückte sie langsam hinab, als würde ihn eine Falle erwarten. Doch nichts geschah. Auch vor dem Haus war niemand zu sehen. Er konnte einfach gehen. Für einen Moment stand er unschlüssig im Türrahmen. Dann wusste er, was er zu tun hatte.

»Du gehst ein hohes Risiko, Bruder«, sagte Chrístos, als er auf die Terrasse trat, nachdem Rutherford gegangen war.

»Überhaupt nicht. Ich weiß, dass ich den Engländer richtig einschätze. Er wird sich uns aus freien Stücken anschließen.«

»Wenn du dich irrst ...«

»Was soll schon passieren? Er wird in die Stadt gehen, wahrscheinlich den Flughafen aufsuchen und spätestens dort werden unsere Leute ihn wieder schnappen. Er wird nicht zur Polizei gehen. Aber ich habe es in seinen Augen gesehen, Chrístos. Dieses Verlangen nach der Wahrheit. Deswegen wird er nicht gehen.«

Giorgius hatte den Satz kaum beendet, als Sir William Rutherford wieder auf die Terrasse zurückkam.

»In Ordnung, sagen Sie mir alles, was Sie wissen. Ich will sehen, ob es ausreicht, Atlantis tatsächlich zu finden. Wenn ich der Meinung sein sollte, dass Sie mich belogen haben, werde ich auf der Stelle gehen.«

»Nehmen Sie bitte wieder Platz, Sir William. Ich werde Ihnen alles erzählen.«

»Alles ist nicht nötig. Mich würde vor allem Ihre Lokalisierungstheorie interessieren. Davon hängt letztendlich alles ab.«

»Das ist richtig. Mit ein wenig Glück hilft uns hierbei das Voynich-Manuskript.« Giorgius klappte das Buch auf, blätterte bis zur Mitte und entfaltete eine Dreifach-Seite, auf der neun Kreise aufgezeichnet waren. Er tippte mit dem Finger auf den größten der im Quadrat angeordneten Flächen. »Hier ist die Hauptstadt, wie Platon sie beschrieben hat, mit den drei konzentrischen Ringen, die das Zentrum der Stadt mit dem Poseidontempel umgeben und sichern. Sie ist verloren und in den Fluten versunken. Aber die anderen ...« Er bewegte seine Hand über die verbliebenen Kreise. »Hier gibt es noch mehrere Möglichkeiten, die Schwesterstädte zu finden.«

»Sie glauben also, dass Atlantis nicht nur ein einziger, bestimmter Ort war?«

»Ursprünglich war es das bestimmt. Aber Platon beschrieb die Atlanter als kriegerisches Volk mit großem Expansionsdrang. Sie haben etliches erobert und unterworfen, nur am Ur-Athen sind sie gescheitert. Doch sicherlich haben sie ihren Einfluss in diesen anderen Regionen nicht verloren.«

Rutherford blickte auf die Seiten des Manuskripts, dann hob er den Kopf und sah Giorgius in die Augen.

»Mir gefällt Ihre Theorie. Sie stimmt sogar in großen Teilen mit meiner eigenen überein. Jetzt bleibt nur eine Frage offen.«

»Welche?«

»Wo wollen Sie mit der Suche nach einer der Städte beginnen?«

»Ich hoffe, die Antwort darauf in dem Manuskript zu finden, aber bisher habe ich noch keine Passage gefunden, die dazu ein Ergebnis liefern würde.«

»Darf ich?« Rutherford streckte die Hand nach dem Buch aus.

»Nur zu.« Giorgius reichte es dem Engländer, der es sofort aufschlug und darin herumblätterte, als würde er etwas Bestimmtes suchen.

»Hier, die Seite, haben Sie hier schon etwas übersetzt?«

»Nein, noch nicht.«

»Wie kommen Sie gerade auf diese Seite?«, wollte Chrístos wissen.

»Nun, als ich mir das Manuskript in New York angesehen habe, ist mir diese Seite sofort ins Auge gefallen. Vor allem wegen dieses Wortes.« Er tippte auf die Mitte der Seite.

»Können Sie es lesen?«, fragte Giorgius verwundert.

»Nein, das nicht. Aber die Zeichen erinnern mich ganz stark an ein Wort, das ich schon öfter gesehen habe, im Hebräischen. תַּרְשִׁישׁ – das bedeutet: Tarschisch.«

»Tarschisch? Tarsis! Aber natürlich, das ist es!« Giorgius sprang aufgeregt von seinem Platz auf und hielt sich eine Hand an die Stirn, als ob er Fieber hätte.

»Ganz ruhig, Bruder«, sagte Chrístos und sah Rutherford an. »Ich bin kein Archäologe wie mein Bruder. Erklären Sie mir, was es damit auf sich hat.«

»Ein legendärer Ort aus der Antike. Er findet sowohl in der Bibel als auch in der Tora Erwähnung und wird als Goldland von unendlichem Reichtum beschrieben.«

»Und der Edelstein, vergessen Sie nicht den Edelstein«, warf Giorgius hektisch ein.

»Was für einen Stein?« Chrístos sah seinen Bruder fragend an.

»Im Buch Exodus wird der Tarsis als ein ganz besonderer Edelstein beschrieben, der in den Brustpanzer eines Hohepriesters eingelassen war. Er verlieh seinem Träger Macht, nicht nur symbolisch.«

»Inwiefern?«

»Genau weiß man es nicht, aber es hieß, der Stein hätte die Macht gehabt, ganze Berge einzuebnen.«

»Klingt nach einem nützlichen Utensil.«

»Diesen Stein gab es nur an einem ganz bestimmten

Ort, nach dem auch der Stein seinen Namen bekam«, vollendete Rutherford.

»Tarsis also«, sagte Chrístos nachdenklich. »Und wo soll das genau sein?«

»Es gibt verschiedene Theorien, sie reichen vom Mittelmeerraum bis an die spanische Küste. Aber ich hoffe, dass hier im Manuskript Genaueres steht, dass uns ...« Rutherford stockte, als er umblätterte.

»Ja, es fehlen Seiten dort«, sagte Giorgius. »Aber hoffentlich wird uns das nicht zu große Probleme bereiten.«

»Geben Sie mir das Manuskript und den Text zur Entschlüsselung«, erwiderte Rutherford beanspruchend. »Wir müssen erst mal feststellen, was hier genau steht und was fehlt.«

Walter Lucas stand hinter dem Vorhang in seinem Zimmer und blickte aus dem Fenster auf die Terrasse hinab. Er sah, wie die beiden Petrakos-Brüder sich mit dem Engländer unterhielten. Rutherford machte nicht mehr den widerspenstigen Anschein, den er ihm gegenüber auf dem Weg nach Europa an den Tag gelegt hatte. Walter bekam einen Hustenanfall, so heftig, dass er sich vor Schmerzen krümmte.

»Alles in Ordnung, Boss?«, fragte Stuart, der gemeinsam mit Osmond bei ihm im Zimmer war.

»Nein, du Idiot, nichts ist in Ordnung!« Geschwächt schleppte sich Walter vom Fenster weg zu dem Bett und ließ sich auf die Matratze fallen. Er sah Stuart finster an. »Keith war also nicht in der Lage, in New York aufzuräumen, verstehe ich das richtig?«

»Ja. Er ist selbst getötet worden. Und weil es dabei auch noch einige Zeugen gab, konnten auch die Cops, die auf unserer Gehaltsliste stehen, nicht mehr viel vertuschen.«

»Normalerweise müsste ich jetzt vor Wut an die Decke springen und dich dann aus dem Fenster schmeißen ... aber ich bin zu schwach und zu müde. Außerdem würde es nichts mehr ändern.« Walter schloss seine Augen.

»Äh, Boss? Leben Sie noch?«, fragte ein äußerst verunsicherter Stuart nach einer Weile.

»Leider ja.«

»Was machen wir jetzt?«

»Wenn du nur einen Funken Anstand im Leib hättest, würdest du dich jetzt dort aus dem Fenster stürzen.« Walter zeigte mit seiner Linken zur Scheibe.

»Ich habe gehört, dass der Grieche vorhin einen Anruf bekommen hat. Irgendjemand hat das Stück Metall, das Sie auch haben wollten, von den Amerikanern gestohlen. Er ist damit auf dem Weg hierher.«

»Bist du dir sicher?«

»Ja, bin ich. Fragen Sie sonst Osmond, wenn Sie mir nicht mehr trauen, der hat es ebenfalls gehört.«

Sein Butler nickte ihm zu.

»Na gut, dann warten wir ab, was jetzt passiert.« Er überlegte kurz. »Osmond, Sie werden nach Boston zurückkehren und dafür sorgen, dass die Unfähigkeit von Keith nicht zu einem Problem für mich wird.«

»Aber Sir, soll ich nicht lieber bei Ihnen bleiben?«

»Nicht nötig. Stuart ist ja auch noch da. Und bei dem, was demnächst ansteht, brauche ich eher jemanden, der schießen kann, als jemanden, der mir Getränke serviert.«

SIEBENUNDZWANZIG
NEUE ZIELE
PARIS

DER PROFESSOR KÜHLTE sich die Beule auf seiner Stirn mit einem Eisbeutel, während er auf einem der Sofas im Salon lag. Tulya versorgte auf der Nachbarcouch die tiefe Stichwunde ihres Ehemannes äußerst fachkundig. Max erinnerte sich daran, wie er Tulya zum ersten Mal getroffen hatte. Die Situation war ähnlich, auch damals hatten sie einen Verletzten bei sich, einen Freund von Aléxandros Onassis, den Tulya ebenfalls versorgte. Die Tscherkessin war in ihrem Heimatdorf Yazılıkaya, das am Fuße von Midasstadt im anatolischen Hochland lag, so etwas wie die Dorf-Medizinerin gewesen. Aber die Art und Weise, wie Tulya jetzt die Wunde versorgte und begann, sie zu nähen, zeigte ihm, dass sie auch in den letzten Jahren mit Sicherheit öfter die Gelegenheit bekommen hatte, Verletzungen zu behandeln. Davon zeugten auch die vielen Narben, die auf dem Oberkörper von Onassis verteilt waren.

»Ich hoffe, du bist zufrieden, Frederick!« Claudette Moran hatte den Salon betreten und baute sich mit in den

Hüften gestellten Händen vor Crichton auf. »Du ganz allein trägst die Verantwortung für dies hier. Du bist bei Lo Pan gewesen!«

Der Professor brachte sich mühsam in eine sitzende Position und sah die aufgebrachte Französin an.

»Du hast recht, Claudette. Das ist meine Schuld. Ich war zu blauäugig und habe mich von Lo Pan und seinem Enkel täuschen lassen.«

»Machen Sie sich keine Vorwürfe«, sagte Onassis zu ihm. »Wir haben es alle überlebt, in meiner Crew gibt es nur zwei leicht Verletzte. Das Einzige, was nicht mehr zu retten ist, ist mein Teppich.« Er blickte auf die riesige Blutlache, die dabei war, langsam einzutrocknen, und von der ein starker Geruch ausging.

»Wir tauschen ihn aus – wie immer«, sagte Tulya und schnitt mit einer Schere das Garn ab, das noch in einem langen Faden aus der Haut des Griechen hervorstand.

»Kommt das denn so oft vor?«, fragte Jody verwundert.

»Dies ist der dritte Teppichboden, der getauscht werden muss.«

Onassis zuckte mit den Schultern und nahm einen Schluck aus der Ouzo-Flasche, die er die ganze Zeit in der Hand gehalten hatte.

»Berufsrisiko«, sagte er schließlich.

»Sie sind immer noch im Schmuggelgeschäft«, stellte Max fest.

»Ja, aber nur noch High Class. Keine kleinen Geschäfte mehr – und auch nur noch sehr selten«, fügte er schnell hinzu.

»Aléxandros wird die Schmuggelei aber aufgeben, sobald unser Sohn geboren ist«, ergänzte Tulya.

»Ach, wir bekommen einen Sohn?«

»Aber sicher, das spüre ich!«

»Vielleicht kann sein Vetter ihm eine Anstellung geben«, stichelte Jody.

»Nicht nötig«, grinste der Grieche. »Ich habe in den letzten Jahren gut vorgesorgt. Tulya und mir wird es an nichts fehlen. Ich betreibe nämlich auch ehrliche Geschäfte! Erinnert ihr euch noch an mein altes Fischerboot?« Er sah Crichton und Max stolz an. »Nun, daraus ist jetzt eine kleine, aber feine Flotte geworden.«

»Wie schön, aber was ist mit Goya und mir?«, fragte Claudette immer noch wütend. »Ich kann doch nicht wieder in meine Bar zurück. Wer weiß, was Lo Pan mit mir anstellt.«

»Abwarten. Wir werden das regeln«, erwiderte Onassis. »Ich mag es nämlich überhaupt nicht, wenn jemand auf mein Schiff kommt, meine Frau bedroht und versucht, mich und meine Freunde zu töten.« Er stand auf und ging mit der Ouzo-Flasche in der Hand auf die beiden gefesselten Männer zu, die auf dem Boden hockten und mit leerem Blick nach vorne starrten. »Was soll ich mit euch beiden machen? Kielholen wäre noch zu nett für euch. Vielleicht zeige ich euch am besten, wie das Filetieren von Fisch funktioniert – am eigenen Leib!«

Die beiden Chinesen zeigten keine Regung. Onassis holte mit der Flasche aus und für einen Moment fürchtete Max, er würde sie einem der beiden Gefangenen an den Schädel schlagen, aber er ließ sie über die Köpfe hinwegzischen und setzte sie sich dann an die Lippen.

»Wenn ich einen Vorschlag machen dürfte«, sagte der Professor und wartete, bis sich alle Augen ihm zuwandten. »Ich nehme an, dass Lo Pan in irgendeiner Weise mit Petrakos zusammenarbeitet und er ihm das Orichalcum bald zukommen lassen wird. Deswegen halte ich es für angebracht, dass wir nach Athen fahren.«

»Und Sie möchten, dass ich Sie dort hinbringe, richtig?« Onassis tippte sich auf die Brust.

»So ist es. Claudette sollte uns natürlich auch begleiten, zu ihrer Sicherheit.«

»Meinetwegen«, brummte Onassis. »Mich hält nichts mehr in Paris.«

»Eine Sache noch.«

»Ja?«

»Lassen Sie die beiden Männer laufen.«

»Wie bitte? Diese Mistkerle haben versucht, uns zu töten, und ich soll sie einfach freilassen?«

Crichton nickte ruhig.

»Mach, was er sagt, Aléxandros«, sagte Tulya. »Es bringt nichts, wenn noch mehr Blut vergossen wird.«

Onassis musterte seine Ehefrau, dann den Professor und schließlich die beiden Chinesen, die immer noch wie Unbeteiligte geradeaus blickten.

»Ach, was soll's. Dimitrij«, brüllte er lautstark und ein Besatzungsmitglied kam in den Salon gelaufen. »Wirf die beiden Gelben über Bord – aber schneid ihnen vorher die Fesseln durch«, fügte er hinzu, als er den überraschten Blick des Professors bemerkte. »Wenn ich sie schon nicht töte, müssen sie wenigstens zurück an Land schwimmen.«

Dimitrij und ein anderes Mitglied aus der Crew führten die beiden Gefangenen aus dem Salon.

»Dann setzen wir gleich Kurs auf Le Havre.«

»Sind Sie sicher, dass es die richtige Entscheidung ist, Professor?«, fragte Jody. »Wir werden viel zu lange unterwegs sein, um rechtzeitig in Athen einzutreffen.«

»Ich weiß. Deswegen werden auch wir das Schiff gleich verlassen.«

»Aber ...?« Onassis sah verwirrt zu Crichton.

»Sie fahren wie besprochen nach Athen. Ich bin mir sicher, die beiden Männer werden Lo Pan erzählen, dass wir mit dem Schiff dorthin reisen.«

»Wie reisen wir denn stattdessen?«, wollte Max wissen. »Schon wieder fliegen?« Er hielt sich den Magen.

»Ich denke, wir wählen diesmal den Zug«, lächelte Crichton ihn an. »Die Fahrt wird zwar auch zwei volle Tage dauern, aber ich denke, das können wir uns erlauben. Auch Lo Pan oder sein Enkel muss zunächst mit dem Orichalcum nach Athen gelangen. Und ich denke nicht, dass Petrakos sofort aufbrechen kann. Auch er benötigt einige Vorbereitungszeit.«

»Was machen wir, wenn wir dort angekommen sind?«

»Petrakos rechnet sicher nicht mit uns. Er fühlt sich unangreifbar. Und schon gar nicht wird er vermuten, dass wir es wagen könnten, bei ihm einzudringen. Ich bin der Meinung, nachdem sowohl in mein Haus wie auch hier auf der Jacht eingedrungen wurde, haben wir das Recht, Gleiches mit Gleichem zu vergelten!«

»Vergessen Sie nicht etwas?«, fragte Jody.

Crichton sah sie grüblerisch an. Dann weiteten sich seine Augen.

»Natürlich! Die Fotos, die Goya gemacht hat. Mit ihnen können wir den Text auf unseren Seiten aus dem Voynich-Manuskript übersetzen.«

»Eine sehr gute Idee«, stimmte Max zu. »Aber ich brauche jetzt ganz dringend Schlaf. Meine Augen fallen mir schon ständig zu.« Er gähnte ausgiebig.

»Mir geht es genauso. Deswegen würde ich vorschlagen, wir bleiben doch hier an Bord, zumindest so lange, bis wir die Übersetzung fertiggestellt haben«, sagte Jody.

»In Ordnung. Wie lange brauchen wir mit dem Schiff bis Athen?«, fragte Crichton den Griechen.

»Eine knappe Woche wird es schon dauern.«

Der Professor sah Jody besorgt an.

»Das ist sehr lange.«

»Ja, aber es hat auch einen sehr großen Vorteil.«

»Welchen?«

Jody lächelte. »Wir werden die Säulen des Herakles durchqueren, nicht wahr Kapitän Onassis?«

»Korrekt. Die Straße von Gibraltar liegt auf unserem Weg.«

»Also gut, wir riskieren es«, sagte Crichton.

»Ich sage dem Steuermann Bescheid, dass er den Kurs setzen soll. Tulya, kannst du unseren Gästen ein paar Kabinen zuweisen?«

»Natürlich.«

»Die beste Nachricht des Tages«, murmelte Max.

Als Max am darauffolgenden Morgen gemeinsam mit Jody noch vor dem Sonnenaufgang in den Salon kam, saß der Professor bereits am Tisch, vor sich die herausgerissenen Seiten aus dem Manuskript und die Fotografien ausgebreitet, die Goya gemacht hatte. Ike lag hinter ihm auf einem der Sofas und schlief.

»Guten Morgen ihr zwei, habt ihr gut geschlafen?«, begrüßte Crichton sie, als sie sich zu ihm setzten.

»Wie ein Stein«, antwortete Max.

»Seit wann schnarchen Steine?«, fragte Jody. »Aber ja,

ich habe trotzdem genug Schlaf gefunden, nachdem ich mir Watte in die Ohren gestopft habe.« Sie streichelte Max den Rücken.

»Und Sie, haben Sie auch geschlafen oder haben Sie sich nur mit dem Transkribieren beschäftigt?«

»Ich hatte ausreichend Schlaf. Aber das hier ließ mir einfach keine Ruhe.« Crichton zog eine Seite des Manuskripts aus dem Wust vor sich heraus. »Dank der Notizen von Louis de Jaucourt ist es mir gelungen, einen Großteil des Textes zu übersetzen.«

»Und? Von was handelt der Text? Dem Stein der Weisen?«

»Atlantis. Ich habe zufälligerweise die Passagen aus dem Buch gerissen, in denen vom Untergang des Reiches die Rede ist und davon, wie die Überlebenden in die eroberten Kolonien weitergezogen sind. Hier, hören Sie: *Bei der Verteilung der Kolonien erhielten die Nachkommen der Könige die größten Reiche. Die neue Hauptstadt des Königreichs Atlantis wurde Tarsis.*«

»Tarsis? Das habe ich schon mal gehört«, sagte Max. »Es wird im Alten Testament mehrfach erwähnt.«

»Sehr richtig«, pflichtete Crichton ihm bei. »Salomo hat Handel mit Tarsis getrieben. Er hat Elefanten, Affen und Edelsteine für das Gold und Silber aus Tarsis getauscht. Aber nicht nur in der Bibel wird ein Ort dieses Namens erwähnt. In der Thora ebenso, selbst in Babylon gibt es eine Inschrift, die auf Tarsis hinweist.«

»Wo soll dieser Ort denn gelegen haben?«, fragte Jody. »Im Mittelmeer?«

»Es gibt mehrere Theorien, wo Tarsis existiert haben könnte. Die Assyrer schrieben, Tarsis läge am Rande der westlichen Lande und hielten es für das Ende der damals bekannten Welt. Das wäre noch jenseits der Säulen des Herakles gewesen.« Crichton wühlte in den Papieren auf dem Tisch und förderte eine Landkarte von Europa zutage. Er tippte mit dem Zeigefinger auf den nördlichsten Zipfel der iberischen Halbinsel. »Das hier sind die Säulen, die Meerenge von Gibraltar. Tarsis lag noch westlich davon.« Sein Finger bewegte sich die Küstenlinie Nordspaniens entlang. »Und hier soll es einmal ein legendäres Goldreich gegeben haben, sein Name war ...«

»Tartessos«, vollendete Jody den Satz. »Sie glauben, Tartessos und Tarsis sind ein und derselbe Ort?«

»Ja, ich bin mir sicher. Die Worte haben denselben Wortstamm und durch die Überlieferungen ins Hebräische oder Persische erscheint es mir mehr als wahrscheinlich, dass sie identisch sind.«

»Es gab Anfang des Jahrhunderts einen deutschen Archäologen, der nach Tartessos gegraben hat«, sagte Max.

»Ja, Adolf Schulten. Ein außergewöhnlicher Mann. Ich habe ihn in den Zwanzigerjahren einmal in Berlin getroffen.«

»Dann wissen Sie auch, dass er nie etwas gefunden hat.«

»Und ob er das hat! Seine Entdeckungen in Numantia sind die Grundlage der keltiberischen Forschung und er fand zahlreiche Römerlager und ...«

»Stopp, das meinte ich nicht«, lachte Max. »Was ich sagen wollte, er hat nie einen Beweis für die Existenz von Tartessos gefunden.«

»Das stimmt. Aber Sie sind doch sicher auch vertraut mit der Theorie, die Schulten damals aufgestellt hat? Er hat sogar ein Buch dazu veröffentlicht.«

»Das muss vor meiner Geburt gewesen sein.« Max zuckte mit den Schultern.

»Es trägt den Titel *›Tartessos und Atlantis‹*. Schulten war fest davon überzeugt, dass er Platons Atlantis in Andalusien finden würde. Wenn er nur geahnt hätte, wie dicht er der Wahrheit damit kam.«

»Noch können wir nicht mit Sicherheit sagen, ob es überhaupt stimmt«, warf Jody ein. »Ich meine, nur weil es in diesem ominösen Text aus dem Mittelalter steht, muss es noch lange nicht wahr sein.«

»Das stimmt natürlich. Aber ich denke, wir sollten uns diese Gelegenheit nicht entgehen lassen, uns persönlich davon zu überzeugen, oder?« Der Professor zwinkerte ihnen zu. »Und wie der Zufall es will, fahren wir direkt dort vorbei.«

ACHTUNDZWANZIG
EIN AMERIKANER IN PARIS

DIE AUGEN DER MENSCHEN, die vor dem Louvre Schlange standen, sahen verblüfft zu, wie er von zwei Aufsehern aus dem Museum geführt wurde.

»Vielen Dank, den Rest des Weges finde ich alleine«, bedankte sich Joe spöttisch bei den beiden Franzosen, die ihn grimmig ansahen und dann wortlos wieder ins Innere verschwanden.

Sein Besuch im Louvre verlief kürzer als erwartet und vor allem anders als gedacht. Er lieferte das Paket von Dekan Harris ab und fragte bei der Gelegenheit beiläufig, ob sich kürzlich andere Amerikaner im Louvre umgesehen hätten. Als er den Namen Crichton erwähnte, wurde er kurzerhand des Hauses verwiesen. Der Professor und die anderen waren also mit Sicherheit hier gewesen und hatten dabei alles andere als einen guten Eindruck hinterlassen. Joe hinkte langsam von dannen über den Court de Napoleon und überlegte, wie er es anstellen sollte, in der Millionenmetropole eine Spur von seinen Freunden zu finden.

Aus dem Augenwinkel bemerkte er, wie ihm eine abgerissene Gestalt über den Platz folgte. Ein Clochard vermutlich, der darauf aus war, Touristen um Geld anzubetteln. Als der Mann sich ihm näherte, roch Joe schon die Ausdünstungen des ungepflegten Kerls. Er drehte sich um.

»Ich habe kein Geld für dich, also hör auf, mir zu folgen.«

»Es ist eine Weile her, seit wir uns das letzte Mal gesehen haben, Carter«, sagte der entsetzlich stinkende Penner zu ihm. Unter dem ungepflegten Bart zeigte sich ein Grinsen.

»Kennen wir uns?« Joe musterte das Gesicht des Mannes genau. Es kam ihm nicht bekannt vor. Die Wangenknochen stachen hervor, um die Augen hatten sich tiefe Furchen gegraben und in dem Blick lag etwas Trauriges. Die schmutzigen dunkelblonden Haare wirkten strohig.

»Oh ja, wir kennen uns. Damals war ich freilich etwas besser in Form.« Der Clochard kicherte. »Mein Haar war kürzer und statt eines Vollbartes trug ich nur einen Schnurrbart.«

Joe kniff die Augen zusammen und dachte sich die langen Haare und den Bart weg.

»Heinrich Blum?«

»So ist es.« Der Deutsche verneigte sich tief vor ihm.

»Lassen Sie den Quatsch.« Ungläubig sah er den deutschen Archäologen an, den er zuletzt 1955 im Hafen von Piräus gesehen hatte, als dieser nach den Geschehnissen bei der Suche nach dem Goldenen Vlies als gebrochener Mann verschwunden war.

»Ihnen scheint die Zeit besser mitgespielt zu haben als mir«, bemerkte Blum.

»Was wollen Sie?«

»Ich kann Ihnen helfen.«

»Sie und mir helfen? Damals hätten Sie nicht gezögert, mir eine Kugel in den Rücken zu jagen.«

Blum nickte. »Aber ich habe es nicht geschafft. Stattdessen ist meine Frau gestorben und mein Leben war danach ruiniert.«

»Ich spare mir meine Krokodilstränen lieber für jemand anderen auf. Sagen Sie jetzt, was Sie zu sagen haben. Ich habe es eilig.«

»Gehe ich recht in der Annahme, dass Sie auf der Suche nach Ihrem Freund Max Falkenburg sind?«

Joe zuckte zusammen. »Haben Sie ihn gesehen?«

»Möglicherweise. Und auch die schöne rothaarige Frau, die ihn begleitet, ebenso wie der grauhaarige Professor mit seinem Köter.«

»Wo sind sie?«

Die struppigen Barthaare des Deutschen zuckten, als er darunter grinste.

»Ich kann es Ihnen sagen – wenn Sie mir im Gegenzug erzählen, was Falkenburg hier zu suchen hatte.«

»Warum ist das für Sie interessant?«, fragte Joe misstrauisch. Er ließ seinen Blick über den Platz schweifen und versuchte, zu erkennen, ob Blum alleine war.

»Sagen wir, ich möchte gerne wissen, wonach Falkenburg sucht. Immerhin scheint sein Besuch im Museum nachhaltigen Eindruck hinterlassen zu haben, nicht wahr?«

Joe zögerte mit einer Antwort. Schließlich nickte er.

»In Ordnung, ich erzähle es Ihnen, aber sagen Sie mir zuerst, wo ich Max finden kann.«

»Gut, folgen Sie mir. Es könnte etwas länger dauern,

aber wir können leider kein Taxi nehmen, die Fahrer mögen mich nicht sonderlich.«

Blum ging an ihm vorbei und marschierte mit strammem Schritt Richtung der Seine. Sie gingen beinahe eine Stunde am Ufer entlang, bis Blum endlich verkündete, dass sie ihr Ziel erreicht hatten. Sie befanden sich an einem Bootshafen, der durch eine Schleuse vom Fluss abgetrennt war. Einige Boote trieben in der dunklen Brühe des kleinen Beckens. Der Deutsche ging links an der Promenade entlang und hielt auf eine Bar zu. Er ging am Gebäude vorbei in den Hinterhof. Dort ging er zu einer Tür und zog einen gebogenen Draht aus der Tasche, mit dem er das Schloss entriegelte. Joe folgte ihm in das Haus und fand sich im Gastraum einer vor Rauch stinkenden Hafenkneipe wieder.

»Treten Sie ruhig näher. Die Besitzerin ist zurzeit nicht hier, wir haben die Bar ganz für uns allein.«

»Ich weiß nicht, was schlimmer riecht: Sie oder das hier.« Er rümpfte die Nase.

»Sie werden es überleben, Carter.« Blum nahm sich eine Flasche Alkohol und setzte sich an einen der Tische.

»Also, reden Sie endlich. Wo sind Max und die anderen?«

»Ich fürchte, die sind nicht mehr in Paris.« Blum schraubte den Verschluss von der Flasche und hielt sich dann die Öffnung unter die Nase. »Verdammt gutes Zeug. Möchten Sie auch was?«

»Nein danke. Wo sind sie hin?«

»Ich habe keine Ahnung.«

»Das reicht. Ich verschwinde jetzt. Für solche Spielchen habe ich keine Zeit.« Joe drehte sich um.

»Halt, warten Sie. Ich habe gesehen, wie Falkenburg

und die anderen angegriffen worden sind, an Bord eines Schiffes auf der Seine.«

»Angegriffen? Von wem?«

Blum trank einen Schluck aus der Flasche und fuhr sich danach mit der Zunge über die Lippen.

»Es gibt hier in Paris einen alten Chinesen namens Lo Pan. Er ist Hehler von Antiquitäten und Kunstschätzen. Es waren seine Männer, die das Schiff geentert haben.«

»Wann ist das passiert? Hat dieser Lo Pan sie in seiner Gewalt?«

»Vor zwei Tagen. Und nein, anscheinend haben Falkenburg und die anderen die Angreifer in die Flucht geschlagen. Das Schiff, auf dem sie sich befanden, hat Paris allerdings sofort verlassen. Ich weiß nicht wohin.«

»Na herrlich. Sie sind mir eine große Hilfe.«

»Ich bin noch nicht am Ende meiner Erzählung, Carter. Ich habe gesehen, wie die Männer Lo Pans von Bord flüchteten, und bin ihnen gefolgt bis zu Lo Pans Geschäft im asiatischen Viertel von Paris, Chinatown. Anscheinend ist es ihnen gelungen, etwas vom Schiff zu entwenden.« Blum trank abermals einen großen Schluck aus der Flasche. »Es dauerte nicht lange und der alte Mann hat Paris ebenfalls verlassen. Ich weiß zumindest, wohin er gereist ist.«

»Und das wäre?«

»Nach Athen.«

»Griechenland. Und glauben Sie, dass meine Freunde ebenfalls dorthin unterwegs sind?«

Der Deutsche zuckte mit den Schultern.

»Möglicherweise, aber genau kann ich das erst sagen, wenn Sie mir erzählen, wonach Falkenburg sucht.«

»Atlantis.«

Blum erwiderte nichts, die Erwähnung der legendären

Stadt schien ihn kein bisschen zu irritieren, sondern er überlegte und nahm dann noch einen Schluck aus der Flasche. »Gut. Dann ist es wahrscheinlich, dass sie mit dem Schiff tatsächlich bis Athen fahren. Vielleicht tauchen sie aber auch irgendwo bei den Säulen des Herakles, wie so viele andere vor ihnen.«

»Sie wissen verdammt viel dafür, dass Sie hier in Paris auf der Straße leben.«

»Der Segen eines Clochards. Kaum jemand nimmt Notiz von mir. Daher konnte ich sowohl bei Lo Pan, als auch beim Louvre meine Ohren spitzen.« Blum lächelte ihn an. Dann sprach er mit leiser Stimme weiter. »Wenn ich nicht so ein Feigling wäre, hätte ich mich schon längst selbst getötet, damit ich wieder mit meiner Eva vereint bin, aber ich schaffe es nicht, es zu tun. Sogar das Leben auf der Straße schadet meiner Gesundheit nicht. Wahrscheinlich habe ich noch eine Aufgabe zu erfüllen, ehe ich endlich gehen darf.« Der Deutsche starrte mit leerem Blick auf die Flasche in seiner Hand.

»Dann wissen Sie bestimmt auch, zu wem Lo Pan gefahren ist, oder?«

»Genauso gut wie Sie. Chrístos Petrakos. Dieser elende Mistkerl. Er und seine Alchemisten sind sicherlich immer noch hinter dem Stein der Weisen her.«

»So ist es. Und er glaubt, dass er in Atlantis fündig wird.«

»Wenn jemand wie Lo Pan mit ihm gemeinsame Sache macht, bedeutet dies nichts Gutes«, sagte Blum. »Dieser Chinese macht das garantiert nicht für Geld, er erhofft sich etwas anderes. Also glaubt er daran, dass Petrakos kurz davor stehen muss, den Stein tatsächlich zu finden.«

»Nicht, wenn wir ihm zuvorkommen können. Max wird sicherlich schon einen Plan haben.« Joe drehte sich um.

»Wollen Sie etwa schon gehen?«

»Das habe ich vor, ja. Oder haben Sie noch mehr Informationen für mich?«

Blum schüttelte den Kopf. »Ich fürchte nein, aber ich möchte Sie begleiten.«

»Ist das Ihr Ernst?«

»Absolut. Ich glaube nicht an Zufälle. Erst Falkenburg, dann Lo Pan, der für Petrakos arbeitet ... und das alles genau vor meiner Nase. Das könnte der Grund sein, weswegen ich immer noch hier bin«, sinnierte der Deutsche. »Geben Sie mir ein paar Minuten, ich werde versuchen, mein Aussehen wieder etwas erträglicher zu gestalten.«

NEUNUNDZWANZIG
ALTE FREUNDE
ATHEN

WALTER LUCAS LEHNTE sich erschöpft auf seinem Bett zurück und warf das blutige Taschentuch, in das er abgehustet hatte, achtlos auf den Boden. Er starrte an die schneeweiße Decke, von der ein großer Leuchter herabhing, der aus unzähligen Kristallen bestand. Er konnte in einigen davon eine Spiegelung von sich erkennen. Angewidert wandte er den Kopf zum Fenster. Es war ein wunderschöner Spätsommertag in Athen.

So endet also alles, dachte er. *Ich sterbe hier in Griechenland.*

Er schloss die Augen und hatte nicht vor, sie wieder zu öffnen. Dafür hörte er, wie sich seine Zimmertür öffnete.

»Es ist Besuch für Sie gekommen«, sprach Stuart mit leiser Stimme.

»Zu spät«, murmelte er. »Es ist alles zu spät.«

»Ich glaube, dieser Besuch wird Ihnen neue Hoffnung geben.«

»Verschwinde!«

Die Tür wurde wieder geschlossen. Walter lag ruhig auf dem Bett und konzentrierte sich auf seinen leicht rasselnden Atem. Es würde sicher nicht mehr lange dauern, bis ...

Die Tür ging erneut auf.

»Du sollst verschwinden!«

»Begrüßt man so einen alten Freund?«

Walter schlug die Augen auf und sah zur Tür, wo ein kleiner, buckliger alter Mann stand. Er trug ein reich mit goldenen Applikationen besticktes Gewand.

»Lo Pan?«

Der Chinese trat ein und kam an sein Bett.

»Es ist lange her, mein Freund.«

»Ich habe nicht damit gerechnet, dass du noch am Leben bist.«

»Oh, ich habe viele Leben gelebt und ich hänge sehr daran. Und ich weiß, dass es dir ähnlich geht.«

»Ja, aber es ist zu spät. Mit mir geht es bald zu Ende.«

»Vielleicht noch nicht. Ich habe die passende Medizin für dich.« Lo Pan reichte ihm ein kleines weißes Tütchen. Darin war ein schmutzig braunes Pulver. »Schluck es herunter.«

Walter sah den Chinesen misstrauisch an, tat aber, wie ihm geheißen. Er hatte nichts mehr zu verlieren und wenn es Gift wäre, das der Chinese ihm reichte, es wäre ihm egal. Also schüttete er sich das Pulver in den Mund und schluckte es. Eine Weile spürte er nichts, doch dann breitete sich ein warmes Gefühl in seinem Inneren aus, gefolgt von einer Kältewoge, die ihn erschaudern ließ. Danach kehrte die Wärme zurück und er richtete sich auf. Einfach so. Ohne Stöhnen und Ächzen. Er sah Lo Pan verwundert an, der ihn geheimnisvoll anlächelte.

»Lass uns hinunter zu den anderen gehen, mein Freund.«

Argwöhnisch blickte Chrístos zu dem jungen Chinesen, der seelenruhig dasaß und einen Tee trank. Lo Pan hatte darauf bestanden, zuerst seinen alten Freund Walter Lucas zu besuchen. Der Amerikaner war seit Tagen kaum noch aus seinem Zimmer gekommen, Chrístos hatte ihn gedanklich schon längst abgeschrieben. Umso mehr staunte er nun, als er gemeinsam mit Lo Pan auf die Terrasse trat und dabei erstaunlich fidel wirkte.

»Er scheint sich gut erholt zu haben«, merkte sein Bruder neben ihm an.

»Ja, beinahe zu gut.« Chrístos stand auf und ging Lo Pan entgegen. »Wie schön, Sie endlich wiederzusehen.« Er fasste die schmale Hand des alten Mannes vorsichtig an.

»Ebenfalls, Herr Petrakos.«

Chrístos verzog das Gesicht, als Lo Pan mit seiner zerbrechlich wirkenden Hand plötzlich so fest zudrückte, dass er das Gefühl hatte, in einem Schraubstock zu stecken. Mit einem Lächeln entließ ihn der Chinese aus seinem eisernen Griff.

»Setzen Sie sich doch bitte«, sagte Chrístos und rieb sich die Hand.

Lo Pan setzte sich auf den freien Stuhl neben seinem Enkel und Walter Lucas nahm direkt neben ihm Platz. Es gefiel Chrístos nicht, wie der Amerikaner ihn ansah, er ließ sich aber nichts anmerken und widmete sich wieder den Neuankömmlingen.

»Also, haben Sie das Orichalcum in Ihren Besitz bringen können?«

»Selbstverständlich.« Lo Pan gab seinem Enkel ein Zeichen, woraufhin dieser aufstand und aus seiner Tasche ein kleines rötlich-braun schimmerndes Metallstück hervorholte, das er in die Mitte des Tisches legte. Giorgius ging sofort zum Tisch, nahm das Metall in die Hand und besah es von allen Seiten. »Sie werden feststellen, dass ich etwas von dem Material abgeschabt habe«, fuhr Lo Pan fort. »Ich wollte sichergehen, dass es sich auch wirklich um Oreichalkos handelt, bevor ich es Ihnen aushändige.«

»Ich sehe die Stelle«, sagte Giorgius. »Aber wie können Sie die Echtheit prüfen? Dieses Metall ist doch heutzutage völlig unbekannt.«

»Für Sie vielleicht. In China gab es einst ein kleines Vorkommen dieses Elements. Glücklicherweise im Besitz meiner Familie. Daher bin ich auch in der Lage, die Echtheit dieses Stückes zweifelsfrei zu bestätigen.«

»Und wie bringen Sie dieses Kunststück fertig?«

»Ich habe es gegessen.«

»Sie haben was?« Chrístos und sein Bruder sahen den Chinesen verdutzt an.

»Schon mein Großvater hat es getan. Er wurde einhundertfünf Jahre alt und war niemals krank. Und Sie haben ja sicherlich auch bemerkt, wie gut es Mr. Lucas nun geht.«

»Sie haben mir Orichalcum verabreicht?«

»Ganz recht. Es reichen einige Gramm, die ich mit einem Diamanten davon abgeschabt habe. Auch ich habe es zu mir genommen und bin plötzlich wieder voller Kraft und Energie.« Die dunklen Augen Lo Pans funkelten bei diesen Worten auf.

»Das freut mich aufrichtig«, erwiderte Chrístos kühl.

»Nun sagen Sie mir, was Sie für das Stück Orichalcum verlangen.«

»Sie besitzen gar nicht genug Geld, um es zu bezahlen, Petrakos!« Lo Pan schnaubte verächtlich. »Nein, dieses Stück hat keinen Preis.«

»Aber Sie sagten …«

»Ich möchte meinen eigenen Stein der Weisen haben!«

»Wie bitte?«

»Ich weiß genug über die Alchemisten. Ihr ganzes Streben gilt nur dem Erschaffen dieses Steins. Und ich weiß um die Fähigkeiten, die ihm zugesprochen werden. Nicht nur die, aus unedelen Metallen Gold zu schaffen, sondern er hat auch die Macht, ewiges Leben zu gewähren.«

Chrístos presste seinen Kiefer fest zusammen und sah zu seinem Bruder. Da erklang die Stimme von Walter Lucas.

»Abgemacht. Wir werden Ihnen einen eigenen Stein erschaffen.«

»Walter, was …«

»Vergessen Sie nicht, dass ich immer noch der Ranghöchste bin. Und plötzlich bin ich nicht mehr dem Tod geweiht. Das verdanke ich unserem Freund Lo Pan.« Er nickte dem Chinesen zu. »Da ist es nur angemessen, dass er diese Belohnung von uns erhält.«

»Ich danke Ihnen für Ihre weise Entscheidung, alter Freund.« Lo Pan neigte den Kopf. »Nun würde ich mich gerne etwas zurückziehen.«

Chrístos fühlte sich wie gelähmt, also sprach sein Bruder an seiner Stelle.

»Natürlich. Wir haben ein Zimmer im ersten Stock für Sie herrichten lassen.« Giorgius winkte ihren Hausdiener heran und trug ihm auf, den Chinesen hinaufzuführen. Lo

Pan und sein Enkel verließen die Terrasse, auch Walter Lucas folgte ihnen ins Haus.

»Wir sollten sie am besten alle töten, sofort«, knurrte Chrístos und ärgerte sich über die verpasste Gelegenheit bei Walter Lucas.

»Beruhige dich. Wir werden es machen wie immer. Wir gehen mit Bedacht vor und überstürzen nichts. Soll er doch seinen Stein der Weisen bekommen. Ewiges Leben heißt nicht, dass man gefeit ist vor einem Dolchstoß in den Rücken.« Giorgius schenkte ihm ein vielsagendes Lächeln. »Aber bis dahin, werden wir uns zunutze machen, dass wir nun plötzlich einen neuen Partner haben.«

DREISSIG
TARTESSOS
ZWEI TAGE SPÄTER, ATLANTIK, COSTA DE LUZ

MAX STAND mit Jody an der Reling und betrachtete die südspanische Atlantikküste mit dem Fernglas. Fröhlich pfeifend gesellte sich Goya zu ihnen. Dem Kunstdieb ging es wieder gut genug, sodass er das Bett verlassen konnte.

»Hallo. Was sehen Sie sich da an?«

»Nichts Spezielles. Ich versuche nur, mir einen Eindruck von der Landschaft zu verschaffen.«

»Da fragen Sie am besten mich. Ich kenne die Gegend hier wie meine Westentasche, schließlich bin ich hier aufgewachsen.«

»Also sind Sie doch Spanier«, sagte Jody.

»Aber sicher. Das habe ich doch auch nie bestritten«, lachte der Dieb.

»Max und ich haben gewettet. Er war sich sicher, dass Sie Franzose sind.«

»Auch nicht schlecht. Meine Mutter stammt aus Frankreich. Man könnte salomonisch urteilen, Sie haben beide recht.«

»Aber Goya ist doch nicht Ihr richtiger Name, oder?«

»Nein, das ist er nicht. Mein erstes Kunstwerk, das ich gestohlen habe, stammte von Francisco de Goya. Es trägt den Titel *El entierro de la sardinia* – das Begräbnis der Sardine. Ich hatte also noch Glück, dass mir Goya als Spitzname zugeteilt wurde und nicht die Sardine.« Er lachte wiehernd.

»Können Sie mir was über die Region erzählen, an der wir gerade entlangfahren?«, fragte Max.

»Darf ich?« Goya streckte die Hand nach dem Fernglas aus. Max reichte es ihm. »Also, das gehört alles noch zur Provinz Huelva. Da gibt es nicht viel, außer Kilometer lange Sandstrände, große Pinienwälder und natürlich viel Sonnenschein.«

»Klingt für mich wie geschaffen für einen romantischen Urlaub«, schwärmte Jody.

»Schlag dir das lieber schnell aus dem Kopf. Wir sind hier nicht auf einer Urlaubsreise.«

»Man wird ja wohl mal träumen dürfen, du ungehobelter Klotz!«

»Warten Sie ab, wenn wir weiter nach Osten kommen. Dort wird die Landschaft noch viel schöner und es gibt viele idyllische Städtchen entlang der Küste«, sagte Goya.

»Viel weiter werden wir aber zunächst nicht fahren.« Professor Crichton hatte das Achterdeck betreten, in Begleitung von Aléxandros Onassis. »Wenn ich die Angaben aus dem Voynich-Manuskript richtig deute und es mit heutigen Karten vergleiche, sollte der Weg nach Tartessos sich ungefähr im Gebiet von Doñana befinden.«

»Coto de Doñana? Das ist doch nur ein riesiger Sumpf, nichts weiter«, sagte Goya. »Zudem ist es riesig, Sie könnten Jahre dort suchen und würden nichts finden.«

»Dessen bin ich mir wohl bewusst. Aber trotzdem – es ist der einzige und beste Hinweis, den wir haben.«

»Aber Sie wissen doch, was es bedeutet, hier nach etwas zu suchen«, meinte Max besorgt. »Was immer wir suchen, ist tief unter der Oberfläche zu finden und das in einem Sumpf ...«

»Keine Sorge, zum Glück hat Kapitän Onassis sein Schiff gut ausgestattet.«

»So ist es. Ich glaube, wir haben so ziemlich die modernste Tauchausrüstung an Bord, die es gibt.«

»Tauchen?« Max sah erst den Griechen und dann Crichton an. »Ich bin noch nie getaucht.«

»In meiner Crew befinden sich fähige Taucher, die besten ...«

»Der Welt, ich weiß schon.« Max drehte sich um, stützte sich auf die Reling und sah besorgt auf das sich leicht kräuselnde Wasser.

Jody legte ihre Hand auf seine.

»Bleib du hier an Bord, ich werde mit tauchen gehen.«

»Du kannst tauchen?«

»Aber sicher. Eddie hat es mir beigebracht.«

»Sehr schön.« Crichton nickte zufrieden. »Dann ist ja alles klar. Jody wird unsere Spezialistin unter Wasser sein und Ihre Männer anleiten, Käpt'n.«

»Meinetwegen. Aber erst einmal müssen wir die richtige Stelle finden. Coto de Doñana ist unglaublich groß.«

»Ich habe da schon einen Bereich ausgemacht, wo wir mit der Suche beginnen können. Kommen Sie, ich zeige es Ihnen auf der Karte.«

Crichton und Onassis gingen wieder hinein.

»Ich hoffe, du hast dir das gut überlegt«, sagte Max zu Jody.

»Mach dir keine Sorgen, ich bekomme das schon hin.«

Der Hubschrauber setzte butterweich auf dem Landedeck des Forschungsschiffes auf. Der Pilot stellte den Motor aus und die Rotorblätter wurden langsamer. Sofort eilten einige Besatzungsmitglieder herbei und bildeten ein kleines Empfangskomitee. Zufrieden stieg Chrístos Petrakos als Erster aus und grüßte die Mannschaft. Ein großgewachsener Mann in Uniform mit prunkvollem Goldornat auf den Epauletten eilte herbei.

»Willkommen an Bord der OSTANES, Commodore. Es ist mir eine Ehre, Sie hier begrüßen zu dürfen.«

Petrakos grinste. Er mochte es, wenn man ihn Commodore nannte.

»Danke, Käpt'n Irenäus. Haben Sie alles vorbereitet, wie ich es angeordnet habe?«

»Selbstverständlich, Commodore. Die Mannschaft ist bereit und instruiert. Ich …« Der Kapitän stockte, als er die übrigen Passagiere aus dem Hubschrauber steigen sah. Neben Giorgius waren dies Walter Lucas mit seinem Handlanger Stuart sowie Lo Pan und sein Enkel Lo Pei. Als Letzter kletterte Sir William Rutherford etwas unsicher heraus.

»Das sind meine Gäste. Gehen Sie jetzt wieder auf die Brücke und setzen Sie den Kurs, den ich Ihnen mitgeteilt habe.«

»Sofort, Commodore.« Der Mann eilte pflichtbewusst sofort von dannen, während sich die Crewmitglieder um den Hubschrauber kümmerten und ihn in den kleinen Hangar beförderten.

»Ein sehr eindrucksvolles Schiff haben Sie hier, Chrístos«, sagte Walter Lucas, der ohne seinen Gehstock hoch aufgerichtet dastand und die Arme in die Seite stemmte.

»Oh ja, das ist es, Walter.«

»Sehr beeindruckend, Ihre Organisation, Herr Petrakos«, lobte ihn Lo Pan. »Sie scheinen an alles gedacht zu haben.«

»Es scheint nicht nur so. Dieses Schiff ist für alle Eventualitäten ausgerüstet.«

»Gut, sehr gut«, kicherte der alte Mann.

»Rutherford, begeben Sie sich mit meinem Bruder auf die Brücke, um sicherzugehen, dass der Kapitän sich auch an den vorgegebenen Kurs hält.«

Der Engländer warf ihm einen wenig begeisterten Blick zu, sagte aber nichts und ging mit Giorgius zur Treppe, die hoch zur Brücke führte.

Chrístos führte die anderen in einen großen Raum, der sonst als Offiziersmesse genutzt wurde, nun aber auf sein Geheiß hin nur für ihn zur Verfügung stand. Auf einem der Tische war ein kleines Büfett aufgebaut.

»Wie lange werden wir bis zu unserem Ziel brauchen?«, fragte Walter Lucas.

»Nur ein paar Stunden. Wir werden bald die Säulen des Herakles durchfahren. So lange lehnen Sie sich zurück und genießen die Fahrt.« Chrístos griff sich ein paar Weintrauben.

◎

Auf Befehl von Onassis drosselte die Jacht in Sichtweite der Küste ihre Geschwindigkeit. Mit dem Fernglas konnte Max eine breite Flussmündung erkennen, auf die sie nun zuhielten.

»Das ist der Guadalquivir, einer der größten Flüsse Spaniens. Er ist breit genug, damit wir ihn befahren können. Wenn wir seinem Lauf folgen würden, brächte er uns bis nach Sevilla.«

»So weit müssen wir gar nicht«, brummte Crichton, der eine Landkarte ausgebreitet in beiden Händen hielt. »Wir müssen nur bis zur ersten Biegung, von dort führt ein Nebenarm in die Doñana.«

»Den müssen Sie mit dem Motorboot befahren, wir werden so lange vor Anker gehen«, sagte Onassis. Er sah besorgt aus.

»Alles in Ordnung?«, fragte Max.

»Ja. Ich musste nur daran denken, was das letzte Mal passiert ist, als ich mit euch einen Fluss befahren habe.«

»Oh, richtig.« Max erinnerte sich daran, wie sie vor acht Jahren in Georgien auf dem Rioni gefahren waren und bei einem Angriff der alte Fischkutter des Kapitäns versenkt worden war. »Aber keine Sorge, das passiert kein zweites Mal.«

»Hoffen wir es.«

Aber Max behielt recht. Sie erreichten die Flussmündung und folgten dem Lauf bis zur ersten großen Biegung, wo sich gleich mehrere Nebenarme abzweigten.

»Lasst die Motorboote zu Wasser«, befahl Onassis der Crew. »Und die Taucher sollen sich mit ihrer Ausrüstung dorthin begeben.«

Die Ostanes machte gute Fahrt. Sie erreichten die Straße von Gibraltar schon eine Stunde, nachdem sie an Bord gekommen waren. Die Säulen des Herakles, wie Platon und seine Zeitgenossen die Meerenge nannten, wo sich der nördlichste Zipfel Spaniens und die marokkanische Küstenlinie bis auf vierzehn Kilometer annäherten, waren schnell hinter ihnen verschwunden, als die Ostanes den Kurs auf die Costa de Luz setzte.

Chrístos hatte sich auf die Brücke begeben, wo sich Rutherford und Giorgius an den Kartentisch gesetzt hatten und über dem Manuskripttext grübelten.

»Habt ihr endlich ein genaues Ziel herausgefunden?«

»Leider nein. Ich vermute, eine genauere Angabe befindet sich ausgerechnet auf den herausgerissenen Seiten«, antwortete sein Bruder. »Aber auch ohne sind die Angaben genau genug.«

»Das sehe ich anders«, meldete sich der Engländer. »Wir können so nur vermuten, wo sich Tartessos befunden haben mag. Aber das haben andere vor uns auch schon getan. Und die haben Jahrzehnte vergeblich gesucht.«

»Was sagst du dazu?« Chrístos sah seinen Bruder prüfend an. Der zeigte ein leichtes Schmunzeln.

»Ich stimme Sir William zu. Aber ich habe noch einen Trumpf dabei.« Giorgius nahm eine große Papprolle, die er neben dem Tisch stehen hatt,e und zog daraus eine Karte hervor. Diese rollte er auf dem Tisch aus. Mit Genugtuung sah er erst den Engländer an, dem der Mund vor Staunen offen stand, und dann ihn.

»Ist es das, wofür ich es halte?«, murmelte Rutherford.

»Eine Karte von Ptolemäus, genau.«

»Etwa ein Original? Woher haben Sie das?«

»Vergessen Sie nicht, ich bin Direktor des archäologischen Nationalmuseums in Athen. Ich habe gute Kontakte weltweit. Dies ist eine Leihgabe aus dem British Museum.«

»Was soll uns diese alte Karte denn helfen?« Chrístos musterte die rudimentäre Darstellung abfällig. »Kein Land und kein Kontinent ist korrekt wiedergegeben.«

»Ptolemäus hat diese Karte circa im Jahr 200 gezeichnet. Dafür ist sie erstaunlich akkurat gelungen«, sagte sein Bruder ruhig. »Ägypten, wo er gelebt hat, ist natürlich besonders stimmig, aber auch Griechenland. Aber für uns wichtig ist die Küste von Iberien, also des heutigen Spaniens.« Giorgius tippte auf die Karte. »Hier sind die Säulen des Herakles, eine perfekte Landmarke und nahezu perfekt dargestellt. Daran können wir uns orientieren. Und hier vorne, in Andalusien ...« Die Spitze des Zeigefingers zeigte auf eine kleine Insel oder besser gesagt eine Landmasse, die wie ein Dreieck aus der Küste Spaniens herausgeschnitten schien. Zwei Flüsse umschlossen das Terrain und trennten es vom Festland.

»Was soll das sein?«

»Das, mein liebster Bruder, ist Tartessos!«

»Unglaublich«, stammelte Rutherford. »Da steht sogar der Name der Stadt auf der Karte.«

»Tarsis, exakt. Aber der Name meint nicht die Stadt, sondern diese ganze kleine Insel.«

»Diese Karte hätten Sie mir schon früher zeigen müssen.«

»Ich wollte sie lieber für einen passenden Moment aufheben.«

»Und du bist überzeugt davon, dass diese Angaben stimmen?« Chrístos blickte skeptisch auf die alte Landkarte.

»Schau dir nur an, wie falsch die Darstellung der Straße von Gibraltar ist, die Nähe von Afrika zu Europa und ...«

»Das mag alles sein, aber du vergisst einen sehr wichtigen Punkt. Viele Länder haben damals Handel mit Tartessos betrieben. Sie kamen nahezu aus der gesamten bekannten Welt dorthin. Aus dem Orient, aus Griechenland, aus Phönizien und Ägypten. Die Position der Insel stimmt mit Sicherheit.«

»Ach wirklich? Und wie erklärst du die Tatsache, dass es diese verdammte Insel gar nicht mehr gibt?«

»Sie verschwand innerhalb eines Tages und einer unglückseligen Nacht – so hat Platon den Untergang von Atlantis beschrieben«, sinnierte der Engländer und starrte auf die Karte vor sich. Dann stand er auf und stellte sich an eine der aktuellen Seekarten, die an der Wand befestigt waren. Dort zeigte er auf die Region, die sie gerade befuhren. »Wenn wir davon ausgehen, dass die Lage von Tartessos stimmt, gibt es nur eine Möglichkeit, wo wir suchen müssen.« Rutherford tippte auf eine Flussmündung.

Giorgius nickte zustimmend. »Der Guadalquivir. Ich nehme an, er ist einer der beiden Flüsse, die Tartessos vom Festland trennten.«

»Höchstwahrscheinlich der rechte, weil sich links von der Flussmündung schon die Doñana befindet. Ein riesiges Moorland.« Rutherford wandte sich von der Karte ab. »Haben Sie Tauchausrüstungen an Bord?«

»Wie ich schon sagte, dieses Schiff ist für alle Eventualitäten ausgerüstet.«

Ein lautes Signalgeräusch ließ sie alle zu den Instrumenten der OSTANES herumwirbeln.

»Was bedeutet das?«

»Wir haben ein anderes Schiff vor uns«, antwortete Kapitän Irenäus ruhig. »Das Sonar hat es erfasst. Kein Grund zur Besorgnis.«

»Können Sie sagen, wo es hinfährt?«

»Es hält Kurs auf die Mündung des Guadalquivir.« Der Kapitän nahm ein Fernglas in die Hand und blickte damit auf die offene See. »Da hinten ist es.«

»Geben Sie her.« Chrístos entriss dem Kapitän das Fernglas. Erst konnte er nichts sehen, aber dann fand er das andere Schiff. Es war eine wunderschöne Jacht. Auf dem Heck stand TULYA, aber es war eindeutig die PANAZEE. Seine alte Jacht. »Onassis«, knurrte er und fletschte die Zähne.

Zwei Motorboote waren zu Wasser gelassen worden. Die beiden Dingis waren einfache Plankenboote ohne sonderliche Ausstattung. Sie verfügten über einen Außenbordmotor und zusätzlich gab es je zwei Riemen, um den Antrieb auch mit Muskelkraft zu gewährleisten. Auf jedem der Boote war Platz für drei Personen plus Ausrüstung. Jody kletterte die Bordwand hinab und stieg in das vordere Boot, in dem bereits ein Taucher aus der Crew auf sie wartete. Max folgte ihr. Auch wenn er nicht mit am Tauchgang teilnehmen würde, wollte er doch zumindest so dicht am Geschehen wie möglich sein. Das galt auch für Goya, der sich allen Protesten von Claudette zum Trotz in das zweite Motorboot begab. Er behauptete, ein erfahrener Taucher zu sein, und wollte auf jeden Fall dabei sein. Zumindest anhand seiner Ausrüstung glaubte Max es ihm sofort, dass er dies nicht zum ersten Mal machte. Mit ihm im Dingi waren ein weiterer Taucher sowie ein Matrose, der für die Sicherung und die Bedienung des Funkgeräts zuständig war.

»Also fahrt los und meldet euch über Funk, sobald ihr mit dem Tauchgang beginnt«, rief Onassis ihnen noch von Bord zu.

»Passt auf euch auf«, fügte Crichton hinzu und winkte ihnen über die Reling hinweg zu.

Die Außenbordmotoren wurden gestartet und sofort jagten sie mit hoher Geschwindigkeit über den Fluss in den Nebenarm hinein. Sie legten schnell einen großen Abstand zwischen sich und die Jacht, die bald aus ihrem Sichtfeld verschwunden war. Der Nebenarm, auf dem sie sich befanden, wurde immer schmaler, Der Bewuchs von beiden Seiten nahm zu und doch war schnell klar, dass es sich nicht um ein Ufer im herkömmlichen Sinn handelte. Es war eine Art Morast. Sumpfiger Boden, der mit hohen Gräsern bewachsen war und eine weite Sicht verhinderte. Sie mussten ihr Tempo drosseln.

»Könnt ihr unsere Position bestimmen?«, rief Goya ihnen aus dem zweiten Boot aus zu.

»So in etwa«, gab Max zurück und sah auf die Karten, die er vom Professor und Onassis mitbekommen hatte. Ihr Plan sah vor, so weit wie möglich in das Zentrum der Doñana vorzudringen. Dort würden Jody und die anderen einen ersten Tauchgang wagen. Sollte Tartessos wirklich existiert haben und so riesig gewesen sein, wie die alten Legenden besagten, mussten sie sich direkt über den Ruinen befinden. Nur, dass diese nicht nur unter Wasser waren, sondern auch noch unter Tonnen von Schlick und

Sedimenten begraben. Die Flüsse und Seen, die es im Coto de Doñana gab, waren teilweise bis zu zwanzig Meter tief. Max konnte sich nicht vorstellen, dass die Tauchgänge zum Erfolg führen würden, hatte aber auch keine bessere Idee. Ein Schwarm Enten stob auf, als sie mit ihrem Boot dicht am Schilf entlangfuhren.

»Mmh, Abendessen«, lachte einer der beiden Taucher in ihrem Boot. »Zu schade, dass ich mein Gewehr nicht dabei habe.«

Sie schreckten noch weitere Vögel auf. Neben mehreren Entenarten waren darunter auch Graugänse und Kormorane.

»Meine Güte, ist hier aber viel Federvieh unterwegs«, staunte Max.

»Alles Zugvögel, die auf ihrem Weg nach Afrika hier Rast machen«, erklärte Goya ihm. Ihre Boote fuhren jetzt gleichauf sehr langsam durch den immer dichter werdenden schmalen Wasserlauf.

Ein lauter Schrei, der hoch vom Himmel kam, ließ sie die Köpfe in den Nacken legen. Max sah einen Vogel mit gewaltigen Schwingen über ihnen kreisen.

»Ein spanischer Kaiseradler. Der ist verdammt selten.« Goya schirmte seine Augen vor der Sonne ab. »Das muss ein gutes Zeichen sein, dass wir ihn sehen.«

»Hoffen wir es«, meinte Max und sah wieder auf die Karte. »Es sollte jetzt auch nicht mehr weit sein, bis wir unser Ziel erreichen.«

Aus der Ferne war ein lautes Geräusch zu vernehmen. Der Adler, der über ihnen kreiste, drehte ab und suchte das Weite.

»Ein Hubschrauber«, sagte Jody und zeigte auf den

silberglänzenden Rumpf der Maschine, die in einiger Entfernung an ihnen vorbeiflog.

»Sieht aus, als würde der etwas suchen.«

»Wie kommst du denn darauf?«

»Er scheint mir ziemlich langsam zu fliegen.«

»Zerbrecht euch darüber nicht den Kopf. Hauptsache, er macht uns keine Probleme«, sagte Goya.

Max sah dem Helikopter hinterher, der seine Fluggeschwindigkeit erhöhte und schnell außer Sicht war.

An Bord der Jacht hatte sich Professor Crichton wieder in den Salon begeben und studierte abermals die Seiten, die er aus dem Voynich-Manuskript gerissen hatte. Dank der Fotografien, die Goya von den Notizen von de Jaucourt gemacht hatte, war es ihm gelungen, einen großen Teil der Texte zu dechiffrieren, aber noch nicht komplett. Und von dem, was er entschlüsselte, ergab auch nicht alles einen Sinn.

»Du siehst immer noch aus wie früher, wenn du am Grübeln bist.«

Crichton hob den Kopf und sah zu Claudette, die lautlos in den Salon gekommen war und ihn amüsiert betrachtete.

»Manche Dinge ändern sich eben nie.«

»So scheint es.« Die Französin setzte sich auf die andere Seite des Sofas. »Was sagt deine Frau dazu, dass du dich in deinem Alter immer noch in der Weltgeschichte herumtreibst?«

»Irene ist schon vor vielen Jahren gestorben.«

»Das tut mir leid für dich – ehrlich«, fügte Claudette hinzu.

»Danke.«

»Sie muss was ganz Besonderes gewesen sein. Immerhin hast du sie mir damals vorgezogen.«

»Claudette, ich …«

»Sei still, Frederick! Du wirst dir jetzt anhören, was ich zu sagen habe. Weißt du überhaupt, wie sehr du mich damals verletzt hast? Ich wäre dir überall hin gefolgt, hätte alles für dich getan und was machst du? Lässt mich einfach ohne ein Wort des Abschieds in Paris zurück!«

»Ich habe dir einen Brief geschrieben, um …«

»Die paar mickrigen Zeilen nennst du einen Brief? Für mich war es nichts weiter als ein mieser Versuch von dir, sich herauszulavieren.«

»Ich war damals schon verheiratet, Claudette. Und Irene war mit unserer Tochter schwanger.«

»Das hat dich nicht davon abgehalten, mit mir das Bett zu teilen«, sagte Claudette schnippisch. Sie sah ihn prüfend an. »Hast du es ihr je erzählt, Frederick? Das mit uns? Oder warst du auch dafür zu feige?«

»Ich … « Er stockte.

»Wusste ich es doch, du hast einfach kein Rückgrat!« Die Französin verzog verächtlich das Gesicht und stand wieder auf.

»Ich habe es ihr erzählt, Jahre später.« Er stand ebenfalls auf. »Wir hatten uns gestritten – wieder einmal, da habe ich es ihr gesagt.«

Claudette sah ihn an. »Und, fühltest du dich danach besser? Als du dein Gewissen erleichtert hast? Hast du ihr auch erzählt, dass du mir das Herz gebrochen hast?«

»Nein. Sie starb zwei Tage nach meinem Geständnis«,

antwortete er leise. »Sie hatte eine Überdosis Schlafmittel geschluckt.« Er unterdrückte eine Träne. »Meine Tochter Catherine hat nie erfahren, warum ihre Mutter das getan hat. Aber sie entfremdete sich von mir und Jahre später wandte sie sich gegen mich. Sie war sogar bereit gewesen, mich zu töten. Stattdessen starb sie in meinen Armen.« Jetzt konnte er die Tränen nicht mehr zurückhalten und verbarg sein Gesicht in seinen Händen, als die Erinnerung an Catherines Tod in Labrador wieder zurückkehrte. Ike, der die ganze Zeit neben ihm auf dem Sofa gelegen hatte, sprang auf und rieb seinen Kopf an seinem Bein. Plötzlich spürte er, wie sich eine Hand auf seine Schulter legte.

»Ich hätte es nie für möglich gehalten, dass ich dich noch einmal wiedersehe, Frederick – und dass ich dann sogar Mitleid mit dir haben würde. Du bist ein armer, alter und einsamer Mann.«

»Das mit dem alt stimmt, aber ich bin nicht einsam.« Er wischte sich die Tränen aus den Augen. »Max und Jody wohnen bei mir. Und der hier ist ja auch noch da.« Er streichelte Ike über den Kopf.

»Bist du glücklich?«

Er dachte einen Moment über die Frage nach und nickte dann.

»Ja, ich denke, das bin ich. Was ist mit dir?«

»Oh, bis vor wenigen Tagen war ich es. Zwischen Goya und mir war alles perfekt. Ich dachte, er hätte sein Leben als Dieb hinter sich gelassen. Doch dann wurde er angeschossen und halb tot aus der Seine gefischt. Und kurz darauf tauchst du wieder in Paris auf und jetzt bin ich auf der Flucht und weiß nicht, ob ich jemals wieder in mein Zuhause und mein altes Leben zurückkehren kann.«

»Ich verspreche dir, ich werde alles in meiner Macht

Stehende tun, damit du wieder in dein glückliches Leben zurückkehren kannst.« Er umfasste ihre Hand sanft.

»Versprich mir nichts, was du nicht halten kannst, Frederick. Nicht noch einmal.« Claudette zog ihre Hand fort und drehte sich um. Mit schnellen Schritten verließ sie den Salon.

EINUNDDREISSIG
SUCHE
ATHEN, ZUR GLEICHEN ZEIT

GEMEINSAM MIT HEINRICH BLUM begab sich Joe gleich nach der Landung in Athen auf den Weg zum Archäologischen Nationalmuseum. Es war die einzige Idee, die er hatte, und da auch sein deutscher Begleiter keinen besseren Vorschlag vorbrachte, beschloss er, sein Glück dort zu versuchen, wo Giorgius Petrakos als Direktor wirkte. Vor dem Abflug in Paris hatte er noch Dekan Harris informiert, dass sich der Professor, Max und Jody nicht mehr in Frankreich befanden und er jetzt sein Glück in Athen versuchen wollte.

Mit dem, was Joe für die Tickets für sich und Blum bezahlen musste, war auch sein gesamtes Budget, das er vom College gestellt bekommen hatte, aufgebraucht. Doch über solche Dinge zerbrach er sich jetzt nicht den Kopf, als sie die Stufen zum Eingang des Museums emporstiegen.

»Am besten wird sein, wenn Sie mich reden lassen«, meinte Blum zu ihm, als sie sich zu einer Mitarbeiterin des Museums begaben.

»Warum?«

»Hören Sie gleich«, grinste ihn der Deutsche an, der jetzt tatsächlich wieder wie ein Mensch aussah, nachdem er sich die Haare geschnitten und den Bart abrasiert hatte. Ziemlich schief, aber alles war besser als vorher. Nur einen Schnurrbart hatte er sich stehen lassen, wie früher. Dazu trug er jetzt einen grauen Anzug, der ihm eine Nummer zu groß war und um seinen ausgemergelten Körper flatterte.

Er sprach die Museumsangestellte auf Griechisch an. Joe zog eine Augenbraue hoch. Blum lächelte leicht und redete weiter mit der Frau. Doch nach zwei weiteren Sätzen nickte der Deutsche der Frau zu und verabschiedete sich.

»Was ist los?«, wollte Joe wissen, als die Frau sie einfach stehen ließ.

»Sie sagt, der Direktor ist nicht hier.«

»Weiß sie, wo er sich aufhält?«

Blum schüttelte den Kopf.

»Nein. Nur dass er mit seinem Bruder unterwegs ist – per Schiff. Sie sind vor zwei Tagen aufgebrochen.«

»Ihr Ernst? Wie sollen wir sie dann jemals finden?« Joe ließ resigniert die Schultern hängen. »Verdammt.«

»Nur die Ruhe. Ich habe eine Idee.«

»Was für eine?«

»Nun, Ihre Freunde sind ebenfalls auf einem Schiff. Vermutlich auf dem Weg nach Athen.«

»Vermutlich«, wiederholte Joe. »Aber was hilft uns das? Ich kann hier nicht untätig rumsitzen und darauf warten, dass sie möglicherweise hier auftauchen.«

»Müssen Sie auch gar nicht. Sie haben mir erzählt, dass Falkenburg auf der Suche nach Atlantis ist. Und Petrakos und Lo Pan haben anscheinend dasselbe Ziel wie Ihre Freunde. Und sie sind mit dem Schiff weggefahren.«

»Sie meinen, die Petrakos-Brüder fahren ihnen entgegen?«

Heinrich Blum nickte.

»Oder sie möchten an derselben Stelle nach Atlantis suchen. Und es gibt einen markanten Punkt, der dafür infrage kommt.« Der Deutsche sah ihn prüfend an.

Joe rekapitulierte in Gedanken kurz, was ihm über die Atlantis-Sage bekannt war und worüber er mit den anderen im Krankenhaus in New York gesprochen hatte. Es gab etliche Orte, die sie aufgezählt hatten. Sehr viele im Mittelmeerraum, aber auch darüber hinaus. Aber die Hauptlage, die immer als Erstes genannt wurde, wenn von Atlantis die Rede war, stammte von Platon.

Also sagte er: »Die Säulen des Herakles.«

»Sie haben einen klugen Kopf auf Ihren imposanten Schultern sitzen«, zollte Blum ihm zustimmend nickend Respekt. »Ich würde vorschlagen, wir begeben uns dorthin. Um genau zu sein, nach Cádiz, dort haben wir die besten Chancen, es gibt einen großen Hafen. Selbst wenn wir uns irren sollten, haben wir sehr wahrscheinlich die Möglichkeit, zeitgleich mit dem Schiff, auf dem Ihre Freunde sind, die Straße von Gibraltar zu erreichen.«

ZWEIUNDDREISSIG
TORPEDOS

DER HUBSCHRAUBER SETZTE WIEDER auf dem Landedeck der OSTANES auf. Chrístos begab sich sofort auf die Brücke, wo die anderen ihn bereits ungeduldig erwarteten.

»Was haben Sie gesehen?«, wollte Walter Lucas wissen.

»Ich habe jemanden gesehen, den ich am liebsten vergessen hätte. Max Falkenburg! Warum hat mir niemand erzählt, dass er in diese Sache involviert ist?«

»Falkenburg? Sind Sie sicher?«, fragte Lucas und wirkte dabei ehrlich überrascht. »Davon wusste ich nichts.«

»Aber ich«, meldete sich Lo Pan zu Wort. »Aber was macht das schon für einen Unterschied?«

»Dieser Kerl ist mir schon einmal in die Quere gekommen. Es war ein großer Rückschlag damals, Sie erinnern sich sicher, Walter.«

»Natürlich. Wie könnte ich das vergessen? Sie haben nicht zufällig auch diesen verdammten Nigger gesehen, mit dem er sich immer abgibt?«

»Nein, den nicht. Aber dafür jemand anderen, von dem

ich eigentlich dachte, er würde tot in der Seine schwimmen.« Er sah Lo Pan an. »Oder wussten Sie etwa auch, dass Goya noch lebt?«

»Nein. Aber es klingt für mich danach, als ob wir vielleicht doch ernsthafte Konkurrenz bekommen haben.«

»Ja, das sind sie ... aber nicht mehr lange. Wir werden sie auf der Stelle ausschalten.« Chrístos rief seinen Kapitän zu sich. »Geben Sie dem Tauchtrupp Bescheid. Sie sollen sich um die zwei Motorboote kümmern, die in der Doñana herumfahren. Und wir werden uns gleich diesem verfluchten Onassis annehmen und der Jacht, die er mir damals abgeluchst hat.«

Es dauerte nur wenig mehr als zehn Minuten, bis der Hubschrauber erneut abhob, diesmal mit einer bestens ausgerüsteten Eliteeinheit an Bord. Kaum war der Helikopter auf dem Weg, als er auch schon den nächsten Schritt seines Plans einleitete.

»Jetzt müssen wir nur noch warten, bis unser Opfer zu uns kommt«, grinste er maliziös.

◎

»Ach, hier sind Sie.«

Crichton sah von seinen Unterlagen auf, als Aléxandros Onassis auf ihn zukam. »Haben Sie Nachricht von den anderen erhalten?«

»Ja, gerade eben. Sie haben eine vielversprechende Stelle gefunden und starten jetzt den ersten Tauchgang.«

»Hm.«

»Klingt nicht sehr begeistert.«

»Doch, doch, schon. Es ist nur ... ich bin mir gar nicht

mehr so sicher, ob wir wirklich an der richtigen Stelle suchen.«

»Sie waren sich doch sicher, dass Tartessos hier gelegen hat.«

»Das war es wohl auch. Aber ich glaube nicht mehr zu hundert Prozent, dass Tartessos der Ort ist, den wir suchen. Vielleicht waren Tarsis und Tartessos doch unterschiedliche Städte.«

»Woher dieser plötzliche Sinneswandel?«, fragte Onassis.

Crichton lächelte. »Ich würde es eher das Erkennen eines Fehlers nennen. Ein grundlegender Fehler, den heutige Forscher, also auch ich, immer machen, ist der, davon auszugehen, dass die Menschen damals jeweils von den gleichen Grundbedingungen wie wir ausgegangen sind.«

»Ich fürchte, das müssen Sie mir genauer erklären.«

»Ein ganz einfaches Beispiel. Heute ist es für uns selbstverständlich, dass die Landkarten nach Norden ausgerichtet sind, zumindest in unserem Kulturkreis. Tatsächlich ist dies aber erst seit dem 19. Jahrhundert der Standard.«

Onassis nickte zustimmend.

»Mit diesem Thema kenne ich mich tatsächlich gut aus. Früher, also im Mittelalter, waren Karten oft geostet, nach dem Orient ausgerichtet. Daher der Ausdruck orientieren.«

»Korrekt. Und noch früher wurden Karten auch nach Süden hin ausgerichtet, manchmal auch nach völlig anderen Gesichtspunkten, wie bestimmten Orten oder Landmarken.«

»Sie meinen also, wir könnten hier auf dem völlig falschen Ende suchen?«

»Das meine ich, ja. Ich glaube, wir rufen unsere Taucher

lieber wieder zurück an Bord und beratschlagen dann, wo wir genau hinmüssen. Ich würde vorschlagen …«

»Der Kapitän auf die Brücke!«, dröhnte plötzlich aus den Lautsprechern.

Onassis rannte sofort los. Crichton überlegte nicht lange und folgte ihm.

»Was ist los?«, fragte der Grieche, als sie auf dem Kommandostand ankamen.

»Wir empfangen ein SOS«, antwortete sein Erster Offizier und deutete auf das Radar. Dort leuchtete ein Punkt vor der Küste auf. »Ein griechisches Passagierschiff, es ist am Sinken!«

»Verdammt. Anker einholen, wir fahren sofort hin.«

»Aye, aye, Käpt'n.«

»Was ist mit unseren Tauchern?«, fragte Crichton.

»Die können warten. Die Rettung Schiffbrüchiger hat Vorrang«, gab Onassis unmissverständlich zurück. Als der Anker eingeholt war, machte sich die TULYA auf den Weg, den Fluss wieder zurück zum Atlantik zu folgen.

»Sie kommen«, sagte Kapitän Irenäus und machte dabei ein Gesicht, das verdeutlichte, dass es ihm gar nicht gefiel, ein Schiffsunglück vorspielen zu müssen. Aber das war Chrístos egal.

»Sehr gut.« Er grinste und wandte sich zu Lo Pan und den anderen um, die immer noch auf der Brücke waren. »Jetzt passen Sie gut auf, was dieses Schiff alles kann! Käpt'n, lassen Sie die Torpedos bereitmachen!«

Irenäus zögerte.

»Sir, wollen Sie wirklich …?«

»Stellen Sie etwa meinen Befehl infrage?« Er blickte den Mann in der prächtigen Uniform bedrohlich an.

»Nein, Sir. Natürlich nicht.« Er griff sich das Sprechgerät des Bordfunks. »Torpedos klarmachen!«

Max sah Jody hinterher, als die im trüben Wasser verschwand und nur noch einige letzte Luftbläschen von ihr an die Oberfläche kamen. Er wartete alleine in dem Motorboot. Neben ihm war das zweite Boot, in dem auch nur noch ein Mann saß, der das Funkgerät bediente und damit Kontakt zur Tauchgruppe um Jody und Goya hielt. Der sah zu ihm rüber und zeigte mit dem Daumen der rechten Hand nach oben. Max nickte ihm zu. In der Ferne glaubte er, wieder einen Hubschrauber zu hören.

Als sie mit dem Schiff aus dem Fluss wieder in das offene Meer fuhren, konnte Crichton das in Seenot geratene Schiff schon am Horizont sehen. Onassis nahm sich ein Fernglas und beobachtete es.

»Was sagen sie?«, fragte er seinen Funker, der mit dem havarierten Schiff in Kontakt stand.

»Schwerer Maschinenschaden und Wassereinbruch. Die Besatzung ist mit der Leckabwehr beschäftigt, aber es sieht nicht gut aus.«

»Wie viele Passagiere sind an Bord?«

Der Funker gab die Frage weiter und wartete eine Antwort ab. Im selben Moment kamen Tulya und Claudette auf die Brücke.

»Was ist los? Warum fahren wir aufs Meer hinaus?«, wollte die Ehefrau des Kapitäns wissen.

»Wir haben einen Notruf empfangen. Es ist unsere Pflicht zu helfen«, erwiderte Onassis, ohne das Fernglas abzusetzen.

»Fünfzig Passagiere an Bord«, meldete der Funker.

»Verdammt, das wird gleich eng hier an Bord. Geben Sie unserer Besatzung Bescheid, sie soll sich bereitmachen für die Rettung.«

Die Jacht fuhr jetzt mit Höchstgeschwindigkeit auf ihr Ziel zu und das gewann rasch an Größe hinzu, je näher sie kamen.

»Imposantes Schiff«, sagte Crichton. »Es liegt völlig ruhig da.«

»Der Eindruck kann manchmal täuschen. Bis ein Schiff dieser Größe versinkt, kann es ein paar Stunden dauern.« Onassis setzte das Fernglas ab.

»Wie heißt das Schiff?«, wollte Tulya wissen.

»OSTANES«, antwortete der Funker sofort.

»Wie bitte?« Crichton blickte den Mann am Funkgerät entsetzt an. »Sofort abdrehen, das ist eine Falle!«

Aléxandros Onassis sah ihn verwirrt an.

»Wie kommen Sie denn darauf?«

»Ostanes ist der Name eines Alchemisten aus der Antike. Er gilt als derjenige, der nach Hermes den größten Einfluss auf die Lehren der Alchemie hatte.«

»Wir können nicht einfach umdrehen. Wenn das Schiff wirklich in Seenot ist, dann ...«

»Ist es nicht, glauben Sie mir!« Crichton sah den Griechen eindringlich an. »Lassen Sie uns umdrehen, solange wir noch können.«

Onassis sah ratlos zu seiner Frau, die ihn besorgt

anblickte und sich mit beiden Händen über den mächtigen Bauch strich.

»Käpt'n! Da tut sich was!« Der Steuermann, der ebenfalls ein Fernglas in der Hand hielt, deutete auf die OSTANES.

Sofort blickte auch Onassis wieder durch sein Fernrohr.

»Was um alles in der Welt ...?« Er wurde blass und sah zu seinem Steuermann. »Abdrehen! Sofort abdrehen!« Dann schlug er mit der rechten Hand auf einen roten Knopf im Kommandostand und eine ohrenbetäubende Warnsirene erscholl.

Der Steuermann riss ruckartig das Ruder zur Seite und die Jacht bäumte sich auf den Wellen auf wie ein Wildpferd. Crichton taumelte ein paar Schritte zur Seite. In seinen Ohren hallte das Wort wider, das Onassis über die Brücke brüllte.

»Torpedo!«

◉

Chrístos Petrakos blickte amüsiert auf seine ehemalige Jacht, die sich mit hoher Geschwindigkeit näherte. Er hörte den Funkverkehr mit, den sein Funker mit seinem Pendant an Bord des anderen Schiffes hielt.

»Torpedos klar zum Abschuss«, meldete ihm sein Kapitän leise.

»Gut. Warten wir noch einen kleinen Augenblick, bis sie so nahe herangekommen sind, dass eine Flucht unmöglich ist.« Er drehte sich zu Lo Pan und Walter Lucas um. »Gefällt Ihnen das Schauspiel?«

Der Chinese lächelte ihn an.

»Mir gefällt die Art, wie Sie die Dinge handhaben, Herr Petrakos. Gnadenlos und effizient.«

»Sir, die Reichweite wäre jetzt optimal für einen Torpedoeinsatz«, meldete Kapitän Irenäus.

»Gut. Feuern Sie.«

Der Kapitän gab den Befehl zum Abschuss. Chrístos sah aus dem Fenster auf das Deck hinab, wo sich nahe der Steuerbordseite die Planken beiseiteschoben und eine Vorrichtung von drei Rohren, die wie ein Dreieck angeordnete waren – zwei nebeneinander und das dritte Rohr daraufliegend –, aus dem Bauch des Schiffes nach oben gefahren wurde. Zwei Besatzungsmitglieder eilten herbei und richteten die circa fünf Meter lange Abschussvorrichtung per Muskelkraft auf das Ziel aus. Dann gab es nur einen moderaten Knall, als aus dem oberen Rohr ein Torpedo mittels Druckluft ausgestoßen wurde. Die gefürchtete Waffe flog über die Reling und tauchte ins Wasser ein, wo sofort die mit Gas betriebenen Propeller den Torpedo beschleunigten.

»Sie drehen ab«, rief Walter Lucas und deutete auf die Jacht, die gerade ein wildes Wendemanöver vollführte. Der abgeschossene Torpedo würde wohl sein Ziel verfehlen.

»Oh, dieser verfluchte Onassis will also spielen«, stellte Petrakos mit einer gewissen Genugtuung fest. Es brachte viel mehr Spaß, die Beute erst zu jagen und dann zu erlegen, als sie einfach so zu erledigen. »Folgen Sie dem Schiff. Es darf nicht entkommen!«

»Diese verfluchten Bastarde«, schimpfte Onassis. »Wie verkommen muss man sein, um Seenot vorzugaukeln und dann Torpedos auf uns zu schießen?«

»Das sollten wir später besprechen«, gab Crichton zurück und blickte besorgt zur OSTANES, die nun wieder Fahrt aufnahm und ihnen folgte. »Haben Sie irgendwelche Waffen zur Verteidigung an Bord?«

»Nein. Nur ein paar Pistolen und Gewehre, aber nichts, um es mit solchen Waffen aufzunehmen.«

»Der Torpedo hat uns verfehlt«, rief der Funker, der ans Sonar gewechselt war, erleichtert über die Brücke.

»Das war der erste, die werden uns bestimmt gleich den nächsten hinterherjagen.«

Ehe Onassis seinen Satz beendet hatte, sah Crichton, wie ein zweiter Torpedo vom Deck der OSTANES abgeschossen wurde. Der längliche Zylinder flog nur ein kurzes Stück durch die Luft und verschwand dann sofort unter der Wasseroberfläche.

»Hart Backbord«, befahl der Grieche, der es ebenfalls gesehen hatte.

Die Jacht wurde ein Stück in die Höhe gehoben, als sie gegen die Wellen ansteuerte. Als der Bug sich wieder senkte und sie den kleinen Wellenkamm hinunterglitten, gab es einen dumpfen Schlag gegen das Heck. Einen Wimpernschlag später folgte die Detonation.

»Treffer!«, meldete sein Kapitän ihm das Offensichtliche. Die Explosion war nicht zu übersehen, auch wenn sie unter Wasser stattgefunden hatte. Eine Fontäne schoss am Heck seines einstmaligen Schiffes in die Höhe, dann quollen schwarze Rauchschwaden aus dem aufgerissenen Hinterteil der Jacht. »Sieht so aus, als ob wir die Schiffsschraube erwischt haben. Die sind manövrierunfähig.«

»Gut, dann geben wir ihnen jetzt den Rest«, befahl Chrístos. »Und verhindern Sie, dass sie ein Notrufsignal absetzen!«

»Der Störsender ist schon aktiv. Aber wir fahren noch etwas näher heran, um sicherzugehen. Außerdem können wir so den nächsten Torpedo direkt mittschiffs einschlagen lassen.«

Chrístos nickte zufrieden.

»Ich will, dass niemand dieses Schiff lebend verlässt.«

◎

Es war bereits acht Minuten her, seit Jody und die anderen in dem trüben Wasser untergetaucht waren. Aber der Funkkontakt war stabil, der Grieche auf dem Nachbarboot redete zumindest beinahe unentwegt mit den Tauchern. Trotzdem spürte Max, wie er immer unruhiger wurde. Einfach nur untätig herumzusitzen und nichts tun zu können, behagte ihm nicht. Er drehte den Kopf und nahm die Landschaft um sich herum in Augenschein. Die Sonne stand hoch am wolkenlosen Himmel und so konnte er kilometerweit sehen. Das Terrain, das sich links und rechts des Flusses befand, war dicht bewachsen. Hohe Sträucher und in einiger Entfernung konnte er sogar einige Bäume sehen. Neben den vielen Wasservögeln, für die das Feuchtgebiet ein Paradies sein musste, gab es aber auch andere Tiere. Max sah, wie eine Wildschweinrotte sich durch das hohe Gras einen Weg bahnte und dann schnell wieder aus seinem Blickfeld verschwand.

»Alles okay! Aber sie haben noch nichts entdeckt«, rief der Grieche am Funkgerät ihm zu.

»Kommen Sie schon wieder zurück?«, fragte Max verwundert, als er unweit der Motorboote Luftblasen an die Wasseroberfläche aufsteigen sah.

»Nein, das kann nicht sein. Die bleiben noch eine Weile unten, außerdem sind sie ein ganzes Stück flussaufwärts geschwo…« Der Mann kam nicht dazu, seinen Satz zu beenden, denn urplötzlich schoss direkt hinter ihm ein Taucher in die Höhe, der ihn packte und mit sich in die Tiefe riss.

Max sprang erschrocken auf und wollte auf das andere Boot hinüberspringen, als hinter ihm aus dem Wasser ebenfalls ein Froschmann emporschoss, ihn am Arm erfasste und ihn mit sich unter Wasser zog. Für einen Moment wusste er nicht, wie ihm geschah, konnte nicht sagen, wo oben und wo unten war, doch dann sah er den mordlüsternen Blick des Mannes, der ihn durch eine Taucherbrille hindurch anstarrte und mit eisernem Griff festhielt. Verzweifelt strampelte Max und versuchte, wieder an die Oberfläche zu gelangen, aber vergebens. Nicht weit von ihm spielte sich eine fast identische Szene ab. Der zweite Taucher hielt den Funker fest, der versuchte, sich mit allen Mitteln zu befreien. Dabei öffnete er den Mund, als wenn er unter Wasser um Hilfe schreien wollte. Sein Todesurteil.

Ohne weiter auf das unvermeidliche Ende des Mannes zu warten und es damit gleich mit zwei Gegnern aufnehmen zu müssen, vollführte Max mit seinen Beinen einen kräftigen Scherenschlag. Gleichzeitig packte er seinerseits den Taucher, der ihn festhielt, an den Schultern. Es gelang ihm, den Kerl gegen den Rumpf des Motorbootes zu bugsieren. Er wiederholte die Schwungbewegung der

Beine und versuchte, den Schädel des Mannes gegen den Rumpf zu schmettern. Bedingt durch den Wasserwiderstand verkam seine Aktion eher zu einem leichten Schubser. Doch der Kopf des Tauchers traf auf das Holz und er lockerte seinen Griff. Max riss sich los und gelangte mit zwei schnellen Armzügen an die Oberfläche. Er machte einen langen Atemzug, ehe er nach der Reling des Motorboots griff und sich hinaufzog. Seinen Oberkörper hatte er schnell hinübergehievt, aber seine Beine hingen noch außenbords. Ehe er sie nachziehen konnte, wurden seine Fußgelenke gepackt. Er stieß einen Schmerzensschrei aus, als der Taucher ihn mit aller Gewalt zurück ins Wasser ziehen wollte und sein Bauch über die Reling gerissen wurde. Verbissen versuchte er, sich an der Sitzbank festzuhalten, doch der Druck, der auf seinen Beinen lastete, war zu stark. Er musste loslassen. Doch es gelang ihm, den Riemen, der seitlich an der Innenwand des Dingis befestigt war, aus seiner Halterung zu reißen. Er holte tief Luft, ehe das Wasser erneut über ihm zusammenschlug.

Diesmal konnte er sich besser auf das vorbereiten, was ihn erwartete. An seinen Beinen zog ihn der Taucher immer weiter hinunter, bis auf den Grund des Flusses, der an dieser Stelle nur wenige Meter tief war. Auch der zweite Froschmann kam auf ihn zu geschwommen. Max sah den leblosen Körper des Matrosen im Wasser treiben. Entschlossen drehte er den über zwei Meter langen Riemen in seiner Hand, sodass das Ruderblatt nach unten zeigte, und stieß damit zu. Das breite und flache Blatt bot so gut wie keinen Widerstand im Wasser. Der Riemen war aus massivem Fichtenholz hergestellt und traf ungebremst in das Gesicht des Tauchers, der seine Fußgelenke umklammert hielt. Dessen Brille wurde zerschmettert, die Nase zur

Hälfte abgetrennt und sofort entstand eine kleine Blutwolke, hinter der das Gesicht des Mannes verschwand. Sofort löste sich sein Griff und Max konnte wieder mit kräftigen Beinstößen nach oben schwimmen. Der zweite Taucher war nur noch wenige Meter von ihm entfernt und hatte genau gesehen, was Max mit seinem Kumpan angestellt hatte. Blitzschnell zog er ein mächtiges Messer aus der Scheide, die er am rechten Oberschenkel befestigt hatte, und kam mit wuchtigen Schlägen seiner Schwimmflossen rasend schnell näher. Max ließ den Riemen in einem Halbkreis durch das Wasser sausen. Der Taucher wich dem Schlag problemlos aus und wollte Max die Messerklinge direkt in die Brust stoßen, doch er konnte im letzten Moment den Griff des Riemens hochreißen und den Stoß abwehren. Die scharfe Klinge fügte ihm jedoch einen langen Schnitt am linken Unterarm zu. Feine Blutfäden stiegen aus der Wunde auf. Ohne darauf zu achten, drehte Max den Riemen in seinen Händen und riss das Ruderblatt nach oben. Er schlug dem Taucher das Atemstück aus dem Mund. Auch ein paar Zähne des Kerls mussten dran glauben. Der Froschmann brachte sich mit schnellen Flossenschlägen außer Reichweite. Max verzichtete darauf, nachzusetzen, sondern schwamm zur Oberfläche. Er ließ den Riemen los und zog sich keuchend in das Dingi mit dem Funkgerät. Sofort startete er den Außenbordmotor und wollte losfahren. Dann hörte er den Knall einer Explosion. Sämtliche Vögel stoben gleichzeitig auf und verdunkelten für einen Augenblick die Sonne.

»Alle Mann von Bord«, brüllte Aléxandros Onassis in die Bordsprechanlage. Der Kapitän hatte sich als Erstes wieder aufgerappelt, nachdem der Torpedo am Heck der Jacht detoniert war. Dann warf er den Hörer fort und half Tulya, die mit geschocktem Blick auf dem Boden lag und sich den Bauch hielt. »Ist alles in Ordnung mit dir?«, fragte Onassis.

»J-ja, es geht schon«, stöhnte Tulya, aber ihr blasses Gesicht verriet ihre Lüge sofort.

»Die kommen auf uns zu!« Der Steuermann deutete aus dem Fenster auf die OSTANES, die sich ihnen mit hoher Geschwindigkeit näherte.

»Die wollen uns den Gnadenstoß geben«, sagte Crichton, der sich mühsam wieder auf die Beine zog. Ike kläffte unaufhörlich.

»Nein«, gab Onassis zurück. »So was wie Gnade kennt dieser Schweinehund nicht. Der will auf Nummer sicher gehen, dass wir alle verrecken.« Er sah Tulya an. »Aber keine Sorge, die Genugtuung geben wir ihm nicht. Kommt!«

Crichton folgte dem Griechen und seiner Frau mit Claudette und dem Steuermann vom Kommandostand die Treppe hinab und dann Richtung des Achterdecks, das sich langsam immer tiefer hinab neigte, durch den Wassereinbruch am Heck.

»Die Rettungsboote sind doch woanders«, schnaufte Crichton kurzatmig.

»Ich habe vor drei Jahren ein kleines Extra nachrüsten lassen«, rief Onassis. »Etwas, womit dieser Schuft Petrakos garantiert nicht rechnet.«

Sie rannten hinaus auf das Achterdeck. Crichton kniff die Augen zusammen, als die Sonne ihn blendete. Auf der

Backbordseite konnte er ein Rettungsboot sehen, dass sich voll besetzt von der Jacht entfernte.

»Ihre Crew ist bereits auf dem Weg«, rief Crichton.

»Sehr gut. Ich hoffe, wir können ihnen gleich etwas mehr Zeit verschaffen, damit sie das Land sicher erreichen.«

Ehe Crichton fragen konnte, was der Grieche damit meinte, schrie Claudette: »Sie sind gleich direkt neben uns!« Sie zeigte nach links, wo sich die OSTANES wie ein gefräßiges Raubtier näherte, das seine Beute schlagen wollte.

Onassis rannte zu einer Instrumententafel, die an der Bordwand eingelassen war, und betätigte einen großen runden Knopf.

»Ich habe der TULYA nämlich auch eine ganz spezielle Sonderausstattung einbauen lassen. Hoffentlich funktioniert es noch!«

Erst geschah nichts, dann sprang ein Motor an und mit einem lauten Surren schob sich das Deck genau an der Stelle auseinander, wo der Hubschrauberlandeplatz aufgemalt war. Crichton wollte erst seinen Augen nicht trauen. Nachdem sich der Boden vollständig geöffnet hatte, fuhr aus dem Bauch des Schiffes eine Plattform mit einem Flugzeug darauf in die Höhe. Aber sein Staunen schlug schnell in Besorgnis um.

»Ein Wasserflugzeug! Wie um alles in der Welt wollen Sie damit von hier starten?«

»Wir heben es mit einem Kranausleger von Bord«, erwiderte Onassis und deutete auf die Metallkonstruktion am anderen Ende der Plattform, die eben hochgefahren wurde. Der Steuermann lief darauf zu. Im selben Moment wurde die Jacht erneut von einem Torpedo getroffen. Das Schiff erzitterte, kreischte und neigte sich bedenklich zur Backbordseite. Crichton stieß mit Claudette zusammen und stürzte mit ihr auf die Planken, während Onassis Tulya mit dem rechten Arm fest umklammert hielt und sich mit der linken an einem Geländer festkrallte. Ike glitt jaulend über das Deck. Auch das Wasserflugzeug geriet ins Rutschen und schlitterte auf seinen Pontons auf die Reling zu. Kurz bevor es dagegenprallte, hob sich das Deck wieder in eine einigermaßen waagerechte Position.

»Verflucht. Das hat gesessen.«

Crichton spürte sofort, was Onassis meinte. Die Jacht sank schneller und das Heck neigte sich langsam hinab zur Wasseroberfläche.

»Ins Flugzeug, sofort!«

Alle rannten auf die Maschine zu, die kurz davor war, erneut zu rutschen.

»Wollen Sie es nicht ins Wasser heben?«

»Keine Zeit mehr. Wir versuchen es anders«, gab Onassis zurück, als er die Tür aufriss und ins Cockpit sprang. Crichton half Tulya und Claudette beim Einsteigen, packte sich dann Ike und warf ihn in die Arme der Französin.

»Jetzt Sie«, drängte ihn der Steuermann und stieß ihn mehr oder weniger sanft in das Flugzeug.

Da erfolgte der Todesstoß. Der dritte Torpedo folgte exakt dem Weg seines Vorgängers. Er glitt durch das riesige Loch, das in der Steuerbordseite klaffte, direkt ins Innere des Schiffs und entfaltete seine zerstörerische Kraft im Zentrum. Die Jacht wurde mit einem entsetzlichen Schlag entzweigerissen und die sich nach oben ausbreitende Druckwelle der Explosion sprengte den gesamten Brückenaufbau. Dabei wurde das Absinken des Hecks beschleunigt, weil der mittlere Teil in die Höhe gehievt wurde und das Achterdeck schon teilweise unter Wasser gedrückt wurde. Das Wasserflugzeug tauchte mit der Nase ins Meer ein, doch die Pontons hoben es sofort wieder heraus.

Crichton warf einen Blick aus der offenen Tür. Vom Steuermann war nichts mehr zu sehen. Stotternd sprang der Motor des Flugzeugs an und die Propeller, die sich an den Tragflächen befanden, begannen sich zu drehen. Entsetzt registrierte er, dass sich der übergebliebene Teil der Brücke erst wie in Zeitlupe auf sie zuneigte und dann immer schneller näher kam.

»Weg hier! Schnell«, brüllte er.

Onassis schob den Gashebel nach vorne und das Flugzeug schoss nach vorne und entging um Haaresbreite dem tonnenschweren Stahlstück, das eine kleine Wasserfontäne erzeugte, die die Maschine ins Schwanken brachte.

»Das war verdammt knapp!« Crichton stieß den Atem geräuschvoll aus.

»Kommen Sie zu mir ins Cockpit, Professor«, forderte Onassis ihn auf. »Wir haben noch etwas zu erledigen!«

»Was haben Sie vor?«, fragte er, als er auf den Sitz des Co-Piloten kletterte und sich den Gurt anlegte.

Der Grieche beschleunigte und nach einigen Hundert Metern erhob sich das Flugzeug in die Luft.

Er sagte: »Ich lasse den Kerl nicht damit davonkommen, einfach mein Schiff zu versenken!«

DREIUNDDREISSIG
ATTACKE

CHRÍSTOS PETRAKOS SAH mit Freude zu, wie die Torpedos seine ehemalige Jacht in Stücke rissen. Als die Feuersäule in der Mitte aufstieg und das Schiff in zwei Teile gesprengt wurde, ballte er die Faust.

»In der Hölle sollst du schmoren, Onassis!« Er wandte sich seinem Kapitän zu. »Ganz hervorragende Arbeit«, lobte er.

»Ich störe Ihre Freude nur ungern«, meldete sich Lo Pan mit ruhiger Stimme aus dem Hintergrund. »Aber mir scheint, dass sich unsere Freunde noch rechtzeitig in Sicherheit gebracht haben.« Der Chinese zeigte mit seiner knochigen Hand auf das Heck der Jacht, das schneller als der Bug versank und wo sich plötzlich ein Wasserflugzeug auf dem Wasser befand.

»Das darf nicht wahr sein! Erledigen Sie sie! Auf der Stelle«, bellte er seinen Befehl. Aber es war zu spät. Das Flugzeug beschleunigte und entfernte sich rasch vom sinkenden Schiff. Dann erhob es sich in die Luft. »Nein!«

Chrístos schlug mit beiden Fäusten auf das Brückenpult ein.

»Da ist auch noch ein Rettungsboot«, rief Walter Lucas.

Petrakos hob den Kopf und kniff die Augen zusammen.

»Keine Überlebenden habe ich gesagt! Jagen Sie ihnen noch einen Torpedo hinterher!«

Kapitän Irenäus wollte gerade den Befehl geben, als ein anderes Besatzungsmitglied schrie: »Die greifen an!« Der Mann zeigte auf das Wasserflugzeug, das gedreht hatte und nun direkt auf sie zuhielt.

»Was hat dieser Irre vor?«

◎

»Was zur Hölle soll das werden?«, schrie Claudette aus der Kabine.

»Ich werde diesen Bastard Petrakos nicht so einfach davonkommen lassen«, gab Aléxandros Onassis zurück. »Außerdem müssen wir verhindern, dass er unsere Leute aufs Korn nimmt.«

»Mir ist ganz entgangen, dass Ihr Flugzeug über Bewaffnung verfügt«, sagte Crichton.

»Tut es auch nicht. Aber wir haben das hier!« Onassis klappte eine Kiste auf, die sich direkt zwischen den Pilotensitzen befand.

»Eine Signalpistole? Das ist alles?« Crichton sah den Griechen entgeistert an. »Sind Sie verrückt?«

»Sagen Sie es mir! Sie werden die Pistole nehmen und auf mein Kommando hin damit aus dem Fenster schießen, sobald wir nah genug an die Brücke der OSTANES heran sind.«

»Aléx, bitte tu es nicht«, meldete sich Tulya zu Wort. Sie

saß neben Claudette und dicke Schweißperlen rannen ihr über das Gesicht.

»Ich muss es tun. Oder meine Leute sind verloren. Aber mach dir keine Sorgen, hier im Flugzeug sind wir vor den Torpedos in Sicherheit.«

»Und was ist damit?« Crichton zeigte auf das Vordeck der OSTANES, wo sich plötzlich ein kleiner Geschützturm enthüllte.

◎

»Wir haben doch noch Glück«, freute sich Chrístos, als er das Wasserflugzeug näher kommen sah. »Fegen Sie ihn vom Himmel!«

»Bordgeschütz bereitmachen«, gab der Kapitän den Befehl und sofort wurde auf dem Vorderdeck eine doppelläufige Flugabwehrkanone in Stellung gebracht, die ähnlich wie die Torpedos bei Bedarf herausgefahren werden konnte. Drei Mann rannten zur Flak und richteten sie auf ihr Ziel aus.

Einer der Kerle stellte sich an die Abzugsvorrichtung und schrie: »Feuer!«

◎

Als die Vogelschwärme hoch in der Luft waren, gab Max Gas und das Dingi schoss nach vorne. Die Wunde an seinem Arm blutete unaufhörlich, aber er konnte nur an Jody denken. Er hatte keine Ahnung, wo sie und die anderen Taucher waren. Hatten die Angreifer sie auch überrascht? Hektisch drehte er den Kopf in alle Richtungen. Dann kam ihm der richtige Gedanke.

Das Funkgerät!

Er stoppte das Boot und nahm den Kopfhörer, der an dem grauen Kasten befestigt war, in die Hand. Niemand hatte ihm gezeigt, wie man das Ding bediente, was er jetzt verfluchte. Willkürlich legte er alle Schalter um und drehte an den zwei Reglern, über die das Gerät verfügte.

»Hallo, hört mich einer? Jody? Ihr müsst sofort zurückkommen, wir wurden angegriffen und ...«

Er wurde von hinten gepackt und zurückgerissen. Sein Hals lag direkt auf der schmalen Bootskante direkt neben dem Außenborder. Zwei Hände umklammerten seine Kehle und drückten unbarmherzig zu. Max könnte nur noch ein Röcheln von sich geben. Er versuchte vergeblich, den stahlharten Griff zu entkommen.

»Hey, Hände weg!«

Kurz nachdem Jodys Stimme erklang, wurden die Finger um seinen Hals schlaff und Max konnte sich keuchend befreien. Er drehte sich um und sah, wie der Froschmann, dem er kurz zuvor mit dem Ruderblatt die Zähne ausgeschlagen hatte, nun neben dem Dingi tot im Wasser trieb. Ein stählerner Pfeil ragte aus seiner Brust.

»Alles in Ordnung, Max?« Jody kam zum Boot geschwommen, Goya folgte ihr. Er hielt die Abschussvorrichtung einer Druckluftharpune in der linken Hand, mit der er den Pfeil auf den Angreifer geschossen hatte. Max half den beiden, in das Boot zu klettern.

»Ja, bei mir ist alles gut. Ihr seid gerade noch rechtzeitig aufgetaucht. Wo sind die anderen beiden?«

Goya schüttelte den Kopf, nachdem er die Haube abgestreift hatte.

»Sie haben es nicht geschafft. Wir wurden plötzlich von einer anderen Gruppe von Tauchern angegriffen, jede

Wette, dass Petrakos die geschickt hat. Aber wir zwei hatten Glück. Jody und ich waren zum Zeitpunkt des Angriffs gerade damit beschäftigt, eine Felsformation am Grund des Flusses zu untersuchen, als die Attacke begann. Sie haben uns schlicht übersehen.«

»Aber wir konnten den anderen nicht helfen«, fügte Jody traurig hinzu. »Es ging alles so schnell. Sie hatten keine Chance, sich auch nur im Ansatz zu wehren.«

Max nickte. »Ja, hier sind die genauso vorgegangen. Zwei Kerle haben uns hinterrücks angegriffen.«

»Wo ist der zweite?« Goya sah sich um, während er einen neuen Pfeil in die Harpune einführte.

»Ich habe den ziemlich hart Bekanntschaft mit einem der Riemen machen lassen. Gut möglich, dass der es nicht überlebt hat.«

»Sehr gut«, knurrte der Spanier. »Je mehr wir von diesen Mistsäcken erledigen, umso besser. Aber Petrakos will ich mir vorknöpfen.«

»Max, du blutest ja.« Jody fasste an seinen Arm.

»Nicht so schlimm. Wir sollten jetzt schleunigst machen, dass wir zurück zur Jacht kommen, ehe noch mehr von den Kerlen hier auftauchen.«

»Guter Vorschlag. Ich übernehme das.« Goya ging zum Motor, startete ihn und lenkte das Boot den Weg zurück, den sie gekommen waren. Aber als sie nach zehn Minuten wieder in den Guadalquivir einfuhren, war weit und breit nichts von ihrem Schiff zu sehen.

»Wo sind die hin?«, wunderte sich Jody.

»Ganz bestimmt steckt Petrakos dahinter.«

»Ich habe vorhin etwas gehört, das wie eine Explosion geklungen hat«, meinte Max besorgt.

»Hier hat sie sicher niemand angegriffen. Unmöglich,

dass die Jacht so schnell gesunken sein soll.«

»Aber wo sind sie dann?«

»Sscht, seid mal still«, forderte Jody sie auf und lauschte dann mit angestrengtem Blick in die Ferne zum Meer hinaus. »Das sind doch Schüsse!«

Crichton klammerte sich an seinem Sitz fest, als Onassis das Flugzeug in einem waghalsigen Manöver links an der OSTANES vorbeifliegen ließ. Das Flak-Geschütz feuerte unaufhörlich, bis sie am Schiff vorbei waren. Tulya kreischte verzweifelt auf.

»Was ist?«, rief Onassis nach hinten.

»Das Kind, es kommt«, schrie seine Ehefrau einer Panik nahe.

»Ganz schlechter Zeitpunkt!«

»Ich habe mir das nicht ausgesucht«, erwiderte Tulya nun mit giftiger Stimme. »Bring uns sofort hier weg, Aléx!«

Onassis warf noch einen Blick aus dem Fenster zum Kreuzer von Petrakos. »Verflucht soll dieser Mistkerl sein.« Er flog auf das Festland zu.

»Worauf warten Ihre Männer? Pusten Sie das Flugzeug vom Himmel«, forderte Petrakos von seinem Kapitän. »Wofür bezahle ich Ihnen so viel?«

»Keine Sorge, die entkommen nicht.« Der Kapitän nahm das Funkgerät in die Hand. »Rakete abfeuern.«

Crichton atmete tief durch, als sie aus der Reichweite des Schiffes wegflogen, und das Geschütz aufhörte zu feuern. Er warf einen Blick zurück – und wurde blass.

»Wir haben ein neues Problem!«

»Was denn noch?«

»Eine Rakete!«

»Machen Sie Witze?« Onassis sah ungläubig über seine Schulter und erkannte die Gefahr sofort. Er riss den Steuerknüppel hart nach rechts, das Flugzeug kippte seitlich weg. Diesmal waren es nicht Tulya oder Claudette, die am lautesten kreischten, sondern Crichton selbst, als die Maschine auf die Wasseroberfläche zuraste. Im letzten Moment zog Onassis den Lenkhebel wieder zu sich heran und setzte zu einem fast senkrechten Steigflug an. Crichton hatte das Gefühl, als würde sein Magen versuchen, sich durch die Speiseröhre und wieder zurückbewegen. »Verflucht, dieses Ding lässt sich einfach nicht abschütteln.«

Seine Mundwinkel zuckten leicht, als er die verzweifelten Flugmanöver beobachtete, die das Wasserflugzeug vollführte, aber die Sidewinder ließ nicht abschütteln. Es war eine selbstständige Zielverfolgungsrakete, die sich der Infrarot-Wärmestrahlung ihres Ziels orientierte. Die wilden Kurswechsel des Flugzeugs würden es zwar ein wenig hinauszögern, aber letztendlich würde die Rakete ihr Ziel eliminieren. Es konnte nicht mehr lange dauern.

Ein lauter Signalton ließ ihn erschrocken zum Kontrollfeld schauen. Dann ertönte eine Stimme, die in spanischer Sprache etwas sagte.

»Was hat das zu bedeuten?«, fragte Chrístos den Kapitän.

»Das wir hier schnellstens wegmüssen. Die spanische Marine ist auf dem Weg hierher. In Cádiz gibt es einen großen Marinestützpunkt. Sie werden nicht lange brauchen, bis sie hier sind.«

»Ich will, dass alle getötet werden!« Petrakos deutete auf das Rettungsboot, das schon beinahe die rettende Küste erreicht hatte.

»Keine Zeit. Oder ist es Ihnen lieber, dass wir versuchen, es mit Kriegsschiffen aufzunehmen?«

Chrístos sah zu seinem Bruder, der neben Lo Pan stand. Dann nickte er dem Kapitän zu. »Bringen Sie uns in internationale Gewässer. Benachrichtigen Sie den Hubschrauber.«

»Oh mein Gott. Was ist hier passiert?« Jody blickte entgeistert auf das Szenario, das sich ihnen darbot, als sie mit dem Dingi die Mündung des Flusses in den Atlantik erreichten.

Max wusste nicht genau, wo er zuerst hinsehen sollte. Auf das in zwei Hälften zerrissene und im Untergang befindliche Schiff, auf das voll besetzte Rettungsboot, das sich der Küstenlinie näherte, oder auf das Wasserflugzeug, dessen Pilot eindeutig wahnsinnig sein musste, weil er direkt auf das Meer zuschoss, nur um in letzter Sekunde wieder aufzusteigen. Erst jetzt erkannte er, dass das Flugzeug auf der Flucht war. Vor einer Rakete, die den irrwitzigen Kurswechsel mitmachte.

»Wer fliegt die Maschine?«

»Ich tippe auf Onassis selbst. Ich weiß, dass er ein

Wasserflugzeug an Bord der Jacht hatte, mit dem er manchmal seine Geschäfte erledigte«, gab Goya zur Antwort.

Mit dem Gefühl der Machtlosigkeit verfolgte Max den verzweifelten Versuch des Piloten, die immer näher kommende Rakete abzuschütteln.

◎

Seine Fingerknochen traten weiß unter der Haut hervor, als er die Steuerung mit schweißnassen Händen immer fester umklammerte. Es würde nur noch Sekunden dauern, bis der Lenkflugkörper sie erreichte. Ein letztes Mal riss er den Steuerknüppel brutal zur Seite, die Maschine ächzte und bockte, aber das war egal. Plötzlich polterte es im Fußraum des Cockpits. Aus dem Augenwinkel sah er die Signalpistole. Ihm kam eine Idee.

»Crichton, nehmen Sie sich das Ding und feuern Sie damit nach draußen!«

»Wozu, was ...«

»Tun Sie es!«, brüllte Aléxandros aus voller Kehle. »Sofort!«

Der grauhaarige Amerikaner nahm die Signalpistole in die Hand, schob das Cockpitfenster auf seiner Seite ein Stück auf und steckte den Lauf hindurch. Es gab einen lauten Knall, als er abdrückte, und kurz darauf leuchtete ein kleiner Feuerball auf.

»Gleich noch mal«, forderte er Crichton auf. »Schießen Sie alle Signalkugeln ab, die wir haben.«

Ohne Fragen zu stellen, lud der Collegeprofessor nach und schoss eine zweite Leuchtkugel hinaus. Plötzlich gab es eine gewaltige Explosion und von der Druckwelle wurde die Maschine vehement durchgeschüttelt. Aber sie lebten.

»Woher wussten Sie, dass dies funktionieren würde?«, fragte Crichton, in dessen Händen die Signalpistole zitterte.

»Wusste ich nicht. Ich habe es nur gehofft, dass die Signallichter heiß genug brennen, um die Rakete von uns abzulenken.«

Aus der Kabine ertönte plötzlich ein lauter Schrei. Aber er kam nicht von Tulya und auch nicht von der Französin. Es war der erste Schrei eines Babys.

VIERUNDDREISSIG

WIEDER VEREINT

CÁDIZ

JOE BISS DIE ZÄHNE ZUSAMMEN, als er aus dem Bus stieg. Der Schmerz in seinem Bein hatte durch die Reisestrapazen wieder zugenommen, besonders in dem engen Flugzeug, mit dem sie aus Paris nach Jerez geflogen waren. Der klapprige Bus, der sie auf die Landzunge, auf der Cádiz lag, transportierte, gab ihm schließlich den Rest. Auch seinem Reisebegleiter war dies nicht entgangen.

»Alles in Ordnung?«, fragte Heinrich Blum. »Sie sehen ziemlich blass um die Nase aus, wenn das bei Ihrer Hautfarbe überhaupt möglich ist.«

»Wenn Sie am Leben hängen, sollten Sie sich solche dämlichen Sprüche besser verkneifen«, gab Joe genervt zurück. Er atmete einmal tief durch und richtete sich dann gerade auf. Wenn sein Rücken ein Scharnier gewesen wäre, würde es jetzt laut quietschen.

»Sind Sie noch in der Lage, weiterzugehen?« Diesmal klang Blums Frage ehrlich besorgt, ohne den gehässigen Unterton.

»Machen Sie sich um mich keine Sorgen. Es wird gehen. Wo müssen wir jetzt hin?«

»Ich würde vorschlagen, wir begeben uns direkt zum Hafen. Wenn wir dort den richtigen Leuten Fragen stellen, sollten wir schnell in Erfahrung bringen, ob das Schiff mit Ihren Freunden hier schon vorbeigefahren ist.«

Im Hafen angekommen, staunte Joe über die schiere Größe der Anlage. Es gab mehrere Becken, in denen sich Schiffe in allen Größen dicht an dicht drängten. Riesige Passagierschiffe, ebenso wie Jachten und Segelboote. Eines der Hafenbecken war nur für Frachtschiffe reserviert. Am Heck der Schiffe sah er zahllose verschiedene Landesflaggen und Hoheitszeichen. Er fasste sich an seinen Rücken, der immer noch vom Korsett gestützt wurde.

»Wo sollen wir hier anfangen?«

»Folgen Sie mir einfach. Ich war früher öfter hier. Hoffentlich sind noch einige bekannte Gesichter in der Hafenmeisterei vorhanden.« Damit ging Heinrich Blum zielstrebig zum größten der Hafenbecken, dessen Landungsbrücke mindestens einen Kilometer lang war. Joe hatte Mühe, mit dem Tempo, das der Deutsche vorlegte, Schritt zu halten, aber er versuchte, es sich nicht anmerken zu lassen. Schließlich gelangten sie zu einer kleinen Baracke, die sich mittig auf der Pier befand. »Warten Sie hier auf mich«, sagte Blum und verschwand nach drinnen.

Joe drehte sich um und blickte auf die Bucht von Cádiz hinaus. Ein riesiges graues Schiff kehrte gerade von See zurück. Das Kriegsschiff unter spanischer Flagge steuerte einen Hafen auf der gegenüberliegenden Seite der Bucht an. Über ihm dröhnten laut die Rotorblätter eines Hubschraubers, der eine Schleife über den Hafen drehte und dann Richtung offenen Atlantik aus der Bucht herausflog. Er sah dem Helikopter noch kurz hinterher, bis der vor dem rot glühenden Sonnenball ein schwarzer Fleck war. Lautes Gelächter drang an seine Ohren und er wandte den Blick nach links, wo zwei Seeleute auf ihn zukamen. Die beiden Männer wurden leiser, als sie an ihm vorbeigingen, und musterten ihn aus dem Augenwinkel, ehe sie weiterredeten. Dann sah Joe etwas, das nicht so recht ins Bild passte. Er sah ein Wasserflugzeug, das unweit seiner Position am Kai festgemacht war. Die Maschine war kaum zu sehen, weil sie nicht über die Mauer herausragte. Gerade als Joe ein paar Schritte darauf zu machen wollte, kam Heinrich Blum wieder aus der Hafenbaracke heraus. Der Deutsche machte ein ernstes Gesicht und stemmte die Hände in die Seite, ehe er sprach.

»Ich habe gute und schlechte Nachrichten.«

»Raus damit.«

»Einige Seemeilen von hier entfernt wurde vor wenigen Stunden eine Jacht versenkt. Die Küstenwache und die spanische Marine sind daraufhin ausgelaufen.«

»Und?«

»Keine Spur von der Besatzung. Nicht eine Menschenseele wurde entdeckt. Von dem Schiff selbst soll nicht viel übrig geblieben sein, sagte mir der Hafenmeister.«

»War das jetzt die gute oder die schlechte Nachricht?«

»Kurz nachdem die Meldung über das versenkte Schiff kam, landete ein Wasserflugzeug hier im Hafen.« Blum zeigte an ihm vorbei zu dem Flugzeug, das er auch schon entdeckt hatte. »Es liegt da vorne.«

»Und?«

»An Bord waren zwei Männer, zwei Frauen, ein Baby und ein Hund. Der Hafenmeister hat sie mir genau beschrieben. Die Beschreibung eines der Männer passt auf Ihren Professor Crichton.«

»Was ist mit Max und Jody?«

Blum schüttelte den Kopf.

»Keine rothaarige Frau. Und der zweite Mann war wohl ein Grieche, meinte der Hafenmeister. Er hat mit ihm gesprochen und ihm Geld gegeben, dafür, dass das Flugzeug hier liegt.«

»Wo sind Sie jetzt?«

»Sie wollten wohl in ein Krankenhaus.«

»Hat er Ihnen gesagt in welches?«

»Ja, hat er. Und auch, dass vor uns schon eine Gruppe von Leuten hier war, die ihn exakt dasselbe gefragt haben.«

»Wann war das?«, fragte Joe gehetzt.

»Etwa vor zwei Stunden.«

Sie benötigten beinahe eine Stunde, ehe sie vom Hafen in das besagte Krankenhaus kamen. Joe lief seiner Schmerzen zum Trotz sofort in das Gebäude hinein und fragte sich beim Personal nach Neuankömmlingen durch. Schnell brachte er in Erfahrung, wo er hinmusste, und rannte die Flure entlang, bis er zu dem genannten Raum gelangte. Wenige Meter vor der Tür blieb er wie angewurzelt stehen. Ein Mann stand dort und sah ihn ebenso überrascht an wie er ihn.

»Joe, was machst du denn hier?«, fragte Max.

»Ich bin ... sag mal, ist das ein Baby?« Joe starrte irritiert auf den Säugling, den sein Freund im Arm hielt.

»Wow, dein Doktortitel ist wirklich mehr als verdient«, lachte Max.

»Ich habe dich nur drei Tage nicht gesehen und dann sehe ich dich hier mit einem Baby im Arm wieder?«

»Ich halte die Kleine nur kurz. Die Mutter faltet da drinnen gerade den Vater zusammen.« Max zwinkerte ihm zu, aber dann sah er an Joe vorbei und sein Gesichtsausdruck wandelte sich in Überraschung. »Heinrich Blum?«

»Ich fühle mich geschmeichelt, dass Sie mich wiedererkennen, Falkenburg. In Paris sind Sie noch achtlos an mir vorbeigegangen.«

»Was macht der hier?«

»Er hat mir geholfen, eure Spur aufzunehmen, was nicht ganz einfach war«, sagte Joe. »Wo sind Jody und der Professor?«

Noch ehe Max ihm eine Antwort geben konnte, schwang die Zimmertür auf und Jody Wellesley blickte ihn mit großen Augen an.

»Joe!« Sie sprang ihm in die Arme, was ihn beinahe von den Beinen holte. »Oh entschuldige. Ich habe deine Rückenverletzung völlig vergessen. Geht es?« Sie fasste ihn vorsichtig am Arm.

»Ja, alles gut.«

Heinrich Blum ergriff das Wort: »Hören Sie nicht auf ihn, er schleppt sich schon seit Tagen wie ein Schwerkranker durch Europa.«

Jody sah den Deutschen verdutzt an, sagte aber nichts darauf.

»Es geht gleich wieder«, meinte Joe. »Die Schusswunde hat sich leicht entzündet.« Er ließ sich auf einen der Stühle fallen, die an der Wand gegenüber der Zimmertür standen, und streckte das rechte Bein aus.

»Was für eine Schusswunde?«, wollte Max wissen.

Hinter ihm kam Professor Crichton aus dem Krankenzimmer.

»Ich wusste doch, dass ich Ihre Stimme gehört habe, Mr. Carter. Was um alles in der Welt tun Sie hier? Warum sind Sie nicht in Boston?«

Joe berichtete ihnen davon, was nach ihrer Abreise in New York geschehen war. Auch dass er von dem Mann, der ihn ermorden wollte, erfahren hatte, dass dieser seinen Auftrag von Walter Lucas erhalten hatte. Diese Information nahm den Professor sichtlich mit. Er setzte sich auf einen der Stühle neben Joe.

»Ich kenne Walter Lucas seit über dreißig Jahren. Seine Familie ist schon seit Ewigkeiten einer der größten Förderer unseres Colleges. Sicher, wir hatten unsere Differenzen in der Vergangenheit, aber dass er zu so etwas fähig ist ...« Crichton schüttelte den Kopf und sah zu Boden.

»Ich habe dem Kerl schon nicht getraut, als er damals versucht hat, Joe exmatrikulieren zu lassen«, meinte Max. Das Baby in seinen Armen fing an zu schreien. »Sssch, alles gut, Kleine.«

»Ich nehme sie dir ab und bringe sie zu ihrer Mutter«, sagte Jody. »Im Zimmer ist es jetzt wieder still genug.«

»Hören Sie, ich kenne diesen Walter Lucas nicht, aber nach allem, was geschehen ist, nehme ich an, dass er gemeinsame Sache mit Petrakos und Lo Pan macht«, meldete sich Heinrich Blum zu Wort.

Crichton registrierte den deutschen Ex-Archäologen und Ex-Nazi erst jetzt.

»Sie? Ich hatte gehofft, Sie nicht wiedersehen zu müssen.«

»Das verstehe ich. Mir wäre es auch lieber gewesen,

keinem aus dieser Runde jemals wieder zu begegnen. Aber das Schicksal geht manchmal seltsame Wege.«

»Was wollen Sie hier?«

»Ich habe Mr. Carter zu Ihnen geführt«, erwiderte Blum ungerührt mit einem Seitenblick zu Joe. »Und in den drei Tagen, die wir zusammen unterwegs waren, ist mir immer mehr klar geworden, warum. Ich will Rache für den Tod meiner Frau.«

»Versuchen Sie es ruhig«, sagte Max herausfordernd.

Der Deutsche lachte auf. »Ich will mich nicht an Ihnen rächen, Falkenburg. Es gibt nur zwei Menschen, die Schuld an Evas Tod in Kolchis tragen. Einer davon bin ich. Der andere ist Chrístos Petrakos.«

FÜNFUNDDREISSIG

NEUES ZIEL

ATLANTIK

SEINE HAND ZITTERTE, als er eine weitere Seite des Voynich-Manuskripts fertig transkribiert hatte. Je mehr er imstande war, den mysteriösen Text zu verstehen, desto sicherer war er sich, dass es falsch war, nach Atlantis zu suchen. Und vor allem war es falsch, es gemeinsam mit den kaltblütigen Bastarden zu tun, denen das Schiff gehörte. Er stand auf und ging zu dem kleinen Waschbecken, das in seiner Kabine links an der Wand montiert war. Er drehte das Wasser auf und spritzte es sich ins Gesicht und fasste sich mit der benetzten Hand an den Nacken. Die Kühle half ihm dabei, wieder ruhiger zu werden. Nachdem er sich mit einem Handtuch abgetrocknet hatte, sah er sich das Gesicht, das ihm aus dem kleinen runden Spiegel über dem Waschbecken anstarrte, genau an.

Sir William Rutherford.

Was ist bloß aus dir geworden, William? Ist dir eigentlich klar, mit was für Leuten du dich verbündet hast? Die töten

Menschen, um ihre Ziele zu erreichen. Und sie werden noch viel mehr töten, sollten sie Atlantis finden. Durch deine Hilfe.

Er verpasste dem Gesicht eine kräftige Ohrfeige. Sie hinterließ leicht rötliche Striemen auf seiner Wange.

Das Klopfen an der Kabinentür schreckte ihn auf.

»Ja?«

»Herr Petrakos möchte Sie sehen. Sofort«, meldete eine Stimme.

»Ich komme gleich.«

»Sofort«, wiederholte die Stimme.

Wütend packte er das Manuskript und klemmte es sich unter den Arm. Die Zettel mit seinen Übersetzungen nahm er und stopfte sie unter die Matratze seines Bettes. Dann öffnete er die Tür, vor der ein Grieche wartete.

»Folgen Sie mir.«

Das Besatzungsmitglied führte ihn in die Offiziersmesse, in der sich die beiden Petrakos-Brüder sowie Lo Pan mit seinem Enkel und auch Walter Lucas und sein Handlanger Stuart aufhielten.

»Ah, Rutherford. Ich hoffe, Sie haben gute Nachrichten für uns«, sagte Chrístos Petrakos sofort nach seinem Eintreten.

»Ich komme nur sehr langsam voran. Auch mit der Hilfe von de Jaucourts Unterlagen ist es immer noch kompliziert genug.«

Der Grieche sah ihn argwöhnisch an, nickte ihm dann aber zu.

»Erzählen Sie, was Sie bisher geschafft haben. Waren die Annahmen über Tarsis beziehungsweise Tartessos richtig?«

»Ich kann es nicht mit Sicherheit sagen. Es gibt nur Text

in dem Manuskript, keine vernünftigen Karten, die einem die Suche erleichtern würden.«

»Was sagst du, Giorgius?« Der Grieche sah seinen Bruder auffordernd an. »Du glaubst doch, dass Tartessos dieses Tarsis ist, nach dem wir suchen, nicht wahr?«

»Natürlich, das weißt du doch!«

»Was soll diese Fragerei?«, mischte sich Walter Lucas unwirsch ein. »Tatsache ist doch, dass wir bis auf Weiteres nicht dorthin zurückkönnen, nach Ihrer fehlgeschlagenen Aktion. Nur weil Sie unbedingt dieses Schiff versenken mussten, kreuzen wir jetzt hier im Nirgendwo herum.«

»Zugegeben, es ist nicht ganz so gelaufen, wie ich es mir vorgestellt hatte. Aber unsere Taucher sind vorhin an Bord zurückgekehrt und haben mir einen Bericht über Tartessos gegeben.«

»Was soll das helfen? Wir können da doch jetzt nicht mehr zurück!«

»Müssen wir vielleicht auch gar nicht.« Petrakos lächelte den Amerikaner an. »Es gibt Ruinen in diesem Feuchtgebiet, zehn Meter unter Wasser, vielleicht auch mehr. Und begraben unter Tonnen von Schlamm.«

»Was haben Sie erwartet? Ein Schild mit Pfeil für einen trockenen Eingang?«, ätzte Lucas.

»Nein, das sicher nicht. Aber es bedeutet, dass niemand – wirklich niemand – in der Lage sein wird, dort schnell etwas zu finden. Wahrscheinlich wird es Jahre benötigen, dort etwas zutage zu fördern, das uns hilft, den Stein der Weisen zu erschaffen.«

»Dann geben wir also auf?«

»Nein, ganz sicher nicht. Wir werden ein anderes Team aus Griechenland dorthin beordern, ganz offiziell, im Namen des Museums meines Bruders. Wir können dort schließlich nicht jahrelang graben, ohne Genehmigung der spanischen Behörden.«

»Das klingt nicht viel besser in meinen Ohren.«

»Verständlicherweise. Wir haben in diesem Fall aber keine andere Wahl. Und zumindest haben wir trotzdem noch unsere Hände im Spiel, wenn es um die Ausgrabung von Tartessos geht. Jedoch für unsere jetzige Suche bringt es uns nicht weiter.«

Rutherford beobachtete den Griechen eingehend. Er schien etwas im Hinterkopf zu haben.

»Sie haben ein neues Ziel ins Auge gefasst«, sprach Lo Pan schließlich aus, was alle Anwesenden dachten.

»Das habe ich. Ich bin wieder zu unserem ursprünglichen Gedanken zurückgekehrt.« Er zog das Stück Orichalcum aus seiner Tasche und hielt es in die Höhe. »Wir müssen dieser Spur hier folgen!«

»Zwecklos«, entfuhr es Rutherford. »Wenn es so einfach wäre, hätte ich es bereits gemacht!«

Petrakos grinste ihn an.

»Das glaube ich Ihnen sofort.« Er drehte das Stück Orichalcum in seiner Hand. »Wo haben Sie es in die Hände bekommen?«

»Es war ein Zufall«, gab er als Antwort und das stimmte auch. Er zögerte, weiterzusprechen, aber als er die drängenden Blicke der Umstehenden auf sich spürte, fuhr er fort. »Ich war auf der Rückreise von einer Exkursion in Libyen und habe dabei in Marrakesch haltgemacht. Als ich über den Markt gegangen bin, ist mir an einem der Stände dieses Stück aufgefallen. Der Händler konnte mir nichts dazu sagen, es war ihm nur fünf Pfund wert.«

»Ich würde sagen, wir haben ein neues Ziel«, erwiderte Petrakos gelassen.

SECHSUNDDREISSIG

RATLOS

CADIZ

»WIE GEHT ES JETZT WEITER?« Jody sprach aus, was ihnen allen wahrscheinlich durch die Köpfe ging, während sie im Flur des Krankenhauses vor dem Zimmer saßen, in dem Tulya und ihr Ehemann Aléxandros Onassis mit ihrer neugeborenen Tochter waren. »Sollen wir einen weiteren Versuch im Coto de Doñana unternehmen? Immerhin haben wir dort Ruinen entdeckt.«

»Ohne Ausrüstung? Alles, was wir gebraucht hätten, ist mit der Jacht untergegangen«, antwortete Goya. Der Dieb hatte seine Beine auf einem zweiten Stuhl hochgelegt. Claudette lehnte mit ihren Kopf an seiner Schulter und schien zu schlafen.

»Bevor wir uns da wieder hinwagen können, sollten wir zuallererst mit dem zuständigen Kultusministerium Kontakt aufnehmen. Dort eine Ausgrabung durchzuführen, würde doch Jahre dauern, meinst du nicht?« Max sah Jody an.

Sie seufzte. »Du hast recht. Aber was bleibt uns dann?«

»Immerhin sind wir alle noch am Leben. Fürs Erste nicht schlecht würde ich meinen«, meinte Joe. Er sah Max an und fügte hinzu: »Und ich habe nichts dagegen, wenn es so bleiben würde.«

»In Ordnung. Wenn hier jetzt alle aufgeben wollen, mache ich mich wohl am besten alleine auf den Weg.« Heinrich Blum stand auf. »Ich habe lange genug tatenlos herumgesessen. Jetzt werde ich zu Ende bringen, weswegen ich noch am Leben bin.«

»Ich werde ebenfalls nicht aufgeben. Aber Sie können gerne gehen, Blum. Auf Ihre Anwesenheit lege ich keinen Wert«, bemerkte Crichton mit kühler Stimme.

»Was haben Sie vor?«, wollte Max vom Professor wissen.

»Ich habe es schon mit Kapitän Onassis besprochen, als wir auf der Jacht waren. Ich glaube, wir haben einen Fehler gemacht, indem wir Tartessos und Tarsis gleichgesetzt haben. Gut möglich, dass es doch zwei verschiedene Städte waren. Außerdem ist die Annahme falsch, davon auszugehen, dass Karten aus dem Altertum alle gen Norden ausgerichtet waren.« Er klopfte auf die Mappe, die auf dem Stuhl neben ihm lag und in der alle Unterlagen waren, die sie besaßen: die Seiten aus dem Voynich-Manuskript und Jodys Zeichnungen.

»Wo würden Sie dann nach Tarsis suchen wollen?«

»Ich bin noch nicht ganz sicher. Aber ich denke, ein kurzer Besuch in Sais könnte Licht ins Dunkel bringen.«

»Sais? Sie wollen nach Ägypten?« Max sah Crichton mit großen Augen an.

»Ganz richtig. Immerhin ist Sais der Ausgangsort für die Atlantis-Sage. Von hier hat Platon seine Informationen bekommen, die er im *Timaios* verwendet hat. Er schrieb, dass Solon von einem Priester der Göttin Neith Kunde von Atlantis erhalten habe.«

»Das war vor über zweitausend Jahren. Ich bezweifele, dass sich heutzutage noch irgendeine Spur finden lässt«, wandte Jody ein.

»Vom großen Tempel in Sais sind nur noch Ruinen übrig«, gab Max zu bedenken. »Ich habe ihn einmal mit meinem Vater besucht. Dort gibt es nichts.«

»Da stimme ich Ihnen zu. In Sais selbst gibt es nichts mehr. Aber einige der Stücke aus Sais sind nach Alexandria transportiert worden, wie zum Beispiel einige Stelen mit Inschriften und auch größere Steinblöcke aus dem Tempel. Wir finden alles, was wir benötigen, im Griechisch-Römischen Museum von Alexandria. Wie dem auch sei, wir müssen dorthin«, beharrte Crichton.

»Darf ich vorher auch was dazu sagen?« Jody sah den Professor fragend an.

»Selbstverständlich.«

»Ich finde Ihren Vorschlag mit Alexandria grundsätzlich nicht verkehrt, aber vielleicht schieben wir das erst einmal auf und machen uns zu einem näher gelegenen Ziel auf.«

»Welches schwebt dir da vor?«, wollte Max von seiner Freundin wissen.

»Wie der Professor schon angemerkt hat, müssen die alten Karten nicht gen Norden ausgerichtet gewesen sein.« Sie griff sich die Mappe, die neben Crichton lag, und zog dort ihre Skizze mit den neun Kreisen heraus. »Und wenn Tartessos und Tarsis doch zwei unterschiedliche Orte gewesen sind, dann könnten sie beide hierauf vertreten sein.« Sie tippte auf die Rosetten.

»Aber wir haben doch überhaupt keine Ahnung, wo

sich auch nur irgendeiner dieser Orte befunden hat«, gab Max zu bedenken.

»Genau. Deswegen mein Vorschlag mit Alexandria«, bekräftigte der Professor.

Jody lächelte.

»Männer. Manchmal entgeht ihnen das Offensichtliche.«

Max sah ratlos zum Professor, der ebenfalls ziemlich unschlüssig wirkte. Auch von Joe oder Heinrich Blum war nichts zu vernehmen.

»Na gut, ich gebe euch einen Tipp«, zeigte sich Jody großzügig. »Wir befinden uns gerade in Cádiz, ganz in der Nähe der Straße von Gibraltar, damals als die Säulen des Herakles bekannt.«

»Du willst auf die andere Seite der Straße – nach Marokko«, fiel es Max plötzlich wie Schuppen von den Augen.

»Richtig. Nach Tanger, um genau zu sein. Die Stadt wurde von den Karthagern gegründet und war über Jahrhunderte hinweg ein wichtiger Handelspunkt. Und das Wichtigste: Es gibt dort ein Museum, in dem es eine große Ausstellung mit phönizischen Artefakten gibt.«

»Das Kasbah-Museum«, murmelt Crichton und strich über seinen Bart. »Natürlich, du hast recht. Warum bin ich nicht darauf gekommen? Die Phönizier waren eine Seefahrernation und haben mit allen gehandelt. Auch mit Tarsis.«

»Womöglich finden wir dort was«, sagte Max. »Falls nicht, können wir immer noch nach Alexandria. Aber Tanger ist nicht weit weg von hier.«

»Wo müsst ihr hin?«, fragte Aléxandros Onassis, der gerade aus dem Zimmer auf den Flur trat.

»Tanger.«

»Wird Petrakos auch dort sein?«

»Ich weiß es nicht. Es ist zumindest nicht auszuschließen.«

»Dann werde ich euch dorthin bringen«, sprach der Grieche mit finsterer Entschlossenheit.

»Was ist mit Ihrer Frau und dem Kind?«, fragte Jody.

»Tulya und der Kleinen geht es gut.« Er sah Crichton an. »Das verdanke ich Ihnen. Aber ich habe das Gefühl, dass wir diese Sache gemeinsam zu Ende bringen müssen. Und mit meinem Flugzeug sind wir in etwas mehr als einer Stunde in Tanger.«

»Wie bitte, fliegen?« Max spürte, wie ihm schon beim Gedanken daran schlecht wurde.

Eine Stunde später fand er sich mit den anderen im Hafen von Cadiz wieder, wo das Wasserflugzeug von Onassis gerade betankt wurde. Max sah skeptisch vom Kai auf die Maschine herab.

»Es wird schon nicht so schlimm werden«, sagte Jody lächelnd und streichelte seinen Arm.

»Das sage ich mir vorher auch immer, aber mein Magen scheint es nie zu verstehen.«

Eine Hand legte sich auf seine Schulter.

»Du fliegst nicht gerne?«, fragte Onassis.

»Sagen wir, ich würde jede andere Reiseart bevorzugen.«

»Das ging mir früher genauso. Ich bin auf Schiffen großgeworden und kein Wellengang der Welt schafft es, dass mir übel wird. Aber als ich das erste Mal in einem Flugzeug saß, war ich danach mehrere Tage luftkrank.« Er zwinkerte Max zu. »Aber ich wurde schnell kuriert.«

»Und wie?«

»Ein altes Familienrezept.« Er zog einen silbernen Flachmann aus seiner Jackentasche und reichte ihn Max. »Habe ich seitdem immer bei mir, für den Fall der Fälle.«

»Danke, aber das habe ich schon probiert. Alkohol hilft nicht.« Max hob abwehrend die Hand.

»Das ist kein Alkohol, das ist Medizin. Und da du so oder so mitfliegen wirst, würde ich dir raten, es zumindest zu probieren.« Mit den Worten drückte er Max den Flachmann in die Hand und kletterte dann die Leiter zum Flugzeug hinunter.

Max blickte ratlos auf die silberne Taschenflasche, auf der das Monogramm AO eingraviert war.

»Er hat recht, ein Versuch kann nicht schaden«, äußerte Jody sich zuversichtlich. »Jetzt komm, lass uns einsteigen.« Sie kletterte zum Anleger herab.

»Sonst bist du doch auch nicht so zimperlich«, meinte Joe lachend. »Trink schon. Was hast du zu verlieren?«

»Wahrscheinlich nichts.« Max zuckte mit den Schultern, schraubte den Verschluss auf und roch kurz an der Öffnung. Es duftete nach Kräutern. Er trank einen Schluck und sofort breitete sich ein wohliges Gefühl in ihm aus. Mit einem Zug leerte er den Rest des Inhalts.

»Scheint zu schmecken«, kommentierte Goya augenzwinkernd. Der Dieb hatte abermals darauf bestanden, sie zu begleiten, diesmal noch vehementer als zuvor. Claudette war bei der frischgebackenen Mutter Tulya im Krankenhaus geblieben. Heinrich Blum dagegen begleitete sie. Der Deutsche, der nach Joes Erzählung die letzten Jahre als Clochard auf den Straßen von Paris zugebracht hatte, schien von einer finsteren Entschlossenheit beseelt zu sein. Eigentlich war Max ebenso wie der Professor dagegen gewesen, dass er mit ihnen flog, aber Joe legte ein gutes Wort für ihn ein.

»Zumindest schmeckt es nicht nach Medizin«, erwiderte Max und steckte die Flasche ein. Als er die Metallsprossen, die in der Hafenmauer eingelassen waren, hinabkletterte, fühlten sich seine Beine an, als wären sie aus Gummi. Er beeilte sich, in das Flugzeug zu steigen, und setzte sich neben Jody. Sie lächelte ihn an und sagte etwas zu ihm, das er nur noch wie durch Watte hörte: »Ist alles in ...« Dann fielen ihm die Augen zu.

SIEBENUNDDREISSIG
HANDELN
MARRAKESCH, MAROKKO

AUF DEM DJEMAA EL FNA, dem zentralen, riesigen Marktplatz Marrakeschs, herrschte ein hektisches Treiben. Entgegen der Bedeutung des Namens – *Versammlung der Toten* –, der von der ursprünglichen Nutzung als Hinrichtungsstätte der Sultane herrührte, pulsierte der Platz förmlich voll Leben. Es war später Nachmittag und somit erst der Beginn des geschäftigen Getümmels. Zahllose Händler hatten ihre Stände auf dem Platz aufgebaut, der ansonsten den Vormittag über frei blieb. Im Norden ragte der Turm der Koutoubia-Moschee auf. Rutherford hielt darauf zu, gefolgt von den beiden Petrakos-Brüdern, Lo Pei und dem Amerikaner Stuart Hanley. Walter Lucas und Lo Pan hatten es vorgezogen, sich nicht der trockenen Hitze auszusetzen, die selbst jetzt im Oktober in der Stadt herrschte. Auf den breiten Wegen zwischen den Ständen kamen immer wieder Kinder zu ihnen gelaufen, die sie um Geld anbettelten. Aber Chrístos Petrakos vertrieb die Gören mit barschen Flüchen in seiner Muttersprache.

»Verdammte Hitze«, schnaufte Stuart hinter ihm und krempelte die langen Ärmel seines Hemdes auf. Den beiden Griechen machte die Hitze nichts aus, ebenso wenig wie Lo Pei, der stumm und mit unergründlicher Miene ganz am Ende ihrer Gruppe folgte.

»Da vorne ist der Stand«, sagte Rutherford und deutete auf einen Marktstand, der deutlich größer als alle anderen auf dem Djemaa el Fna war. Er war wie ein in die breite gezogenes U aufgebaut und verfügte sogar über einen Sonnenschutz aus festem Leinenstoff, der an einem stabilen Holzgestell die gesamte Standfläche überspannte.

Der Amerikaner atmete erleichtert aus, als sie in den Schatten traten, und zupfte ein paarmal an der Knopfleiste seines Hemdes, um sich so Luft zuzufächeln. Auf der Auslage, die sich vor ihnen und an den Seiten präsentierte, erkannte Rutherford denselben Ramsch wie vor einigen Monaten bei seinem ersten Besuch in Marrakesch. Er trat an den Tisch, der genau in der Mitte des Us gelegen war. Dort hatte er damals das Orichalcum entdeckt. Nun war nichts Vergleichbares zu sehen, nur eine Menge selbst gebrannte Tonwaren, die auf alt getrimmt waren, um Touristen das Geld aus der Tasche zu ziehen.

»Womit kann ich Ihnen dienen?«, fragte der Händler auf Englisch, er hatte sie schon seit Betreten seines Baldachins genau beobachtet. Der Marokkaner starrte ihn aus rabenschwarzen Augen an. Er schien ihn nicht wiederzuerkennen.

»Guten Tag. Ich war im März schon mal bei Ihnen und habe etwas gekauft«, setzte Rutherford an, woraufhin der Händler sofort beide Hände hob.

»Wenn Sie es vor so langer Zeit gekauft haben, kann ich

leider nichts für Sie tun. Zurückerstattung gehört nicht zu meinem Geschäft.«

Er grinste, dann sagte er ruhig: »Sie verstehen mich falsch, ich möchte nichts zurückerstattet bekommen. Mich interessiert, woher Sie dieses Stück hatten, das ich bei Ihnen gekauft habe.« Chrístos Petrakos trat neben ihn und holte das Orichalcum hervor.

Die Augen des Marokkaners leuchteten kurz auf, er erkannte es zweifellos wieder. Er streckte die Hand aus, um es zu berühren, aber der Grieche verhinderte dies.

»Woher haben Sie es bekommen?«

»Warum möchten Sie das wissen? Es ist nur ein Stück Metall. Kein Gold oder ein anderes Edelmetall. Es ist bloß ... ziemlich schwer für seine geringe Größe.«

»Angenommen, wir bräuchten mehr davon«, sagte Petrakos, »wo würden wir es finden?«

Der Marokkaner strich sich über den Bart und sah sie grinsend an.

»Nun, ich bin Händler. Ich lebe vom Verkauf. Und Informationen sind eines der teuersten Güter, weil man sie nur ein einziges Mal verkaufen kann.«

»Wie viel?«

»Nun, ich meine mich zu erinnern, dass Ihr Freund mir für dieses Metallstück zweihundert Dirham gegeben hat, das entspricht ungefähr fünf Englischen Pfund. Moment, lassen Sie mich kurz rechnen.« Der Händler kratzte sich mit grüblerischen Blick am Kopf.

»Ich gebe Ihnen einhundert Pfund, wenn Sie mir sagen, woher Sie das Metall haben!« Der Grieche sah den Mann ungeduldig an.

»Wie wäre es mit dem Zehnfachen?«

»Sind Sie noch bei Sinnen?«

»Oh ja. Und ich erkenne es, wenn eine Gruppe Ausländer, die extra einen sehr weiten Weg auf sich genommen haben, vor mir stehen und etwas unbedingt haben wollen.«

»Also gut, Sie bekommen eintausend Pfund«, erwiderte Petrakos mit grimmigem Blick.

»Zehntausend.«

»Wie bitte? Eben sagten Sie ...«

»Der Preis ist gerade gestiegen«, lächelte der Händler mit listiger Miene. »Und jede weitere Beschwerde wird ihn noch weiter ansteigen lassen.«

Petrakos drehte den Kopf, sah zu seinem Bruder, dann zu Lo Pei und Stuart. Rutherford fürchtete schon, er würde gleich anordnen, dass sie sich den Marokkaner schnappten, aber im selben Moment traten weitere Einheimische unter den Schatten des Baldachins. Die Neuankömmlinge umringten sie.

»Zehntausend, abgemacht«, stieß Petrakos knurrend hervor. »Aber ich habe so viel Geld jetzt nicht bei mir.«

»Kein Problem. Kommen Sie einfach wieder, sobald Sie die Summe haben. Sie finden mich immer hier an meinem Stand.« Der Marokkaner lächelte fröhlich. »Ich freue mich auf Ihren nächsten Besuch, meine Herren«, rief er ihnen hinterher, als sie von dannen zogen.

Rutherford ging neben den Petrakos-Brüdern her.

»Vielleicht hätten Sie mich lieber die Verhandlungen führen lassen sollen.«

»Behalten Sie Ihre guten Ratschläge für sich«, keifte der Grieche ihn an. »Ich hoffe, hier gibt es eine Bank. Ich habe kein Verlangen danach, mich länger als nötig in diesem Drecksloch aufzuhalten!«

ACHTUNDDREISSIG

IN DER KASBAH

TANGER, MAROKKO

DER FLUG von Cádiz nach Tanger dauerte nur wenig länger als erwartet. Jody sah verärgert zu Aléxandros Onassis, nachdem dieser sein Flugzeug im Hafen von Tanger gelandet hatte und langsam auf einen Anleger in einem der kleineren Hafenbecken zusteuerte.

»Sie sagten, es wäre Medizin, kein Alkohol.«

»Das ist es auch. Aber in jeder guten Medizin ist auch etwas Alkohol enthalten«, erwiderte der Grieche breit grinsend. »Außerdem hatte ich nicht erwartet, dass er die ganze Flasche auf einmal leeren würde. Aber abgesehen davon, hat es doch ganz wunderbar funktioniert, nicht wahr?«

»Das kann man nicht bestreiten«, sagte Joe lachend und warf einen Blick zu Max, der mit einem gelösten Gesichtsausdruck selig auf seinem Sitz schlummerte. »So tiefenentspannt ist er noch nie geflogen.«

»Wir kriegen ihn nie wieder wach«, stöhnte Jody und rüttelte Max an der Schulter.

»Lass ihn einfach schlafen«, sagte Professor Crichton. »Wir schaffen es hier auch ohne ihn.«

»Wollen wir ihn denn einfach so hier sitzen lassen?«

»Der wird schon nicht weglaufen«, meinte Joe schulterzuckend.

»Wir lassen Ike bei ihm, der kann auf ihn aufpassen.«

Jody seufzte und streichelte Max über die Wange.

»Na gut. Lassen wir ihn hier.«

Sie stieg gemeinsam mit Joe, Professor Crichton, Goya, Heinrich Blum und dem Griechen aus dem Flugzeug, das von zwei Marokkanern bereits an den Pontons festgebunden wurde. Die Männer streckten Onassis die Hände entgegen. Ohne zu zögern, gab der Grieche ihnen ein paar Münzen. Zufrieden eilten die Einheimischen zum nächsten Steg, wo gerade ein Segelschiff eintraf. Jody ließ ihren Blick über Tanger streifen. Die Stadt wirkte wie ein real gewordenes Klischee, das sie sonst nur in Hollywoodstreifen zu sehen bekam. Eine Stadt zwischen zwei Kontinenten, mit dem besten aus dem Orient und der westlichen Welt. Direkt vor ihnen erhob sich das Festungsviertel der Kasbah auf sanft ansteigenden Hügeln.

»Kommt, es ist nicht weit zu gehen«, sagte Professor Crichton, der mit entschlossenen Schritten voranging.

Joe setzte sich seinen weißen Fedora auf den Kopf und folgte mit leicht hinkendem Gang. Der Deutsche folgte ihm. Jody bildete gemeinsam mit Goya und Onassis den Schluss ihrer Gruppe.

Obwohl ihr Ziel streckenmäßig nicht weit entfernt lag, waren sie doch alle nassgeschwitzt, als sie den ehemaligen Sultanspalast erreichten, in dem sich nun ein Museum befand. Der Anstieg war längst nicht so sanft, wie es noch vom Hafen aus den Anschein gehabt hatte. Sie machten eine kurze Pause im Schatten der Feigenbäume, die sich links und rechts vor dem Portal des Museums befanden.

»Haben wir einen Plan oder wollen wir einfach mit der Tür ins Haus fallen?«, fragte Jody den Professor, der sich mit einem Taschentuch den Schweiß aus dem Gesicht tupfte.

»Ich würde vorschlagen, wir fragen direkt nach den ältesten Stücken in der Sammlung. Die müssten phönizischen Ursprungs sein. Mit Glück erkennen wir so schon ein bekanntes Zeichen oder einen Hinweis.« Crichton zog die Mappe hervor, in der sich die Seiten aus dem Voynich-Manuskript befanden. Damit ging er auf den Eingang zu, in dem just in diesem Moment ein Mann in einem weißen Kaftan erschien.

»Salām.« Der Mann neigte den Kopf leicht.

Crichton tat es ihm gleich und benutzte die ebenfalls arabische Grußformel. Dann stellte er sich vor und ebenso den Rest ihrer Gruppe. Er sagte, dass sie auf einer Bildungsreise wären.

»Mein Name ist Sharif. Was kann ich für euch tun?«, fragte der Marokkaner, nun ebenfalls auf Englisch.

»Wir würden uns gerne einen bestimmten Teil der Ausstellung ansehen, den phönizischen«, erklärte Crichton.

»Sehr gerne. Es ist lange her, dass wir fachkundige Besucher aus dem Ausland hier begrüßen durften.« Der Mann vollführte eine einladende Handbewegung. »Bitte, tretet ein.«

Sie betraten einen Innenhof, dessen Boden mit wunderschönen Mosaikfliesen bedeckt war. Es gab reichlich Bananenpflanzen und Mandarinenbäume, die einen schönen Kontrast zum ansonsten komplett in Weiß gehaltenen Gebäude darstellten. Ihr Führer erzählte ihnen einige Dinge über die Anlage, aber Jody hörte nicht richtig hin und verschaffte sich selbst einen Eindruck. Sie bemerkte, dass Goya es ihr gleichtat und die Anlage mit prüfendem Blick musterte. Über eine Treppe gelangten sie in einen Turm, der den höchsten Punkt des Museums bildete. Darin befand sich ein stattlicher Saal, in dem sich aber, gemessen an seiner Größe, nur wenige Ausstellungsstücke befanden. Das Erste, was einem Besucher ins Auge fiel, waren jedoch nicht die Exponate, sondern die prachtvolle Artesonado-Decke. Die kunstvoll mit geometrischen Motiven verzierte Holzdecke sorgte auch für eine besondere Akustik im Raum. Jeder ihrer Schritte klang laut nach. Jody ging automatisch langsamer und erkannte in einem Schaukasten zu ihrer Linken die phönizischen Schriftzeichen auf einer Karte auf Anhieb. Auch der Professor hielt sofort auf die Landkarte zu und nahm sie genau in Augenschein.

»Ein besonders altes Stück«, erklärte Sharif mit stolzer Stimme. »Darauf ist noch der alte Name der Stadt verzeichnet, unter dem sie gegründet wurde: Tingis.«

»Ich sehe es. Ganz wunderbar, ein außerordentliches Kunstwerk. Die Küstenlinie ist für die damalige Zeit ungeheuer genau wiedergegeben.« Crichton kratzte sich den Bart. »Aus welchem Jahrhundert stammt die Karte?«

»Sie wird auf das neunte Jahrhundert vor der Hidschra datiert«, erklärte der Marokkaner. »Oder wie Sie sagen würden: dreihundert vor Ihrem Propheten Christus.«

Aléxandros Onassis stellte sich neben Crichton und deutete auf die Mitte der Karte.

»Da ragt ein Dreizack aus dem Wasser.«

»Das Zeichen des griechischen Gottes Poseidon.« Sharif nickte und ging um den Schaukasten herum. »Die Phönizier glaubten an die alte Legende, nach der es heißt, Antaios, der Sohn des Poseidon und der Gaia, habe Tingis einst aus der Erde gestampft. Er hat die komplette Stadt eigenhändig errichtet.«

»Da hat er bestimmt gut zu tun gehabt«, bemerkte Joe.

»Nun, Antaios war ein Riese. Er soll sechzig griechische Ellen groß gewesen sein.«

»Das sind ungefähr achtundzwanzigeinhalb Meter«, ergänzte Onassis grinsend, als er Joes fragenden Blick bemerkte.

Professor Crichton ergriff das Wort: »Ich kenne die Legende von Antaios. Es heißt, er soll mit jedem gekämpft haben, dem er begegnete. Oder besser gesagt, er zwang jeden, der an seiner Heimat vorbeikam, mit ihm zu kämpfen. Und er gewann immer.«

»Fast immer. Eines Tages geriet er an den Falschen«, schmunzelte Onassis und sah Crichton an. »Ich kenne die Geschichte gut. Meine Mutter hat sie mir oft erzählt. Er forderte einen Reisenden zum Zweikampf auf, der auf den Namen Herakles hörte. Und der erkannte, dass die Stärke des Antaios aus der Erde kam, von seiner Mutter Gaia. Also hob er den Riesen in die Luft und erwürgte ihn. Ende der Geschichte.«

»So soll es gewesen sein, richtig«, sagte Sharif anerkennend. »Herakles spaltete dann die Erde, als er den leblosen Körper des Antaios wieder zu Boden schmetterte, und schuf so die Straße von Gibraltar.«

»Hat bestimmt ordentlich gekracht«, meinte Joe.

»Mit Sicherheit. Kommen Sie, ich habe noch ein älteres Artefakt, das ich Ihnen zeigen kann.« Der Marokkaner ging auf die gegenüberliegende Seite des kleinen Saals, wo sich eine weitere Vitrine befand. In dieser war eine Art Tontafel ausgestellt. »Dies ist es. Unser ältestes Stück hier im Museum.«

»Ist das auch phönizischen Ursprungs?«, fragte Jody und ging vor dem niedrigen Schaukasten in die Hocke, um sich die Tafel genau anzusehen. Sie war circa vierzig mal vierzig Zentimeter groß, aus grauem Gestein und hatte rundgeschliffene Ecken, die eindeutig von Menschenhand bearbeitet worden waren. In der Mitte der Tafel war ein Kreis zu sehen, in dem wiederum zwei kleinere Kreise enthalten waren. Im Zentrum dieser Ringe gab es nur einen großen Punkt zu sehen. In allen drei Kreisen gab es unten eine kleine Einbuchtung, die sich in gerader Linie zum Mittelpunkt fortsetzen ließ. Links neben den Ringen erhob sich eine Figur, die Jody auf den ersten Blick an ein einfaches Strichmännchen erinnerte. In der Hand hielt es einen langen Stab.

»Der Ursprung ist nicht ganz klar«, antwortete Sharif. »Aber wie Sie sehen, wird die Legende von Antaios aufgegriffen.« Der Marokkaner deutete auf die simple Figur auf der Tafel.

»Sie glauben, das soll der Riese aus der Sage sein?« Joe kniff die Augen zusammen und beugte sich neben Jody zu der Vitrine herab.

»Ja. Die Kreise neben ihm sollen wohl Tingis darstellen.«

Jody warf Joe einen Blick zu und sie erkannte, dass er dasselbe dachte wie sie auch.

»Die drei Kreise könnten auch für etwas anderes stehen«, setzte sie an und machte eine kleine Pause, um ihren folgenden Worten mehr Gewicht zu geben. »So, wie sie aussehen, entsprechen sie exakt Platons Beschreibung von Atlantis.«

Für einen Augenblick war es völlig still im Saal, doch

dann brach der Marokkaner in lautes Gelächter aus. Er schüttelte sich mehrmals, ehe er antwortete.

»Das ist doch Unfug! Atlantis hat es nie gegeben. Das ist ganz klar eine Darstellung von Tingis!«

»Da ist noch etwas auf der Tafel«, stellte Crichton fest und drückte seine Nasenspitze gegen das Glas. »Könnten Schriftzeichen sein. Meinen Sie, es ist möglich, dass wir uns …«

»Nein!« Die bisher freundlich-warme Stimme von Sharif hatte jetzt einen kalten Klang bekommen. »Ich möchte Sie bitten, jetzt zu gehen. Meine Pause ist schon lange überfällig.«

Jody wollte etwas erwidern, aber Crichton legte ihr eine Hand auf die Schulter und gab ihr mit einem ernsten Blick zu verstehen, nichts zu sagen.

»Natürlich. Haben Sie vielen Dank dafür, dass Sie uns etwas von Ihrer wertvollen Zeit geopfert haben«, sagte der Professor.

Sie verließen den ehemaligen Sultanspalast wieder und Sharif beeilte sich, die schwere doppelflügelige Portaltür hinter ihnen zu schließen.

»Irgendetwas sagt mir, dass das Museum heute nicht mehr öffnen wird«, argwöhnte Joe.

»Ganz sicher nicht. Warum ist er denn plötzlich so nervös geworden, als wir Atlantis erwähnt haben?«

»Keine Ahnung. Aber ganz sicher hat es was mit der Tafel zu tun. Die sollten wir uns noch mal genauer ansehen.«

»Ich glaube nicht, dass Sharif uns abermals eintreten lässt«, meinte Jody an Crichton gewandt.

»Da stimme ich dir zu. Also werden wir es auf anderem Wege versuchen müssen.« Der Professor drehte den Kopf und sah Goya an, der den Blick nur mit einem schmalen Lächeln beantwortete.

Sharif atmete tief durch, nachdem er die Tür hinter den neugierigen Besuchern verriegelt hatte. Er ärgerte sich über sich selber. Obwohl er selbst schon lange davor gewarnt hatte, die Tafel einfach in der Ausstellung stehen zu lassen, präsentierte er sie nun völlig ohne Not. Doch seine Bedenken waren stets zurückgewiesen worden. Er überlegte einen Moment, dann lief er mit schnellen Schritten über den Innenhof in sein Büro und griff nach dem Telefon auf seinem Schreibtisch.

Max hielt seinen Kopf gerade unter Wasser, als er die Schritte bemerkte, die sich ihm über den Holzsteg schnell näherten. Er zog sich just in dem Moment wieder nach oben, als Jody bei ihm ankam.

»Max, alles in Ordnung? Was machst du denn da?« Seine Freundin sah ihn erschrocken an.

»Ich versuche nur, möglichst schnell wieder einen klaren Kopf zu bekommen, nach der angeblichen Medizin, die mir unser Kapitän angedreht hat.« Er zeigte auf Onassis.

»Aber der Flug war kein Problem, oder?«, gab der Grieche belustigt zurück.

Max strich sich mit der rechten Hand die nassen Haare zurück.

»Wie es scheint, seid ihr schon ohne mich im Museum gewesen.«

Jody nickte und erzählte von dem Besuch im Kasbah-Museum. Er hörte aufmerksam zu.

»Die Tafel klingt wirklich vielversprechend«, meinte er, nachdem sie geendet hatte. »Aber was hilft uns das, wenn wir da nicht herankommen?«

»Wir werden uns die Tafel bald genauer ansehen können«, sagte Goya mit ruhiger Stimme. »Ich werde sie heute Nacht aus dem Museum stehlen.«

NEUNUNDDREISSIG

NACHVERHANDLUNG

MARRAKESCH

CHRÍSTOS PETRAKOS GING mit lang gestreckten Schritten voran auf den Djemaa el Fna, wo die meisten Händler ihre Stände in der einsetzenden Dunkelheit bereits abbauten und die Waren auf Eselskarren verluden. In seiner rechten Hand hielt er den Geldumschlag. Hinter ihm folgten mit einigem Abstand Lo Pei und Stuart Hanley. William Rutherford war mit seinem Bruder nicht erneut mitgekommen, was ihm ganz recht war. Bei dem, was er vorhatte, würden die beiden Akademiker nur stören.

Mit seinen beiden Begleitern erreichte er den Stand des marokkanischen Schacherers, der ihn mit einem breiten Grinsen in Empfang nahm. Sein Stand war einer der wenigen, die nicht Tag für Tag wieder abgebaut werden mussten.

»Ah, es ist mir eine Freude, Sie wieder hier begrüßen zu dürfen, Herr Petrakos.«

»Woher kennen Sie meinen Namen? Ich habe ihn vorhin nicht genannt.«

»Ich bitte Sie, seien Sie nicht so bescheiden. Sie sind ein sehr erfolgreicher Geschäftsmann. Und auch wenn Sie es sich nicht vorstellen können, auch hier in Marrakesch erscheinen Tageszeitungen.« Der Händler zwinkerte ihm zu. »Mir gefällt der Wirtschaftsteil immer am besten. Ich war mir erst nicht sicher, ob Sie es wirklich waren, aber jetzt besteht gar kein Zweifel mehr.«

»Wie schön«, knurrte er. »Lassen Sie uns zum Geschäftlichen kommen.« Er überreichte den Geldumschlag. »Zehntausend Pfund, wie abgemacht. Jetzt sagen Sie mir, woher das Metall stammt.«

Der Marokkaner zählt stumm die Banknoten im Kuvert und nickte dann zufrieden.

»Stimmt genau. Aber alles andere hätte mich bei Ihrem guten Ruf auch schwer enttäuscht.«

»Lassen Sie das Geschwätz und sagen Sie mir jetzt, was ich wissen will.«

»Ich muss allerdings auch sagen, dass ich Sie für bedeutend klüger gehalten hätte. Sie händigen mir einfach das Geld aus, ohne die Gegenleistung dafür erhalten zu haben. Bei weniger vertrauenswürdigen Menschen wie mir könnte das Probleme nach sich ziehen.«

»Die Information«, sagte er ruhig. »Geben Sie sie mir – jetzt.«

»Also gut: Das Metallstück wurde irgendwo in der Wüste gefunden, von Berbern auf der Durchreise. Leider kann ich Ihnen die genaue Position nicht mitteilen, aber so groß ist die Sahara ja nicht.« Der Händler lachte schallend.

Mit einem großen Schritt war Chrístos bei ihm und packte den Kerl am Kragen. Das Lachen verstummte augenblicklich.

»Jetzt hör mir gut zu, du dummschwätzende Ratte.

Entweder du sagst mir jetzt, was ich wissen will oder ich zeige dir, warum ich wirklich so erfolgreich geworden bin!«

Der Händler gab keine Antwort. Aber urplötzlich tauchten sechs Männer in dunklen Gewändern auf und umringten sie, wie am Vormittag bei ihrem ersten Besuch.

»Das war Ihr zweiter Fehler«, zischte ihn der Marokkaner mit unheilvollem Blick an. »Und auch Ihr letzter!«

Gleichzeitig zogen die sechs Handlanger die Säbel, die sie am Gürtel trugen. Aber er hielt seinen Blick nur auf den Händler gerichtet.

»Ich nehme an, die stellen euch nicht vor große Probleme«, sprach er mit lauter Stimme. Lo Pei und Stuart Hanley handelten sofort.

Der Amerikaner zog eine schallgedämpfte Pistole und feuerte auf zwei der Männer links von ihm, die daraufhin tödlich getroffen zusammensackten. Lo Pans Enkel hingegen sprang aus dem Stand mit gestrecktem Bein auf einen Gegner auf der rechten Seite zu, setzte diesen mit einem Kopftreffer außer Gefecht und nahm dessen Schwert an sich. Blitzschnell stürzte er sich auf die restlichen drei Marokkaner, die seiner Geschwindigkeit nichts entgegensetzen konnten. Lo Pei hieb dem ersten Mann die Schwerthand ab, fegte ihn dann mit einem Tritt zur Seite und stach dem zweiten die Klinge in den Hals, während er sich um die eigene Achse drehte und auch den dritten Gegner mit einem Tritt gegen den Kiefer ausschaltete.

Chrístos sah zufrieden, wie sich die Augen des Händlers vor Entsetzen weiteten, als er erkannte, dass sein heimtückischer Plan gescheitert war.

»Jetzt werden Sie mir sagen, woher Sie das Metall bekommen haben.«

Im Hintergrund wimmerte der Mann, dem Lo Pei die Hand abgetrennt hatte. Er verstummte, als Stuart Hanley ihm in den Kopf schoss. Der Marokkaner zuckte erschrocken zusammen.

»Ich … ich habe Ihnen die Wahrheit gesagt«, stotterte der verängstigte Händler. »Es wurde in der Sahara entdeckt. Die Berber ziehen von Mauretanien nach Marokko und zurück, irgendwo auf ihrem Weg sind sie darauf gestoßen.«

»Es lag einfach im Sand, oder wie?« Chrístos packte den Kragen des Mannes noch fester. »Letzte Chance!«

Lo Pei riss das Schwert, dessen Spitze immer noch im Hals seines Opfers steckte, mit einem Ruck heraus und richtete die blutige Spitze auf den Händler. Der leblose Körper fiel neben ihm mit einem dumpfen Laut zu Boden.

»Das Auge … Es gibt eine Region in der Wüste, die das Auge der Sahara genannt wird. Dort haben die Berber das Stück gefunden. Das ist die Wahrheit. Ich flehe Sie an, verschonen Sie mein Leben.«

Noch einen Augenblick starrte Chrístos dem wimmernden Mann in die Augen, dann entließ er ihn aus seinem Griff. Er drehte sich um und nickte Lo Pei zu. Der Chinese enthauptete den Marokkaner mit einem schnell und hart ausgeführten Hieb. Der Kopf kippte zur Seite und rollte über die rechte Schulter hinab in den Staub, der Körper blieb noch einen Augenblick aufrecht stehen und sackte dann in sich zusammen wie eine Marionette, der man die Fäden durchtrennt hatte.

»Verdammt – musste das sein? Das ist doch widerlich«, beschwerte sich der Amerikaner, der sich schnell von der Leiche abwandte und besorgt auf den Platz starrte, der nun in völliger Dunkelheit dalag. Einige der Händler mit ihren Eselskarren und daran befestigten Laternen zogen von dannen. Niemand schien etwas mitbekommen zu haben.

»Stellen Sie sich nicht so an.« Lo Pei trat neben den Kopf, rammte das Schwert in den Schädel und ging mit einem maliziösen Grinsen an Chrístos und dem Amerikaner in die Dunkelheit davon.

VIERZIG
MITTERNACHTSFALKEN
TANGER

GEMEINSAM MIT GOYA ging Max durch die dunklen Straßen der schlafenden Stadt. Der Kunstdieb flanierte mit federndem Schritt durch die engen Gassen der Medina von Tanger. Max hingegen sah sich ständig um, in Sorge, jemand könnte sie sehen. Die anderen waren alle beim Wasserflugzeug geblieben, nachdem sie vorher noch zusammen essen gewesen waren.

»Ein leerer Bauch stiehlt nicht gern«, hatte Goya gesagt und darauf bestanden, vorher noch ein Restaurant aufzusuchen. Aléxandros Onassis hatte sich von dem Vorschlag sofort begeistert gezeigt und darauf bestanden, sie alle einzuladen.

»Ich hatte noch gar keine Zeit, die Geburt meiner Tochter zu begießen.« Dementsprechend bestellte der Grieche auch reichlich Alkohol. In Tanger war es nicht so streng wie in anderen muslimischen Städten Marokkos. Die Stadt war geprägt von Weltoffenheit und ließ Platz für alle

Gepflogenheiten der westlichen Welt – gute wie schlechte. Aber Max verzichtete nach seiner Erfahrung mit der Medizin von Onassis darauf, Alkohol zu trinken. Außerdem bestand er darauf, Goya bei seinem Diebeszug zu begleiten, da er ihm nicht traute. Der Dieb zeigte sich wenig begeistert, vermied es aber, lange darüber zu diskutieren.

Also zogen sie kurz nach Mitternacht los, ausgestattet mit einem langen Seil, das Onassis in seinem Flugzeug hatte, sowie einem Wurfhaken. Beides verstauten sie in einem Rucksack, den Max jetzt auf dem Rücken trug. Nachdem sie eine ganze Weile nur bergauf gegangen waren, tauchte die niedrige Mauer der Kasbah, die den ehemaligen Sultanspalast umschloss, vor ihnen auf. Goya machte keine Anstalten anzuhalten, ging an der Mauer entlang und folgte ihr bis auf die Rückseite des jetzigen Museums. Dort gab es keine anderen Häuser und sie waren in gewisser Weise unsichtbar.

»Wären Sie so nett?« Der Dieb sah ihn auffordernd an und Max wollte den Rucksack abstreifen. »Nein, mir reicht eine kleine Aufstiegshilfe«, stoppte Goya ihn und verschlang seine Hände ineinander.

Max machte es ihm nach und sofort stellte der Franzose seinen Fuß in seine Handflächen und stieß sich mit Schwung in die Höhe. Stöhnend hielt Max seine Hände zusammen, bis Goya sich an der Mauer hochgezogen hatte und oben auf der Kante saß. Dort legte er sich auf den Bauch und streckte Max seine rechte Hand entgegen. Nicht ganz so elegant wie Goya zuvor schaffte es Max ebenfalls auf die Mauer. Er verschnaufte kurz und ließ sich dann in den Innenhof hinab, der komplett im Dunkeln lag. Obwohl Goya nur zwei Meter von ihm entfernt stand, konnte er die Umrisse des Diebes nur schemenhaft sehen.

»Und jetzt?«, flüsterte er in die Finsternis.

»Wir müssen in den Turm hinauf. Folge mir.«

Max verließ sich mehr auf seine Ohren als auf seine Augen, als er Goya über den Innenhof folgte. Er spürte einen glatten Boden unter den Schuhen. Schließlich erreichten sie ein Gebäude, von dem er nur vermuten konnte, wie hoch es war.

»Ich hoffe, da wollen wir nicht hochklettern«, wisperte er.

»Nicht, wenn es auch anders geht«, entgegnete Goya und machte sich an der Tür zu schaffen, die aus massiven Holzbrettern mit schweren Eisenbeschlägen bestand. Doch das einfache Schloss stellte für den erfahrenen Dieb kein großes Hindernis dar.

»Voilà!« Max sah das Grinsen von Goya nicht, aber er war sich sicher, dass er es tat.

Sie betraten den Turm und schlossen die Tür hinter sich. Max holte eine Taschenlampe heraus, schaltete sie ein und schirmte den Lichtschein nahezu vollständig mit seiner Hand ab, während sie die Stufen emporstiegen. Als sie das Ziel erreichten, hielt Goya sofort zielsicher auf die rechte Seite zu, wo Max im schwachen Licht die Vitrine mit der beschriebenen Steintafel erkennen konnte. Sein Partner fackelte nicht lange und hob den Glassturz, der über die Platte gestülpt war, in die Höhe.

»Halt«, rief Max noch gedämpft, aber seine Warnung kam zu spät.

»Ganz ruhig. Ich bin hier der Profi, schon vergessen? Dieses Ding verfügt über keinerlei Alarmsicherung, das habe ich beim Besuch heute Mittag schon gesehen.« Goya stellte den Glaskasten vorsichtig auf dem Boden ab und wollte sich dann die Steintafel nehmen.

»Stopp«, sagte Max mit Nachdruck. »Wir brauchen die Tafel nicht mitzunehmen.« Max setzte den Rucksack ab und holte daraus zusammengefaltetes Transparentpapier und ein Stück Zeichenkohle hervor. Er hatte es vorher schon Crichton und den anderen besprochen, die genau wie er Bauchschmerzen dabei hatten, etwas aus einem Museum zu stehlen. Nur Onassis sah es anders, aber das spielte für Max keine Rolle. »Ich werde die Eingravierungen einfach abpausen. Die Tafel selbst kann hierbleiben.«

Er erkannte an Goyas Gesichtsausdruck, dass der nicht damit gerechnet hatte. Aber schließlich zuckte der Dieb mit den Schultern.

»Meinetwegen. Aber mach schnell.«

Max gab die Taschenlampe an Goya, nahm die aufrecht stehende Steintafel aus ihrer Halterung und legte sie flach auf dem Boden ab. Dann breitete er das Papier darüber aus und begann, mit der Kohle gleichmäßig darüber zu reiben. Schnell zeigten sich die feinen Linien, die in die Oberfläche des Steins geritzt waren, auch auf dem Papier.

»Das sieht doch schon ganz gut aus«, murmelte Max, als er fertig war. »Leuchte mal bitte hier hin, damit ich beides miteinander vergleichen kann.«

Plötzlich flammte grelles Licht im Raum auf.

»Ist es so recht?«, fragte ein Mann in einem weißen Kaftan höflich. Hinter ihm standen vier weitere Männer, die genau das Gegenteil des Fragestellers waren. Sie sahen aus wie Straßenschläger von der übelsten Sorte. Max gab keine Antwort und auch Goya schien es die Sprache verschlagen zu haben. Die Männer versperrten ihnen den Fluchtweg zur Treppe. »Wissen Sie, was wir in Tanger mit Dieben zu tun pflegen?«

»Genau genommen haben wir gar nichts gestohlen«, meinte Goya, der seine Sprache schnell wiedergefunden hatte.

Max faltete das Papier zusammen und steckte es sich unters Hemd.

»Es tut mir sehr leid, was nun passieren wird, aber Sie haben es sich durch Ihre Neugier selbst zuzuschreiben.«

Vier Pistolenläufe zeigten auf Max und Goya.

»Halt, Sie müssen das nicht tun«, sagte Max, hob die Steintafel vom Boden und stand auf. »Ich lege die Tafel wieder zurück und wir gehen unserer Wege.«

Der Marokkaner zögerte. Aber nicht seine Worte waren der Grund dafür, wie Max schnell erfasste, sondern die Tatsache, dass er die Steintafel in Händen hielt. Auch Goya war es nicht entgangen, dass sich der Einheimische auf einmal besorgt zeigte.

»Haben Sie Angst, dass mein Freund die Tafel fallen lassen könnte?«, fragte er mit einem Grinsen.

»Nehmen Sie Ihre Finger von der Tafel«, zischte der Marokkaner Max an.

»Das würde ich ja gerne, aber erst, wenn Ihre Männer die Waffen wegstecken.«

»Wegschmeißen. Er meinte wegschmeißen«, ergänzte Goya schnell.

»Genau. Sagen Sie den Kerlen, sie sollen die Waffen wegwerfen.« Max streckte die Steintafel ein Stück von sich weg und wackelte damit.

»Sie haben ja keine Ahnung, was Sie da tun.« Dann befahl der Museumschef den Männern auf Arabisch, die Waffen runterzunehmen und auf den Boden zu werfen.

»Und jetzt, geben Sie uns den Weg frei«, verlangte Goya.

»Erst legen Sie die Tafel zurück.«

»Ich lege Sie unten bei der Treppe ab, Sie haben mein Wort«, sagte Max.

»Das Wort eines Diebes hat keinerlei Wert.«

»Es bleibt Ihnen keine Wahl.« Max bewegte sich langsam in Richtung des Ausganges, die Steinplatte wie einen Schild vor sich haltend. Goya hielt sich in seinem Rücken und Max spürte, wie die Klappe des Rucksacks geöffnet wurde.

»Die Tafel darf diesen Raum nicht verlassen«, forderte der Marokkaner.

»Sie bekommen Sie wieder, sobald wir hieraus sind.«

»Nein, Sie geben sie mir jetzt – auf der Stelle!«

»Ich sagte doch ...« Max verstummte, als Goya neben ihm den Wurfhaken schleuderte. Der Haken landete auf einer der am Boden liegenden Waffen, die der Dieb mit einem Ruck zu sich heran riss. Blitzschnell hielt er die Pistole in der Hand.

»So, jetzt ist Schluss. Wir gehen jetzt. Wer uns daran hindern will, wird erschossen.«

»Das glaube ich nicht.« Im Gesicht des Marokkaners zeigte sich plötzlich ein feines Lächeln.

»Ach nein? Ich werde abdrücken, ich warne Sie!« Goya fuchtelte ein wenig mit der Waffe, um seinen Worten Nachdruck zu verleihen.

»Tun Sie sich keinen Zwang an.«

Max war sich sicher, dass Goya nur bluffte. Der Spanier war ein Dieb, aber ganz sicher niemand, der in der Lage war, auf einen Menschen zu schießen. Der Marokkaner schien das ganz genauso zu sehen. Auf ein Handzeichen von ihm kamen die vier Männer auf sie zu.

»Stehen bleiben!« Goya riss die Waffe nach oben und feuerte in die Luft.

»Nein!« Mit entsetztem Gesicht warf sich der Marokkaner zu Boden.

Erst verstand Max nicht, was ihn so in Panik versetzte, doch dann spürte er, wie sich die Steintafel in seinen Händen leicht erwärmte.

»Was zum Teufel ...?« Goya blickte der Kugel, die er gerade abgefeuert hatte, wie vom Donner gerührt hinterher. Normalerweise hätte sie in die Holzdecke eindringen müssen, aber stattdessen verharrte das Projektil in der Luft schwebend. Dann änderte es die Richtung und jagte quer durch den Raum, direkt auf Max zu.

Er hatte keine Chance zu reagieren. Doch nur Zentimeter, bevor die Kugel ihm die Brust aufreißen würde, drehte sie von Neuem ab und sauste nach rechts weiter, wo sie durch eine Vitrine flog und diese in Stücke splittern ließ. Doch das Projektil zischte immer weiter durch den Raum, seine Geschwindigkeit erhöhte sich noch mehr, anstatt langsamer zu werden. Erneut kam es auf Max zu, änderte wieder die Richtung und durchschlug den Brustkorb eines der Männer, der gerade versuchte, sich auf Max zu stürzen. Die Kugel beschrieb einen weiten Bogen, zerstörte einen weiteren Glaskasten, ehe sie in den Hals eines der Marokkaners eindrang und begleitet von einer kleinen Blutfontäne auf der anderen Seite wieder austrat. Das Geschoss wurde noch schneller und begann leicht zu glühen.

»Lassen Sie die Tafel los«, rief ihm der am Boden kauernde Museumschef verzweifelt zu.

Max öffnete die Hände und ließ die Steintafel einfach fallen, just in dem Augenblick, als die Kugel abermals auf ihn zuflog. Doch mitten im Flug stoppte das todbringende

Projektil und fiel zeitgleich mit der Steintafel zu Boden. Als hätte jemand einen unsichtbaren Faden gekappt, an dem es hing. Es krachte, als die Tafel aufschlug und in zwei Teile brach. Es dauerte einen Augenblick, ehe Max realisierte, was gerade geschehen war. Er sah das rötlich schimmernde Metall, das im Inneren der Steintafel enthalten war.

»Weg hier!« Goya packte ihn am Arm und zog ihn hinter sich her zum Ausgang. Sie rannten die Treppe hinunter, stürmten aus der Tür ins Freie und liefen über den Innenhof zum Haupteingang der Kasbah. Schnell zog Goya den Riegel auf, drückte das Portal auf und schob Max hindurch. Sie rannten den Hügel hinunter zum Hafen, ohne sich auch nur einmal umzudrehen. Ihre Schritte dröhnten laut über den Holzsteg und die Tür des Wasserflugzeugs wurde sofort geöffnet.

»Max, was ist …?«

»Keine Zeit für Erklärungen. Wir müssen sofort weg von hier!«, schrie er, als er die Maschine erreichte und mit einem Satz ins Innere sprang und dabei Joe beinahe von den Füßen riss. »Sofort starten!«

»Was ist passiert?«, wollte Heinrich Blum wissen.

Dann dröhnten die Planken des Holzstegs erneut heftig und Max sah eine ganze Horde von Männern auf sie zustürmen.

»Los jetzt«, forderte Goya Onassis auf. Der Grieche startete den Motor.

»Einer muss die Leinen lösen.«

Max kletterte auf den Schwimmer des Flugzeugs und kappte die beiden Leinen, mit denen das Flugzeug am Steg festgemacht hatte. Mit einem Ruck setzte sich die Maschine in Bewegung und gewann rasch an Abstand zum Steg, wo ihre Verfolger zurückblieben. Schwer atmend ließ Max sich auf einen der Sitze fallen, als sich das Flugzeug in den Nachthimmel erhob.

»Puh, das war knapp.«

»Lief wohl doch nicht so reibungslos, Mister Meisterdieb«, flachste Joe und sah Goya an, der auf dem Kabinenboden hockte und mit leerem Blick zur Tür sah.

»Ich ... das wollte ich nicht ... ich wollte niemanden verletzen.«

»Was ist denn jetzt genau passiert?«, fragte der Professor. »Konnten Sie die Inschrift der Tafel abpausen?«

Max lächelte schwach und zog das Papier unter seinem Hemd hervor.

»Hier ist es.« Er reichte es Crichton. Dann ging er zu Goya und legte ihm eine Hand auf die Schulter. »Du konntest nichts dafür. Niemand konnte ahnen, dass so was geschieht.« Auf Jodys fragenden Blick hin erzählte er, was sich im Turm der Kasbah zugetragen hatte und wie ein einziger abgefeuerter Warnschuss zur tödlichen Gefahr wurde.

»In der Tafel war Orichalcum?«, fragte Heinrich Blum.

»Vermutlich. Ich hatte keine Zeit, das genauer zu überprüfen.«

»Aber wenn es Orichalcum war, warum ist es dann einfach zerbrochen, als die Tafel auf den Boden gefallen ist?«

»Was immer es war, es war mit dem Stein der Tafel verbunden. Aber jetzt ist nur wichtig, dass wir die Inschrift entziffern können«, sagte Max und schob sich an Blum vorbei zum Professor, der das Papier entfaltet und neben sich auf dem Sitz die Fotografien mit der Übersetzung von Louis de Jaucourt hingelegt hatte. »Und, hilft uns das weiter?«

»Es sind nur wenige Zeichen, die hier unten in der Tafel eingraviert sind.« Crichton deutete auf die linke untere Ecke, unterhalb der einfachen Strichdarstellung eines Menschen. »Aber sie sind definitiv von derselben Art, wie sie auch im Voynich-Manuskript benutzt worden sind.«

»Können wir sie entschlüsseln?«

»Das will ich hoffen.«

Der Professor legte sich die Entschlüsselung de Jaucourts direkt neben die Zeichen auf dem Papier und begann damit, die Zeichen zu vergleichen.

Sharif sammelte die Bruchstücke der Steintafel vom Boden auf und trug sie zum Podest zurück. Traurig begutachtete er die Blutlache auf dem Boden.

Das hätte alles nicht sein müssen. Es ist ganz allein meine Schuld, dachte er und senkte den Kopf. Er erschrak, als ihm jemand von hinten eine Hand auf die Schulter legte.

»Mach dir keine Vorwürfe. Es war an der Zeit«, sprach eine sanfte Frauenstimme.

»Ich habe versagt.«

»Vielleicht hast du das. Vielleicht hast du aber auch einfach nur deine Bestimmung erfüllt.«

»Meinetwegen mussten diese Männer sterben«, erwiderte er verzweifelt.

»Und es werden noch mehr sterben, ohne Zweifel«, sagte die Frau ohne Gefühlsregung. »Doch wir alle wussten, dass dieser Tag einst kommen würde. Nun gilt es, Vorbereitungen zu treffen.«

Sharif drehte sich herum und sah in die eisgrauen Augen der alten Priesterin. Er nickte ihr zu.

»Ich werde sofort aufbrechen!«

Mit einem Laut der Erleichterung ließ Crichton seinen Bleistift sinken.

»Geschafft!«

Max und Jody sahen den Professor erwartungsvoll an.

»Was steht da?«

Crichton legte die Stirn in Falten und räusperte sich.

»Also, wenn mir kein Fehler unterlaufen ist, dann steht da Folgendes: *Was einst der ehrfurchtgebietendste Ort auf Erden war, liegt nun für immer in Dunkelheit unter dem Sandmeer verborgen. Nur die Kinder des Himmels vermögen es zu sehen!*«

»Das ist alles?«, fragte Jody enttäuscht.

»Ich finde, das ist eine ganze Menge.«

»Aber es hilft uns nicht weiter, um Atlantis zu finden.« Max sank enttäuscht in den Sitz zurück.

»Also, wohin soll ich jetzt fliegen?«, rief Onassis aus dem Cockpit.

»Zurück nach Cádiz.«

»Nein«, sagte der Professor mit Entschiedenheit. »Wir müssen in die Sahara.«

»Wie bitte?« Der Grieche drehte sich um und sah Crichton genauso ungläubig an wie der Rest von ihnen. »Das ist ein Wasserflugzeug!«

»Wir wollen da auch nicht landen. Ich möchte nur eine Theorie überprüfen.«

»Sie glauben, die Sahara ist das Sandmeer, von dem die Rede ist?«, fragte Max.

»Die Vermutung liegt nahe. Die Tafel, von der diese

Inschrift stammt, wurde mit Sicherheit auch hier in der Region gefertigt. Und die Sahara ist nicht weit entfernt.« Er sah auffordernd zu Onassis. »Fliegen Sie uns bitte dorthin, Kapitän!«

Der Grieche murmelte irgendwas von »Verrückten« und flog zurück zum afrikanischen Kontinent.

EINUNDVIERZIG

DAS AUGE DER SAHARA

MAURETANIEN, IRGENDWO IN DER WESTLICHEN SAHARA

DIE VORDEREN GELÄNDEWAGEN stoppten so abrupt, dass Rutherford mit dem Kopf beinahe auf das Armaturenbrett geschlagen wäre, als auch der Fahrer seines Jeeps auf die Bremse trat. Er fluchte, aber der Grieche, der den Wagen lenkte, schenkte ihm keine Beachtung und stieg aus. Rutherford sah ihn zu den anderen Fahrzeugen gehen. Der Landrover, der an der Spitze fuhr, hatte einen Plattfuß, was nicht weiter verwunderlich war, angesichts der felsigen Schotterpiste, auf der sie nun seit einer guten Stunde durchgeschüttelt worden waren. Die Männer von Petrakos redeten miteinander, dann holten sie den Wagenheber heraus und begannen mit dem Reifenwechsel. Die anderen Insassen des Landrovers stiegen dazu aus. Lo Pan und sein Enkel gingen zu dem zweiten Wagen, in dem sich Walter Lucas und Stuart Hanley befanden. Für einen Augenblick überlegte er, ebenfalls auszusteigen und sich dazuzugesellen, aber verwarf diesen Gedanken. Stattdessen studierte er die Landkarte, die er auf seinem Schoß liegen hatte. Auch wenn sie ihm nicht viel weiterhalf. Nur eine gähnend leere Fläche war an ihrer Position zu sehen. Verärgert dachte er an sein letztes Gespräch mit Chrístos Petrakos zurück.

»Das Auge der Sahara?«, hatte er den Griechen ungläubig gefragt, als dieser mit der Information zu der Herkunft des Orichalcums vom Markt in Marrakesch zurückgekehrt war. »Das ist der Hinweis? Da war unsere Suche nach Tartessos ja noch aussichtsreicher! Die Sahara ist die größte Wüste der Welt. Wie sollen wir da jemals etwas finden? Erst recht kein Auge.« Er vermied es, zu erwähnen, dass er es für völlig sinnwidrig hielt, in der Wüste nach einem vermeintlichen Inselreich zu suchen.

»Sie haben mir wohl nicht genau zugehört. Das Auge der Sahara beschreibt einen ganz bestimmten Teil der Wüste in Mauretanien. Außerdem wissen wir, dass die Berber dort eine ihrer Handelsrouten haben. Die werden sicherlich nicht immer neue Wege nehmen. Es bleibt immer noch ein großes Gebiet, aber wir können es eingrenzen.«

»Und wie stellen Sie sich die Suche vor?«

»Zu Lande und aus der Luft, Sir William«, antwortete der Grieche lächelnd. »Sie werden sehen, dass Sie sich glücklich schätzen können, dass Sie sich mir angeschlossen haben.«

Glücklich war ganz gewiss nicht das Wort, das Rutherford verwendet hätte, um seine Situation zu beschreiben, aber er konnte nicht verhehlen, dass ihn die Organisation von Petrakos beeindruckte. Binnen weniger Stunden hatte er ein bestens ausgestattetes Expeditionsteam zusammengestellt.

Mit riesigen Transporthubschraubern wurde das Team Land in die Westsahara geflogen, um sich dem Auge der

Sahara auf dem beschwerlichen Weg auf den Spuren der Berber zu nähern. Die Gebrüder Petrakos hingegen setzten die Suche mit dem Hubschrauber aus der Luft fort.

Die Tatsache, dass auch Lo Pan und Walter Lucas mit ihm den beschwerlichen Weg durch die Wüsten bestreiten mussten, verwunderte ihn dagegen nicht. Ganz sicher wären die Griechen nicht traurig, wenn die alten Männer den Strapazen der Reise nicht gewachsen wären. Aber jetzt, als er den alten Chinesen durch die Windschutzscheibe beobachtete, stellte er fest, dass der betagte Mann mit einem vergnügten Gesicht zu seinem Enkel sprach.

Nachdem der Reifenwechsel erledigt war, setzte ihre kleine Kolonne den Weg fort. Die Landrover fuhren langsam den steinigen Weg, der immer weiter anstieg und auf eine Art Bergkuppe führte. Als sie den höchsten Punkt erreicht hatten, konnte Rutherford eine Ebene erkennen, die von einer Hügelkette ringförmig umschlossen wurde. Er registrierte außerdem, dass die Kuppe, auf der sie sich nun befanden, sich ebenfalls kreisförmig um die Ebene schloss. Unwillkürlich überkam ihn ein Schaudern.

Wenn man aus großer Höhe hierauf hinabschauen würde, könnte man beinahe versucht sein, Platons Beschreibung von Atlantis hierin wiederzuerkennen, dachte er.

Dann ging sein Blick in den Himmel, wo er in weiter Ferne ein sich langsam bewegendes Objekt sehen konnte.

»Das ist es! Wir haben es tatsächlich gefunden«, jubelte Giorgius euphorisch, als sie mit dem Hubschrauber über die Ringformation in der Wüste hinwegflogen. »Das ist Atlantis!«

Chrístos mochte noch nicht ganz in die Freude seines Bruders mit einstimmen, aber auch er spürte, dass sie dem Ziel ihrer jahrzehntelangen Suche nun so nahe wie noch nie waren. Abgesehen von der Möglichkeit vor ein paar Jahren, das Goldene Vlies in die Hand zu bekommen. Er hoffte, dass sie diesmal niemand daran hindern würde, endlich das ewige Leben zu erringen.

Max fühlte sich etwas malade, aber nachdem sie nun schon mehrere Stunden in der Luft waren, gewöhnte sich sein Körper langsam daran. Sein Blick ging aus dem Fenster des Wasserflugzeugs. Unter ihnen erstreckte sich die Sahara. Der gelbe Sand der Wüste dominierte, aber es gab auch einige braune Flecken, vermutlich Felsen oder kleinere Berge. Doch nichts, was auch nur annähernd der kryptischen Beschreibung von der Tafel gleichkam. Er konnte sich auch nicht vorstellen, dass sie nach so vielen Jahrtausenden eine Spur finden würden. Wahrscheinlich hatte der Wüstensand alles verschluckt, selbst wenn es jemals da gewesen wäre.

»Oh mein Gott!« Jody fasste ihn an die Schulter. Max drehte seinen Kopf und sah zum Fenster auf der anderen Seite heraus. Ihm stockte der Atem.

»Seht ihr das auch?«, rief Aléxandros Onassis ihnen aus dem Cockpit zu.

Natürlich sahen sie es. Es war nicht zu übersehen. Ein großes Auge starrte sie aus der Sahara heraus an. Es war perfekt geformt, die Pupille wurde von drei Ringen umschlossen. Der äußere Ring war eine wulstige braune Wölbung, der vom gelblichen Sand der Wüste von den anderen Ringen gut sichtbar abgetrennt war. Das Wasserflugzeug flog einen Bogen und kreiste über dem riesigen Gebilde.

»Nur die Kinder des Himmels vermögen es zu sehen«, wiederholte Jody leise den Text von der Tafel.

»Das ist unglaublich«, vernahm Max die Stimme von Professor Crichton, der sein Gesicht an eine der Scheiben gepresst hatte und staunend hinabstarrte. »Genau, wie Platon es beschrieben hat. Drei konzentrische Kreise. Ich würde darauf wetten, dass sogar die Größenangaben übereinstimmen.«

»Ich fürchte, darauf, das genau nachzumessen, müssen Sie einstweilen verzichten«, meldete sich Joe, der hinter Max saß und ihn sorgenvoll anblickte. »Wie sollen wir da jemals fündig werden? Das Areal ist riesig.«

»Wir fangen am besten direkt im Zentrum an. Sollten dies tatsächlich die Überreste von Atlantis sein, müsste sich dort doch am ehesten eine Spur auf den gewaltigen Poseidontempel finden lassen«, erwiderte Crichton.

»Aber wie wollen wir das anstellen?«, fragte Jody. »Wir haben doch jetzt überhaupt keine Ausrüstung dabei und ...«

»Hey, seht mal da unten«, brüllte Onassis. »Ich fresse meine Mütze, wenn das nicht Petrakos und diese anderen Mistkerle sind!«

Erneut sahen alle aus den Fenstern. Tief unter sich konnten sie eine Fahrzeugkolonne erkennen, die sich einen Weg durch das unwegsam scheinende Gelände bahnte.

»Verflucht, das könnten sie tatsächlich sein«, murmelte Max. »Sie haben gerade den zweiten Ring erreicht.«

»Um was wollen wir wetten, dass die auch auf dem Weg zum Zentrum sind?« Joe sah ihn siegesgewiss an.

»Noch können wir ihnen zuvorkommen«, meinte Crichton ernst. »Ausrüstung hin oder her, wir dürfen nicht zulassen, dass denen Atlantis in die Hände fällt!« Der Professor stand auf und marschierte zum Cockpit. »Können Sie die Maschine genau im Mittelpunkt des Auges landen?«

»Sind Sie wahnsinnig? Das ist ein Wasserflugzeug! Beim Versuch, da unten zu landen, zerreißt es uns womöglich in Stücke!«

»Aber wir müssen dort herunter, wir haben keine Zeit, zurückzufliegen und über dem Landweg wiederzukommen. Bis dahin haben Petrakos und seine Bande bestimmt gefunden, wonach sie suchen. Wollen Sie das etwa?«

»Nein, auf keinen Fall«, knurrte Onassis. »Aber ich kann dort beim besten Willen nicht landen. Selbst wenn ich uns heil runterbringen könnte, würden wir dort nie wieder wegkommen.«

»Haben Sie Fallschirme an Bord?«

»Zwei Stück.«

Crichton nickte dem Griechen zu, drehte sich um und sah Max in die Augen.

»Oh nein, auf keinen Fall«, sagte er sofort mit großer Entschiedenheit.

»Was hast du denn? Wir sind schon einmal mit einem Fallschirm aus einem Flugzeug gesprungen«, sagte Joe. »Sogar mit Ike.«

»Das war etwas anderes, aber jetzt …«

»Dann begleite ich den Professor eben«, sagte Jody. »Ihr fliegt dann zurück und kommt nach, sobald ihr könnt.«

»Seid ihr jetzt alle wahnsinnig? Das kann Tage dauern, vielleicht sogar über eine Woche, bis wir wieder hier sind! Bis dahin seid ihr verdurstet oder …«

Max kam nicht dazu, auszusprechen, weil Onassis

plötzlich lauthals fluchte und das Flugzeug so hart nach links steuerte, dass er gegen Jody prallte und mit ihr auf dem Kabinenboden landete. Ehe er wusste, wie ihm geschah, hörte er das Rattern eines Maschinengewehrs.

◎

»Wir haben Gesellschaft bekommen, Sir«, meldete ihm der Pilot des Hubschraubers.

Christos und Giorgius sahen beide nach rechts oben und entdeckten das weißglänzende Wasserflugzeug. Sie erkannten die Maschine sofort wieder.

»Das ist dieser verdammte Onassis«, entfuhr es seinem Bruder.

»Und ganz sicher ist er nicht allein. Falkenburg wird ebenfalls an Bord sein.«

»Was machen wir?«

Chrístos achtete nicht auf seinen Bruder, sondern wandte sich gleich an die Crew des Hubschraubers.

»Machen Sie die Bordgeschütze fertig und fegen Sie sie vom Himmel!«

◎

»Scheiße, scheiße, scheiße!«, fluchte Onassis in einer Tour, während er ein wildes Manöver nach dem anderen vollführte. Aber Max konnte aus dem Fenster erkennen, dass das linke Triebwerk bereits getroffen war. Es brannte lichterloh und schwarzer Rauch quoll daraus hervor. Sie wurden merklich langsamer. Eine weitere Salve von Geschossen traf das Flugzeug, durchdrang die Kabinenwand ohne Mühe und fegte über ihre Köpfe hinweg. Ein ohrenbetäubendes Pfeifen erklang, als Luft durch die Löcher gesaugt wurde. Onassis ließ die Maschine in den Sturzflug übergehen. Max und Jody rutschten auf dem Rücken in Richtung des Cockpits und krallten sich dort am Türrahmen fest.

»Der Boden kommt verdammt schnell näher«, schrie Goya, der auf dem Co-Pilotenplatz hockte und ängstlich aus dem Fenster blickte.

»Haltet euch gut fest«, brüllte der Grieche und riss den Steuerknüppel wieder zu sich heran.

»Ob es zu spät ist, sich einen der Fallschirme zu schnappen?«, murmelte Max und drückte Jody fest an sich.

Onassis gelang es tatsächlich, das Flugzeug beinahe wieder in den Horizontalflug zu bringen. Der Boden der Wüste befand sich nur noch wenige Meter unter ihnen. Der Sand sah fest aus und es war geradezu einladend eben für die Schwimmer des Wasserflugzeugs. Da erwischte sie eine weitere Salve des Maschinengewehrs. Die linke Tragfläche gab nach und brach kurz oberhalb des Triebwerks ab. Wie ein Stein schlug die Maschine auf dem Wüstenboden auf, was die Schwimmer wie Streichhölzer abbrechen ließ. Hiernach wurden sie sofort wieder in die Luft geschleudert, nur um erneut krachend aufzusetzen. Beim zweiten Mal blieb das Heck der Maschine an einem Felsen im Untergrund hängen und wurde mit einer Urgewalt fortgerissen. Im hinteren Bereich der Maschine klaffte nun ein großes Loch, während sie in hohem Tempo über den Sand schlitterte. Plötzlich ertönte ein kurzes aufjaulen.

»Ike!« Professor Crichton, der sich zwischen den vorderen Sitzen eingekeilt hatte, rief verzweifelt den Namen seines Hundes, als dieser über den Gang rutschte, aus dem offenen Heck geschleudert wurde und verschwand. Dann wurde das Flugzeug plötzlich wieder in die Luft gehoben, als es über einen kleinen Erdwall rutschte und diesen wie eine Sprungschanze nutzte. Beim Aufprall gab es auch für Max und Jody kein Halten mehr, sie wurden in die Luft gehoben und rauschten über die Sitzreihen hinweg in den Sand der Sahara. Wie durch ein Wunder blieben sie beide bis auf einige Prellungen unverletzt. Max hob den Kopf und sah dem Flugzeug hinterher, das geradewegs auf eine Felsenwand zu rutschte – ein Teil des dritten Rings, der das Zentrum des Auges der Sahara umgab.

Rutherford verfolgte den Luftkampf genau. Ihre kleine Kolonne hatte gestoppt und alle sahen zum Himmel hinauf. Er sah, wie das Wasserflugzeug versuchte, den Maschinengewehrsalven des Hubschraubers auszuweichen, aber schon hatte eines der Triebwerke Feuer gefangen und die Maschine befand sich im Sinkflug. Kurz darauf erfolgte die Bruchlandung und aus der Entfernung konnte er nur undeutlich sehen, was sich dabei genau abspielte, aber er war sich sicher, dass er Menschen sah, die aus dem aufgerissenen Heck der Maschine geschleudert wurden. Er traf eine Entscheidung.

Der Fahrer seines Landrovers war nicht angeschnallt. Das machte es einfacher. Rutherford verpasste dem Mann, der leicht über das Lenkrad gebeugt dasaß und den Aufprall des Flugzeugs ebenso wie er beobachtete, einen Faustschlag gegen die Schläfe. Der Mann kippte bewusstlos zur Seite. Schnell beugte er sich über ihn, öffnete die Fahrertür und stieß ihn hinaus. Dann schwang er sich auf den Fahrersitz, startete den Motor und trat aufs Gaspedal.

Der Geländewagen machte einen Satz nach vorne und rammte den vor sich stehenden Wagen seitlich ins Heck, wodurch dieser ins Rutschen kam und den Hang, auf dem sie standen, hinunterrutschte. Rutherford fuhr weiter, riss das Lenkrad nach links und verpasste auch dem zweiten Jeep noch einen kräftigen Stoß, bevor er mit Vollgas davonpreschte.

Max hob den Kopf. Er lag bäuchlings im heißen Wüstensand der Sahara. In seinen Ohren dröhnte es, aber davon abgesehen hatte er die Schleuderpartie gut überstanden. Neben ihm bewegte sich Jody im Sand.

»Au ... mein Rücken«, stöhnte sie auf, drehte sich aber gleichzeitig zu ihm herum. »Bist du in Ordnung?«

»Ich glaube soweit schon, ja.« Er schüttelte sich den Sand aus den Haaren und stemmte sich hoch. Etwa hundert Meter von ihnen entfernt steckte das Wasserflugzeug seitlich in dem Sandwall. Die Schnauze war komplett verschwunden, nur die rechte Tragfläche ragte klar sichtbar heraus. Über sich konnte er den Hubschrauber kreisen hören, der sich erneut zu einem Angriff bereitmachte. »Die werden erneut auf das Flugzeug feuern.«

Kurz nach seiner nüchternen Feststellung eröffnete das Maschinengewehr, das seitlich an den Kufen des Helikopters befestigt war, das Feuer. Die Maschine stand in der Luft und perforierte die Überreste des Flugzeugrumpfs geradezu. Max zuckte zusammen, als eine Explosion erfolgte, als eines der Geschosse in den Treibstofftank traf. Aber auch der Hubschrauberpilot wurde vom Ausmaß der Explosion überrascht. Er war zu dicht herangeflogen. Der

Rumpf des Flugzeugs wurde auseinandergerissen und die Bruchstücke flogen wie Granatsplitter durch die Luft. Die Cockpitscheibe des Helikopters wurde durchlöchert. Der Pilot sackte tödlich getroffen über dem Steuerknüppel zusammen und der Hubschrauber flog ein Stück geradeaus – direkt auf das brennende Wrack des Wasserflugzeugs zu.

Max, der das Schauspiel mit aufgerissenen Augen beobachtet hatte, packte Jody, drückte sie in den Sand zurück und warf sich mit seinem Oberkörper halb über sie. Dann schlug der Helikopter in den Flammen des Flugzeugs ein. Die Detonation war so gewaltig, dass ein kleiner Sturm über ihn und Jody hinwegfegte und sie beide erneut unter Sand begrub.

In einem kleinen Feuerball verglühten das Wasserflugzeug und der Hubschrauber – und in ihm alle, die sich noch an Bord befanden.

Nachdem die Druckwelle über sie hinweggefegt war, kämpften sich Max und Jody wieder aus dem Sand heraus.

»Oh mein Gott«, wisperte Jody. »Professor Crichton und Joe waren noch dadrin.«

Max war nicht fähig, etwas zu sagen, er starrte nur in die lodernden Flammen. Hinter sich hörte er ein Kläffen. Er zwang sich dazu, den Blick vom flammenden Inferno abzuwenden.

»Ike?«

Der Dachshund preschte in hohem Tempo auf sie zu und sprang ihm dann in die Arme. Er bellte aufgeregt.

»Beruhige dich.« Aber Max konnte den kleinen Hund nicht halten, der sich von ihm losriss und auf die Absturzstelle zu rannte. »Komm zurück, du verrückte Töle!«

Aber dann sah er, wie Ike nach links abbog. Zwei Körper lagen dort im Sand. Die Männer wollten sich gerade aufrappeln, als Ike auf sie losging und sich in den Arm eines der beiden verbiss. Der Mann schrie auf.

»Petrakos!« Max sprang wutentbrannt auf die Beine und lief los.

Der Motor des Landrovers brüllte auf, als er einen Gang herunterschaltete und wieder beschleunigte. Rutherford sah in den Rückspiegel, wo er aber außer einer immensen Staubwolke nichts erkennen konnte. Er hoffte inständig, dass sein Vorsprung vor den anderen beiden Geländewagen groß genug war. Sein Blick ging wieder nach vorn, in Richtung des bruchgelandeten Wasserflugzeugs, wo der Hubschrauber sich gerade anschickte, dem gecrashten Flugzeug den Rest zu geben. Als die verheerende Salve des Maschinengewehrs abgefeuert wurde, umklammerten seine Hände das Lenkrad so fest, dass seine Fingerknöchel weiß hervortraten. Doch dann geschah etwas Unerwartetes. Der Hubschrauber schien getroffen worden zu sein, denn die Maschine geriet plötzlich ins Schlingern und flog geradeswegs in die feurigen Überreste des Flugzeugs hinein. Rutherford sah, wie die gewaltigen Rotorblätter auf den Steinwall trafen, zerbrachen und kurz darauf auch der Helikopter in einem Feuerball verging. Doch zuvor konnte er erkennen, wie zwei Gestalten aus der seitlichen Tür des Hubschraubers sprangen. Er presste den Kiefer zusammen und versuchte, noch mehr zu beschleunigen.

Max sah, wie Giorgius Petrakos verzweifelt versuchte, den Dachshund von seinem Unterarm zu bekommen. Aber der kleine Kiefer hielt ihn unerbittlich fest. Im Sand neben ihm lag Chrístos Petrakos und rührte sich nicht. Max hoffte, dass der Dreckskerl nicht mit so einem billigen Tod davonkommen würde und noch am Leben wäre. Der andere Petrakos hatte sich gerade wieder zu Boden geworfen und versuchte, Ike mit seinem Körper zu erdrücken. Aber da erreichte Max ihn auch schon. Ohne zu zögern, verpasste er dem Griechen einen harten Tritt in die Seite. Mit einem lauten Schmerzensschrei warf sich Petrakos zur Seite und gab Ike wieder frei, der sich erneut auf ihn stürzte.

»Nein, nicht ... verschwinde, du Monster«, kreischte Giorgius, als die kleinen spitzen Zähne des Dachshunds in sein Fleisch drangen.

Max drückte sein Knie auf den Oberkörper des Mannes und sah ihn hasserfüllt an. Doch dann fiel sein Blick auf ein kleines Stück Metall, das unweit von Petrakos im Sand lag. Das Orichalcum. Er griff danach und hielt es in die Höhe. Für einen Moment lang war er versucht, es in das Gesicht des Mannes unter ihm zu schmettern. Im selben Moment kam auch Jody neben ihm an. Ihr gelang es, Ike vom stark blutenden Arm des Griechen wegzuziehen.

»Bitte, lassen Sie mich leben«, wimmerte Giorgius Petrakos.

Max warf einen Blick nach rechts über die Schulter, wo die Überreste des Flugzeugs und des Helikopters brannten.

»Ich sollte Sie in die Flammen werfen.«

»Max, dahinten!« Jody tippte ihn an und zeigte nach Osten, wo sich ein Geländewagen aus der Kolonne, die sie aus dem Flugzeug bereits gesehen hatten, ihnen mit hoher Geschwindigkeit näherte. »Er wird gleich hier sein.«

Er stand auf, packte dann Petrakos am Kragen und zog ihn auf die Beine.

»Sie werden Ihren Männern sagen, dass Sie sich ergeben sollen, wenn Ihnen Ihr Leben lieb ist.«

»J-ja ... alles, was Sie wollen. Nur tun Sie mir nichts«, flehte ihn der Grieche an.

»Das hängt ganz von Ihnen ab«, erwiderte Max kalt. Er blickte zu Chrístos Petrakos, der immer noch wie tot mit dem Gesicht nach unten im Sand lag.

Der Geländewagen kam schnell näher. Es war ein beigefarbener Landrover, mit einem mächtigen Kühlergrill, breiter Bereifung und einer Seilwinde, die oberhalb der Stoßstange montiert war. Soweit Max auf die Entfernung erkennen konnte, saß nur eine Person in dem Fahrzeug.

»Aber das ist doch ...« Jody verschluckte die letzten Worte.

Der Landrover kam zum Stehen und der Fahrer sprang sofort heraus und lief auf sie zu.

»Sir William?«, stieß Jody halb erfreut und halb erstaunt hervor und umarmte den Engländer. »Aber wie ...?«

»Später, Jocelyn, wir haben nicht viel Zeit, bis die anderen hier eintreffen.« Er deutete in die Richtung, aus der er gekommen war und wo sich die Staubwolke, die er aufgewirbelt hatte, langsam legte und die Sicht auf zwei weitere Landrover freigab, die auf dem Weg zu ihnen waren. Sie würden noch einige Minuten benötigen.

»Haben Sie eine Waffe?«, fragte Max den Engländer.

»Nein, hat er nicht. Aber ich!« Er fuhr herum und blickte in den Lauf eines Revolvers, den Chrístos Petrakos in der Hand hielt. Dem Griechen klebte getrocknetes Blut an der linken Schläfe und in seinen Augen loderte der Zorn. »Lassen Sie meinen Bruder los, Falkenburg!« Max leistete der Aufforderung Folge. »Sie glauben gar nicht, wie froh ich bin, Sie hier lebend zu sehen. So komme ich in den Genuss, Sie höchstpersönlich zur Hölle zu schicken!« Der Zeigefinger des Griechen krümmte sich. Doch plötzlich begann die Erde unter ihren Füßen zu beben. An der Stelle, wo das Flugzeug und der Hubschrauber explodiert waren, riss der Boden auf und die Trümmerteile verschwanden unter der Erde. Zurück blieb bloß ein klaffendes schwarzes Loch.

Max nutzte die Ablenkung und sprang auf Petrakos los, packte seinen Arm und entriss ihm den Revolver. Dann verpasste er dem Schurken einen Faustschlag ins Gesicht, der den Griechen zu Boden gehen ließ.

»So, jetzt habe ich ein für alle Mal genug von Ihnen«, sagte Max und richtete den Revolver auf Chrístos Petrakos.

»Sie haben nicht den Mumm, mich einfach zu erschießen.«

»Ach nein?« Max drückte ab. Die Kugel ließ den Sand aufspritzen.

»Nein«, erwiderte Petrakos mit Nachdruck und grinste niederträchtig.

»Wir müssen hier weg, bevor seine Handlanger eintreffen.« Jody legte ihre Hand auf seinen Unterarm.

»Dieser Mistkerl hat Joe und den Professor auf dem Gewissen«, gab Max zurück, ohne den Blick von Petrakos abzuwenden.

»Hallo? Max?«

Er zuckte zusammen, als er hörte, wie sein Name gerufen wurde. Neben ihm machte Jody große Augen und auch das Grinsen im Gesicht von Chrístos Petrakos erlosch.

»Ist da jemand?« Es war eindeutig die Stimme von

Professor Crichton und sie kam aus dem schlundartigen Loch in dem Erdwall.

»Professor?« Max lief einige Schritte in Richtung des Kraters.

»Max, wir sind hier unten!«

»Warten Sie, ich werde Sie dort rausholen«, schrie er in die Schwärze des Trichters hinein.

»Komm lieber hier runter, du musst dir das ansehen«, brüllte eine andere Stimme.

»Joe?« Max spürte, wie ihm ein Stein vom Herzen fiel. »Aber …«

»Wir haben Atlantis entdeckt!«

Für einen Moment stand Max wie vom Blitz getroffen da, dann drehte er sich herum und lief zu Jody und den anderen zurück.

»Rutherford, fahren Sie den Landrover so dicht wie möglich an das Loch heran.« Der Engländer musterte ihn kurz, nickte ihm zu und setzte sich wieder hinter das Lenkrad. Max zeigte mit dem Revolver auf Chrístos Petrakos und seinen Bruder, der mittlerweile wieder auf den Beinen stand. »Los, Sie begleiten uns!«

Als der Geländewagen beim Loch ankam, wickelte Jody sofort das Seil von der Winde des Landrovers ab und ließ es in die Tiefe hinab.

»Schnell, wir müssen uns beeilen, sie sind gleich hier«, sagte Rutherford und sah besorgt auf die beiden anderen Wagen, die nicht mehr weit entfernt waren.

»Das reicht«, erklang Joes Stimme aus dem Krater. Max konnte einen Lichtschein in der Finsternis erkennen.

»Geh du zuerst«, sagte er zu Jody, die sich, ohne zu zögern, das Seil griff und in das Loch hinabkletterte. »Jetzt Sie.« Er sah Rutherford an.

Der Engländer nickte.

»Nur eine Sekunde.« Er lief zum Jeep, öffnete die hintere Tür und griff sich einen Rucksack. Den setzte er sich auf den Rücken und schnappte sich dann das Seil, um Jody zu folgen.

»Sie dürfen uns ebenfalls begleiten«, sagte Max zu den beiden Griechen.

Mit finsterer Miene griff sich Chrístos Petrakos das Seil. Nachdem er in der Tiefe verschwunden war, folgte ihm sein Bruder.

Max konnte das Dröhnen der Motoren bereits hören. Schnell öffnete er die oberen Knöpfe seines Hemdes, schnappte sich Ike und steckte ihn dort hinein, ehe auch er sich am Strang in die Dunkelheit hinabließ. Unten angekommen wurde es heller, mehrere Taschenlampen erleuchteten einen Hohlraum unter dem Wüstenplateau.

»Willkommen in Atlantis«, begrüßte ihn Professor Crichton mit ausgebreiteten Armen, drehte sich dann herum und leuchtete mit seiner Taschenlampe in die Dunkelheit hinter sich. Max stockte der Atem, als er sah, was sich hinter Crichton befand.

ZWEIUNDVIERZIG
ATLANTIS

ES DAUERTE EINIGE SEKUNDEN, bis Max begriffen hatte, was er sich gerade ansah. Vor ihm erstreckte sich eine gigantische Höhle. So groß, dass das Licht der Taschenlampen bei Weitem nicht ausreichte, um alles zu erleuchten. Aber was er sehen konnte, reichte aus, um sicher zu sein, dass sie tatsächlich Atlantis entdeckt hatten. Sie waren inmitten der legendären Stadt, zwischen den Ruinen und Trümmern, die davon noch übrig waren. Max stellte schnell fest, dass er und die anderen sich auf einem Dach eines der uralten Gebäude befanden. Ungefähr zehn Meter über sich befand sich der Durchbruch, der vom Aufprall des Flugzeuges und der folgenden Explosion geschaffen worden war. Er lehnte sich ein Stück zur Seite und sah über den Rand des Daches hinweg. Die Trümmerteile des Helikopters und des Flugzeugs lagen direkt neben dem Gebäude.

»Das ist großartig«, hörte er Rutherford sagen. Die Begeisterung in seiner Stimme war nicht zu überhören. »Das ist eine Sensation.«

»Wir müssen hier schnellstens weg«, dämpfte Max die Freude des Engländers. »Unsere Verfolger werden gleich hier sein.« Er sah sich um. »Wo ist Joe?«

»Hier unten!« Die Stimme seines Freundes drang aus der Dunkelheit an sein Ohr. Eine Lampe flammte neben dem Dach auf.

»Mir nach«, sagte Crichton und ging voran. Das steinerne Dach, auf dem sie sich befanden, gehörte zu einem ebenfalls eingestürzten Gebäude und neigte sich bis ganz zum Boden. Dort warteten Joe, Heinrich Blum, Goya und Aléxandros Onassis, der allerdings nicht bei Bewusstsein war. Auch Goya schien angeschlagen zu sein, er hatte einen provisorischen Verband um den Kopf gewickelt, aus dem linken Ärmel seines Hemdes gefertigt.

»Wie habt ihr das bloß überlebt?«, fragte Jody.

»Glück im Unglück«, erwiderte Joe. »Das Flugzeug ist beim Absturz durch den Felsen gebrochen, das Cockpit hing direkt über diesem Gebäude. Als wir sahen, dass der Hubschrauber kam, um sein Werk zu vollenden, blieb uns nichts anderes übrig, als aus dem Cockpit hier herunterzuspringen.«

»Der Aufprall auf den Felsen hätte unseren Freund beinahe das Leben gekostet«, sagte Crichton und leuchtete auf Onassis, dessen rechtes Bein merkwürdig verdreht war. »Wir müssen ihn schleunigst hier herausschaffen.«

»Das könnte schwer werden. Den Weg, den wir gekommen sind, sollten wir lieber nicht nehmen.«

Max blickte zu ihrem Einstieg hinauf, durch den Sonnenstrahlen einfielen. Sie hörten das Zuschlagen von Fahrzeugtüren.

»Wie müssen schleunigst von der Öffnung weg.«

»Geben Sie lieber auf und ersparen Sie sich das völlig

nutzlose Davonlaufen. Am Ende werden meine Leute Sie doch erwischen«, sagte Petrakos.

»Das werden wir ja sehen.« Max drückte Jody den Revolver in die Hand. »Schieß ihm in die Beine, wenn er oder sein Bruder versuchen, wegzulaufen.« Dann hob er gemeinsam mit Heinrich Blum und Joe den bewusstlosen Aléxandros Onassis hoch.

Crichton, Joe und Goya hatten Taschenlampen und gingen voran. Sie marschierten einen schmalen Weg zwischen den riesigen Trümmern der zerstörten Stadt.

»Seht ihr die Auswüchse, die sich auf dem Stein befinden?« Crichton leuchtete mit dem Lichtkegel auf die Überreste eines Hauses. »Sieht aus wie versteinerte Flechten. Als ob das hier einmal unter Wasser gelegen hätte – vor langer Zeit.«

»Das muss Tausende von Jahren her sein«, mutmaßte Rutherford, der neben ihm herging und seine Hand über das Gebilde gleiten ließ. »Aber jetzt liegt es unter der Wüste begraben. Wie kann das sein?« Er legte den Kopf in den Nacken und versuchte, etwas zu erkennen.

Der Professor richtete den Strahl der Taschenlampe nach oben. Zerklüftetes schwarzes Gestein war über ihnen zu sehen.

»Sieht aus wie erkaltetes Magma.«

»Aber hier auf den Gebäuden sind keine Spuren davon zu sehen. Müsste dann nicht die ganze Stadt unter der Lava begraben worden sein, wenn es einen Vulkanausbruch gegeben hat?«

»Das kann ich mir auch nicht erklären. Aber diese Erdwälle, die man aus der Luft gesehen hat und die das Auge der Sahara bilden, scheinen ebenfalls vulkanischen Ursprungs zu sein.«

»Aber wie kommt die perfekte kreisrunde Ausformung zustande?«

»Können Sie diese Fragen später klären?«, stieß Max angestrengt schnaufend hervor. Er wandte den Blick zurück und sah, wie sich der erste ihrer Verfolger ebenfalls am Seil hinabhangelte. »Schneller!«

Der Weg, auf dem sie sich befanden, führte sie beinahe schnurgerade immer weiter auf das Zentrum von Atlantis zu. Zu beiden Seiten säumten Trümmer die Strecke. Es konnte kein Zufall sein, dass dieser Weg völlig frei von Hindernissen war.

»Hier muss doch schon vor uns jemand gewesen sein, der alles beiseite geräumt hat«, sprach Joe genau das aus, was er dachte.

»Ja, zweifellos«, pflichtete Crichton ihm bei. »Aber auch das muss bereits vor Jahrtausenden geschehen sein.«

»Mir gefällt das alles ganz und gar nicht«, murmelte Goya. »Das wirkt auf mich wie eine Falle. Wir laufen bestimmt geradewegs in unser Verderben. «

»Möchten Sie lieber hier warten, bis die anderen hier sind?«

»Ich hasse es, keine Wahl zu haben.«

»Willkommen in meiner Welt«, meinte Joe lakonisch.

Sie eilten den Weg weiter entlang, so schnell es ihnen möglich war. Sie wechselten sich beim Tragen des bewusstlosen Onassis ab, um nicht zu viel Zeit zu verlieren. Ein Blick zurück zeigte Max aber, dass ihre Verfolger es anscheinend nicht sehr eilig hatten, zu ihnen aufzuschließen.

»Da hinten laufen sie«, sagte Stuart Hanley und zeigte auf die Handvoll Lichter, die sich in der Dunkelheit fortbewegten.

»Gönnen wir ihnen einen kleinen Vorsprung«, erwiderte Lo Pan ruhig. Seine Mundwinkel zuckten leicht nach oben. »Ich bin mir sicher, dass sie keine Möglichkeit haben, uns hier unten zu entkommen.«

»Seit wann haben Sie hier das Kommando?«, fragte einer der Männer, ein breitschultriger Kerl, den Petrakos mit einigen anderen von seiner Schiffsbesatzung ausgewählt hatte, sie zu begleiten. Er war kein Grieche, seine Gesichtszüge wiesen eher auf eine arabische Herkunft. Petrakos hatte erwähnt, dass er auch Söldner beschäftigte. Von den insgesamt sechs Mann, die sie begleiteten, waren mindestens vier dieser Gruppe zuzuordnen. Alle waren bewaffnet und vom Gestus her an Elitesoldaten erinnernd. »Wir werden uns diese Kerle sofort schnappen und dann …«

»Aber nicht doch, mein ungestümer, junger Freund. Ich denke, Sie wären gut beraten, auf mich zu hören.«

»Gehen Sie mir aus dem Weg.« Der Grieche legte seine linke Hand auf den Brustkorb des alten Chinesen und gab ihm einen Stoß. Lo Pan taumelte zurück und wurde von Stuart Hanley aufgefangen, ehe er von der Steinplatte stürzen konnte, auf der sie sich befanden. »Los kommt, holen wir uns die Kerle, die unseren Boss haben.« Er winkte seine Kameraden heran.

Ohne ein Wort zu sagen, stellte sich Lo Pei, der Enkel des Alten, dem Söldner in den Weg. Er war gut einen Kopf kleiner.

»Aus dem Weg, du Wicht!« Der Söldner wollte Lo Pei ebenso leicht zur Seite stoßen wie seinen Großvater. Doch noch ehe seine Hand ihn berührte, zuckte der rechte Arm des Chinesen blitzschnell nach vorne. Die Faust traf direkt auf den Kehlkopf. Der Söldner griff sich an den Hals und begann, grunzende Laute auszustoßen. Lo Pei drehte sich einmal um die eigene Achse und verpasste dem Kerl einen Tritt in die Kniekehle. Der Elitekämpfer stürzte nach vorn auf die Knie. Er rang immer noch nach Luft. Lo Pei packte den Kopf des Söldners mit beiden Händen und beendete seine Qual mit einem harten Ruck. Das Genick knackte und der Körper des Mannes erschlaffte.

»Möchte noch jemand darüber diskutieren, wer hier jetzt das Kommando hat?«, fragte Lo Pan ruhig. Die anderen Kerle starrten überrascht und entsetzt auf ihren toten Anführer, schienen aber nicht gewillt zu sein, sich mit dem Chinesen anzulegen. Sie schüttelten die Köpfe. »Gut, dann werden wir uns jetzt die restliche Ausrüstung aus den Fahrzeugen holen und danach machen wir uns auf den Weg.« Der Chinese drehte sich zu ihm um. »Ich nehme an, dies ist auch ganz in deinem Sinne?«

»Natürlich«, antwortete Walter und lächelte.

◎

Sie folgten dem Weg immer noch. Längst war es hinter ihnen dunkel geworden und sie konnten keinen Lichtstreifen mehr sehen. Es gab auch keinerlei Ruinen mehr abseits des Weges. Der Boden war zu beiden Seiten abgesackt, sodass es jetzt anmutete, als ob sie über eine Brücke gehen würden.

»Wahrscheinlich befinden wir uns gerade auf dem Überweg, der alle Landringe von Atlantis miteinander verbunden hat. Dies hier könnte der letzte, ehemalige

Wassergraben sein, bevor wir die Hauptinsel mit dem Poseidontempel erreichen«, spekulierte Crichton und leuchtete mit seiner Taschenlampe links herunter. Ein grauer und unförmiger Boden zeigte sich im Licht.

»Magma, gar kein Zweifel«, kommentierte Rutherford. »Was würde ich dafür geben, hier überall Gesteinsproben zu nehmen.« Er stieß einen Seufzer aus.

»Kopf hoch, Sir William. Es gibt ganz sicher noch eine Gelegenheit, zurückzukommen, wenn wir es erst geschafft haben, hier herauszukommen und diese Schurken hinter Gitter zu bringen«, versuchte Jody, ihren ehemaligen Lehrer aufzumuntern.

»Ich wünschte, du hättest recht.«

»Ganz bestimmt habe ich das. Sie werden sehen.«

»Ihr Optimismus ist gänzlich unangebracht«, lachte Chrístos Petrakos spöttisch. »Niemand von ihnen wird Atlantis lebend verlassen.«

»Oh, das ist kein Optimismus. Eher Realismus mit einer gehörigen Portion Erfahrung«, erwiderte Jody ungerührt und hielt den Revolver in die Höhe.

Der Grieche erwiderte nichts weiter darauf.

Wenige Minuten später erreichten sie die Hauptinsel. Zu ihrer Linken erhob sich ein hohes Bauwerk aus dem Schatten. Auf den ersten Blick wirkte es wie ein Tempel, die Form erinnerte an ägyptische Bauten. Nur dass die Säulen hier dreieckig waren. Sie waren makellos glatt. Auf dem Dach, das auf den Säulen ruhte, war am Giebel ein gigantischer Tierkopf aus rotem Gestein angebracht. Ein Stier.

»Grundgütiger«, stieß Goya aus, der als Erster vor dem Tempel stand und mit seiner Lampe nach oben leuchtete. Die Augen des Stiers reflektierten das Licht und wirkten lebendig. »Die haben ihm Edelsteine als Augen eingesetzt!«

»Da vorne steht jemand«, entfuhr es Heinrich Blum.

Sofort bündelten sich alle Lichtkegel auf dem Haupteingang des riesigen Bauwerks. Tatsächlich war dort eine Gestalt zu erkennen. Sie stand breitbeinig da, hielt einen Speer in der rechten und einen großen Schild in der linken Hand. Auf dem Kopf trug der Krieger einen Helm. Niemand sagte etwas.

»Ich hab ein Déjà-vu«, flüsterte Joe ihm ins Ohr.

Max spürte, wie ihm die Zunge am Gaumen kleben blieb. Das war einerseits der Anstrengung zuzuschreiben, dass sie Onassis tragen mussten, aber ganz sicher war auch der Anblick des in Gold erstarrten Kriegers schuld daran.

»Was für eine wundervoll gearbeitete Statue«, sagte Goya, als er den Goldmann eingehend gemustert hatte.

»Das ist keine Statue«, brachte Heinrich Blum mit kalter Stimme hervor.

»Was soll es denn sonst sein?«

»Das war mal ein Mensch. Jemand hat ihn in eine Goldstatue verwandelt.«

»Blödsinn, so was gibt es nicht!«

»Oh doch, das gibt es«, sagte Max laut. Ein Schauer fuhr ihm über den Rücken, als er daran zurückdachte, wie sie damals in Kolchis bei der Suche nach dem Goldenen Vlies auch die abgetrennte und skelettierte Hand von König Midas gefunden hatten. Immer noch mit der Gabe, alles, was sie berührte, in Gold zu verwandeln. Die Frau von Heinrich Blum war in Kolchis gestorben.

»Ich habe ein verdammt mieses Gefühl«, sagte Joe.

»Kommt, wir bringen Onassis erst einmal in den Tempel und legen ihn dort ab.«

Sie trugen den Griechen zu den Säulen und setzten ihn vorsichtig mit dem Rücken an einer Stütze links neben dem

Goldkrieger ab. Crichton und Jody nahmen den bedauernswerten Kerl derweil in Augenschein. Sein Gesicht war zu einer Fratze verzogen, als ob er unter großen Qualen gelitten hätte. Der Professor begutachtete die Rüstung des Kriegers genau.

»Ich würde sagen, dieser junge Mann hier stammt aus dem Heer Alexanders.«

»Alexander der Große?«, fragte Goya.

»Kennen Sie sonst noch einen?«, gab Crichton scharfzüngig zurück. »Dies hier ist das makedonische Hoheitszeichen.«

»Also ist Alexander damals hiergewesen. Seine Soldaten waren es, die den Weg hierher freigeräumt haben«, meinte Jody. »Aber warum ist darüber nichts bekannt?«

»Vielleicht deswegen.« Goya leuchtete mit seiner Taschenlampe weiter in den Tempel hinein. Noch mehr Gold blitzte auf. Mindestens ein Dutzend weiterer makedonischer Soldaten stand dort – festgehalten für die Ewigkeit in Edelmetall verwandelt.

»Endlich sind wir am Ziel unserer Träume angekommen«, sagte Chrístos Petrakos zu seinem Bruder. »Bald wird das alles uns gehören. Atlantis – und der Stein der Weisen!«

»Gar nichts wird Ihnen gehören«, sagte Max. »Wenn es selbst Alexander nicht gelungen ist, diese Macht zu bändigen, warum sollte es Ihnen dann anders ergehen?«

Petrakos gab keine Antwort darauf.

»Warum sind die Soldaten alle zu Gold verwandelt worden? War König Midas etwa hier und hat sie alle berührt?«, wunderte sich Joe.

Max schüttelte den Kopf. »Ausgeschlossen. Midas war zu Alexanders Zeiten schon seit Jahrhunderten tot und seine Knochen lagen in Kolchis begraben.«

»Aber wer oder was hat die Kerle hier dann in Goldstatuen verwandelt?«

»Ich bin mir nicht sicher, ob ich das wirklich wissen möchte«, murmelte Max und sah in das verzerrte Gesicht des makedonischen Kriegers.

Hinter ihm stieß Goya plötzlich einen Schrei aus. Max wirbelte herum und sah, wie die Petrakos-Brüder mit der Taschenlampe des Diebes in die Dunkelheit davonliefen.

»Verdammt«, fluchte Goya und hielt sich den Kopf. »Ich habe nicht aufgepasst.«

»Sie laufen nicht zurück, sondern weiter auf die Insel«, sagte Jody.

»Schnell, wir müssen ihnen hinterher. Wer weiß, was hier noch zu finden ist. Ich habe keine Lust, auch als Goldstatue zu enden«, meinte Joe.

Max nickte zustimmend. Plötzlich fiel ihm auf, dass sie nur noch eine einzige Taschenlampe hatten, die ihnen Licht spendete. Die hielt der Professor in der Hand.

»Wo ist Heinrich Blum?«

Kaum hatte er die Frage ausgesprochen, da flammte gleißendes Licht auf und durchflutete den Tempel. Es leuchtete heller als die Sonne, doch nur für einen Augenblick, danach erlosch es wieder. Aber eine normale Helligkeit blieb nach und gab so den Blick über das gesamte Reich von Atlantis frei.

»Ein wahrer Augenöffner«, stammelte Jody neben ihm, als sie zwischen den Säulen des Eingangs standen und auf die Überreste der Stadt blickten. Es waren nur Ruinen, aber dennoch reichte selbst dieses Trümmerfeld aus, um die einstige Größe und Herrlichkeit dieses Ortes zu vermitteln. Vor seinem inneren Auge richteten sich die zusammengestürzten Bauwerke wieder auf, füllten sich die leeren

Wassergräben wieder und helles Sonnenlicht schien von einem blauen Himmel herab.

»Atlantis«, wisperte er ehrfürchtig. Dann verblasste das Bild in seinem Kopf wieder. Jody zupfte an seinem Arm und deutete auf ein Bauwerk, das sich hinter ihnen auf einer Anhöhe unweit ihres Standorts befand. Dieser Anblick übertraf seine Vorstellung noch einmal.

»Der Tempel des Poseidon«, hauchte Jody fassungslos über das beinahe vollständig erhaltene Heiligtum.

An der Stirnseite des monumentalen Bauwerks befand sich ein leuchtender Kristall von enormer Größe, von dem das Licht ausging, das die unterirdische Höhle beleuchtete. Aus dem Inneren des Poseidontempels erscholl ein Schrei.

»Das war Blums Stimme«, sagte Jody.

»Wir haben nicht mehr viel Zeit, bis die hier sind.« Joe war neben ihn und Jody getreten und zeigte zurück zum Überweg. Max sah, wie sich die Gruppe ihrer Verfolger über die Brücke auf die Insel zubewegte. »Mit nur einem Revolver werden wir uns nicht verteidigen können.«

»Schnell, wir müssen da hoch. Nur wenn wir Petrakos in unserer Gewalt haben, können wir vielleicht noch lebend entkommen.«

Ein zweiter Schrei gellte von oben herab, diesmal war er von einer anderen Person ausgestoßen worden. Alle drehten ihre Köpfe herum und sahen, wie ein brennender Mann aus dem Tempel des Poseidon gelaufen kam.

»Oh mein Gott«, entfuhr es Rutherford.

Die lebendige Fackel kam nur wenige Meter weit, dann brach der Mann zusammen und wälzte sich im Todeskampf auf dem Boden. Max und Jody liefen sofort zu ihm hin, aber als sie ihn erreichten, war es bereits zu spät. Sie blickten auf eine bis zur Unkenntlichkeit verbrannte Leiche herab, deren Kleidung und Haut sich komplett aufgelöst hatte und nun den Blick auf das verkohlte Fleisch freigab.

»Wer ist das?«, fragte Jody mit angeekeltem Gesicht.

»Schwer zu sagen. Ich vermute einer der beiden Petrakos-Brüder.«

Aus dem Tempel über ihnen drangen erneute Schreie. Max rannte los.

Das strahlend helle Licht war so schnell verloschen, wie es plötzlich aufgeflammt war. Aber trotzdem war es nun in der Höhle erleuchtet. Lo Pan konnte die Quelle dieses Lichts gut erkennen, es kam von einem riesigen Tempel, der sich auf der Erhebung vor ihnen befand. Er spürte, dass es nun nicht mehr lange dauern würde und sie die unbegrenzte Macht in ihren Händen halten würden. Komischerweise fühlte er sich seit Betreten dieses Ortes kräftiger, energiegeladener und ... jünger. Ein Blick auf seinen amerikanischen Freund Walter Lucas zeigte ihm, dass dieser dasselbe fühlte. Ohne Stock und kerzengerade schritt der grauhaarige Mann neben ihm her.

»Ob wir Petrakos das Licht zu verdanken haben?«

»Falls er noch lebt, ja. Aber ich tippe eher auf Crichton und seine Bande.« Er machte eine kurze Pause. »Was auch immer gleich passiert, niemand außer mir wird Frederick Crichton töten, verstanden?«

Lucas grinste ihn an.

»Du hasst diesen Kerl wirklich, oder?«

»Mit all meiner Kraft. Mein Hass auf ihn hat mich all die Jahre am Leben gehalten.«

Er beschleunigte seinen Schritt.

Aus dem Inneren des Poseidontempels strahlte enorme Wärme nach draußen. Max zögerte einen Moment, dort einzutreten. Um den Tempel herum standen wieder einige zu Gold erstarrte Krieger aus dem Heer Alexanders des Großen. Sie hatten ihre Rücken dem Heiligtum zugewandt, als ob sie vor etwas flüchten wollten. Links neben der Stirnseite erhob sich eine imposante Figurengruppe, die aus poliertem, marmorähnlichem Gestein bestand. Sie zeigte Poseidon, den Meeresgott, wie er in einem Streitwagen stand, vor dem sechs Streitrösser mit wallender Mähne gespannt waren. Neben ihm auf dem Wagen stand eine Frau. Es musste sich um Kleito handeln, die Sterbliche, mit welcher der Gott Poseidon fünf männliche Zwillingspaare gezeugt hatte, denen er die Herrschaft über das Reich Atlantis übertrug.

»Worauf wartest du?«, fragte Jody, die nun auch beim Tempel angekommen war. »Gehen wir hinein.« Sie spannte den Hahn des Revolvers.

Als sie den Tempel betraten, wurden sie schier überwältigt von der Pracht, die sich ihren Augen darbot. Der leuchtende Kristall, der im Giebel des Tempels eingelassen war, sendete sein Licht auch nach innen. Vorherrschende Farbe war Gold. Die meisten der Säulen des Innenraums waren mit dem Edelmetall verkleidet. Max konnte sich nicht vorstellen, dass sie zur Gänze daraus bestanden. Dazu waren die Maße des Heiligtums zu gewaltig, als dass ein so weiches Material wie Gold das Gewicht tragen konnte. Aber auch Silber- und Kupferlegierungen waren zu sehen, die Seitenwände waren damit verblendet. Über allem dominierte jedoch ein kräftiges rotes Leuchten, je tiefer sie in den gewaltigen Tempel vordrangen, der von der Länge her den Maßangaben Platons exakt zu entsprechen schien.

Als sie das Zentrum erreichten, betraten sie eine kreisrunde Kultstätte, in deren Mitte sich ein Altar aus Orichalcum erhob. Dieser Opfertisch stand auf einer ebenfalls ringförmigen Plattform aus schwarzem Gestein, die von einem Graben aus rot glühender Lava umgeben war und nur über eine schmale Brücke zu betreten war. Vor dem Altar rang Heinrich Blum mit Chrístos Petrakos. Die beiden Männer versuchten, den jeweils anderen in die Lavagrube zu stoßen. Der Deutsche verlor den Halt, rutschte aus und stürzte zu Boden. Sein Oberkörper ragte ein Stück über die Plattform heraus. Sofort versuchte Petrakos, den Kopf seines Gegners in die Lava zu drücken.

»Aufhören, sofort!«, schrie Jody, aber der Grieche reagierte nicht, sondern bemühte sich nur noch stärker, um Blum in den sicheren Tod zu pressen. Sie richtete den Lauf der Waffe zur Decke und feuerte. Der Schussknall hallte ohrenbetäubend laut durch die Halle.

Max stockte der Atem. Genau wie im Kasbah-Museum von Tanger flog die Kugel nach oben, stoppte urplötzlich ihren Flug und kehrte wieder zurück. Sie zischte auf den Altar zu, wo sich Chrístos Petrakos im letzten Moment zur Seite warf, um dem Projektil zu entgehen. Stattdessen raste die Kugel jetzt auf Max zu. Die Wucht, mit der sie in seiner Brust einschlug, fegte ihn von den Beinen. Jody schrie entsetzt auf.

»Was ist passiert?«, rief Professor Crichton, der mit den anderen jetzt ebenfalls in den zentralen Ort von Atlantis gelaufen kam.

»Ich ... ich habe Max erschossen«, stammelte Jody. Sie warf den Revolver zur Seite und kniete sich neben Max.

Auch Ike kam angewetzt, schnüffelte aufgeregt an ihm herum und leckte ihm über das Gesicht. Max schlug die Augen auf.

»Au, das tat verdammt weh«, stöhnte er und langte sich mit der rechten Hand an die Brust.

»Du lebst! Aber wie ist das möglich?«

Max zog den Flachmann mit den Initialen von Aléxandros Onassis aus der Brusttasche seines Hemdes. Direkt dort, wo sich das O befand, war das Einschussloch zu sehen. Max wackelte mit dem Taschenfläschen. Die Kugel darin klapperte.

»Diese Medizin hat es wirklich in sich«, sagte er augenzwinkernd zu Jody, die ihn umarmte und fest an sich drückte.

»Geben Sie auf, Petrakos«, rief Rutherford dem Griechen zu, der jetzt hinter dem Orichalcum-Altar stand, während es Heinrich Blum wieder auf die Beine geschafft hatte. Sein Gesicht war schweißnass und er atmete schwer.

»Blum, lassen Sie es gut sein. Wir brauchen ihn lebend«, rief Joe dem Deutschen zu. Doch der reagierte nicht. Einen Augenblick taxierten sich die beiden Männer auf der Plattform, dann setzte Blum zum Sprung an. Mit ausgebreiteten Armen hechtete er über den Altar und versuchte, Petrakos zu greifen und mit sich zu reißen. Doch der Grieche schaffte es, sich rechtzeitig zu ducken. Heinrich Blum landete direkt auf der Lava. Er gab keinen Laut von sich, als sein Körper in Flammen aufging und langsam in die glühende Masse einsank.

»Na, wer möchte unserem Freund folgen?« Petrakos richtete sich auf und lachte sadistisch.

»Sie verdammter Mistkerl!« Rutherford machte einen

Schritt auf das Podest zu. »Ihretwegen mussten schon viel zu viele Menschen sterben.«

»Möglicherweise. Aber noch bleiben ein paar nach. Und ich darf Sie daran erinnern, dass das alles Ihre Verantwortung ist, Sir William«, lachte der Grieche. »Haben Sie Ihren Freunden eigentlich schon erzählt, dass Sie freiwillig bei mir geblieben sind? Weil Sie sich Ruhm und Ehre erhofften, wenn wir Atlantis finden?« Petrakos streckte seine Arme aus. »Nun, wir haben es geschafft! Wir befinden uns in Atlantis. Aber ich muss Ihnen leider mitteilen, dass es nicht mit Ihrem Namen in Verbindung gebracht werden wird.«

Jody löste ihre Arme von Max und sah fassungslos zu ihrem ehemaligen Mentor.

»Ist das wahr? Haben Sie diesem Kerl geholfen, Atlantis zu finden?«

Rutherford atmete tief durch und ließ dann seine Schultern hängen.

»Jocelyn, lass es mich erklären. Ich ...«

Jody machte einen Schritt auf den Engländer zu und verpasste ihm eine schallende Ohrfeige, die laut von der Decke des Tempels widerhallte.

»Wie konnten Sie das nur tun? Bedeutet Ihnen der Ruhm denn mehr als Ihre Ehre?« Sie sah Rutherford mit verächtlichem Blick an. »Ich hoffe, Sie können noch in den Spiegel schauen.«

»Seien Sie gnädig mit Sir William«, feixte Chrístos Petrakos auf dem Podest. »Er hatte sicher nur edelste Absichten – für sich!«

»Das ändert nichts an der Situation. Sie werden Atlantis nicht für sich beanspruchen können. Das Einzige, worauf Sie Anspruch haben werden, ist eine Gefängniszelle«, sagte

Crichton. »Und vielleicht die Todesstrafe, wenn es so was in Ihrem Land gibt.«

»Sie verzeihen, wenn ich das gänzlich anders sehe«, erwiderte Petrakos und seine Augen leuchteten im Schein der Lava gefährlich auf.

»Und ich pflichte ihm da nur zu gerne bei!«

Max und die anderen fuhren herum, als die Stimme von Lo Pan erklang. Sie sahen sich umzingelt von zehn Personen, darunter neben dem alten Chinesen auch Walter Lucas, Lo Pei und einer der Kerle, der ihnen im Met das Voynich-Manuskript gestohlen hatte. Einige der Männer richteten Waffen auf sie. Erst jetzt realisierte Max, dass Goya nicht bei ihnen war.

»Der Einzige, der jetzt gleich die Todesstrafe erhält, werden Sie sein, Frederick«, sagte Walter Lucas.

»Das wird sich noch zeigen müssen«, erwiderte Crichton ruhig.

»Erst dürfen Sie zusehen, wie wir Ihre Begleiter erschießen – einen nach dem anderen«, sagte Lo Pan. »Sie werde ich mir bis zum Schluss aufheben. Nur Ihren Hund werde ich am Leben lassen, der wird bei mir bleiben.«

Ike fletschte die Zähne und knurrte gefährlich.

»Das würde ich mir an Ihrer Stelle nochmal gut überlegen«, erwiderte Max. »Dieser Ort lässt es nicht zu, hier Waffen abzufeuern.«

»Ach nein?« Auf ein Zeichen von Walter Lucas hin zog der Kerl aus New York seine Pistole und feuerte auf Joe. Wie schon zuvor flog das Projektil nicht auf geradem Weg auf sein Ziel zu, sondern ging in einen Zickzackkurs über.

»Alle auf den Boden«, schrie Max.

Diesmal ging alles blitzschnell. Die Kugel raste in einem Bogen um den Altar herum und flog beinahe direkt auf ihren Ausgangspunkt zurück, wo sie in die Stirn des Mannes eindrang, der direkt neben dem Amerikaner stand. Der Hinterkopf des Kerls explodierte und wie eine Gischtwolke schossen Blut und Gehirnmasse hinaus und verteilten sich an einer der goldenen Säulen.

»Nicht schießen, ihr Idioten«, schimpfte Petrakos, der hinter dem Altar in Deckung gegangen war. »Falkenburg hat recht. Man kann hier drinnen nicht schießen. Die verdammten Kugeln machen, was sie wollen!«

»Gut, dann eben auf die altmodische Art«, stieß Walter Lucas hervor. »Schnappt euch die Kerle und werft sie in die Lavagrube!«

»Oh wie nett, mich will er verschonen«, meinte Jody, während die Angreifer ihre Waffen niederlegten und dann mit geballten Fäusten auf sie zukamen.

»Habe ich dir schon gesagt, wie sehr ich dich liebe?« Max sah sie grinsend an.

»Nein, schon seit Längerem nicht, du Stoffel.«

»Hey, könnt ihr das Süßholzgeraspel auf später verschieben«, knurrte Joe, als sich gleich zwei Gegner vor ihm aufbauten.

»Die beiden sind doch ein Klacks für dich«, gab Max zurück und konzentrierte sich auf den breitschultrigen Hünen, der auf ihn und Jody zukam. Doch als er sich gerade in Kampfpositur mit erhobenen Fäusten brachte, schoss Jody plötzlich nach vorne und verpasste dem Kerl einen kräftigen Tritt in den Unterleib. Max konnte sehen, wie sich die Pupillen des Mannes nach oben verdrehten, als er auf den Boden stürzte und sich jaulend und vor Schmerzen windend die Hände zwischen die Beine presste. Beinahe hätte er Mitleid mit ihm empfunden, aber dazu blieb keine Zeit, denn der nächste ging direkt zum Angriff über und verpasste Jody einen Schlag ins Gesicht, der sie zurücktaumeln ließ. Sofort sprang Max auf ihn los, rammte ihm ein Knie in den Bauch und setzte mit einem Ellenbogenschlag gegen den Kiefer nach. Zwei Zähne flogen aus dem Mund des Mannes in hohem Bogen davon. Ein weiterer Schlag knockte den Kerl endgültig aus. Derweil hatte Joe einen seiner beiden Gegner schon mit einer rechten Geraden zu Boden gestreckt, während sich Rutherford und Crichton beide vergeblich bemühten, einen einzigen Mann niederzuringen. Der Grieche hatte jedoch keine Schwierigkeiten damit, die beiden älteren Herren, die sich an ihn klammerten, abzuschütteln. Doch als er Rutherford einen Schlag ins Gesicht verpassen wollte, war Joe zur Stelle. Er fing die Faust des Mannes in der Ausholbewegung ab, schüttelte kurz mit dem Kopf, bevor er dem Kerl eine krachende Kopfnuss verpasste, die ihn sofort ins Reich der Träume beförderte. Jetzt stand nur noch einer der Angreifer auf seinen Beinen, der unsicher um sich blickte und sich dann für den strategisch klügeren Rückzug entschied.

»Alles in Ordnung?« Max sah Jody besorgt an. Ihre linke Augenbraue war durch den Schlag aufgeplatzt und das Blut lief ihr über das Gesicht.

»Es geht schon.«

»Wie sieht es aus? Möchten Sie sich ergeben?«, fragte Joe den Chinesen und stellte sein rechtes Bein auf einen der Kerle, die er k.o. geschlagen hatte.

»Setz diesem würdelosen Schauspiel ein Ende«, zischte Lo Pan seinem Enkel zu. Der nickte leicht und trat einen Schritt nach vorne. In der Hand hielt er einen Stock von einem Meter Länge.

»Komm ruhig näher, Kleiner«, forderte Joe ihn auf und ballte die Fäuste.

In Lo Peis Gesicht zeigte sich ein schmales Lächeln, als er mit der rechten Hand den Stock hob und mit einer schnellen Bewegung seines Handgelenks das Unterteil von der Schwertklinge rutschen ließ. Mit einer kreisenden Bewegung ließ er den Griff über seinen Handrücken drehen, sodass die Spitze des Schwertes direkt auf Joe zeigte.

»Oh.« Joe warf einen Seitenblick zu Max.

Mit einem Schrei katapultierte sich Lo Pei aus dem Stand in die Höhe und sprang auf Joe zu. In der Luft holte er mit dem Schwert aus und ließ es niedersausen. Die Klinge hätte Joes Kopf gespalten, wenn nicht William Rutherford geistesgegenwärtig seinen Rucksack genommen und ihn auf den heranfliegenden Chinesen geschleudert hätte.

»Lauft!«

Das ließ Max sich nicht zweimal sagen. Er packte Jodys Hand und rannte mit ihr zwischen den Säulen hindurch in den hinteren Teil des Tempels. Auch Joe und die anderen liefen in diese Richtung davon. Doch ein Blick zurück über die Schulter zeigte ihm, dass neben Lo Pei auch der Amerikaner ihre Verfolgung aufgenommen hatte.

DREIUNDVIERZIG
TARSIS

ALS ER DIE STIMMEN HÖRTE, drückte er sich dicht an eine der Säulen und wartete, bis die Gruppe um Lo Pan an dem Bauwerk vorübergegangen war. Stöhnend regte sich Aléxandros Onassis, der an der Säule neben ihm lehnte. Sofort huschte Goya zu ihm herüber und legte ihm eine Hand auf die Brust.

»Ganz leise«, flüsterte er dem verletzten Griechen zu, der die Augen aufschlug und ihn verwirrt ansah.

»Was ist ... passiert?« Onassis verzog das Gesicht vor Schmerz, als er versuchte, sich zu bewegen.

»Wir hatten eine Bruchlandung mit dem Flugzeug. Jetzt befinden wir uns unter dem Wüstensand und sind in Atlantis.«

»Wie lange war ich bewusstlos?«

»Nicht lange. Bleib jetzt einfach hier liegen und beweg dich nicht von der Stelle, ich muss den anderen helfen.«

Onassis fasste sich an sein gebrochenes Bein.

»Keine Sorge, ich laufe bestimmt nicht weg.«

Goya nickte und stand auf. Er sah sich um. Lo Pan und seine Männer waren mittlerweile im Poseidontempel verschwunden. Es galt, keine Zeit zu verlieren. Aber erst brauchte er eine Waffe oder zumindest irgendwas, was dem nahekam. Er ging zu einem der goldenen Krieger, der ein Schwert am Gürtel trug. Aber es war nicht möglich, es aus der Scheide herauszuziehen. Er ging zu einem der anderen Krieger, der einen Speer in der Hand hielt. Mit einem Ruck riss er den Wurfspieß aus der goldenen Hand und brach dabei die Finger der Hand ab.

»Entschuldige«, sagte er zu dem Goldmann. Dann griff er nach dem runden Schild, der am anderen Arm befestigt war.

Zufrieden lächelnd kam Lo Pan mit langsamen Schritten auf ihn zu.

»Also, dies ist das Ziel Ihres Sehnens?« Er ging über den schmalen Steg auf das Podest. Auch Walter Lucas folgte dem Chinesen. Nun standen sie zu dritt um den Altar verteilt.

»Ja, das hier ist es. Hier kann man den Stein der Weisen erschaffen.« Chrístos deutete auf die kreisrunde Mulde, die sich oben auf dem Altar befand.

»Worauf warten wir dann noch?«, drängte Walter Lucas voller Ungeduld.

»Ich habe keine Ahnung, wie es funktioniert. Hier ist eine Inschrift, die ich aber nicht lesen kann. Mein Bruder konnte es, doch der ist tot.«

»Aber wir haben doch das Manuskript. Damit können wir es auch selbst schaffen.«

Chrístos schüttelte den Kopf. »Rutherford hatte das Manuskript die letzten Tage bei sich. Ich habe keine Ahnung, wo es jetzt ist.«

»Bedeutet das, wir stehen jetzt hier direkt am Ziel unserer Wünsche und sind trotzdem nicht in der Lage, es zu erreichen?« Der alte Amerikaner sah ihn wütend an.

»Es bedeutet nur, dass es noch ein wenig länger dauern wird, ehe wir den Stein herstellen können. Kümmern wir uns lieber primär darum, unsere Widersacher ein für alle Mal auszuschalten.«

»Genau. Unsere Widersacher ausschalten«, wiederholte Lucas mit seltsam hohler Stimme und warf dabei einen Blick zu Lo Pan, der beinahe unmerklich nickte.

Die beiden alten Männer bewegten sich auf ihn zu.

»Was soll das werden?«

»Sie haben Ihre Schuldigkeit getan, Chrístos«, antwortete Walter Lucas ihm. »Glauben Sie, ich weiß nicht, dass Sie schon lange vorhatten, mich zu beseitigen? Sie haben es bisher nur nicht getan, weil Sie hofften, das Alter und die Krankheit würden mich sowieso dahinraffen. Aber nun werden Sie es sein, dessen wir uns entledigen werden!«

Chrístos grinste, spannte seine Muskeln an und machte sich bereit, mit den beiden Männern zu kämpfen. Sie waren beide über achtzig, das bedeutete, seine Chancen, diese Auseinandersetzung zu überstehen, waren mehr als nur gut. Doch urplötzlich setzte Lo Pan seine Hände auf den Altar, stieß sich mit den Beinen ab und wirbelte mit seinen Füßen voran durch die Luft. Sie trafen direkt auf die Brust von ... Walter Lucas. Der Amerikaner stieß einen entsetzten Schrei aus, ruderte noch wild mit den Armen, bevor er den Halt verlor und rückwärts in die Lava stürzte.

»Es tut mir sehr leid, alter Freund«, murmelte Lo Pan,

während er auf dem Altar hockte. »Manche Entscheidungen schmerzen mehr als andere.«

Fasziniert und angewidert zugleich beobachtete Chrístos, wie Walter Lucas mit entsetzlichen Todesschreien bei lebendigem Leib von der Lava verschluckt wurde. Zuletzt ragte nur noch seine rechte Hand in die Höhe, deren Finger erschlafften und schließlich Feuer fingen, ehe auch sie versanken.

Lo Pan wandte ihm den Kopf zu.

»Jetzt sind es nur noch wir beide. Hat unsere Abmachung weiterhin Bestand?«

Chrístos nickte. »Sie bekommen einen eigenen Stein der Weisen, wie versprochen.«

Max und Jody hasteten zwischen den Säulen entlang in den hinteren Teil des Tempels, auf der Suche nach einem Ausweg. Plötzlich tauchte am Boden vor ihnen ein riesiges Modell einer kreisförmig angelegten Stadt auf. Eine Miniaturausgabe von Atlantis, die trotzdem noch einen Durchmesser von gut zehn Metern hatte. Im Zentrum des Modells erhob sich der Poseidontempel.

»Das muss so eine Art Kartenraum sein.« Max wollte weiterlaufen, doch Jody hielt ihn fest.

»Warte, da vorne ist etwas«, sagte sie und stieg über die kleinen Häuser hinweg auf den Tempel in der Mitte der Miniaturstadt zu. Auch Max konnte jetzt das Funkeln erkennen, das aus dem Zentrum des Modells kam.

»Grundgütiger! Sieh dir das an«, stieß Jody hervor. Sie umfasste das Tempelmodell mit beiden Händen und darunter kam ein gewaltiger Edelstein zum Vorschein, dessen Farbe ständig zu wechseln schien.

»Was ist das für ein Stein?«

»Ich weiß es nicht«, erwiderte Jody leise. Sie stellte den Miniaturtempel ab und streckte ihre Finger nach dem Edelstein aus.

»Sei vorsichtig«, rief Max noch, aber da hielt Jody die leuchtende Gemme bereits in der Hand. Mit großen Augen betrachtete sie das Objekt. »Liegt da noch etwas?«

Jody riss ihre Augen von dem Stein und sah zu der Stelle, wo sie ihn entdeckt hatte. Ein Bündel Pergamentblätter war dort zu sehen. Doch ehe Jody danach greifen konnte, tauchte Lo Pei auf. Er starrte verwundert auf den riesigen Edelstein in Jodys rechter Hand. Doch dann hob er sein Schwert.

»Euer Weg endet hier!«

»Ein wenig unfair, findest du nicht?«

»Mag sein, aber wen kümmert es?«

»Du warst mir sympathischer, als du uns den netten und fürsorglichen Enkel vorgespielt hast.« Max ging langsam im Uhrzeigersinn um das Stadtmodell herum. Lo Pei folgte ihm, während Jody immer noch im Zentrum stand.

»Bleib einfach stehen. Es führt kein Weg mehr für euch hinaus. Ihr werdet diese Stadt nicht lebend verlassen!«

Ein grässlicher Schrei hallte durch den Tempel, der Max einen Schauer über den Rücken jagte. Auch Lo Pei hielt kurz inne, lächelte dann aber entspannt.

»Mein Großvater hat auch gerade dafür gesorgt, dass einer weniger am Schatz von Atlantis beteiligt wird.« Seine Augen fixierten begierig den Edelstein.

»Dieses Juwel wird garantiert nicht in Ihre Hände fallen«, sagte Jody mit Entschiedenheit.

»Oh doch, das wird es!« Mit einem großen Satz sprang Lo Pei in das Stadtmodell.

Gemeinsam mit William Rutherford rannte Crichton erst nach links und dann wieder in Richtung des Tempeleingangs zurück. Ike hielt mit seinen kurzen Beinen ihr Tempo mit. Hinter sich hörten sie die Schritte ihres Verfolgers von den Wänden widerhallen. Aber sie sahen das große Tempelportal schon vor sich, durch das plötzlich eine Gestalt mit einem Speer und einem Schild hereingestürmt kam.

»Einer der Goldkrieger ist wieder zum Leben erwacht«, keuchte Rutherford und bremste ab.

»Das glaube ich kaum«, sagte Crichton und zog den Engländer weiter. »Sie sollten doch bei Onassis bleiben.«

»Ich habe gesehen, wie Lo Pan mit einigen Männern in den Tempel gegangen ist, und dachte, ihr könntet meine Hilfe gebrauchen«, erwiderte Goya, der einen goldenen Schild und einen Speer in Händen hielt.

»Mir haben Sie schon mal sehr geholfen«, erklang eine Stimme hinter Crichton. »Nehmt eure Hände hoch, aber zackig!«

»Sie sollen hier drinnen doch keine Waffe abfeuern, schon vergessen?« Crichton drehte sich um und sah dem Handlanger von Walter Lucas ins Gesicht.

»Mag sein, aber wollen Sie es riskieren?«, gab dieser ungerührt zurück.

Doch dann dröhnte ein lang gezogener Schmerzensschrei durch die Tempelhalle. Er erkannte die Stimme sofort, ebenso wie der Mann, der sie mit der Waffe bedrohte.

»Klingt so, als hätte Walter ein Problem«, sagte Crichton, als der Schrei immer quälender wurde und lauter anschwoll.

Der Handlanger wirkte jetzt unsicher. Er setzte an, um etwas zu sagen, ließ es dann aber doch. Das Schreien von Walter Lucas erstarb abrupt und Crichton war sich sicher, dass er nicht mehr am Leben war. Plötzlich zischte eine goldene Scheibe an ihm vorbei und traf direkt auf den Mann mit der Waffe. Der torkelte mit einem Aufschrei zurück und ließ seine Pistole fallen. Sofort setzte Goya ihm hinterher, holte mit dem Speer aus und schmetterte diesen gegen den Kopf des Kerls, der daraufhin besinnungslos zu Boden fiel.

»Gut so?«, fragte der Dieb mit einem schelmischen Grinsen in seine Richtung.

»Kommen Sie, wir müssen Max und den anderen helfen.« Crichton hob die Waffe auf und lief zurück ins Tempelinnere.

Jody wich zurück, als Lo Pei in das Miniaturmodell von Atlantis sprang. Aber sie blieb mit ihrem Stiefel am zweiten Festungsring hängen, der die Stadt umschloss, und stürzte. Der Edelstein entglitt ihr und schlitterte über den nachgebildeten Wassergraben direkt auf Lo Pei zu.

»Vielen Dank.« Der Chinese hob den Stein auf und betrachtete ihn ehrfürchtig. »So wunderschön – und noch um einiges wertvoller«, sagte er zufrieden. Er ließ das

Schwert sinken und starrte gebannt auf das Juwel, das ständig seine Farbe wechselte und aus sich selbst leuchtete.

Max war zu Jody geeilt und half ihr auf die Beine. Im selben Moment kamen auch Lo Pan und Chrístos Petrakos bei dem Stadtmodell an.

»Ist es das, was ich denke?«, fragte der Grieche beim Anblick des Edelsteins.

»Sehr gut gemacht«, lobte der alte Chinese seinen Enkel, der darauf nicht reagierte.

»Was ist mit ihm?«

»Lo Pei!«

Aber der Angesprochene zeigte weiterhin keine Reaktion, sondern starrte wie paralysiert dem Farbwechsel zu. Lo Pan stampfte durch das Modell auf ihn zu und rüttelte an seinen Schultern.

»Komm zu dir!«

Jetzt sah sein Enkel ihm in die Augen.

»Ich habe ihn gefunden, den Stein der Weisen, und er gehört mir!«

»Du meinst, er ist mein. Gib ihn mir«, forderte Lo Pan und streckte die Hand nach dem Edelstein aus. Einen Moment lang zögerte Lo Pei, doch dann reichte er den Stein weiter. »Guter Junge. Und jetzt, töte die beiden.« Er zeigte auf Max und Jody, die nur wenige Schritte entfernt standen.

Lo Pei nickte und hob sein Schwert.

»Halt!« Die tiefe Stimme von Joe dröhnte durch den Raum.

»Du hast dir aber viel Zeit gelassen«, sagte Max.

»Kein Grund zur Freude, Herr Falkenburg. Erst werden Sie und Ihre Freundin hingerichtet, dann wird sich Lo Pei Ihres Freundes annehmen!«

»Das sehe ich nicht so!« Diesmal war es das Timbre von

Professor Crichton, das den Kartenraum erfüllte. Er hielt eine Pistole in der rechten Hand, mit der er auf Lo Pan zielte. »Sobald er das Schwert erhebt, schieße ich auf Sie!«

Max hob die Hände und formte mit seinen Lippen ein Nein. Aber auch Lo Pan ließ sich durch die Worte des Professors nicht beeindrucken.

»Ihre Großspurigkeit wird letztendlich Ihr Untergang sein, Crichton. Sie werden gleich sehen, wozu mein Enkel in der Lage ist!«

»Max, fang!« Hinter dem Professor lief Goya vorbei und schleuderte einen goldenen Speer in seine Richtung.

Er fischte die goldene Lanze aus der Luft, nur Wimpernschläge, bevor Lo Peis Schwert auf ihn niederfuhr. Funken stoben auf, als die Klinge auf den goldenen Stab traf. Wütend setzte Lo Pei nach, doch immer brachte Max rechtzeitig den Speer hoch, um den Hieb aufzuhalten. So kämpften sie sich durch das Stadtmodell, wobei Max Schritt für Schritt zurückwich.

»Hör auf, mit ihm zu spielen, töte ihn endlich«, feuerte Lo Pan seinen Enkel an.

Doch dann sprintete Jody auf den Chinesen drauflos und stürzte sich auf ihn. Der Alte kam zu Fall und landete gemeinsam mit Jody auf dem Boden. Der Edelstein entglitt seiner Hand und rutschte direkt bis an die Fußspitze von Chrístos Petrakos.

Max wehrte gerade einen weiteren harten Hieb ab. Der Goldspeer war bereits leicht verbogen von den mächtigen Schlägen, die Lo Pei auf ihn niederfahren ließ. Er wusste, dass er dem Chinesen nicht mehr lange standhalten konnte. Also versuchte er es mit einer Verzweiflungstat. Er parierte den nächsten Hieb, machte sofort einen Ausfallschritt nach vorn und stieß mit dem Speer zu. Doch die

Reflexe von Lo Pei waren zu gut. Er katapultierte sich in die Luft, drehte sich dabei einmal um die eigene Achse und schlug zu. Die Klinge zerfetzte Max' Hemd einmal quer über den Rücken und fügte ihm einen tiefen Schnitt zu. Der Chinese landete wieder sicher auf den Beinen und wollte zum finalen Todesstoß ausholen, doch in diesem Moment verpasste Joe ihm den Bodycheck des Jahrhunderts. Lo Pei, der höchstens ein Drittel des Körpergewichts von Joe hatte, flog mehrere Meter weit und schlug dann hart auf dem Boden auf.

»Danke«, keuchte Max und ließ den Goldspeer los. Joe packte ihn unter den Armen und zog ihn wieder auf die Beine.

Lo Pei versuchte ebenfalls, wieder aufzustehen, aber der Zusammenprall mit Joe hatte ihm wohl einige Rippen gebrochen. Auch sein Großvater lag noch benommen auf dem Boden.

»Es ist vorbei, Petrakos«, sagte Professor Crichton. »Geben Sie auf! Wir haben gewonnen.«

»Glauben Sie das wirklich?« Der Grieche hielt den Edelstein in die Höhe. Seine Augen glänzten. »Dies hier ist er, der Stein der Weisen, der unbeschränkte Macht verleiht, und er gehört jetzt mir, mir allein!«

»Was wollen Sie machen? Uns das Ding an den Kopf werfen?«, spottete Joe.

Petrakos gab keine Antwort. Stattdessen begann das Juwel in seiner Hand immer stärker zu leuchten. Ein Strahl gleißenden Lichts schoss daraus hervor und traf auf den Goldspeer, der vor Max' Füßen lag. Zurück blieb nur eine schwarze dampfende Schlacke.

»Du und deine große Klappe«, murmelte Max und sah Joe grimmig an.

»Aufregend, nicht wahr?«, rief der Grieche und lachte wie verrückt. »Solch eine Macht und sie liegt nun in meinen Händen.«

»Sie wissen nicht, womit Sie es zu tun haben«, konterte Rutherford.

»Genau das ist doch das Faszinierende daran!« Die Augen von Petrakos verrieten sein Abdriften in den Irrsinn. »Ich werde herrschen! Über Griechenland, über Europa, über die ganze Welt.«

»Okay, jetzt schnappt er über«, wisperte Joe.

»Mach dich bereit«, gab Max leise zurück, ohne den Edelstein aus den Augen zu lassen.

»Sie können den Stein nicht beherrschen, Chrístos. Kein Mensch kann das. Oder warum lag er hier versteckt über all die Jahrtausende?«

»Schöne letzte Worte, Sir William!« Ein weiterer Lichtblitz schoss aus dem Stein, doch er verfehlte sein angedachtes Ziel klar und ging weit über den Kopf von Rutherford hinweg und zerstörte eine der Säulen.

»Jetzt!« Max und Joe stürmten beide gleichzeitig auf Petrakos los. Der Grieche wollte gerade ein weiteres Mal den Stein einsetzen, aber in dem Moment traf ihn ein Fußtritt von Jody, die ebenfalls die Ablenkung genutzt hatte, und der Edelstein flog hoch in die Luft. Er landete direkt in der Hand von William Rutherford.

»Guter Tritt«, lobte Max.

»Vielen Dank für euer Ablenkungsmanöver.«

Joe packte Petrakos und drehte ihm die Arme auf den Rücken. »Haben wir irgendwas hier, um den Irren zu fesseln?«

»In meinem Rucksack ist ein Seil«, sagte Rutherford. »Er liegt noch beim Altar. Ich hole es.«

»Puh, das ist ja gerade noch mal gut gegangen.« Professor Crichton setzte ein fröhliches Gesicht auf, während der am Boden liegende Lo Pan ihn mordlüstern ansah. »Und auch, wenn ich mich darauf freue, in den kommenden Jahren Atlantis genau zu erforschen, möchte ich jetzt fürs Erste schnell wieder zurück ans Tageslicht.«

»Sehr gerne«, antwortete Jody. »Nur einen Moment noch.« Sie lief zurück ins Zentrum des Stadtmodells und griff sich die Pergamente, die dort lagen. Nach einem kurzen Blick auf die erste Seite sagte sie: »Das ist in Altgriechisch verfasst.«

»Könnte einer von Alexanders Männern geschrieben haben«, mutmaßte Crichton. »Aber damit befassen wir uns genauer, wenn wir draußen sind.«

»Apropos draußen«, meinte Max. »Ist Sir William nicht gerade mit dem Stein der Weisen hinausgelaufen?«

Jody sah ihn an wie vom Blitz getroffen.

»Nein, das wird er doch nicht ...«

Schnell rannten sie alle zurück in den zentralen Raum. Sie fanden Sir William kniend vor seinem Rucksack vor. Auch die Kerle, die mit Lo Pan und Walter Lucas in den Tempel gekommen waren, lagen noch bewusstlos am Boden.

»Da sind Sie ja«, stieß Jody erleichtert aus.

»Natürlich, wo sollte ich sonst sein? Hier ist das Seil.« Rutherford lächelte entspannt und stand auf und reichte es Max, der damit zu Petrakos ging, der immer noch von Joe festgehalten wurde.

»Sie haben das Voynich-Manuskript?«, fragte Jody den Engländer, als dieser seinen Rucksack wieder schloss.

»Ja. Unser Freund hier war so nett, es mir zum Studieren zu überlassen.« Er zeigte auf Petrakos.

»Ein Glück, dass es noch erhalten geblieben ist«, meinte Crichton. »So, jetzt aber nichts wie raus hier.«

»Was machen wir mit Lo Pan und den anderen?«, fragte Goya.

»So weit es mich betrifft, es ist mir gleich. Es reicht, wenn wir uns mit ihm abmühen dürfen.« Er deutete auf den Griechen. »Und ich denke nicht, dass von Lo Pan noch irgendeine Gefahr ausgeht.«

»Er hat recht«, fügte Max hinzu. »Wir melden alles den Behörden. Die werden sich schon um die Verbrecher kümmern. Im Augenblick müssen wir zunächst aus der Wüste herauskommen.«

»In Ordnung, dann lass uns ... Sir William, wo wollen Sie hin?«, fragte Jody verwundert.

Rutherford ging gerade über die schmale Verbindung auf das Podest mit dem Altar. Der Archäologe stellte sich direkt an den Opfertisch. In seiner linken Hand leuchtete der Stein auf.

»Es tut mir sehr leid, aber es gibt keine andere Möglichkeit. Der Tarsis darf nicht in falsche Hände geraten.«

»Wovon reden Sie? Wir haben ihn doch und ...«

»Nein! Es werden andere kommen, schlimmere. Es wird nie enden, solange nicht alles zerstört wurde, was die Atlanter geschaffen haben. Louis de Jaucourt hat es entdeckt, als er das Manuskript entschlüsselt hat.«

»Was hat er entdeckt?« Max ging langsam auf den Altar zu.

»Die einzige Möglichkeit, den Tarsis zu zerstören.« Rutherford legte den Stein der Weisen in eine Mulde im Altar. Er passte perfekt hinein.

»Nein, nicht! Er gehört mir«, schrie Petrakos von Gier getrieben. Er riss sich los und lief mit den Händen auf den

Rücken gefesselt auf das Podest zu. Auf dem Weg dahin stieß er Max mit der Schulter beiseite und war dann mit einem Satz beim Altar angelangt.

»Es ist zu spät«, sagte Rutherford ruhig. Der Altar versank in der Plattform und begann, sich mit einem Grollen in der Lava aufzulösen.

»Niemals!« Petrakos verdrehte sich halb und versuchte, den hell leuchtenden Stein mit seinen Fingern aus der Mulde herauszuholen. Doch vergeblich. Der Opfertisch versank immer schneller. Im gleichen Moment fing die Lava stärker zu brodeln an.

»Das gefällt mir nicht. Ganz und gar nicht«, sagte Goya und wich ein paar Schritte zurück. Der Boden begann zu beben und die Wände des gewaltigen Tempels, die Jahrtausende überdauert hatten, gerieten ins Wanken.

»Wir müssen hier raus!«

»Sir William, schnell«, schrie Jody. Der Engländer versuchte, am absinkenden Altar vorbeizulaufen, doch Petrakos verstellte ihm den Weg.

»Dafür zahlen Sie!«

Der Grieche warf sich mit seinem Körper auf Rutherford und beide Männer stürzten in die aufgewühlte Lava, die bereits über den Rand des Beckens quoll.

»Nein!« Jody wollte zum Podest laufen, doch Max hielt sie fest.

»Du kannst nichts mehr für ihn tun! Wir müssen jetzt hier raus!«

Sie liefen, so schnell ihre Beine sie trugen, zum Ausgang. Das Beben nahm an Intensität zu. Als sie durch den Eingang liefen, stürzten bereits erste Teile des Daches in sich zusammen.

»Was ist passiert?« Aléxandros Onassis, der immer noch

bei dem Tempel bei der Brücke saß, wo sie ihn abgesetzt hatten, sah sie fragend an.

»Keine Zeit für Erklärungen«, sagte Max und zog ihn gemeinsam mit Joe auf die Beine, ohne auf dessen Verletzungen zu achten. Aus dem Eingang des Poseidontempels floss die Lava hinaus. Einer der Handlanger von Petrakos, der zu spät aufgewacht war, wurde schreiend von der zäh fließenden Masse überrollt. Sie schleppten Onassis zu dritt und liefen den Weg zurück, den sie gekommen waren. Ein gutes Stück weiter vor sich konnte Max den Amerikaner sehen, den Walter Lucas im Museum auf sie gehetzt hatte. Auch er rannte um sein Leben.

Dadurch, dass die ausgetrockneten Wassergräben trotz der bereits vorhandenen Magmaschicht noch eine gewisse Tiefe hatten, verschaffte es ihnen mehr Zeit, um vor der immer weiter ausströmenden Lava zu fliehen. Als sie endlich wieder ihren Einstiegspunkt in das unterirdische Atlantis erreicht hatten und die ersten am Seil nach oben kletterten, sah Max ein letztes Mal auf das in der Lava versinkende Königreich. Das Licht, das durch den riesigen Kristall am Poseidontempel ausgestrahlt wurde, verlosch. Kurz darauf zerbarst das Zentrum der Stadt mit einem tosenden Knall und einer rot glühenden Fontäne. Atlantis war endgültig verloren.

VIERUNDVIERZIG
HEIMKEHR

DER MOTOR des Landrovers stotterte nur noch und verstummte schließlich völlig.

»Na toll, endgültig kein Benzin mehr«, sagte Joe und zeigte auf die Tanknadel. »Der Reservekanister ist bereits geleert.«

»Wie weit ist es noch bis zur nächsten Ortschaft?«

»Woher soll ich das wissen? Ich bin auch zum ersten Mal in der Sahara.«

»Schon gut«, sagte Max und stieg aus. Er schirmte seine Hand gegen die Sonne ab. »Dann nehmen wir uns das letzte bisschen Wasser und gehen zu Fuß weiter. Wir sind bestimmt schon dreißig Meilen vom Auge der Sahara entfernt. Es kann nicht mehr allzu weit sein.«

»Nun hört euch unseren Wüstenfuchs an. Aber es hilft nichts, uns bleibt ja keine andere Wahl«, lamentierte Joe und stieg ebenfalls aus. »Machen wir uns also auf einen langsamen und qualvollen Tod in der Wüste gefasst.«

»Vielleicht ein anderes Mal, Dr. Carter«, sagte der

Professor aus dem Fond des Landrovers und deutete nach Westen.

Eine Karawane näherte sich ihnen.

»Bei unserem Glück garantiert Wüstenräuber«, kommentierte Joe.

Sie riskierten es trotzdem und warteten, bis die Karawane, die aus knapp dreißig Kamelen bestand, bei ihnen eintraf. Die Reiter waren in weite, schwarze Gewänder gehüllt und wirkten wie Berber. Sie hielten etwas Abstand und nur ein einzelner Reiter kam zu ihnen. Nur eisgraue Augen waren von dem Gesicht zu sehen, das ansonsten unter einem schwarzen Tuch verhüllt war. Max ging dem Reiter entgegen und sprach ihn auf Arabisch an.

»Hallo, wir benötigen Hilfe. Wir sind hier in der Wüste gestrandet und …«

»Das sehe ich«, antwortete ihm eine Frauenstimme. Die Reiterin lüftete das Tuch vor ihrem Gesicht und Max sah das Antlitz einer sehr alten Frau mit tiefen Falten. Aber ihre Augen wirkten hellwach. Sie lächelte ihn freundlich an. »Ihr habt Glück, dass ihr mich trefft. Ich bringe euch aus der Wüste heraus.«

»Vielen Dank«, sagte Max und neigte den Kopf.

Spät abends erreichte ihre Karawane einen Ort namens Bir Moghrein. Dort konnte auch Aléxandros Onassis endlich ordentlich von einem Arzt versorgt werden. Währenddessen studierten Max und die anderen die Pergamente, die Jody aus Atlantis mitgenommen hatte, und auch das Voynich-Manuskript, das sie nun ebenfalls komplett bei sich hatten.

»Was machen wir jetzt damit? Geben wir es Rorimer zurück?«

»Später. Ich würde gerne noch ein wenig damit arbeiten, um genau zu verstehen, was Sir William darin gelesen hat, das ihn dazu trieb, den Stein und Atlantis zu vernichten«, sagte Crichton.

»Das hat er gar nicht«, meldete sich Jody und hielt einige der Pergamentseiten in die Höhe. »Die Stadt in der Sahara mag vielleicht vom Aufbau her wie Atlantis gewesen sein, aber womöglich war es eine andere Stadt des Reiches der Atlanter. Zumindest vermutete das der Verfasser dieser Zeilen. Alexander machte sich jedenfalls wieder auf den Weg, nachdem es ihm nicht gelang, den magischen Stein zu beherrschen.« Sie zeigte Max die Seite.

Gebannt las er den altgriechischen Text, dessen Schreiber namens Philotas sich darauf berief, dem Heer von Alexander anzugehören. Der Verfasser berichtete davon, wie sie das vermeintliche Atlantis fanden und wie Alexander versuchte, die Macht des Steins zu meistern und daran scheiterte. Doch der Ehrgeiz des Eroberers wurde geweckt. Er wollte die wahre Quelle der Macht erreichen.

»Das Grab des Hermes. Alexander wollte es finden, um an die Smaragdtafel zu gelangen!« Max sah Jody in die Augen.

»So ist es. Und er hat damals vielleicht schon mehrere Städte entdeckt und erobert, die zum Reich von Atlantis gehörten. Zumindest die im Osten.«

»Ich glaube«, sagte Max, »da liegt noch einiges an Arbeit vor uns.« Er reichte das Pergament an Crichton weiter.

»Das wird eine schöne Beschäftigung für die nächsten Jahre werden«, lachte der Professor, nachdem auch er den Text gelesen hatte. Er klopfte mit der Hand auf das Voynich-Manuskript, das auf seinen Oberschenkeln lag. »Ich weiß jetzt auch, was Sir William so erschreckt hat. Die letzten Seiten des Manuskripts berichten davon, wie Tod und Verderben über die Welt hereinbrechen, sollte jemals die Quelle der Macht des alten Atlantis entfesselt werden. Es liest sich wie das biblische Armageddon, nur schlimmer.«

Joe erwiderte gelassen: »Das sollte Rutherford nun definitiv verhindert haben.«

»Hoffentlich. Aber trotzdem sollten wir uns intensiver mit dem Manuskript und den Pergamenten aus dem Tempel beschäftigen.«

Doch zunächst reisten sie am nächsten Tag zurück nach Cádiz, wo sich Onassis wieder mit Tulya und seiner frischgeborenen Tochter vereinen konnte und Goya wieder von Claudette in die Arme geschlossen wurde. Tulya verriet ihnen auch den Namen des Kindes. »Fredericia.«

»Das arme Mädchen«, murmelte Jody.

Aber der Professor zeigte sich hocherfreut. Das Angebot von Onassis, noch ein wenig länger bei ihnen zu bleiben und den glücklichen Ausgang der Geschichte zu feiern, lehnten sie jedoch dankend ab und begaben sich auf den Rückweg nach Boston. Crichton hatte Dekan Harris schon per Telefon grob vorab informiert, was ihnen widerfahren war, sodass sie in dieser Hinsicht keine Sorgen mehr hatten. Sogar die Aussicht auf den langen Flug ließ Max unbeeindruckt, denn er hatte sich von Onassis mit seiner Medizin versorgen lassen.

Sharif trat in das Haus der Priesterin ein und setzte sich auf eines der Bodenkissen vor ihr hin.

»Hast du alles in die Wege geleitet?«, wollte sie von ihm wissen.

»Ja, all unsere Ordensbrüder und -schwestern wurden informiert. Sie haben alle atlantischen Artefakte gut versteckt.«

»Gut.«

»Warum zerstören wir sie nicht einfach?«

»Unser Orden hat zwei Missionen, mein lieber Sharif«, erwiderte die alte Priesterin ruhig. »Verhindern, dass Atlantis jemals von Menschen gefunden wird, oder aber es selbst zu finden und dann zu zerstören.«

»Nun, es hat seit Jahrtausenden niemand gefunden, auch unsere Brüder und Schwestern waren nicht dazu in der Lage.«

»Einen gab es, dem es beinahe gelungen wäre. Philotas war sein Name. Doch genug der alten Geschichten.« Die Priesterin lächelte. »Lass mich jetzt bitte allein.«

»Aber was ist mit jenen, die in mein Museum eingedrungen sind? Ich habe gehört, ihr habt sie aus der Wüste geführt.«

»So ist es. Der Tarsis ist nicht mehr. Das verdanken wir ihnen. Und ich habe ihre Augen gesehen. Es gibt nichts von ihnen zu befürchten.«

Sharif nickte, auch wenn er in diesem letzten Punkt anderer Meinung war. Er ahnte, dass es nicht das letzte Mal gewesen war, dass sie diesen Leuten begegnet waren.

EPILOG

SAHARA

STUART HÄMMERTE WÜTEND mit den Händen auf das Lenkrad des Landrovers. Aber es half nichts, der Motor gab keinen Laut mehr von sich. Der Tank war leer. Er sah sich um. Er war allein. Meilenweit war nur der Wüstensand zu sehen. Bei seiner Flucht hatte er nicht darauf geachtet, in welche Richtung er fuhr, er wollte nur fort von diesem verfluchten Ort. Doch nun überkam ihn die Verzweiflung. Walter Lucas war tot und er saß mutterseelenallein irgendwo in der Wüste fest und musste ebenfalls auf den Tod warten.

Übertreib nicht, sprach er in Gedanken zu selbst. *Du hast Wasser und Proviant für mehrere Tage dabei. So schnell stirbst du nicht.*

Er drehte sich um und inspizierte die Vorräte, die hinten im Geländewagen verstaut waren. Ja, das würde eine ganze Weile reichen. Aber es war auch zu viel, um alles mit sich zu schleppen.

Der Reservekanister!

Wie von der Tarantel gestochen sprang er aus dem Wagen und rannte zum Heck, wo sich in der Halterung tatsächlich ein gefüllter Kanister mit Sprit befand. Er riss die Hände in die Höhe.

»Ich werde nicht hier sterben«, brüllte er seine Freude lauthals heraus. Er hob den Kanister aus der Halterung und begann, den Tank damit zu befüllen.

»Welch eine Freude, Sie hier zu treffen«, erklang plötzlich eine wohlbekannte Stimme hinter ihm. Vor Schreck ließ er den Blechkanister fallen. Sofort war jemand neben ihm und stellte den Behälter aufrecht in den Sand, ehe der kostbare Treibstoff auslaufen konnte. Lo Pei lächelte ihn an.

»Aber ... wie ...?« Stuart sah am Chinesen vorbei zu Lo Pan, der mit langsamen Schritten ebenfalls zu ihm kam.

»Es gab glücklicherweise mehr als nur einen Weg hinaus aus Atlantis.«

Stuart erwiderte nichts.

»Stehen Sie hier nicht so rum. Befüllen Sie den Tank und dann bringen Sie uns aus dieser Sandhölle heraus«, sagte Lo Pan.

»Ich soll ...?«

»Ja! Sie arbeiten jetzt nämlich für mich. Sie werden mir helfen, meine Rache endlich zu vollenden!«

Beim Gelächter, das aus dem Mund des alten Chinesen dröhnte, überlief es Stuart trotz der Hitze eiskalt den Rücken.

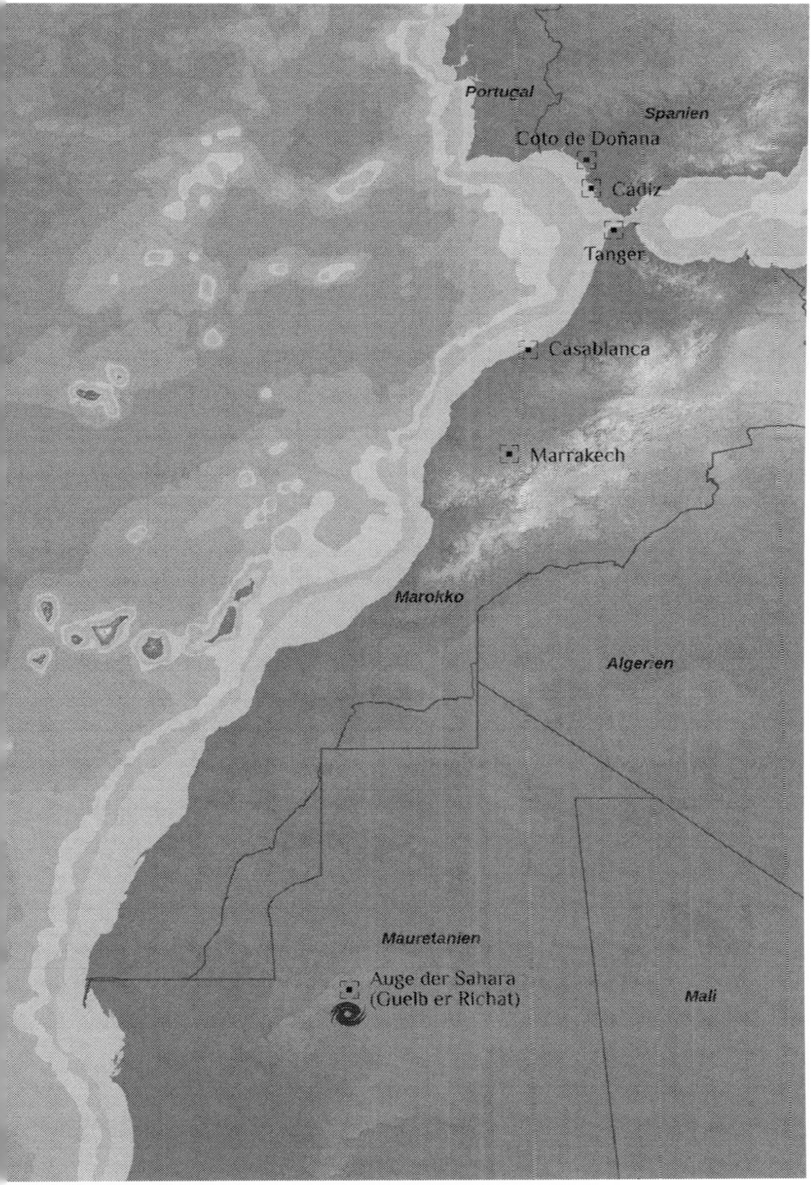
Portugal
Spanien
Coto de Doñana
Cádiz
Tanger
Casablanca
Marrakech
Marokko
Algerien
Mauretanien
Auge der Sahara
(Guelb er Richat)
Mali

DAS ABENTEUER GEHT WEITER:

Sommer 2021

Geheimakte
Armageddon

FAKTEN, HINTERGRÜNDE & FIKTION

Atlantis

Das mythische Inselreich, dessen erste Erwähnung beim griechischen Philosophen Platon (428 bis 348 v. Chr.) in dessen Dialogen *Timaios* und *Kritias* stattfand. Laut Platon handelte es sich bei Atlantis um eine mächtige Seemacht, deren Hauptinsel jenseits der Säulen des Herakles (Straße von Gibraltar) existiert haben soll. Er beschreibt die Atlanter als kriegerisches Volk, die große Teile Europas und Afrikas unterworfen haben sollen. Nach einem gescheiterten Angriff auf (Ur-)Athen, versank die Insel schließlich innerhalb eines einzigen Tages und einer Nacht im Meer. Dies soll 9600 v. Chr. stattgefunden haben.

Schon in der Antike wurde darüber gerätselt, ob Platon bei Atlantis – wie er in seinen Texten mehrfach betonte – auf eine reale Begebenheit zurückgriff oder ob er den Mythos nur erfunden hat, um eine Demonstration für seine Staatsphilosophien zu haben.

Nachdem der Mythos im Mittelalter beinahe in Vergessenheit geraten war, wurde er in der Renaissance wiederentdeckt und gewann durch die utopischen Werke von Autoren wie z. B. Francis Bacon (*Nova Atlantis*) oder später Ignatius Donnelly (*Atlantis – die vorsintflutliche Welt*) an Popularität.

Aber auch in der Forschung wurde Atlantis immer eingehender diskutiert und führte zu einer Fülle an Theorien über den Verbleib des legendären Reiches. Die Lokalisierungshypothesen reichen von der Antarktis bis nach Asien. Auch Amerika, Afrika oder Britannien wurden ins Auge gefasst. Selbstverständlich auch unzählige Gegenden in Europa, wo es von naheliegenden Theorien wie Kreta, Santorin oder der Bereich um die Straße von Gibraltar auch Vorschläge wie Sardinien und Helgoland gab. Natürlich wurde auch *Guelb er Richat*, das Auge der Sahara, schon als möglicher Ort genannt. Für all die oben genannten Theorien gibt es Dutzende von mehr oder minder überzeugenden Belegen. Trotzdem wurde bis zum heutigen Tag kein einziger Beweis für die Existenz von Atlantis gefunden.

Kaum ein Thema hat die Populärkultur so befeuert wie der Atlantismythos. Die Zahl der Bücher und Filme, die darauf zurückgreifen, ist schier unendlich. Und jetzt um ein weiteres Werk ergänzt.

Voynich-Manuskript

Das wahrscheinlich um 1450 bis 1500 handschriftlich verfasste Manuskript gilt als mysteriösester Text der Welt. Vornehmlich natürlich deswegen, weil es bis zum heutigen Tag nicht entschlüsselt werden konnte. Neben den unbekannten Schriftzeichen gibt es im Manuskript zahlreiche

Abbildungen, die auf botanische, astronomische oder biologische Zusammenhänge hindeuten, aber mangels des fehlenden Kontextes jedoch auch nur Gegenstand der Spekulation sind.

Seinen Namen verdankt das mittelalterliche Schriftwerk dem Buchhändler Wilfrid Michael Voynich, der den Text 1912 in einem Jesuitenkloster in Italien wiederentdeckte. Als weitere mögliche Vorbesitzer gelten u. a. Rudolf II. von Habsburg, der böhmische Gelehrte und Alchemist Georg Baresch und der Universalgelehrte Athanasius Kircher.

Nach Voynichs Tod landete das Manuskript schließlich beim Buchhändler Hans P. Kraus, der erfolglos versuchte, es zu veräußern, und es 1969 schließlich der Yale-Universität stiftete. Dort liegt es bis heute im Bestand der *Beinecke Rare Book and Manuscript Library.*

Den in meiner Geschichte erwähnten „Aufenthalt" im Metropolitan Museum of Art gab es natürlich nicht.

Dreifachseite aus dem Manuskript

Da es auch unter Einsatz modernster Technik immer noch nicht enträtselt werden konnte, wird die Faszination des Manuskripts wohl auch noch weitere Generationen Bestand haben. In der Pop-Kultur ist es ein gern genutzter MacGuffin.

Tartessos

Ein antikes Königreich von sagenhaftem Reichtum an der iberischen Südküste, westlich von der Straße von Gibraltar gelegen. Die genaue Lage ist bis heute unklar. Von 1911 bis 1915 suchte der deutsche Archäologe Adolf Schulten in Andalusien nach Tartessos, fand aber „nur" Ruinen einer anderen Kultur. Es wird angenommen, dass Tartessos mit dem im Alten Testament erwähnten Ort Tarsis (Tarschisch) identisch ist. Von populärwissenschaftlicher Seite wurde eine Gleichsetzung von Tartessos mit Atlantis ebenfalls schon mehrfach in Betracht gezogen.

Richat-Struktur / Guelb er Richat

Dieses geologische Gebilde in der Westsahara Mauretaniens wurde Mitte der 1950er-Jahre entdeckt und ursprünglich für einen Meteoritenkrater gehalten. Doch aufgrund fehlender Impaktgesteine wurde diese Theorie verworfen. Der Sahara-Forscher Théodore Monod vermutete einen vulkanischen Ursprung. Da die Struktur auch vom All aus besonders auffällig zu erkennen ist, haben Astronauten die Struktur als Landmarke zur Orientierung genutzt. Wahrscheinlich rührt daher auch die Bezeichnung als Auge der Sahara oder Auge Afrikas.

Richat-Struktur, Mauretanien (Aufnahme der NASA; Public Domain)

Auch in der Atlantis-Forschung wurde schon öfter auf die Richat-Struktur als mögliche Lage des legendären Reiches verwiesen, da die konzentrischen Ringwälle des „Auges" von den Maßen her beinahe perfekt auf die Längenangaben Platons zu passen scheinen.

Der Stein der Weisen

Die Quintessenz der Alchemie, zumindest wenn man allen Sagen und Legenden Glauben schenkt, die um den „Stein" kreisen. Ihm wird zugeschrieben, durch bloße Berührung alle unedelen Metalle in Gold verwandeln zu können. Die Herstellungsformel soll vom Begründer der Alchemie, Hermes Trismegistos, in eine Smaragdtafel eingraviert worden sein. Außer der Fähigkeit, Gold zu erzeugen, soll der Stein auch in der Lage sein, zu heilen oder zu verjüngen. Auch vom Verleihen ewigen Lebens ist die Rede.

Spätestens ab dem Mittelalter war die Sage vom Stein der Weisen weit verbreitet und seine Erschaffung war das Ziel aller Adepten der Alchemie. In der Renaissance kam es zu einer regelrechten „Schwemme" von Alchemisten, die behaupteten, die Formel für den Stein entdeckt zu haben, und sich anboten, für verarmte Fürsten Gold herzustellen. Hierzu schmolzen die Betrüger Kupferlösungen und vermengten es mit Quecksilber, bis es goldgelbe Farbe annahm. Dadurch geriet die Alchemie als Ganzes in Verruf. Sogar bis ins 20. Jahrhundert gab es immer wieder Schwindler, die mit „Goldmacherei" gutgläubige Menschen hinters Licht führten. (Z. B. Franz Tausend, der 1931 als Betrüger im sog. „Truggold-Prozess" verurteilt wurde.)

Auch die Nationalsozialisten beschäftigten 1937 einen solchen „Goldmacher". Für den Hochstapler Karl Malchus wurde eigens zur Goldherstellung ein Laboratorium im KZ Dachau eingerichtet, bezahlt aus dem Etat Heinrich Himmlers.

Literaturtipps: „Die goldenen Jahre des Franz Tausend" von Titus Müller und „Der Stein der Weisen" von Carl Barks.

Louis de Jaucourt (*16.09.1704; †03.02.1779)

Der Franzose war eine Art „Universalgelehrter" und wirkte als Arzt & Schriftsteller. Vor allem seine Arbeit an diversen Lexika ist bekannt. 1751 schloss er sich Denis Diderots Projekt der *Encyclopédie ou Dictionnaire raisonné des sciences, des arts et des métiers* (Enzyklopädie oder ein durchdachtes Wörterbuch der Wissenschaften, Künste und Handwerke) an. Obwohl seine persönliche Beziehung zu Diderot ehr unterkühlt war, arbeitete de Jaucourt vierzehn Jahre an der Enzyklopädie mit und verfasste in dieser Zeit 17.269 Artikel für das Nachschlagewerk.

Im Jahr 1999 wurde der Asteroid 6977 nach ihm benannt: Jaucourt.

Denis Diderot (*05.10.1713; †31.07.1784)

Einer der führenden Köpfe der Aufklärung und einer der bekanntesten Intellektuellen seiner Zeit. Diderot war Philosoph, Schriftsteller, Abbe, Übersetzer, Kunsthistoriker und Herausgeber & (Mit)Initiator der *Encyclopédie*. Das Mammutwerk war so fortschrittlich, dass es für Kirche und Adel zur Bedrohung und zeitweise sogar verboten wurde. Doch die Enzyklopädie wurde nach 35 Bänden abgeschlossen und gilt als Hauptwerk der Aufklärung.

Außerdem wirkte Diderot als Kunstagent für die russische Zarin Katharina II.

In Frankreich gibt es mehrere Statuen zu Ehren von Diderot, eine davon sogar im Pantheon in Paris.

ÜBER DEN AUTOR

André Milewski ist Autor von Abenteuerromanen und Action- Thrillern. Obwohl er schon immer eine lebhafte Fantasie hatte, entschloss er sich erst 2010 dazu, seinen ersten Roman zu schreiben. Im Dezember 2012 wurde „Geheimakte Labrador" schließlich veröffentlicht.

Seither folgten in regelmäßigen Abständen weitere Romane und im Jahr 2017 wurde das Schreiben schließlich auch zu seiner alleinigen, hauptberuflichen Tätigkeit.

Mehr über den Autor und seine anderen Bücher gibt es auf der Website www.andre-milewski.de zu erfahren. Dort besteht auch die Möglichkeit, sich für einen Newsletter zu registrieren, um automatisch über neue Bücher, Gewinnspiele und Messeauftritte informiert zu werden.

facebook.com/AutorAndreMilewski
twitter.com/Andre_Milewski
instagram.com/andre_milewski

Bücher von André Milewski

Geheimakte-Abenteuer *(fortlaufend)*

Die Falkenburg Chroniken *(abgeschlossen)*

Heather-Bishop-Thriller *(fortlaufend)*

Einzelbände

Druck:
Customized Business Services GmbH
im Auftrag der
KNV Zeitfracht GmbH
Ein Unternehmen der Zeitfracht - Gruppe
Ferdinand-Jühlke-Str. 7
99095 Erfurt